U0528440

生命中的文学时刻

肖同庆 著

Encountering Moments in Literature

人民文学出版社

图书在版编目（CIP）数据

生命中的文学时刻／肖同庆著．—北京：人民文学出版社，2023
ISBN 978-7-02-017939-8

Ⅰ.①生… Ⅱ.①肖… Ⅲ.①散文集—中国—当代 Ⅳ.①I267

中国国家版本馆CIP数据核字（2023）第059877号

责任编辑	曾雪梅　陈　悦
装帧设计	黄云香
责任校对	李晓静
责任印制	任　祎

出版发行	人民文学出版社
社　　址	北京市朝内大街166号
邮政编码	100705

| 印　　刷 | 三河市宏盛印务有限公司 |
| 经　　销 | 全国新华书店等 |

字　　数	283千字
开　　本	880毫米×1230毫米　1/32
印　　张	13.125　插页3
版　　次	2023年5月北京第1版
印　　次	2023年5月第1次印刷

| 书　　号 | 978-7-02-017939-8 |
| 定　　价 | 59.00元 |

如有印装质量问题，请与本社图书销售中心调换。电话：010-65233595

目 录

写作：一个人的世界（代序） ································ 001

蒙田：
  从自己身上赢得力量 ································ 001
夏多布里昂：
  人们受累于他们的爱 ································ 013
爱默生：
  为了种子而播种太阳和月亮 ························ 023
梭罗：
  在每个季节来临时活在其中 ························ 035
毛姆：
  爱所写下的故事通常都有个悲惨的结局 ············ 047

斯蒂芬·茨威格：
　我们命该遇到这样的时代 · 057
卡夫卡：
　没有比他更具灾难性的情人了 · · · · · · · · · · · · · · · · · · · 073
劳伦斯：
　寻找人类的启示性幻象 · 089
帕斯捷尔纳克：
　任何生活对个人来说都是至关重要的全部 · · · · · · · · · · 103
亨利·米勒：
　地球上最后一个圣徒 · 121
纳博科夫：
　无人像我们这样相爱 · 135
E.B. 怀特：
　面对复杂，保持欢喜 · 149
格雷厄姆·格林：
　人类需要逃避，就像他们需要食物和酣睡一样 · · · · · · 161
加缪：
　和自己面对面，不要妥协，不要背叛 · · · · · · · · · · · · · 171
玛格丽特·杜拉斯：
　写作是一场暗无天日的自杀 · 185

杰克·凯鲁亚克：
　　世界上只有一种成功，以自己喜欢的方式过一生 …… 201
杜鲁门·卡波蒂：
　　上帝赋予我鞭子 …… 217
詹姆斯·索特：
　　你所爱的一切都危如累卵 …… 231
理查德·耶茨：
　　我们绝大多数人都生活在无法逃脱的孤独中 …… 243
马尔克斯：
　　坠入爱河就像是拥有两颗灵魂 …… 257
昆德拉：
　　人永远不是自己所想的那样 …… 269
翁贝托·埃科：
　　写作是一种爱的行为 …… 283
雷蒙德·卡佛：
　　梦是你从中醒来的东西 …… 293
阿摩司·奥兹：
　　每个人都在渴望更多的爱 …… 307
翁达杰：
　　我答应过要告诉你，人是如何陷入爱情的 …… 319

斯蒂芬·金：
　　每个人的生活都免不了插叙 ·················· 329
奥尔罕·帕慕克：
　　只要爱人的面容仍铭刻于心，世界就还是你的家 ······· 341
保罗·奥斯特：
　　我们每个人都拥有深刻的内心生活 ··············· 353
村上春树：
　　你是不能用微笑去打赢一场战争的 ··············· 363
蕾拉·斯利玛尼：
　　只有当我们彼此不需要对方的时候，
　　我们才会感到愉快和自由 ···················· 375

后记 ·· 385

每个作家的诞生都具有创世价值。

——［英］V.S. 奈保尔

在重新发掘伟大人物的个人事迹时,我们会发现,在所谓无可改变的"境遇"中,我们不必逆来顺受。通过与伟大人物建立联系,我们会获得更多自由,成为更加自由的自我,成为我们最期盼、最珍视的人。

——[美]梭罗

写作：一个人的世界（代序）

我们是我们所阅读的东西

> 文学是一门体面的艺术，要求于它的爱好者最重要的是：走到一边，闲下来，静下来和慢下来——它是词的鉴赏和雕琢，需要的是小心翼翼和一丝不苟的工作，如果不能缓慢地取得什么东西，它就不能取得任何东西……这种艺术并不在任何事情上立竿见影，但它教我们正确地阅读，即是说，教我们缓慢地、深入地、瞻前顾后地、批判地、开放地、明察秋毫地和体贴入微地进行阅读。[1]
>
> ——［德］尼采

2019年2月25日，初春，乍暖还寒。整个晚上我都在读卡尔维诺的一本文论集《为什么读经典》，从九点半到十一点半，两个

---

[1] ［德］尼采：《曙光》，田立年译，漓江出版社，2000年1月。

小时，读完了其中的长文《帕斯捷尔纳克与革命》，整整二十二页，像酣畅淋漓的思想与文字之酒，让人迷醉。卡尔维诺的文论写得极好，诗人黄灿然译得完美。文论也是一种创作，有时候其原创和表达并不亚于文学创作。这篇有个性有激情的文学批评，其实是在深刻地阐述卡尔维诺自己关于文学历史、宗教信仰甚至政治逻辑的观察和思考。他称自己是一个杂食性的读者，希望以心灵的秩序对抗世界的复杂性。

1981年，晚年的卡尔维诺将自己多年来发表的散乱文章整理成册，集成一部读书笔记出版。面对"什么是经典？"这个命题，他非常慎重，这是一个过分重大的考问，一代人有一代人的答案，而经典本身又如此神圣而庄严，稍有不慎，就会流于泛泛而谈。作为一名作家和热爱阅读的人，这又是一个绕不过去的问题。卡尔维诺选择了从定义入手，层层递进地阐述自己的观点，每一次界定都深入一层，或者每一次分析都是剖开一层，像剥洋葱一样，一层层打开，如此再三，共计定义了十四次。任何一个好的写作者都非凭空诞生，总要站在巨人的肩上，经典永远是一座宝藏，蕴含着无尽的灵感，它是激情之源，也是花香之地，它们搭建起我们的知识框架和美学根基，而谈论它们，无异于一次知识考古。我们每个人的一生都需要积累理想的藏书室：其中一半应该包括我们读过并对我们有所裨益的书；另一些应该是我们打算读并假设对我们有所裨益的书。我们还应该把一部分空间让给意外之书和偶然发现之书。这是卡尔维诺的建议，他说经典作品帮助我们理解我们是谁、我们所到达的位置。

卡尔维诺给"经典"的第一层定义是：那些你经常听人家说"我

正在重读……"而不是"我正在读……"的书。他说，在一个人完全成年时首次读一部伟大作品，是一种极大的乐趣，这种乐趣跟青少年时代非常不同。在青少年时代，每一次阅读就像每一次经验，都会增添独特的滋味和意义；而在成熟的年龄，一个人会欣赏更多的细节、层次和含义。[①]卡尔维诺这本书以及阐释的关于经典的观点如今已深入人心，为世界读者所重视。重读，作为一种深度阅读方式正被越来越多的人信仰。选自己喜欢的名著反复读，每年读一遍，这是优秀读者的一大秘籍。有人用了一个月，每天读《战争与和平》，有人每晚都和《包法利夫人》一起度过。法兰西学院院士达尼·拉费里埃提倡：读名著"不要跳过一些页码，不要听从那些阴奉阳违者，他们告诉你可以放弃阅读。你没有读完他创作的每一行，你就不会拥有托尔斯泰，大段的关于一个节日的描写，关于一种情感的描写……有的人为了完成一本书耗尽了一生，不要轻易把它读完。这不是一座你可以不费吹灰之力就攀登顶峰的高山。这是一段贵族式的时间，一段我们并不寻求填满的时间。"[②]帕斯捷尔纳克传记的作者说到阅读小说《日瓦戈医生》时，引用了该电影的编剧所说的话："应当慢速，就像它被书写时那样。每天一两页，有时一段就够了，读者一整天都会感到自己是幸福的，会听到仿佛是帕斯捷尔纳克直接向你耳边发出的悲欣交集的声音。"[③]这些有智慧的人在苦口婆心地表达一种近乎修行般的阅读体验。告诉我们遇到自己心仪的书，不着急，慢慢读，就像拥着自己的恋人那样，仔细

---

① ［意］伊塔洛·卡尔维诺:《为什么读经典》，黄灿然译，译林出版社，2015年1月。
② ［法］达尼·拉费里埃:《穿睡衣的作家》，要颖娟译，人民文学出版社，2018年1月。
③ ［俄］贝科夫:《帕斯捷尔纳克传》，王嘎译，人民文学出版社，2016年9月。

打量，尽情享用。让它融进每一个白天，每一个夜晚，让每一个句子在自己的意识里飞。

2021年5月，我重读《红楼梦》。距第一次阅读已经过去三十多年。重读的契机是因为听蒋勋先生讲读《红楼梦》。蒋勋先生在大众中太时髦，我一直心有抵触，看过他一些讲稿整理的书，感觉太过浅显。而听他讲《红楼梦》则彻底改变了我的印象。蒋先生实在是把《红楼梦》读透了。善于触类旁通是最好的老师，这需要广博的学识、敏锐的艺术感悟。蒋先生二者兼备，尤其可贵的是他对人性的深刻洞察。《红楼梦》里那些幽微的语句、描写、对话都透露出人性最深层的东西，蒋先生一句句拆解，一段段讲述，话语轻柔，学养丰赡，令人如沐春风，激起了我重读《红楼梦》的极大兴趣。年过半百再读《红楼梦》，我发现了一个从未发现的世界。这次阅读，我不再跳过那些烦琐的描写，服饰、饮食、医药、禅佛、诗艺，一字一句都读得饶有趣味，并效仿古人边读边批注。读完两个版本的《红楼梦》又接着涉猎一些学者的研究。"红学"是显学，著作早已汗牛充栋，我挑了周汝昌、舒芜的著作，并特地看了张爱玲的《红楼梦魇》。张爱玲从小痴迷《红楼梦》，声称每隔几年从头看一遍，她熟悉《红楼梦》到了什么程度呢？"不同的本子不用留神看，稍微眼生点的字自会蹦出来。"她说，《红楼梦》和《金瓶梅》"在我是一切的泉源，尤其《红楼梦》"。[1] 红学家周汝昌曾在晚年专门为张爱玲写了《定是红楼梦里人》一书，认为张爱玲"聪明灵秀之气，在万万人之上"，老先生对她非常钦佩，认为她是"红学史"

---

[1] 张爱玲：《红楼梦魇》，北京十月文艺出版社，2007年2月。

上一大怪杰,"常流难以企及"[1]。张爱玲对《红楼梦》的疯狂痴迷与执着世所罕见,并成就了一位点亮文学史一角的作家。"张爱玲旋风"从20世纪80年代一直延续到了21世纪,属于被重新发现的作家。从被屏蔽到被推崇,其实是一个拨乱反正的过程。这位后来偏居香港、移民美国的一代才女,青春时期的惊鸿一瞥,却为20世纪中国文学留下一份永恒的遗产。

福楼拜说过这样的话:"不要为了娱乐去阅读,像孩子一样;也不要为了个人进步去阅读,像野心家一样;不,请为了生活而阅读。"他提倡无功利阅读,不紧张,不贪婪,而是悠闲地进入,温柔地相伴。真正的读者会去做"悠闲的读者":抛弃日常事务和目的性,甚至中断自己的行程,将自身,将所有事先所想的、所计划的都搁置在一边。打开一本书,任由自己被一本书包围,远离充斥着我们,为我们所经常无法忍受的现实。远离我们个人的故事,远离社会的、情感的界定。甚至,如果可能的话,远离我们的身份。如果没有这份抛弃,没有这份最初的漫不经心,就不会有真正的阅读,不会有任何发现和惊奇。翻开轻盈的书页,听凭自己在文字的世界里漂浮和辗转,让作品里的一个段落、一句话、一个词都能带来一种颠覆性的快乐,令你在某个午后,在纷飞的大雪之中,或是透过树叶照射下来的斑斑驳驳的阳光中,恍悟尘世里还有其他的东西存在。阅读的此刻,既属于作品本身也属于我们的此刻。我相信,沉入自己选择的阅读境界是一种极为高贵的体验。积极而投入的阅读对一本书的生命力来说是决定性的,对充实读者的生命同样是决

---

[1] 周汝昌:《定是红楼梦里人》,团结出版社,2005年5月。

定性的。选择你喜欢的好书,一读再读,就会发现写作大师的炼金术,让伟大的作家灵魂附体。我喜欢完整地抄一本喜欢的书,直到耳边感受到作家的气息。这时候,全世界的喧嚣、热闹也比不上书房的一灯如豆。

人人在线的互联网时代,所有的信息都被放大,人们被泥沙俱下的言说所裹挟、埋葬,众声喧哗。这个时候,我们可能比任何一个时代更需要阅读和思想的力量。对于电子时代的到来,卡尔维诺曾忧伤地说再也听不到翻动书页的沙沙声了。他在1984年表达这种担忧的时候,互联网还没有兴盛。他承认,每一种新的交流方式,每种言语、图像与声音的传播,都能带来创造性的新发展,引出新的表达方式。一个技术高度发达的社会一定包含着更多的推动力、选择、可能与手段,但人类始终更需要阅读。阅读为人们打开一个提问、沉思与批判的空间,即自由的空间。阅读绝不仅仅是我们与书本的联系,而是我们与自身的联系,是通过书中的世界与我们的内心世界所进行的一种对话。

作家埃科谈到纸质书消失的隐忧时说五百年前印刷的书籍到现在还奇迹般保留着,而磁盘只能用十年。他认为我们应该严肃对待那些"纸老虎"。互联网让生活的世界成为一个没有任何远近之分的虚拟空间,由于获取信息的渠道完全处于失控状态,人们正面临另一种风险,不知如何区分真正必要的信息和毫无价值的胡说八道。埃科说:"网络提供了所有东西,但是它没告诉你怎么查找、过滤、选择、接受或者拒绝那些信息,否则所有人都可以自学成才了。"[1]

---

[1] [意]翁贝托·埃科:《埃科谈文学》,翁德明译,上海译文出版社,2014年12月。

互联网和手机正在让人广博而低能,但网络终究无法取代书籍,它只是书籍的一个非常庞大的补充,可以促使人们读更多的书。静静地躺在书架上的书籍如此平等、亲和,它是最廉价的艺术品。书中,那种厚重感、质地感、油墨感让人安静、迷恋,黑色的方块字嵌在书中,仿佛手指可以触摸到。如何去读它们完全取决于你,一旦发现某个作家吸引你,你可以不停地挖掘宝藏,直到它枯竭为止。读过的每一本书都是一种冲刷,让人清净、体面、脱胎换骨。书和我们一样沉浸在孤独中,我们沉默地对话,私密地厮磨。美国作家保罗·奥斯特认为:"每一本书都是一幅孤独的图景。它是一件有形物,人们可以拿起、放下、打开、合拢,书中的词语代表一个人好几个月——若非好多年——的孤独,所以当人们读着书中的每个词时,人们可以对自己说,他正面对着那孤独的一小部分。"[1]

卡尔维诺临终前,在《新千年文学备忘录》的演讲稿中提出过一个命题:"我们是谁?我们每一个人岂不都是由经验、资讯,我们读过的书籍,想象出来的事物组合而成的吗?否则又是什么呢?每个生命都是一部百科全书,一座图书馆,一张物品清单,一系列的文体,每件事皆可不断更替互换,并依照各种想象得到的方式加重组。"[2] 世间没有一种认识世界的方式比阅读更缓慢。字里行间,有着最奇崛的路,也有着最丰富的多彩风景。阅读是一种最明智的抽身,最有营养的躲避。只有这样的慢可以让我们跑得更快。我们读的每一本书都将成为我们的一部分,成为你的眼神、你的表情、

---

[1] [美]巴黎评论编辑部:《巴黎评论·作家访谈1》,人民文学出版社,2012年2月。
[2] [意]伊塔洛·卡尔维诺:《新千年文学备忘录》,黄灿然译,译林出版社,2009年3月。

你的气质、你的个性、你的魅力。学者布鲁姆有个说法:"我快七十岁了,不想读坏东西如同不想过坏日子。"所以,他强调读书"用人性来读,用你的全部身心来读"。我们是为了找到自己而读。如何读、如何写,背后都有一个更深的勘探:如何活着?① 只有更深地浸入阅读中,深入到自己内心的每一处皱褶,才会找回流亡的灵魂。这很像是一次漫长的心理疗治,一次永无止境的修行。阅读是世上最有魔力的事,只有在这个时刻人类闭上嘴巴,安静下来,听那些过世的人说的话,倾听而非制造声音,把我们从世俗的噪声里拯救出来。躲进阅读,更多的是为了屏蔽噪声,坦然接受命运赐予的一切。

写作:最接近创世的人类行为

> 这个世界的所有的书籍都不会带给你幸福,但是它们却秘密地把你带回自己的内心深处。那里有你需要的一切,太阳、星辰和月亮,因为你渴求的光明在你自己身上隐藏。在那成堆的书籍中你长期寻找的智慧,此时从每一页上闪光——因为它已是你自己的光芒。②
>
> ——[德] 黑塞

我出生于1967年,这一年小说面临困境。用自己诞生之年当

---

① [美]哈罗德·布鲁姆:《如何读,为什么读》,黄灿然译,译林出版社,2011年1月。
② [德]赫尔曼·黑塞:《书籍的世界》,马剑译,花城出版社,2014年10月。

坐标，是一种文学史意义的调焦，对阅读和写作空间的理解至关重要。这年最轰动的文学事件是评论家罗兰·巴特发表了《作者已死》一文，美国小说家约翰·巴斯则论断《文学的枯竭》，美国街头出现了性解放运动——"爱之夏"。这一年，美国小说家约翰·福尔斯正在写《法国中尉的女人》，哥伦比亚作家马尔克斯的《百年孤独》创作完成。此时的中国，街头回荡着样板戏的激昂唱腔，有限的几本小说将成为我少年的启蒙读物。

1967年，加拿大电视台播出关于萨特和波伏娃的纪录片，镜头里，两人大口地抽着香烟，除了钢笔奋笔疾书的声音外，一切都那么安静。波伏娃在一本练习本上写作，萨特在审阅一页稿纸。从1929年到1980年萨特去世，五十年的时间里，这两位作家、思想家的关系是存在主义在现实中的哲学演绎。永远相爱但决不结婚，彼此自由而决不干涉。波伏娃酷爱爬山远足，萨特只爱烟斗和笔，他们各自有自己的情人，但默契的爱情关系难以撼动。他们遵循着自由和友谊两个原则，成为人类爱情真谛的象征。

1967年，西方世界对人性的认识以及争取自由的运动正在酝酿。文学革命已经行进了半个世纪，传统的讲故事的方式几乎被摧毁，新口号是："讲述故事的方式和被讲述的故事同样重要。"

我大概四岁记事，因为还记得母亲生妹妹的情景，那天我被赶出家门，独自在街上闲逛，应该是刚下过雨，墙上的标语被风雨刮得片纸飘零。现在想起来，1967年的家乡应该和我记事时候没什么两样。人们都是人民公社、生产大队的一员，随着春夏秋冬日出而作，日落而息。每天按时按点出工干活，挣工分。日常主食是玉米面，白面只有过年过节吃上一顿。我的文学启蒙读物是《三国演义》小人书，为了凑够全部四十八本，新华书店每有上新就缠着外公要零花钱。现在我的书架上还留着当时的十二本残册，是来自故乡老屋仅存的念想。平生买的第一本书是《唐诗选》，价格是两元一角，当时对外公来说是实在过于昂贵。大概是小学三四年级，我开始读小说，第一本书是长篇小说《李自成》，其次是《红旗渠》，《敌后武工队》是借来的，并不完整，到现在还对仅存的残页上的情节印象深刻。那应该是1978年前后的事。一个农村的孩子并不知道，这一年中国走上了变革之路。

1980年上初中，那几年，我已经可以订阅《中学生》杂志了。《红楼梦》《西厢记》和"三言两拍"也是这时候囫囵吞枣读的。高中时期，第一届中国短篇小说获奖集让我对文学痴迷不已。而真正接触文学这个概念是1986年我上大学以后的事了。至此，我的十八年文学因缘就这么三言两语勾勒出来了。在此之前，我读过的小说一只手能数得过来，而中国当代文学的复苏正好伴随我的成长。我上大学报的二十几个志愿清一水儿都是中文系，正源于那可怜的几本文学启蒙读物。我深信文学爱好源于基因，青春期的十八年文学贫瘠还是让我走进了中文系，而童子功的缺失可能需要我用一生去弥补。

我们现在使用的现代小说概念源自西方，它的成熟也只有二百来年，以20世纪为界，之前属于古典范畴，之后进入现代主义。1605年《堂吉诃德》问世，这是西方现代小说公认的源头，塞万提斯向人们示范了"书写的可能"。中国的曹雪芹出生于1715年前后，《红楼梦》诞生于18世纪晚期，大约是1746—1754年之间，康熙雍正在位时期。《鲁滨孙漂流记》出版于1719年，这是一部具有象征意义的作品，小说的兴起和现代世界探险、发现、发明、发展、压迫、工业化、剥削、征服几乎同步。巴尔扎克的《人间喜剧》创作于1829—1849年,司汤达的《红与黑》发表于1830年,雨果的《巴黎圣母院》诞生于1831年,大仲马的《基督山伯爵》出版于1844年,福楼拜的《包法利夫人》出版于1857年,《悲惨世界》1862年问世。我们许多人的书架上摆满了这些庄重严肃的名著,它们从遥远的19世纪望着我们。卡尔维诺在《关于小说的九个问题》中指出:19世纪的小说得到了最充分的发展、繁荣、丰富、充实,以至于小说当时的成就足够之后十个世纪享用不尽。

19世纪之后的文学面临向何处去的焦灼。V.S.奈保尔有个观点,他说,现代小说的模式已经确立,它的程序已经设计好了。我们这些后来者都是在沿袭前人。我们不可能成为第一人,我们可以从远方带来新素材,但我们要遵循的程序已经设计好了。我们不可能成为写作上的鲁滨逊·克鲁索:一个人在岛上打响"开天辟地的第一枪"。他认为写随笔的蒙田是设计写作程序的人,他们发现的兴奋感染了我们,让我们在写作中拥有无法复制的能量。他以狄更斯为例,提出"狄更斯的凝望"写作方法:"写作一直都要求新,每一种天赋都在燃尽自己。"文学是其发现的总和。[①]19世纪到20世纪之交,人类思想发生了巨大的变化。弗洛伊德、尼采、詹姆斯、柏格森、马克思、爱因斯坦都在1910年前提出了日后影响深远的开创性理论。当时间(柏格森)、意识(弗洛伊德和荣格)、现实(爱因斯坦、波尔),甚至伦理(尼采)都全然改变。当人类开始飞行,画面开始活动,声音在空气中遥遥传递,文学会发生什么?一场文

---

① [英]V.S.奈保尔:《康拉德的黑暗我的黑暗》,张敏译,南海出版公司,2015年5月。

学革命。伍尔夫说，1910年12月前后，人性改变了。小说家和意识活动的关系也由此改变了，在科学和哲学上，对心理活动的认识都发生了巨大的变化，这是弗洛伊德、荣格、威廉·詹姆斯和亨利·伯格森等人科学研究的副产品。

作为一个文学运动，意识流的兴盛期很短暂，仅维持了三十年左右，但是它帮助界定了现代小说，改变了从此以往的作家塑造人物的途径。"新"小说实验的中心是记忆。20世纪开始，现代小说得以诞生。打开现代之门的小说家公认的有三位：卡夫卡、乔伊斯和普鲁斯特。从这三位开始，小说的样态、形式、主题、语言都发生了巨大的变化，不仅仅停在对现实世界的重现、描摹，也就是说，讲故事的方法发生了改变。甚至对故事这个概念的理解也出现了多样性，所谓淡化情节，成为现代主义小说的一个重要特征。到1920年止，许多主要的现代主义作家如詹姆斯·乔伊斯、D.H.劳伦斯、弗吉尼亚·伍尔夫、约瑟夫·康拉德、福特，美国的斯泰因、德国的托马斯·曼和卡夫卡以及法国的马塞尔·普鲁斯特等已经把小说中的传统彻底颠覆了。在谈到乔伊斯的《尤利西斯》时，海明威说，他的作品的影响在于他把一切都改变了。

20世纪文学史上的一口著名的"小马德莱娜蛋糕"引出了七大卷回忆录，这就是《追忆似水年华》。这本书实在太庞大了，翻译它成为许多人毕生的事业。这个著名的段落是这样的：

> 我对阴郁的今天和烦恼的明天感到心灰意懒，就下意识地舀了一勺茶水，把一块马德莱娜蛋糕泡在茶水里，送到嘴边。这口带蛋糕屑的茶水刚触及我的上腭，我立刻浑身一震，发觉

我身上产生了非同寻常的感觉。一种舒适的快感传遍了我的全身,使我感到超脱,却不知其原因所在。这快感立刻使我对人生的沧桑感到冷漠,对人生的挫折泰然自若,把生命的短暂看做虚幻的错觉,它的作用如同爱情,使我充满一种宝贵的本质:确切地说,这种本质不在我身上,而是我本人。我不再感到自己碌碌无为、可有可无、生命短促。①

感觉淹没了他,随之而来的是难以言传的情绪、快感,然后是关于这情绪的缘起和意义的追问。一个人的生活流随着一小口温软的蛋糕滚滚涌来。还有一本更难读的小说——爱尔兰作家詹姆斯·乔伊斯花了十七年时间写的《芬尼根的守灵夜》——被誉为西方现代文学史上一部真正意义上的"天书"。它的第一句是这样写的:"河水流淌,经过夏娃与亚当教堂,从凸出的河岸到凹进的海湾,沿着宽敞的循环大道,把我们带回霍斯堡和郊外。"②破解这部最奇特的书成为世界文坛的一种文化现象,因为它写的是一个梦。这是现代主义小说的一个重要特征,即对内在的追问。它强调的是对意识的揭示,人物在最私密的层面上,对周遭环境的刺激是如何感知、处理和反应的,而当你走到意识最深处,再也不能往前一步时,将会发生什么?

在 20 世纪初的现代主义运动中,一大批现代文学经典产生了

---

① [法]马塞尔·普鲁斯特:《追忆似水年华》(第一卷),徐和瑾译,译林出版社,2010 年 5 月。
② [爱尔兰]詹姆斯·乔伊斯:《芬尼根的守灵夜》,戴从容译,上海人民出版社,2012 年 11 月。

革命的意义，这是一个颠覆的世纪。19世纪小说中的很多东西被遗忘或刻意被回避，如情节、人物、主题、行为和叙事，而替代它们的通常是客观物体和感觉，不同视角下的相同场景。小说减少了对传统叙事构成元素的依赖，而越来越多地依赖意识和感知的瞬间。经过20世纪一百年的反复冲刷、挣扎、沉淀，现在人们大概已经探索出一条更为有魅力的小说之路。文学史上那些眼花缭乱的主义、风格，有的如烟散去，有的成为历史术语，但他们强调的美学观念则留存下来，融化为文学的养分，流淌在文学的血液中。无论怎样革命、探索、颠覆，小说最本质的特征还是需要一个故事，改变的只是故事的呈现方式而已。在20世纪文学经典中，有一些被遗忘的作品最近重放光彩，如《斯通纳》《革命之路》等，它们的被发现很能说明当今小说的潮流或者读者的真实口味。

1987年12月10日，在斯德哥尔摩诺贝尔文学奖获奖典礼上，诗人约瑟夫·布罗茨基表示："我坚信一个阅读诗歌的人要比不读诗歌的人更难被战胜。"布罗茨基认为培养良好文学趣味的方式是阅读诗歌。他有一个著名的说法：文学是"一针解毒剂"。一部长篇小说或一首诗并非独白，而是作者和读者的交谈，是最真诚的剔除任何杂念的交谈，是作者和读者双边孤独的产物。作为一个交谈者，一本书比一个朋友或一位恋人更加可靠。文学的阅读是一种逃遁，向独特的面部表情，向个性、向独特性的逃遁。它可以提升我们的心灵、我们的意识、我们的想象。[1]著名文学批评家哈罗德·布鲁姆把他晚年的收官之作取名《影响的剖析》，并用"文学作为生

---

① ［美］约瑟夫·布罗茨基：《悲伤与理智》，刘文飞译，上海译文出版社，2015年4月。

活方式"为副标题。这是他对自己诗学精髓最完整的一次说明,也是一种最深意义上的灵魂自传。他每年都要在课堂内外通读一遍莎士比亚,对许多诗人的诗都能背诵。文学是他的生活方式。

写作这部关于文学的书,对于我来说无疑是一种精神和爱好的回归,也是一种知识网络的搭建,更是生活方式的选择。往前延伸到最原初的萌动,往后铺就一条灵魂的归途。一幅欧美19世纪至20世纪的文学图景,在阅读和写作这一双重主题下得以呈现。同时对于写作技巧的自觉,让我有了一种职业敏感和审美选择。通过广泛涉猎作家们的文论、访问、讲座串起了一种关于文字与文学的知识谱系。我想回归文学得有一部书来承担过渡性使命,于是就有了这部关于文学和阅读的书。剧本写作、诗歌写作、小说写作、虚构与非虚构写作,构成了我这几年的私人实践。一个完整的自我逐渐清晰。卡尔维诺说每本书都是从另一本已经写成的书中诞生的,就像生物繁殖一样。所以,也许并不是我们在写书,而是书在写我们。我追着买来人民文学出版社的《巴黎评论·作家访谈》系列,一本本读完,用自己的文字描述每一个作家,仿佛真的坐在他们面前聆听唠叨,我对他们充满仰慕。

《巴黎评论》的作家访谈是一个魅力无穷的专栏,如果说1925年创刊的《纽约客》是文化人的地盘,那么,《巴黎评论》堪称是作家之间的秘密聚会。《巴黎评论》的访谈有着迷人的纪实性,严格保留着现场的气氛和真实的节奏与细节,比如其中某个环节上会在括号里写上(上饮料),有人说,《巴黎评论》的作家访谈最为诱人之处在于很多时候它关心的与其说是文学,不如说是写作,甚至更准确的表述,是文学写作与写作者生命之间的关系。1953年春天,

《巴黎评论》创刊于美国,《作家访谈》为其中最持久且最著名的专栏,很快成为杂志的招牌,并一举树立了访谈的文体典范,成为人类文明史上"最持久的文化对谈"。作家都以接受《巴黎评论》的采访为荣,编辑苏珊娜将之称为"我们的魔力世界"。

关于《巴黎评论》,奥尔罕·帕慕克在后来的一篇序中坦诚、真挚地讲述了三十年来阅读作家访谈的感受,充满感激,心怀崇敬:"1977 年,在伊斯坦布尔我第一次在《巴黎评论》上读到福克纳的访谈。我就像无意中发现了宗教典籍一样高兴。"当时他二十五岁,和母亲住在一套俯瞰博斯普鲁斯海峡的公寓。那时候,他坐拥一间"密室",被周围的书包围着,一根接一根地抽烟,烟雾弥漫在四周,开始写他的第一部长篇小说。为了成为小说家,他从建筑学院退学,闭门不出,沉浸在一个梦里:用词汇和句子表达的梦。刚开始写作的岁月,每当失去信心,对作家生涯的未来产生怀疑,帕慕克都会重读这些访谈,以支撑自己的决心,"努力找回对写作的信念,找回自己的路"。他记得那是企鹅出版社出版的一卷《巴黎评论·作家访谈》,他专注而愉快地阅读着。日复一日,他给自己立下一个纪律,强迫自己坐在书桌旁工作一整天,孤独地在同一个房间里享受纸墨的气味,这个习惯他保持到现在。他说最初读这些访谈,是因为热爱这些作家的书,想知道他们的秘密,了解他们是如何创造虚构世界的。他不但模仿他们的作品,连他们形形色色的习惯、状态、爱好和小怪癖也模仿,比如书桌上始终得有一杯咖啡。每次坐下来,读这些访谈,孤独感便会消退。多年以后,帕慕克获得了诺贝尔文学奖,成为享誉世界的大作家,他自己也出现在《巴黎评论》上,但仍然会重读这些访谈,他说这是为了唤醒自己写作初期的希望和焦虑。"三十年过去了,读这些访谈的我仍然带着当初的热情。我知道自己并没有被引入歧途,我比以往更强烈地感受到了文学带来的欢乐和苦恼。"① 我们喜欢的东西决定了我们是怎样的人,心灵的品质取决于我们的凝视和思考。文学是我的宗教,每个人都需要拯救,特别是当生活之水将你淹没的时候。

写作是一种疗法

只有通过一种方式才能征服死亡:抢在死亡之前改变世界。今天我们比以往任何时候,更需要另一个共和国——写作的共和国。在那里,我们关注的是另一些权利:诗歌、艺术、思想和文学的权利。②

——[以色列] 耶胡达·阿米亥

五十岁来临的时候,一种天命感让我对时间变得越来越敏感:这是我职业生涯的最后十年。从八岁上学到二十九岁博士毕业,二十一年全在学校读书。抬头望远,职业生涯的尽头已然历历在目,我需要重新安排自己。人生的晚年还有二三十年,足以作为一个长时间段来规划。

从四十不惑到五十知天命,人的最大的问题是中年危机。事业

---

① [美]巴黎评论编辑部:《巴黎评论·作家访谈2》,仲召明等译,人民文学出版社,2018年1月。

② [叙利亚]阿多尼斯:《在意义天际的写作》,薛庆国、尤梅译,外语教学与研究出版社,2012年9月。

的、家庭的、情感的、心理的，驯服自己的过程异常艰苦。你得忍着，经常无可奈何地感知自己的某种崩溃。有一段时间，看起来似乎稳固与自信的道德秩序、内心格局以及生活城堡会不可避免地走向坍塌。可能遭遇爱与背叛，可能遭遇社会巨变，可能震惊于人性的贪婪，中年的我们经常身陷重围，四面楚歌，几乎毫无还手之力，面对自己的怯懦和苏醒，徒唤奈何。走过来，你会发现，其实用不着惊慌，时间总会慢慢平息一切，前提是你还有时间。那些无所遁逃的爱和恨是你生命最繁盛季节的花朵。诗人菲利普·拉金写过一句存在主义色彩很浓的诗——生活就是慢慢死去。人到中年，阅人无数教会了我们对世界、社会、人生的思考角度和方法，三观恒定，思维定式固化。苍茫中，对终极世界的思考，像夜幕一样降临，我们多么需要安静、广阔、深邃和悲悯。心宇澄明——天命之年最好的境界大概就是这四个字了。谦逊让你目光深远，无论成败你都容易接受。天命有轨迹，不是人力所为。此刻，你知道了世界大势应该是什么，知道了中国现实的本质是什么，知道了自己又是一个什么样的人。从历史到现实，从政治到社会，从人性到人生，年逾五十应该想明白了大半。烦恼当然一直会有，因为你身处尘世，因为你是血肉之躯。但你至少领悟到这些烦恼源自什么，其本质又是何物，至于平复的方法却可以千差万别，知其因，懂其果。无论哪个年龄段，找到自己的永久驱动力，是一个人立身处世、勇往直前最重要的事。在人生最后的二三十年，我开始问自己一个永恒的问题：你准备写一个什么样的剧本，你的人物设定是什么？将以什么生活方式走向死亡？

作为一个不可救药的文学爱好者，我平生所学大半于此。三十多年前，中文系老师给我们上的第一堂课打碎了我的作家梦——中文系不培养作家。从那以后，我们就自觉地与这个梦想刻意保持着距离。中文系也有写作课，但那严格地讲应该叫公文写作，不是教文学——虚构与非虚构写作，而是枯燥乏味、工具性极强的照本宣科。多少年后，我才逐渐意识到我的老师错了。我注意到欧美最好的大学都有受人欢迎的创意写作课——培养作家。作家当然是培养出来的，与工程师、医生、音乐家、画家一样，没有人天生就是作家，现代教育体系下，再提倡自学成才，显然愚蠢之极，西方现代作家正从著名大学源源不断地产生。重返文学或者说重返写作，对于我来说与其意味着一种人到中年的个人志趣的回归，还不如说是一种觉醒，一种反抗，一种认识生活和人性之后的自我拯救。我们挣扎于自己的暗黑，不祭出拯救自己的纾解方式，将难以安稳自己的内心。

书房因为越来越多的书而变得拥挤和狭小，但我还是塞进了一张民国时期的旧书案，我需要那种古旧木头的气味和时间感，并摆上文房四宝装点我的古典时光。四周堆满了我喜欢的书，桌上是几支不错的钢笔，我在一些精致的笔记本上写字，能听到整个房间都响着笔尖在纸上滑动的声音。诗人罗伯特·弗罗斯特有一句名言："我们的私有空间就是我们找到入口后再也不会被赶出来的地方。"而伍尔夫干脆把"自己的房间"作为一个概念，送给被生活奴役的女性。这是我一个人的世界，一个人的房间、一个人的时光，神圣的孤独、滚热的咖啡和自由自在的烟雾，这种消磨是一种幸福。

几年来，我读了许多诗集，陆续写了二百多首诗，看起来像一个勤奋的诗人，并对这个角色暗自欣喜而不是自顾羞愧。我也开始尝试写小说，写到十万字的时候，我停了下来，把电脑中的手稿加密封存，如果是手稿我一定会扔进废纸篓的，因为它实在写得太烂了。于是，我回过头去读名著。蹩脚的写作体验教会了我如何读小说，年过半百，我正式成了一位"文学学徒"，真真做回到一个文学中年。我去认识一个个渊博、睿智的作家，和他们一起领略读过的书、见过的人、说过的言语、造访过的国度。在阅读与写作之间隔着一条迷人的文字之河，我喜欢在此畅游。我正在向我的后半生开放，希望过一段文学人生、写作人生。我想到了一句话，并把它作为一句台词记在自己的笔记本上：中年这口气总算喘匀了。

法兰西学院院士达尼·拉费里埃写过一本随笔集《穿睡衣的作家》，他是著名小说《还乡之谜》的作者。读《穿睡衣的作家》的间隙，我偶然发现书架上有他另一本书《几乎消失的偷闲艺术》。很多外国作家的书会在我的书架上碰面，因为你实在不熟悉这些长长的名字。达尼·拉费里埃是一个著名的生活家，一个"世界级的午睡专家"，可以"喝出每一口红酒里的阳光"。有一天，他在旧货商那买了一台旧的雷明顿22型打字机，开始写下第一句话。这是一个"用一根手指敲字写作的夏天"，像一个写作运动员。虽然空间狭小，天气奇热，但感觉自己像神仙一般，仿佛一台打字机给他许诺了全世界，肚子里装满了他小说的所有句子，他要做的就是从机器里一句句拽出来。这是世界上最棒的玩具，睡衣是他的工作服。"在沉睡的城市里写作，内心满是愉悦。我的头脑里只有它：写作。对我而言，这是永恒的节目。"这个与金钱保持距离的穷光蛋过着貌似不堪的生活：他勾引房东的女儿，为了减免房租；他和超市的女收银员上床，为了少付一点货款；他听从一位老人的话，去女人们身边，为了她们的帮助。这个"流氓"青年就是这样毫无后顾之忧地开始了他第一部小说的创作。"口袋里的全部家当,就是字母表的二十六个字母。从句子到段落,从段落到篇章,最终垒成一座大山,山下涌动着的是感官、感受和感情。不管是写小说还是写诗,他都喜欢说自己在写书。"①

"写作本身就是一种奖赏",这是美国作家安·拉莫特在《关于写作》一书中得出的结论。她是一位美国女作家,在一所大学教写作,这本书是她的讲稿。在这本书里,作家回顾了一个有写作天分的女孩儿如何热爱着阅读和写作。她一直对写作充满敬畏,你能感觉到她行文中的小心翼翼和异常谦卑的心。从小胆小,长得不好看,远离人群,沉浸在自己的文字世界里,从小到大,时不时因为写作获得一些奖赏,但大部分时间都是默默地写,她从大学选择了退学,打零工挣钱,生活看起来并不如意。后来父母离婚,父亲早逝,但作家父亲给她遗传了阅读的习惯和写作的天分。她一直传达的不是因为写作得到的心满意足、怡然自得的光芒,而是写作过程中的犯错、低潮、崩溃等等。她发现那些伟大的人物、卓越的作家内心,竟然也是"一座欲望的动物园、野心的疯人院、恐惧的温床、盲目仇恨的深闺"。她听从父亲的劝告,每天腾出一段时间写作,就像练钢琴一样。事先排出时间。把它当成一种道义上必须偿还的债,并且要求自己一定要写完。这是一件关于坚持、信念和辛勤耕耘的工作。她相信成为写作者能彻底改变阅读方式,让你在更深入地品味并全神贯注于阅读的同时,也感悟到写作有多艰辛。从写作者的

---

① [法]达尼·拉费里埃:《穿睡衣的作家》,要颖娟译,人民文学出版社,2018年1月。

角度阅读，你关注的焦点和过去截然不同。你会研究别的作者如何运用新奇、大胆、独创的方式描写事物，留意作者如何在不提供大量相关细节的情况下，具体呈现一个迷人角色和时代。写作者属于辉煌传统的一部分——将自己过去所见所闻写下来，依然是一种高贵之举。为什么要写？为了灵魂。写作和阅读减轻我们的孤独感。它们能为我们的人生增添深度和广度，扩大视野，滋养心灵。我们要跟人生的荒谬共舞或鼓掌，而非被它一次又一次地击溃。书的结尾，安·拉莫特讲了"最后一堂课"，宣言般致敬写作行为："写下自己内心拥有的一切，如果可能，每天都写，而且持续一辈子。从中找出慰藉、方向、真相、智慧和骄傲。它令智力更机敏，也带来挑战、喜悦、痛苦和许诺。"①

小说《华氏451》的作者雷·布雷德伯里是一位科幻作家，被誉为20世纪最伟大的作家之一。他的写作课讲稿《写作的禅机》像一首长诗，被美国《作家》杂志选入"十大最佳写作指导书"。他告诉听他课的学生们，终其一生，我们每个人都在竭尽全力地与生活搏斗，我们的世界，我们的问题，我们的喜悦和我们的绝望。每一个动容的瞬间都值得记录，每一个梦想都闪闪发光，那是你的灵感，你的冰山，你的花园，你的深井。如果你低头向内心的深井呐喊，一定会听到这声音。把人类历史上最伟大的时刻抓住，让它存活，用我的感官去感受它、凝视它、抚摸它、聆听它、闻嗅它、品尝它，并且希望别人和我一起跑，用思想和创意追求。②就像夜

---

① ［美］安·拉莫特：《关于写作》，朱耘译，商务印书馆，2013年1月。
② ［美］雷·布雷德伯里：《写作的禅机》，巨超译，江西人民出版社，2019年2月。

深人静的日记本，那是你自己的世界，回到内心的伟大时刻。一旦你拿起笔，那都是你灵魂出窍的美妙时刻，生命正平静地流逝。这是一个作家的伟大的献祭时刻，独自一人，转向自己的内心。在内心的阴影里，用词语建立起一个世界。

赖声川写过一本关于创意写作的书，是他在大学的授课讲稿，我读的时候把它当成了一本哲学书，其中的思考和探讨发人深省。赖声川此书的真正价值在于整体性智慧的阐发。在他看来，创意不是技巧，而是智慧。艺术，或者创意，源于对爱的执着，对美的感受。赖声川引用了文艺复兴评论家瓦萨里提到安吉利科修士时说的一句话："他从未提笔画画之前而不祷告，从未画十字架而不哭泣的。"这就是"把虔诚之心注入到作品中的伟大心灵力量"。所有前所未有的创作都是灵魂的燃烧。赖声川是这样定义创意的："创意是一种跨越界限的能力，智慧是看到更多可能性的能力。"所有创造性工作都需要找到解决问题的渠道和办法，写一个剧本，拍一部电影，经营一个项目，形成自己的审美风格，都需要善于跨界寻找。创意就是一种将似乎不连贯的事物连结在一起的能力。寻找边界和联系是解决问题的第一步。寻找创意就像暴风季中你行走在旷野上，很长时间你什么也看不见，除了皑皑的白雪，有时候，远处出现了什么东西，一棵树或者一个人影或一缕烟。你竭尽全力想看清前面的东西。每个人都会碰到生命中的特殊情境，那一刻将触发一种神秘的源泉，灵感由此诞生，仿佛大脑中的机关被击中，一个概念、一个词语、一个句子、一个故事，闪电般地出现了。我们需要做的是打通神秘的任督二脉。人的内心深处是一眼深井，每个人都要珍视自己的内在的财富，珍视内心的空间与想象力的激越，重要的是要有表达的欲望。

互联网时代,我们面临的挑战不是暂时的,而是结构性的。我们时刻要想的是:优化生活还是应付生活?我们的内心经常杂草丛生,垃圾成堆。这是一种阻塞。人们如何清空这些废物,让自己变得澄明?我们经历生活,我们行走世间,每天都在接收信息、累积信息、处理信息,不断地累积,像双脚走过泥泞,鞋上沾满泥巴,野心、欲望、怒气,也有感动、善念、美德,这些成为我们的习性、气质和整个人。只有经常清理拥塞的内心空间,给思考以呼吸的空间,新生的叶子才会发芽。学会看自己的动机是累积智慧最快的方式。这是一把尖刀,可以剖开自己的心。释放自己内心的空间就是面对自己最赤裸的习性和欲望。"放下"是一种让自己"回来"的方式。放下什么?标签、偏见、好恶、执着。回到哪里?回归到更单纯的境界,回到原点,去发现一种更纯净的连结世界方式。安静的心灵能绽放出火花。赖声川说:"拥有一颗宁静的心,我们会加深和世界的连结。"他声称每隔一段时间会去闭关,那是他的创意中心。"闭关",藏语是限制的意思。我们不能单独存在,必须和万物"互为彼此"。这是一种对关系的思考,"真正有智慧的人,能够看到一切的相关性"。赖声川的感悟是:"每一位木匠,每一位大理石的雕塑家,每一位芭蕾舞演员,都在遵循禅宗所讲的一切,即使他一生从没有听过这个词。"[1]

书写是一种古老的、笨拙的爬行方式。作家苏珊·桑塔格说:"我喜欢用笔写作时那种特有的缓慢之感。阅读和听音乐就是我的磨蹭

---

[1] 赖声川:《赖声川的创意学》,广西师范大学出版社,2011年8月。

方式。"阅读和写作提醒我们,我们还活着,这本身就是一件礼物或者特权,因为生命赋予我们生机,也要求我们回馈。写作是一种疗法,这是我读上海译文出版社两本格林的自传《生活曾经这样》和《逃避之路》记住的最重要的一句话。写作,教会你睁开"作家的眼",用作家的眼光来欣赏作品的卓越之处。他们是如何运用他们的智慧,让作品充满生命、真理和美的光辉的。写作,是一场私人庆典。穿针引线缝合自己的裂缝,让自己变得完整而系统,并在这个喧嚣的世界里,降低噪声的强度。文字和语言是心理重建的结构方式。安静,冥想,回忆,凝视,我手写我心,将内心与世界连接起来,将冥想与行动融为一体。这是手的舞蹈,笔画的拆解与组合是对天地人文的描摹与书写,将思绪变为符号,用符号建立缜密的王国,抒发与虚构层层被黑的字白的纸固化下来。

"写作乃祈祷的形式",卡夫卡说。把自己想象成一位僧侣吧,让我们行走在通往开悟的道路上。

蒙田：
从自己身上赢得力量

蒙田（1533—1592）

触摸生活

1941年的一天,茨威格在巴西寄居的房子里有了新发现。在地下室的一堆杂物里,他找到了一个装满书籍的小木箱,里面有数学课本、法语词典等等,让他惊喜的是一套两卷本的《蒙田随笔集》,封面上蒙田的肖像在向他颔首致意。他抱起书快步走上阳台细细品读起来,仿佛饥饿的人拿到几片面包。他年轻的时候,读过蒙田,那时候蒙田的中年退隐、宁静淡泊和自我克制对二十几岁的他毫无吸引力。虽然知道这是一位令人感兴趣的人物,一位特别具有洞察力和远见的人,一位和蔼可亲的人,此外他还是一位懂得给自己的每一句话和每一句格言赋予个性特点的文学家,可是"我对此书的欣赏始终停留在一种文学上的欣赏",根本缺乏对内心的激励,缺乏那种心灵与心灵之间电火花般的碰撞。

而此刻,与他在一起的蒙田则像一个久违的老朋友,几年来漂泊不定的孤魂突然有了港湾。

和我在一起的不是一本书,不是文学,不是哲学,而是一个我视为兄弟一般的人,一个给我出主意、安慰我并和我交朋友的人,一个我理解他而他也理解我的人。每当我拿起他的《随笔集》时,我仿佛觉得所有字迹的书页已在昏暗的房间里消失。我仿佛觉得有人在呼吸,有人与我在一起,我仿佛觉得有一个陌生人向我走来,但又觉得他不再是一个陌生人,而是一个我觉得如同朋友一般的人。相隔四百年的时间,仿佛如同云烟一般飘散而去。①

一个以文字为生的人,很容易被另外一个人的文字所打动。蒙田的疑虑、提问以及反省,几乎每一句都是在问茨威格:怎样忠实于自己?当他整天为遥远的被战火笼罩的世界忧心忡忡的时候,当他"如苍蝇般脆弱,如蜗牛般无助"。蒙田直接而亲密地告诉他:"不要为自取灭亡的人类枉自烦恼,构筑自己的精神家园才更为要紧。"蒙田的语调平静、温和,字字抚慰人心。

读完第一卷,他就冒出一个念头:我要为蒙田写一本书。在给友人的信中,他这样写道:"他的那一个时代与我们如今的情境有惊人的相似。我不打算写一本传记,我只想将他呈现为一个范例,探讨如何争求内心的自由。"为一个人写作从来就是获得强烈共鸣和自我认同感的最佳途径。写别人也是写自己,是维持心智的唯一办法。他最擅长的传记灵感再次燃烧起来。"在这命运的兄弟情谊中,蒙田已成了我不可缺少的帮手、知己和朋友。"面对一个有血有肉的人,只有深入他的内心,洞穿他的隐秘,沉浸他的灵魂深处,才能深入人性的广阔空间。生逢乱世,守护和维持正在泯灭的高贵人

---

① [奥]斯蒂芬·茨威格:《善于活着的人:蒙田》,王雪娇译,中华工商联合出版社,2016年2月。

性是多么可贵！穿越，阅尽和写出蒙田的一生，对茨威格来说，就像把自己也摆上了手术台：怎样才能避免失去灵魂？

那已经是四百年前的事了。16 世纪末年的一天，蒙田登上高高的梯子，刮去了早些年刻在屋顶木梁上的一行文字，这句话翻译成中文大意是"寿多则辱"。他要用自己对待晚年的信条改变这句话，他在自己的工作室墙上用"拉丁文"刻下了下面一段话：

"米歇尔·德·蒙田，久役于法院及公众事物，劳倦已极，幸而躯体尚堪称全健，遂辞去公务，于主历 1572 年 2 月最后一日，即三十八岁生日这天，重返缪斯怀抱；退居祖传庄园，脱离世间一切烦恼，逍遥隐居，如果造化有恩，便在安宁中了此残生。"[①]

选择生日这天作为隐居、静修的第一天，对他是一种仪式也是一种象征。这一年，蒙田三十八岁，已经在波尔多高等法院工作了十三年。人到中年，他选择了退休隐居，他写道："让我们斩断同他人的牵连，让我们从自己身上赢得力量，过孤独怡然的生活。"哲人西塞罗说得有道理，真正的自己并非存在于公共生活、尘世和职业生涯之中，而应在孤独、沉思与阅读中寻觅。他要感受生命那种朴素的纹理和质地，在阅读、思索和冥想中，自主自在地度过渊博的自由时光。

祖传庄园有一座圆形塔楼，建在不高的一座山丘上，严整气派，向南几英里是多尔多涅河，距波尔多市约三十英里。蒙田的书房在塔楼的三层，从窗户望出去，可以俯瞰花园、庭院和葡萄园，城堡

---

① ［英］索尔·弗兰普顿：《触摸生活：蒙田写作随笔的日子》，周玉军译，商务印书馆，2016 年 1 月。（本文蒙田随笔译文除注明外均引自此书）

的大部分景色尽收眼底。

伴随蒙田的是千卷藏书，上下五层的书架环墙而立，四面八方都是书，他随手取阅，毫无计划，累了就站起来在房间里踱步。书房直径十六步，走一圈五十步，周围是他心爱的收藏：父亲平时随身携带的手杖，祖传的佩剑、珠宝，他给书房起的名字叫"小店后面的里间"。独处是他最高兴的事，"那些家中没有独处之所，无可孤芳自赏，藏身于世的人，我心中多么可怜他"。

人生的最高艺术乃是保持住自我——蒙田如是说。这是一个为死亡做准备的漫长过程。隐居之初，蒙田脾气阴郁，满脑子都是想法，像休耕的农田里疯长的野草。用今天的话讲——中年危机。

生命无常，人生苦厄。这是他中年以后的感悟。

他的第一个女儿，出生两个月不幸夭折，此后又有四个子女在襁褓中死去。他的弟弟被网球击中头部而死，最好的朋友三十出头死于疾病，父亲被肾结石病痛折磨而死。而此时，惨烈的宗教战争正在全国蔓延。

他想得最多的是如何面对死亡。

写作是一服良药，可以平息焦虑，驯服心魔。他把写作当成了重新体味自己人生的一种方式。"我想让生命更有分量；我想以同样的快捷，截住飞逝中的生命，抓住它……拥有的光阴越是短暂，我就一定要更充分、更深入地加以利用。"

他在孤独中寻求智慧，希望写下头脑中的胡思乱想，他称之为"登记造册"，由此自创了一种新文体，叫"essai"，英文 essay，通常译为随笔、散文，法文是"尝试"的意思或曰"体验"。他说：

"这样的书,世上仅此一本","其体裁结构狂野而古怪"。

第一篇文章就此诞生。从这时起,一写就是二十年,从1572年到1592年,一百零七篇,五十万字,一点一滴积累而成,这就是《随笔集》,被誉为文艺复兴时期最为重要的文学作品之一,与莎士比亚戏剧和堂吉诃德比肩。

四百年岁月如烟流逝。后来的作家,纷纷从中发现了自己。帕斯卡尔、爱默生、纪德都觉得"这是上辈子亲笔所写","简直是我本人"。福楼拜在给一位抑郁的朋友的信中说:"读蒙田吧……他会让你心情平静……你会喜欢他的,一定的。""读他,即是为了活着。"

摆脱命运

茨威格终于明白自己年轻时候痴迷的尼采为什么要那么赞叹蒙田了,尼采说:"这个人和他的文字,真的增加了活在这世上的乐趣——如果必须要回到那个时代,我想自己也能够安于在一个有他存在的世界里生活。"茨威格开始动笔,流亡异域,资料奇缺,传记只能写成一部读书札记。在茨威格看来,蒙田的真正价值似乎只有在极端处境中才能闪现。困厄中的茨威格意识到:为了能真正读懂蒙田,人们不可以太年轻,不可以没有阅历,不可以没有种种失望。就像此刻的世界——"锁链又重新铸起,而且一如往昔般沉重。"在他看来,只有在自己深感震撼的心灵中不得不经历这样一个时代的人才会走进蒙田。这个时代用战争、暴力和专横的意识形态威胁着每一个人的生活,并威胁着一生之中最宝贵的东西:个人的自由,在乌合之众疯狂的时代里要始终忠于最内在的自我,需要多少勇气,多少诚实和坚毅。

16世纪末期的最后几十年,西方的知识谱系正在发生变异,人的生命正在舒展,生活也正摇曳它的叶子。在《随笔集》中,蒙田记录掠过心间的每一个想法、每一种情绪和滋味。睡眠、忧伤、气味、友谊、儿童、爱情以及死亡,都成为话题。探讨人生的痛苦、矛盾和愉悦,全部基于自身的感受与体验。在16世纪末期的几十年间,日常生活进入他的视野,形成了自己的人生哲学——人为什么活着?

他在生死交汇的海岸线上细细爬梳,并用自己发现的东西建造起一幢可以栖居的小屋,它以沙子、贝壳、友情、性爱、跳舞、睡眠、西瓜和葡萄酒为建筑材料,以他的一次骑马、一次击发火枪,以他的狗、他的猫、他的肾结石以及他周围的景物和声响为素材。

他和他的书携手相伴,徒步走过生命中的每一天。在他笔下,我们看到了他的房子、他的葡萄园。那些潜心修行的闲暇时光是那么生动而鲜活。

我们看到他正在生命的感受中找到存在的理由:"我们永远不能安居,总是舍近求远。"写作是他隐居田园,走近自我的一种努力和尝试。他知悉他的藏书和写作,熟悉他的握手、他的微笑和他棕色的头发,他生命的体悟是:"我们真真是肉体凡胎,奇哉!"

我们看到他突然顿悟的强烈幸福感:"我有没有浪费自己的时间?"他一遍遍问自己。在他的随笔里,我们能真切地触摸生命的真实状态。生活应当拥抱所有感官和旺盛的生命力。

我们看到他竭尽全力提升普通和平凡的力量,强调此时、此地的价值。"我跳舞时就跳舞,睡觉时就睡觉,独自在一片美丽的果园里散步时我的思绪偶尔会在别处，大多数时候，我会很快把心思引到散步上，回到果园，回到这独处的甜美，回到我自己身上。"

我们看到他一遍遍地证明，每个人都有一个自己独特的看待世界的角度和方式："被病痛折磨的时候，我就想让我念念不忘并因而留恋生命的是一些多么微不足道的原因和事物啊！失去生命，在我心里引起的艰难和沉重感，又是由一些多么微小的元素构成的啊！对于这样一件大事，我所思所想，又是多么的烦琐，一条狗，一匹马，一本书，一只杯子，每一样东西都让我心中牵挂。"蒙田一直期待将来那些"有鉴赏力的读者"能来到他身边，茨威格无疑是其中杰出的一个。1937年，在《邂逅人、书籍、城市》一书的导言中，茨威格主张在人们之间、在思想之间、在文化和民族之间的人性谅解，当他再次阅读蒙田，发现的谋略和手法却是："在外表上尽可能做到不引人瞩目和不张扬，恰似戴着一顶隐身帽走过这个世界一样，以便找到一条通往自我的道路。"

通过蒙田他体会深刻。人生的神秘法则往往是：我们总是在太晚的时刻——当青春已经远去时，当健康不久就要离开我们时，当自由——我们心灵最珍贵的本质——将要从我们身上被夺去或者已经被夺去时，我们才知道人生最最重要和真正的价值是：青春、健康、自由。回望自己的一生，他绝望地发出疑问："是什么命运让我们偏偏在这样的时代诞生？"

四百年来，人们禁毁过蒙田，远离过蒙田，但从来没有挡住一代代人在阅读蒙田中寻找自己，一部蒙田阅读史折射出一部人类思想史的侧影。茨威格这样描述蒙田："在他生活的每一种形式中，他始终保存着自己本质中最好的、最真实的东西。他让别人去夸夸其谈，让别人去结成同伙；让别人去采取极端的行为，让别人去喋喋不休地说教；让别人去炫耀自己；他让这个世界去走自己迷惘和愚蠢的路，他自己只关心一件事——为了自我保持理性，在一个非人性的时代里保持人性，在乌合之众的疯狂中保持自由。"

从《随笔集》中茨威格改写了八条戒令——这就是著名的"八自由"：

1. 摆脱虚妄骄傲。
2. 摆脱信、不信、决心、朋党。
3. 摆脱习惯。
4. 摆脱野心和贪婪。
5. 摆脱家庭和环境。
6. 摆脱狂热之心。
7. 摆脱命运：做你自己生命的主人。
8. 摆脱死亡：生命取决于他人的意愿，但死亡则取决于我们自己。

茨威格总结出一句充满无畏的话：时代发生的一切对你是无能为力的，只要你不介入。蒙田的写作是为了抵抗自己的忧郁，他成功了。茨威格却走向失败。即使他已经感悟到：一个内心始终坚定和始终自由的人纵然遇到的是外界最沉重的压力，也容易化解。

可惜，他总结的八条中的最后一条还是要了他的命。"对于死亡的深思熟虑就是对自由的深思熟虑。谁学会了死亡，谁就学会了不受奴役。"蒙田的这句话一定深深击中了茨威格，无法摆脱抑郁症的茨威格还是选择了内心转移的终极方法。人终究无法和病痛与命运抗争。他想彻底摆脱被奴役。1942年2月23日，他吞下了巴比妥自杀，妻子选择与他共同赴死。他们用死亡保持了自由和自我。

> 我们最应该感谢的是那样一些人——他们在一个如同我们今天这样非人性的时代里增强我们心中的人性。他们提醒我们：我们所拥有的唯一的东西和不会失去的东西就是我们自己的"最内在的自我"，他们提醒我们：不要为一切来自外部的、时代的、国家的、政治的强迫行为和义务牺牲自己。因为只有面对一切事和一切人始终保持自己内心自由的人，才会保持住并扩大人世间的自由。

茨威格自杀之前，将自己写好的蒙田传记手稿整整齐齐放在了书桌上。他一定读过蒙田的那句话："但愿——死神来访时，我正在园子里种菜。"

阅读参考书目

［法］蒙田：《蒙田随笔》，马振骋译，上海译文出版社，2013年6月。

［英］索尔·弗兰普顿：《触摸生活：蒙田写作随笔的日子》，

周玉军译，商务印书馆，2016年1月。

[奥]斯蒂芬·茨威格:《随笔大师蒙田》，舒昌善译，生活·读书·新知三联书店，2020年9月。

[奥]斯蒂芬·茨威格:《善于活着的人：蒙田》，王雪娇译，中华工商联合出版社，2016年2月。

夏多布里昂：
人们受累于他们的爱

夏多布里昂（1768—1848）

"狼谷"里的隐居者

我是从美国作家保罗·奥斯特的小说《幻影书》里认识夏多布里昂的。奥斯特的小说里都有一个神秘的笔记本,喜欢在小说里插入某种文本——比如夏多布里昂、卢梭、霍桑、爱伦·坡、贝克特——优雅地滑进主线故事里,书卷气扑面而来。《幻影书》中,他对夏多布里昂的《墓中回忆录》的郑重其事和神秘演绎令人着迷,这是小说设计的一个核心意象,让你没法不去翻开这本书。小说主人公将这本书作为奇书,这是其中一个重要道具,他隐居在佛蒙特,沉湎于因空难丧失妻子和两个儿子的伤痛中,后半生以译《墓中回忆录》为寄托。这是一本可怕的大部头,整整有两千页之多。这本书1849年问世以来,在美国,迄今为止英译本只有过两个全译本,一个在1849年,一个在1902年。

有两个重要时间信息引起我的高度重视:夏多布里昂写这本书花了三十五年时间,并且希望死后五十年再出版。篇名《墓中回忆录》意味着"它根本就是用一个死人的语气写的"。我开始寻找《墓中回忆录》的中译本,先是买了郭宏安的选译本,中文版全译本已经绝版。从网店上找到了二手书,是广东花城出版社的三卷本,法语专家程依荣领衔翻译,2003年5月出版,列为"经典散文译丛"。

这个版本装帧一般，十六年前的出版物，敦实、厚重，不过已经很难得了。比较起来，我更喜欢郭宏安的译本，清丽、优雅、轻灵，又有一种淡淡的忧伤氛围，符合夏多布里昂文笔的瑰丽和冷峻风格。程依荣译本比较质朴，书名译为《墓后回忆录》，在其他中文里还有《墓畔回忆录》等译名。夏多布里昂法语的本意是"墓那边的回忆录"，我同意郭先生的理解，翻译成"墓中"更好。

夏多布里昂年近七十岁的时候，雷加米埃夫人在森林修道院小住，她被夏多布里昂称为改变了他天性的女性，是法国当时魅力四射的沙龙女主人。每天晚上，十几位当时具有影响力和判断力的业界顶尖人物会聚集在一起，听人朗诵这部回忆录，大家纷纷发表意见。神秘的美感笼罩着沙龙，"没有人不被这美触动，那是时间本身赋予的难以言传的力量，它成了时间的缪斯，特别是那恰如其分的人性的美好，跟无上的美感结合在一起，形成一种浑然天成的馥郁芬芳，吸引每个人，永不消失"。这是当时的一位批评家记忆中的感受。可以说《墓中回忆录》是一部经朗诵检验过的作品，语言和句子甚至每个词都经过精雕细刻和充分讨论，持续了十几年。这是一个动人的文学场景，文学史上几乎没有作品是用这样的方式完成的，况且又是一部如此大部头的书。夏多布里昂说：

> 这部《回忆录》写于不同的时期，不同的国家。出于这个原因，每当叙述线索重新展开的时候，我觉得都有必要加上一些开场白来描述我的所见所想。如此一来，我变化多端的人生经历就被融为一体。于是有时会发生这样的事：显赫的时候我却谈起了自己当年的潦倒，苦难的岁月我却在重温幸福时光，

我的青春渗入了我的暮年，我成熟之年的庄重给我的纯真岁月染上了一层阴郁，我那太阳的光芒，从日出到日落，交相照映，交相混杂，使我的故事显得有些混乱，或者说有一种神秘的统一。①

没有人不会被这部大书的文笔折服，惊艳。《墓中回忆录》是夏多布里昂对自己一生的挖掘和勘探，希望就此验证生命的最高价值所在。他的人生跌宕起伏，经历丰富，跨越了两个世纪、两个世界，历经18世纪和19世纪启蒙主义和浪漫主义思潮。童年的夏多布里昂敏感孤独，远离人群，青春期的忧郁无以排遣，他的姐姐吕西尔的一句话改变了他的一生，让他从此爱上了文学，吕西尔说："你应该描绘这一切。"当他完成政治思想巨著《论革命》的时候，四野俱惊，他的姐姐反而劝他放弃写作，因为她把文学看作生命的一种诱惑。后来，夏多布里昂的几本小说确实展现了生命的某种状态：一个在时代下无所适从、厌世、孤独、沉迷于幻想、受社会排挤的"世纪病"患儿。这几乎是夏多布里昂自己的写照，他用华丽的语言和充沛的情感，诠释出主人公内心的痛苦，成为欧洲浪漫主义文学的先驱。

夏多布里昂实在是那个时代的天才，下笔千钧，威震四方，连拿破仑都惊为天人。作为一个文人，他的理想是挽狂澜于既倒，希望成为国家的栋梁。但历史一次次抛弃了他。他是一位优秀的政治

---

① ［法］夏多布里昂：《墓中回忆录》，郭宏安译，上海文艺出版社，2016年8月。本文引文主要依据该译本。

家，或者说是政治学者，那时候正逢法国大革命风起云涌，1797年，他写出了《论革命》一书，研究了历史上的历次革命，气势磅礴，恢宏，充满智慧。他深入思考基督教问题，写了《基督教真谛》一书，1803年出版。他的笔可以胜过十万军队，终身站在统治者的对立面，没法与肮脏的政治同流合污。本质上他是个典型的文人，有着文人不可救药的傲慢和迂阔。这让当时的两位统治者都很不悦，比他小一岁的拿破仑曾对身边的人说："夏多布里昂有自由和独立思想，我明白他想进我的政府做事，不能让他进来。"拿破仑对他既爱又恨，欣赏他的才华，却又对他的不合作保持警惕。后来复辟的路易十八同样不喜欢他，曾对人说："请当心，千万别让一位诗人参与你的事务，他会把一切都搞糟的。这种人毫无用处。"诗人气质的夏多布里昂很难融入政治家的阴谋与方略。

夏多布里昂对拿破仑的感情也很复杂。他总是克制不住对拿破仑独裁行径的批评，但又欣赏其作为政治家的魄力。1821年5月5日，拿破仑在囚禁他的圣赫勒拿岛去世。夏多布里昂悲伤地说："在希腊的眼中，亚历山大根本没有死，他隐没在巴比伦的壮丽远方。在法兰西眼中，波拿巴根本没有死，他消失在酷热地区的辉煌的天际。他像一个隐士或贱民沉睡在荒僻小路尽头的一个小山谷里。折磨着他的沉寂是伟大的，包围着他的喧闹是广阔的……他在灰烬上休息，这灰烬的重量使地球倾斜。"这是一个堪称知己的悲伤，他为一个伟大政治家的离世感到惋惜。

1811年，在狼谷，巴黎郊外一座荒芜的苹果园，四十三岁的夏多布里昂开始隐居，着手写作一生的回忆录。他自称是个双面人，一面是作家，一面是园丁。他每天清晨六时起身，在园中植树修花，沉浸于田园之乐。中午休息后，就开始写作。他所经历的波澜壮阔的历史赋予了这部回忆录不同凡响的深度和斑斓色彩。从小苛酷的家庭教育、让他生畏的性格阴郁的父亲，还有忧郁孤独的姐姐吕西尔、不时感到死亡诱惑的少年，在他的笔下，自己的命运与叱咤风云的拿破仑、法国的政治革命、王室的轰然垮台、帝国的起伏兴衰深深交织在一起。

乱世的诊断书

他也不时地去各地旅行，在柏林、伦敦和罗马，《回忆录》的写作一直没有停。他计划宏伟，要把自己的历史融入他的国家和他的时代历史的框架，写成一部文学纪念碑式的巨著，一部史诗。夏多布里昂不想在生前出版此书，他一直在修改润色，打算五十年后再出版。"由于我无法预知自己的死期，由于一个人到了我这样的年纪，剩下的日子纯粹就是一种恩赐，或者不如说是一种折磨，所以我感到有必要做一些说明。到今年9月4日，我就七十八岁了，对我来说，已经是离开这世界的时候了，离开这个正在飞速离我而去的世界，离开这个我无怨无悔的世界……"

"艺术的光辉和法兰西的荣誉"是夏多布里昂一生的渴求。在书中，夏多布里昂沉痛地说："我的摇篮里有我的坟墓，我的坟墓里有我的摇篮，我的痛苦变成了欢乐，我的欢乐变成了痛苦。而且，当我细细读完这部《回忆录》，我已经无法确定它写的到底是一个年轻人的故事，还是一个白发老人的故事。"对童年和少年的叙述倾注了他最动人的情感、笔力，也是全书精彩纷呈、艺术价值最高的部分。这是一支幽灵之笔，穿透世界，世情练达。这也是一支史诗之笔，是天籁之音，是"从坟墓中发出的管风琴般雄浑的声音"："树叶脱落仿佛我们的岁月，鲜花凋零仿佛我们的时刻，流云飞逝仿佛我们的幻想，光亮渐暗仿佛我们的智力，太阳变冷仿佛我们的爱情，河流冰封仿佛我们的生活——这一切都和我们的命运有着隐秘的关系。"其视野之开阔，纵横捭阖，时空之辽远，深沉慰藉。难怪戴高乐把它当作枕边书，一读再读。

1841年11月16日，夏多布里昂在书的最后一页署上了自己的名字。回忆录的最后，他用了这样的话作为结束语："1841年11月16日，我写下了这最后的话。我的窗子开着，朝西对着外国使团的花园。现在是早晨六点钟，我看见苍白的、显得很大的月亮，它正俯身向着残老军人院的尖顶，那尖顶在东方初现的金色阳光中隐约可见，仿佛旧世界正在结束，新世界正在开始。我看得见晨曦的反光，然而我看不见太阳升起了。我还能做的只是在我的墓坑旁坐下，然后勇敢地下去，手持带耶稣像的十字架，走向永恒。"

远离政治，没有职业，夏多布里昂生活失去保障。迫于经济压力，他的思想还是被家人"零售"了，作品于1849年至1850年在报上连载，1849年正式出版。"是那时时扼紧我喉咙的可悲命运，逼我出售我的《回忆录》。没人能想象得出，因为被迫抵押自己的坟墓，我经受了怎样的痛苦，但这最后的牺牲，要归咎于我立的誓言和我行为的始终如一。"1826年8月21日，一家名为"《墓中回忆录》主权公司"的机构成立，它购买了夏多布里昂的作品，并立即付给作者十万六千法郎，还答应每年另外再付给作者一万二千法郎。

1828年8月25日，圣马洛城的居民重修海塘，这是夏多布里昂的故乡。他给市长写信:"我恳求在格朗贝岛上让给我几尺土地,作为我的葬身之所。"1831年10月27日,市长奥维斯回信做了承诺,并表示:"在人世所有东西都要逝去之后,名誉和光荣会长存。"格朗贝岛,距夏多布里昂的出生地圣马洛仅数百米,涨潮时与陆地之间的道路会被海水淹没。这里成为他的墓地,陪伴他的是一支花岗岩雕成的粗大的十字架,正对着汹涌咆哮的大海。山道边的石壁上,刻着两行小字:"一位伟大的作家安息在这里,他只希望听见海和风的声音。过往的行人,请尊重他最后的愿望。"

夏多布里昂以他丰沛的思想和不容置疑的文笔伫立在法国文化史上,对世界文坛发生着持续不断的影响。法国作家戈蒂埃说夏多布里昂是浪漫主义的"酋长",少年雨果曾说:"要么成为夏多布里昂,要么一事无成。"多年之后,恰是夏多布里昂对他一句无意中的夸奖,使雨果名满巴黎,足见夏多布里昂当年的威力和威望。法国文坛的领袖人物乔治·桑早年曾经对夏多布里昂不以为然,甚至进行过激烈抨击,到最后却不得不承认他的作品是"文学世纪大师之作"。当年,有人评价《墓中回忆录》是个令人惊叹的成功。波德莱尔认为他是"最不容置疑和非凡卓越的语言和文笔大师"之一。爱德蒙·德·龚古尔在1894年的日记中写道:"我要把全世界的人类伊始的所有诗篇,不管是何种语言,都献给《墓中回忆录》的前两卷。"普鲁斯特更是把夏多布里昂的故乡贡堡,用作《追忆似水年华》里自己故乡的名字,以此向他致敬。1912年,保尔·克洛岱尔说:"《墓中回忆录》是法国最壮丽的史诗之一,仅这一点就是令我们尊敬和珍惜了。它出自一个了不起的历史工程师之手,它是通向峭壁顶上的一条道路的设计师,从那儿我们看到了关于整个法国的最精辟的见解，它又是一位天才从逝去的文明废墟迈向毫无前途的乱世的诊断书……"

快两个世纪过去了，我很庆幸能够走进夏多布里昂的世界。没有保罗·奥斯特，我可能永远不会读夏多布里昂，谢谢他给我这份珍贵的礼物。译者郭宏安说：《墓中回忆录》是一部用语言的魔力描绘"孤独"的作品。"它不是一个整日枯坐窗前的人的自怨自艾，不是一个自放于社会人群的人的顾影自怜，不是一个陷入沉思冥想的人的心灵絮语，而是一个在父亲的古堡里，在布列塔尼的春天里，在汹涌的大西洋上，在美洲的荒原上，在华盛顿的客厅里，在尼亚加拉大瀑布前，在行军路上，在威斯敏斯特的教堂里，在拿破仑的招待会上，在政治家的会议厅里，在外交家的谈判桌上，在非洲的海岸上，在罗马的落日中，在金字塔的阴影下，在流亡的查理十世面前——的孤独者的呐喊。"我相信夏多布里昂的价值被大大低估，甚至认为他的巨著会一再被重新发现。那些用生命写作的文字不会死去。

阅读参考书目

［法］夏多布里昂：《墓中回忆录》，郭宏安译，上海文艺出版社，2016年8月。

［法］夏多布里昂：《墓后回忆录》，程依荣译，花城出版社，2003年3月。

爱默生：
为了种子而播种太阳和月亮

爱默生（1803—1882）

一个勇敢的灵魂

　　文学批评大师布鲁姆八十一岁的时候，写了一本书《影响的剖析》，这是他继名作《影响的焦虑》后的又一部经典，堪称晚年收山之作。大师一生都献给了文学讲坛，言语中永远充满赤诚、犀利、热忱，书中一段话引起我的注意："爱默生最重要的成就是他的《日记》，在这里他尽情遐想，随心所欲。去买全套的《日记》吧，最好是旧版本，而不是过度编辑的哈佛版，然后在几年里每天读一点，直到读完。"①他甚至表示他可以逐字逐句背诵几百个爱默生的警句。布鲁姆如此推崇爱默生，让我充满好奇。在我眼里，爱默生一直是一个老古董，对市面上流行着各种他的随笔录、演讲稿从来都敬而远之，以为无非都是人生鸡汤、格言警句，我对此永远排斥，很难引起兴趣。

　　那天睡觉之前，我开始在网上寻找爱默生日记的中译本，发现只有东方出版社在 2008 年出过一本《爱默生日记精华》，是根据美国的一个单行本翻译的，译者是倪庆饩。这应该是国内唯一的版本，原价二十元，现在已经绝版。我用了五倍的价钱下了单，快递第二

---

① ［美］哈罗德·布鲁姆：《影响的剖析》，金雯译，译林出版社，2016 年 10 月。

天就到了。一个土黄色的平装本，非常不起眼，爱默生的日记原有十卷之多，这是一本精华缩编本，有原编者序，还有爱默生传略，作者是 F. 伊斯特曼，整本书短小而完整。书的编者对每个时期的日记有详细的导读、注释，完全可以当传记阅读。我如此庆幸通过它认识了爱默生，这个译本出版十二年后，我掏了一百零八块钱买下它，但以它对我的价值而言，实在是太值得了。

我们对这位美国的先知了解太少了，爱默生是认识美国文化的一把钥匙。他被誉为架在美洲新大陆与欧洲大陆之间的桥梁，正是他，让美国文化开始成为世界文化的一个独立分支，并散发出别样的魅力。早在1815年，一位英国评论家就曾嘲讽地说过这样一句话："有谁会去读一个美国人的书呢？"这块移民遍地的大陆怎么会有文化人？而仅仅过了五十年，爱默生的著作就风靡欧洲，他和小说家霍桑、诗人惠特曼一起，让美国文化从此繁花似锦，爱默生也被欧洲人称为最睿智的美国人。他说："我们追随欧洲典雅的缪斯们已经太久了……我们要走自己的路，我们要用自己的双手创作，我们要说自己心里的话。"爱默生替美国做到了。林肯总统曾经高度赞扬他的思想，称爱默生是"美国精神的先知"，是"美国的孔子"。文学批评家劳伦斯·布尔在《爱默生传》里说，爱默生与他的学说是美国最重要的世俗宗教。

爱默生一生横跨19世纪，他出生的1803年，美国刚刚经过独立战争站立起来，乔治·华盛顿四年前刚刚去世。爱默生的童年时期美国和英国为争夺领土控制权不停地战争，他目睹了西部大开发，眼见着铁路的触角在延伸，国家的财富急剧增加，接着便是内战爆发，废奴运动风起云涌，在他离世之前，美国已经是一个统一的世界强国。爱默生和这个国家一起成长，战乱以及分裂，贫穷然后富裕，在这个过程中，他成为美国文化崛起的最重要的代表人物。美国文化的基因里有着爱默生不可或缺的贡献。直到20世纪，作为一个移民国家，美国开国历史前后也不到三百年，正因为没有历史包袱，20世纪以后，美国的文化运动能够摆脱欧洲中心论思想的窠臼，广泛吸收世界上的各种文化、流派，乃至意识形态的特点，因内化、重塑而焕发出强大的生机。这其中，爱默生是一个至关重要的开风气之先的人。

爱默生生于一个思想家辈出的家族，祖上有七代教士与学者，他的祖父和父亲都毕业于哈佛大学。爱默生幼年丧父，家境贫困，又被家族遗传病所困扰，早年成绩一般，属于中等生，但他阅读广泛，七八岁就可以熟练背诵莎士比亚戏剧和大量诗歌。爱默生命运坎坷，成年后，丧妻之痛和兄弟早亡接踵而至，各种不幸如影随形。

在哈佛大学，他仍然不是一个成绩很好的学生，但却是一个小有名气的校园诗人。那时候，牧师是一个受人尊敬的职业，也是爱默生追求的理想。毕业后的几年里，他站在讲台上布道，为人施洗，主持婚礼葬礼，年薪是一千二百美元。但很快他越来越不关心宗教的外在形式，而是更关心它的内在本质。

1831年12月19日，他在日记里写道："我不怕死亡。我相信那些害怕它的人是因为他们用世俗的眼光看它，而不是从灵魂的视角打量，觉得死亡就是结束。什么是使你对死亡毫不感到遗憾的原因呢？如果是吃喝、穿、聊、现实的实现和发财的欲望，它们必然会随着肉体的消亡而消亡。这就悲观了。如果是思想，精神的著述，善良的爱意，仰慕值得仰慕的东西，克己无我，道德完善，那么它们就比死亡存在得更久，延续进他人和万物的永生之中，将使你死后跟生前没什么两样，一样的有价值，一样的快乐。"

1832 年 9 月，爱默生辞去了牧师的职位。他在一首诗中写道：

> 我将不再脱离我自身而生活，
> 我将不再用别人的眼光来看待事物，
> 我的善良将显示善良，
> 而我的邪恶就是邪恶，我将是自由之身。

那年的欧洲之行改变了他，他遇到了欧洲思想家卡莱尔，这是一次历史性的会面——"命定其中每一个都会在十年之内成为各自的国家思想领域公认的领袖。"卡莱尔对他们的初次会晤写道："此人来见我，我不知是什么把他带来的，我们留他住了一夜才离开，我目送他走上山冈，没有送他下山，我愿意看着他登山，像天使一样消失。"后来，两个人保持了四十年的通信，成为欧洲和美洲思想思潮交融激荡的伟大注脚。

自此以后，"一个勇敢的灵魂"开始成熟。他认为上帝无处不在，只要求之于人的内心就可以，他称之为"内心的低语"。并宣称："最高的启示是上帝存在于每个人的身上。"他要推广自己的思想，他要成为"社会的中坚""世上的盐"，成为"人类的精英"。1835 年，经历多年丧妻之痛的他遇到了另一个女人，她感情热烈丰富，富于幽默和耐心，爱默生评价说："她不写诗，她使诗成为生活。"

1837 年 8 月 31 日，爱默生在美国大学生联谊会上发表了《论美国学者》的著名演讲，轰动一时，对美国民族文化的兴起产生了巨大影响，被誉为美国"思想上的独立宣言"。

我要变成一个隐士

早期欧洲移民曾经居住的"新英格兰"六州是美国文化的发祥地。马萨诸塞州的康科德城点燃了美国生活的火炬，这里是美国独立战争爆发的首城。康科德及邻近的波士顿在当时成了人文荟萃的胜地，坐落在剑桥市的哈佛学院吸引了大量学者。有四位作家：爱默生、霍桑、阿尔考特、梭罗都出自这里，他们走出了美国文化独立出欧洲的最坚实的步伐。康科德河畔辽阔的草坪上，坐落着一所漂亮而古老的新英格兰式住宅，不远处是瓦尔登湖，爱默生在这里写下了他的第一部作品《论自然》。

在瓦尔登湖附近的房子里，爱默生度过了四十年的平静生活。他的作息是这样的：早晨六点起床，他开始专心读书和写作，一直到下午一点。下午在花园或果园里劳动、散步、沉思。晚上会客，也参与各种社会团体活动。1837年5月6日，他在日记里写下这样的句子："我要变成一个隐士，满足于自己的命运，我从跟智者的会晤中摘取黄金果。要像树木一样隐忍地活，忍受一段一段的孤独，那么，我自己树木的果实必然会有更好的香味。"传记作者伊斯特曼写道："我们已看见他终于成熟，不顾多石的土壤和漫长的冬季，长得如一棵新英格兰的榆树那样，高大坚强、挺拔优美、安详沉静。他的家庭、他的习惯、他的朋友、他的目的、他的信念都已确立定形。"

1855 年 7 月 4 日，一个神奇的日子。就在这一天，爱默生收到了一本装帧简陋的名为《草叶集》的诗集，他读后高兴万分，认为它是一本"因为其东方式的概括而不同凡响"的诗集。21 日，他给作者惠特曼回了信，并把《草叶集》推荐给他熟悉的人们，称赞这本诗集是"所有作家能写出的、最好的美国式佛典"。这是美国文学史上最著名一封信。

爱默生在后人眼里以随笔著称，其实他更喜欢自诩为诗人。他翻译但丁，研究歌德，一生出版多本诗集。在他看来，诗歌是宗教，诗人即是先知和预言家。爱默生的诗学影响了许多美国诗人，除了惠特曼，还有狄金森、弗罗斯特等。

爱默生的研究者 D．理查森说，爱默生不是一个系统的读者，但他是浏览和做综合笔记的天才，他是矿工们所说的高速鉴别机，通过对书籍资料广泛的挖掘，筛选最精华的部分。大量的日记是他思想的闪光，今天读来仍然让人如饮陈酒，余香微醺：

1839 年 6 月 6 日——他这样定义爱情：

爱情是一种魔术。它拿一把椅子，一个盒子，一小片纸，或画在纸上的一条线，一根头发，一棵萎谢的野草都可以变成无价之宝。

1841 年 8 月——他的文字充满诗人的隐喻：

我愿我的作品被人阅读，如我读我最喜爱的书，不是带着爆发式的激情和惊异，像看到一个奇迹和一支火箭，而是一种悄悄到来的影响，友好而怡悦，像花香或进入旅行家眼帘的一片新的景色。

1844年1月——他这样形容睡眠：

在你开始下一天的生活和工作之前，结束此前的事情，并且在它们之间插进一面结实的睡眠之墙。

1847年4月——他这样评价苦难：

在邪恶的日子里，在受辱的日子里，在负债、失意、灾难的日子里劳动和学习。在密集的箭矢的暗影下战斗得最好。

1866年2月——他的教育理念：

大学，一定要让学人们安心，不要让他们受到冷落；关心和珍惜想象力；拜金精神不要把他赶走；热心不受压制；老爷爷教授不同化一切。

1867年秋天——他喜欢田园，终身喜欢归隐：

我感到欢乐支配一切的唯一地方是我的林地。每次我一踏进它，精神就为之一振。我可以在那里消磨一整天，拿斧子或整枝剪刀开辟小径，一点没有浪费时间的悔恨。我幻想小鸟认识我，甚至树木小声说话或者向我暗示。

1869年5月——他眼里的时间本质：

上帝有无穷的时间赐给我们，但是他怎么给呢？慢吞吞的一千年的一大块？不，他把它割成匀整的连续的新的早晨，每一个早晨都带来新的观念、新的创造、新的教益。

1871年5月——他对老年人说：

老年，我们浪费了大量时间在等待上。

阅读这些只字片语的日记，仿佛在听一个智慧老人唠叨，仿佛在思维的森林里攀缘游历，你会为一片闪亮的叶子吸引，为一株陌生的植物惊奇。你沉浸在一个个句子里,沉浸在这些句子所传达的氛围里。那些深沉的声音穿越岁月而来,字字句句抚慰灵魂。

1872年6月的某个清晨,爱默生和妻子被家里的浓烟熏醒。几个小时之内,房屋成了废墟。在邻居的帮助下,所幸大部分书籍和手稿被抢救了出来,但爱默生一生的积蓄化为乌有。这天是6月24日,他的日记只有一行字:"房子失火。"爱默生旧疾复发,一病不起。朋友们自发组织起来捐款,筹集了16600美元,用于帮助爱默生一家重建新居。他试图拒绝这些慷慨的馈赠,但却无法抗拒人们的执着善意,他打听到每个捐赠人的名字,并且把每个人的姓名早晚都要对自己重复一遍。

火灾后的第二个春天,爱默生从欧洲归来。

那天,当他到达火车站的时候,火车鸣响了汽笛,教堂的钟声同时敲响!全城的人都涌过来迎接他。小学生们列队走在他身边;一个崭新的家在等着他。房子已恢复原状,丝毫看不出火烧的痕迹,书房的摆设还是它曾经的样子。爱默生泪流满面,他哽咽道:"朋友们、邻居们,我不是木石……"他再也无法说下去。

十年后,爱默生在人们的拥戴下走完了余生,这一天是1882年4月27日,终年八十岁。他一直坚持认为我们称之为伟大的人不过是我们自身的放大罢了,现在,这位伟大的思想家已经成为世界的先知,他为建立一个更自由、更美好的新世界所做的深刻思考和努力将为世界缅怀,人们记住了他说的话:"由于上帝存在,一切最美好的东西因而长存。"

爱默生在日记里说:既不要羡慕俗世的浮华,也不要迷醉于过量的阅读,要多到大自然中去。

爱默生在日记里告诫自己:物质的追逐会成为灵魂的负担,它会使人心烦意乱。所以,必须焦虑不安地保护自我心境的平静,如同吝啬鬼防卫他的财产。人的价值跟他灵魂的结晶——作品必须是相等的,时光浪费不起。

爱默生在日记里思考:造物主是在人们的心中建立庙堂,而不是建立于物质的庙宇;写作也是为了传递心灵的消息,而不是为了短暂的现实利益。所以,不管时代和公众舆论,只为心灵的需要而写作的人是快乐的;只喜欢把思想传达给读者而不为推销而写作——永远写给不认识的朋友的人是幸福的!

一部日记记下了千万则思想的火花,爱默生一生自律、勤俭、不懈探索,内心永远涌动着不竭的创造力。阿根廷文学大师博尔赫斯非常喜爱爱默生的诗,说他是自己最喜爱的四位美国诗人之一。他写过一首以《爱默生》为题的诗,对爱默生的一生做了精确的描摹:

> 那位颀长的美国绅士
> 合上手中的蒙田作品,
> 去寻找另一种相似的乐趣:
> 欣赏平原辉煌的暮色。
>
> 他在田野上信步走去,
> 朝着缓缓倾斜的西方远处,
> 朝着夕阳染红的天际,
> 正如写这些诗行的人的记忆。

他想到：我博览了重要的书籍，
也写了一些书，不会被遗忘抹去，
承蒙一位神的不弃，
让我知道了世人能知道的一切。

我的名声传遍了大陆；
但我没有生活。我想成为另一个人。[①]

阅读参考书目

[美]爱默生：《爱默生日记精华》，勃里斯·佩里编，倪庆饩译，东方出版社，2008年1月。

[美]詹姆斯·埃利奥特·卡伯特：《爱默生传：生为自由》，佘卓桓译，黑龙江教育出版社，2017年4月。

[美]爱默生：《爱默生选集》，张爱玲译，花城出版社，1997年3月。

---

① [阿根廷]博尔赫斯：《博尔赫斯全集·诗歌（上）》，第282页，王永年等译，浙江文艺出版社，2000年10月。

梭罗:
在每个季节来临时活在其中

梭罗（1817—1862）

下定决心好好地过一天

2016年5月，美国波士顿。

参加完儿子的毕业典礼，我们决定开车穿越美洲大陆。5月24日，我站在了瓦尔登湖边上。这里依然保持着不可多得的原始自然风貌，湖水清澈见底，几块枯木漂浮水面，除我们两个人之外竟然没有一个游客。周围密布着野性十足的森林，一条废弃的铁路从远处蜿蜒穿过，树木葱绿，寂静醉人。我沿着湖边一圈圈走着，踏着似乎几百年未动的厚厚落叶，为这块神圣的土地惊叹。树林深处的河床上搭着几块巨大的鹅卵石，仿佛保留了一百七十多年前梭罗生活的痕迹，1845年7月4日，美国独立纪念日，梭罗走进这里，他没有料到，这一行为后来成为世界文学和文化史上的一个著名事件。

1845年到1847年间，梭罗独自一人幽居在瓦尔登湖畔的自筑木屋中，渔猎、耕作、沉思、写作。1854年出版了著名的《瓦尔登湖》，其间反复修改，七年七易其稿。1985年，《美国遗产》杂志评选"十本构成美国人性格的书"，《瓦尔登湖》位居榜首。此书与《圣经》一同被美国国会图书馆评为"塑造读者的二十五本书"之一，代表着人类永不停歇地自然探索之旅和寻找自我的征途。这是大自然与人类完美的感通，梭罗被誉为美国生态的最佳书记员、出色的植物学家和优秀的史学家,他的这段经历已经成为每个美国知识分子"内心景观永久性特征"。

在21世纪20年代的今天阅读这本书,你仍然能感受到它历久弥新的历史穿透力。书的首章堪称现代生活的宣言书,以不容置疑的口吻、一针见血的深刻将遮蔽人们灵魂的似是而非揭露得体无完肤:"人对自己的看法,决定或者影响着他的命运。大多数人生活在无言的绝望中,所谓的委曲求全其实是积重难返的绝望。"《瓦尔登湖》的文字率性真挚,语句精悍,声韵铿锵,寓意机敏顿悟,炼字异彩纷呈,真率的措辞时而朴质,时而雄辩,所有这些,都被誉为美国有史以来最为上乘的散文。他质朴的智慧浓缩在字里行间,随着孤独地讲述而源源流出,他讲故事,他营造警句,取譬设喻出人意表,安排节奏颇具匠心,让人觉得作品的灵感源自思想而非词句。这是漂亮的诗化散文,隐约朦胧却又天真素朴,奔放的激情和冷酷的现实在文句里天然融为一体。

> 瓦尔登的风景是卑微的,虽然很美,却并不是宏伟的,不常去游玩的人,不住在它岸边的人未必能被它吸引住:但是这一个湖以深邃和清澈著称,值得给予突出的描写。这是一个明亮的深绿色的湖,半英里长,圆周约一英里又四分之三,面积约六十一英亩半;它是松树和橡树林中央的岁月悠久的老湖,除了雨和蒸发之外,还没有别的来龙去脉可寻。——这不是我的梦,用于装饰一行诗;我不能更接近上帝和天堂,甚于我之生活在瓦尔登。我是它的圆石岸,飘拂而过的风;在我掌中的一握,是它的水,它的沙,而它的最深邃僻隐处高高躺在我的

思想中。[1]

在这片原始的荒野里,梭罗开始一种实验:独立、简朴、自由地与大自然相处。观察、思考、写作,他凝视水的冰冻过程,端详落在枝头一只鸟的神情,他数着自己走出的每一步,他列出在这里生活的支出账目,实验一种超低成本的生活。一只麻雀落在肩上,和猫头鹰一动不动地对视,饶有趣味地追踪着一条鱼。时间是他垂钓的溪流,汩汩地流着。空间是一面天空与湖水相映的镜子。夜晚,他数着夜空中石子般的星星。周围的万物在四季轮回中充满着不可思议的力量。他发现自己就是安静的湖,是寂静的森林,他隐居于自己的灵魂中。

有好几年,梭罗的职业是土地丈量,每天在康科德那些尚未丧失野性的天地间打发光阴。新英格兰四季分明,夏季干热,秋天五彩缤纷,枫树的富丽色彩像璀璨的焰火。这里冬季酷寒,有"小冰河时代"之称,河流湖泊为层冰所封,连暮春的气候都一日多变。在这个有两千居民的镇子里,在这片仅有数平方英里的原野上,池沼、湿地、森林、平缓的河流以及荒草丛生的原野,无不在召唤着他漫步徜徉,逐流而思。初放的花蕾,冰层的薄厚,候鸟的造访,林林总总的节候特征让他着迷。他的日记记录了对大自然日渐深入、愈益丰富的感悟。在他眼里,河流、湖泊、野草、鸟雀、走兽、树木,以及天空和风雨,都无法探索穷尽。天地间,他是个诗人、画家,寒来暑往让他心醉神迷。季候的轮替整饬有序,亘古如一,他从中

---

[1] [美]亨利·戴维·梭罗:《瓦尔登湖》,徐迟译,上海译文出版社,2006年8月。

读出了生命的律动，享受着生命的乐趣。他一生都在漫步，都在深入地研究百草、松林、月光和河流，由此汲取着无法言喻的乐趣。

> 让我们如大自然般悠然自在地生活一天吧，别因为有坚果外壳或者蚊子翅膀落在铁轨上而翻了车。让我们该起床时就赶紧起床，该休息时就安心休息，保持安宁而没有烦扰的心态，身边的人要来就让他来，要去就让他去，让钟声回荡，让孩子哭喊——下定决心好好地过一天。①

当我走进这里的时候，当年梭罗生活的房子已被重新复原，作为旅游景点，有个志愿者在向游人介绍梭罗，一切都简陋得寒酸。当年这个小屋只有十英尺宽，十五英尺长。但美国人对待旅游景点的那种原始美学让人肃然起敬。《梭罗传》的作者沃尔斯写道："梭罗看到了物换星移，而且，得益于他的天才带给他的惊人勇气，他认为自己有责任记录这些变化，并对世界发出警告。他的'瞭望台'就在铁轨边，在瓦尔登湖的森林里，他会在这儿拉响警报，为世界指出更好的出路。"

这本出版于一百六十多年前的书，其实相当艰涩，倒不是因为它提及的动物和植物多达上千种之博杂，也不是因为李继宏翻译的版本竟附录了一千多条注释，而是因为梭罗警句般地写作，语义极为浓缩。《圣经》般的启示录式表达，修辞生僻，诗意象征。他至高纯粹的思想高度，很少有人能望其项背。如果人们只是把他当作

---

① ［美］亨利·戴维·梭罗:《瓦尔登湖》，李继宏译，天津人民出版社，2013 年 7 月。

描摹自然的经典作家实在不公平。整本书学识之渊博,视野之开阔,思想深度不亚于一百多年来任何一个思想家,读着那些细琐、翔实、生动的记述,我总能想起中国古典文论《文心雕龙》里的一段话:

> 文之思也,其神远矣。故寂然凝虑,思接千载;悄焉动容,视通万里。吟咏之间,吐纳珠玉之声;眉睫之间,卷舒风云之色。其思理之致乎。故思理为妙,神与物游。

我以为把这本书上升到 19 世纪中叶开启美国人自我认知起点的高度,并不过分。正如张爱玲评价的那样:"就好像我们中国古时的文人画家一样,梭罗并不是一个以工笔见胜的画匠,可是他胸中自有山水,寥寥几笔,随手画来,便有一种扫清俗气的风度。技术上虽未必完美,可是格调却是高的。"如果你只是认为梭罗在瓦尔登湖独自生活了两年多,记录了一些花花草草,那千万不要说你读过《瓦尔登湖》。世间只有一种宗教:人与自然默然相契,天人合一。人类只有接近旷野森林与江河湖泊才能获得心灵的康复——"日出未必意味着光明。太阳也无非是一颗晨星而已。"好霸气的最后一句话!

从 2016 年走近瓦尔登湖到现在,我又读了无数遍梭罗。似乎我从来没有认识过这片湖水林地,也似乎永远到不了那里。就像苍穹星辰,你只有仰望而已。

圣灵在此刻的显现

梭罗是爱默生的弟子,可以说,没有爱默生,就没有《瓦尔登湖》。瓦尔登湖边的十一英亩林地是爱默生以每亩八美元八美分购得的。是爱默生给了学生完成自己心愿的机会。

1837年，二十岁的梭罗从哈佛大学毕业，12月22日他在笔记本上写下了这样一段文字，第一句话是这么说的："最近在忙什么呢？他问我，你写日记吗？那好，——就从今天开始吧。"文中提到的"他"是拉尔夫·沃尔多·爱默生。这一年，三十四岁的爱默生和二十岁的梭罗相识。写下这段文字后，梭罗开始了一种终生探索，一种自我与自然关系的质问。日记坚持了二十四年，最终留下了四十七卷的手稿。

当时的梭罗还是个刚刚毕业的大学生，一名年轻的诗人。他们两个人很谈得来，颇有一种心灵的默契。爱默生称赞梭罗的诗是美国诗歌中最纯真、崇高的一种书写。1937年10月16日的日记里留下了他们交流的痕迹："一个可爱的下午，我去瓦尔登湖，在湖岸上谈歌德。"梭罗的思想与爱默生有很大的渊源。早在大学期间，梭罗就读过爱默生的《论自然》，书中表达了一种信念，认为自然是人类心智成长的沃土，"是精神的呈现，是人类心灵的显影和投射"。梭罗仿佛从中听到了一种神圣的召唤，他要与世俗的雄心壮志背道而驰，走一条在研习自然、体验自然之中探索生活真谛、寻求精神升华的道路。在许许多多美国作家中，梭罗几乎是最能经受岁月和时光淘洗的人物。他如此彻底地融入身边的自然，渴望自己的生命与树木、花朵、海龟和风暴拥抱，渴望与旱獭、河流、松鼠和湿地拥抱。

1838年的一天，爱默生在他自己的日记上写道："我非常喜欢这个年轻的朋友了，仿佛他已具有一种自由的和正直的心智，是我从来还未遇见过的。"后来几天，爱默生又写道："我的亨利·梭罗非常好,以他的单纯和明晰的智力使一个孤独的下午温煦而充满了阳光。"四月里,爱默生记下二人的畅游:"昨天下午,我和亨利·梭罗去爬山,雾蒙蒙的气候温暖而愉快,仿佛这大山如一座半圆形的大剧场,欢饮了美酒一般。"从1841年开始,爱默生邀请梭罗来到家里做客,之后梭罗就经常到爱默生家居住。

他们的关系后来一度冷淡,甚至有过交恶。这一方面与梭罗偏执、极端的个性有关,另一方面也因为他们思想的某种分歧。还有一种说法认为,爱默生两次游历英伦期间,把家里的一切托付给梭罗,梭罗也俨然以主人自居,据说还爱上了年长他十六岁的爱默生的第二任妻子莉迪安。据研究,这些在梭罗的书信和日记里都有蛛丝马迹。如此这般,双方交恶也就在情理之中了。宽厚如爱默生,最后终于无法容忍这个自私的弟子。而且令人奇怪的是,在梭罗所有的文字中,他从来没有正式表露过对爱默生这位师长身份的认同与感激。爱默生后来说:"他虽然是这样纯洁无邪的一个人,他竟没有一个平等的友伴与他要好。"他有一个朋友说:"我爱亨利,但是我无法喜欢他;我决不会想到挽着他的手臂,正如我决不会想去挽着一棵榆树的枝子一样。"

爱默生始终视梭罗为美国最优秀的作家,并对他寄予厚望。但他们是两个不同类型的人,在一些思想与行为方式上,有相通的地方,比如热爱大自然、喜欢散步等等。而究其本质,他们的差别却也非常之大:爱默生热爱自然,认为现代文明可以取之自然并使自然更有秩序;而梭罗热爱自然则视自然为唯一目的,"不用圈套,也不用枪支",他们之间好像是两座永远不能靠近的大山。从性格而言,爱默生并不排斥世俗,对声望、名誉、地位、财产、家庭等等都看得很重;而梭罗的超凡脱俗走向极端,不追求财产、不追求虚名、不在乎亲情、远离现代文明,甚至"不喜欢平常的话题,对所有的来访者都大谈高深莫测的东西,最后把他们都贬得一钱不值"。爱默生为人热情、周到,乐于助人;而梭罗尽管有时也兴致勃勃,爱说笑,待人忠诚、真挚,但他身上似乎有种严肃的冷静——冷静得像坟墓。

梭罗去世后,爱默生对他的思想和才能给予高度的评价,还把他写进了《代表人物》一书中。其中说:

> 梭罗以全部的爱情将他的天才贡献给他故乡的田野与山水,因而使一切识字的美国人与海外的人都熟知它们,对它们感兴趣。他生在河岸上,也死在那里,那条河,从它的发源处直到它与迈利麦克河交流的地方,他都完全熟悉。他在夏季与冬季观察了它许多年,日夜每一小时都观察过它。麻省委派的水利委员最近去测量,而他几年前早已由他私人的实验得到同样的结果。河床里、河岸上,或是河上的空气里发生的每一件事;各种鱼类,它们产卵,它们的巢,它们的态度,它们的食物;一年一次在某一个夜晚在空中纷飞着的鲥蝇,被鱼类吞食,吃得太饱,有些鱼竟胀死了;水浅处的圆锥形的一堆堆小石头,小鱼的庞大的巢,有时候一辆货车都装它不下;常到溪上来的鸟,苍鹭、野鸭、冠鸭、鹗;岸上的蛇、麝香鼠、水獭、山鼠与狐狸;在河岸上的龟鳖、蛤蟆、蟾蜍与蟋蟀——他全都熟悉,就像它们是城里的居民,同类的生物。[1]

---

[1] [美]爱默生:《爱默生选集》,张爱玲译,花城出版社,1997年3月。

这篇文章的最后，爱默生断言：无论在什么地方，只要有学问、有道德的、爱美的人，一定都是他的忠实读者。"如果他的天赋只是爱思考而已，那么他很适合过他的生活，但他的充沛精力、实践能力又使他看上去像是生来就能成就大事业和做领袖的人。因此对于他放弃这世间少有的实干才能，我非常遗憾，我实在忍不住要指出他的缺点，那就是他没有抱负。"

毫无疑问，爱默生是最了解梭罗的一个人，如父知子。他对梭罗的人生选择有着形象的比喻，他在追忆梭罗的悼词中讲到，在欧洲的蒂罗尔山脉中生长着一种美丽的花，由于此花通常生长在悬崖峭壁，使得许多人望而却步，但仍有勇士为了追求美丽和爱情甘愿冒死去采花。有时，人们会发现采花者已死在了山脚下，手里还握着花。他由此感慨，梭罗一生都希望采到这种花，而他得到这种花是当之无愧的。"我们都记得亨利·梭罗是位天才，性格突出，是我们农夫眼中最有技艺的测量师，而且确实比他们更熟悉森林、草地和树木，但更为熟悉的是本国一位为数不多的优秀作家，而且我深信，他的声誉还没有达到他应该达到的一半。没有哪个美国人比梭罗活得更真实。"无论是胸怀还是视野，爱默生都是一个极为开阔的人，他认识到了梭罗的价值，并预言了人类百多年后的历史认识。

梭罗最终和爱默生达成了和解，他说过这样一句话："优秀人物间的友谊终止了，他们的原则没有变，正如藕断丝连。"我们无需追究两个伟大人物现实中的关系细节，人性从来幽微深邃，具体情境也只有当事人自己清楚，但他们的存在以及相互激发成为人类一个时代的象征，纪念碑般竖立在山野林湖之间，树立在思想的延伸途中。他们共同创造了一个起点，正如罗伯特·斯比勒在《美国文学的循环》中说："美国文学的确立自爱默生和梭罗始。"对于美洲大陆短暂的现代文明而言，这是一个意义非凡的起点。

阅读参考书目

［美］亨利·戴维·梭罗：《瓦尔登湖》，徐迟译，上海译文出版社，2006年8月。

［美］亨利·戴维·梭罗：《瓦尔登湖》，李继宏译，天津人民出版社，2013年7月。

［美］詹姆斯·埃利奥特·卡伯特：《爱默生传：生为自由》，佘卓桓译，黑龙江教育出版社，2017年4月。

毛姆：
爱所写下的故事
通常都有个悲惨的结局

毛姆（1874—1965）

安宁而有尊严的生活方式

整个夏天我都在准备一部书稿，一有时间就关在办公室里一笔一画地写着：零散的笔记、偶尔的感想、经常冒出来的念头。8月的一个下午，我一直写到傍晚六点十分，急匆匆地回家，驾车驶离刚刚还沉浸其中的文字世界，一种恍惚和梦幻的眩晕感充盈可触，夏末秋初的那种明亮感清澈而开阔。这段路要经过一段高架桥，拐上去的时候，我有种走进生活、走进尘世的错觉，远处两支高高的烟囱冒着白烟，吞吐的烟雾慵懒地飘散着，像大地的喘息。高架路在高楼间穿越，天边夕阳先是隐藏在一抹云层中，金光闪闪，过一会儿，太阳光芒万丈地直射下来，环路上车流的尾灯挣扎着闪烁，仿佛生活本身的挣扎，驶下高速，天边一架客机从容不迫地飞着，如同一个美丽的句子。

文学和文字世界让这个夏天变得无比漫长，既是一种迎接，又是一种告别。既是一种逃避、躲藏，又是一种沉溺、耽乐，像中年人的爱情，从容、绵长地享受情爱，不急不躁，收放自如，一切都在掌控之中。对于存在主义者来说，洞察生活的本质至关重要，我们拥有的只有此世这份人生，必须物尽其用。同时更应该领悟灵魂的孤立是尘世生活的基本状态。中年以后，越来越渴望寻找一处"避难所"，仿佛是为了安顿千疮百孔的灵魂或者不堪重负的肉身。因此，阅读变得极端重要，极端私人化。我不断地买书，每次晚上一本本剪开塑封，都像触摸一个新鲜的肉体。那种欣喜与新奇，一遍遍撞击麻木的触角。纳博科夫晚年在瑞士接受采访时表示，他如今最需要的是一把"安乐椅"。"安乐椅在另一间屋里，在我的书房。这是个比喻，整个旅馆、花园，一切都像个安乐椅。"知天命者，清静、无为，远离一切打扰和喧嚣，沉浸在思考和文字里，平静地等待死亡，享受时光温顺地流逝。

雷蒙德·钱德勒在他的名著《漫长的告别》中说过一句著名的话："告别，是每次死去一点点。"情感、肉体都是如此。当你意识到自己身体的时候，就真的开始变老了。良好的身体感知而不是处处预警信号，对中年人是一种极大的成就感，这是对人和事变得平和宽容的前提，生理的平顺让你不再焦虑，也是真正与自己和谐共处的前提。而读书的眼光同样变得挑剔刻薄，作家的任何一个花招都很难躲过你的眼睛。借助于那些伟大的名字，你和你经历的世界变得透明，变得丰饶和深邃。因为阅人无数，所以可以随时撕开伪装。同时也意识到凭空用文学构筑出的一个世界，真是一个美丽的谎言。人到中年，毛姆进入我的视野。

1938年，毛姆完成了一本书《总结》，这一年，毛姆六十四岁。他决定退出喧嚣的戏剧界，准备静养晚年。这本书完整、彻底、一次性地回答了自己所有的困惑。用中国学者毛尖序言里的话说："这是毛姆野心的至高表达。"耳顺之年，经过岁月的磨砺，他已经成为一位淡然、睿智的老人，在走进坟墓之前，他有话想说，仿佛写下自己的遗嘱。可能毛姆也没有想到写完这份遗嘱后，他又活了将近三十年，以九十一岁高龄离世。

六十四岁写"总结"实在是一个最好的年龄。对许多人来说这个年龄已经告别了职业生涯，那些为生活奔波的日子一去不复返了。接下来将面对最纯粹的一件事是：活着。当然，对作家和艺术家并非如此，他们总是，也一直是最自由最彻底地活在艺术和思想里。职业也好，工作也好，是人与社会最重要的联系纽带。毛姆的书是一次严肃的、自由的、认真的、真实的谈话。他说这本书"既非自传，亦非回忆录"，他的生命历程已经真真假假被写进了自己的小说和戏剧。他希望《总结》"将长时间在意识的不同层面中漂浮的所有这些想法收集起来。它们一旦写成，我也就结束了和它们的纠葛。等我写完这本书，我就会知道自己立身于何处"。

四十岁的时候，毛姆厌倦了。不仅厌倦了人，也厌倦了长期盘踞在心中的思想；厌倦了和自己生活的人，以及自己所过的生活。他想结婚了，他觉得婚姻使人平静，这是种不受爱情烦扰的平静……平静，以及一种安宁而有尊严的生活方式。毛姆的这种中年危机被外力打破了，或者说解决了。因为战争爆发了，他说："我生命中的一章结束了。"

六十岁以后，仿佛对一切都已释怀，毛姆说："在与所有这些陌生人的接触中，我失去了自己作为口袋中一块石头的光滑，这光滑是文人乏味的生活所磨制的。我恢复了自己的棱角。我最终又成了自己。……我已经抛弃了文化的傲慢。我的状态是全然的接受。我向人要求的不比他能给的更多。我学会了容忍。我因他们的良善而高兴，但我不为他们的恶行而沮丧。我已经得到了精神的独立。我已经学会了走自己的路，而不去考虑别人怎么想。我为自己要求自由,也准备好给予别人自由。"毛姆在《总结》的最后一章思考的是:爱与善。一个六十四岁老人在寻找自己的立身之地,尤其是灵魂。"我写这本书是为了将灵魂从某些观念中解放出来,这些观念在我的灵魂中徘徊了太久,以至于使我觉得不适。"长寿让毛姆成为一个智慧老人,对人性的洞察使他坚信人性永不改变,也不会改变,尤其是人性中的缺陷。因为洞察所以慈悲,他信奉布封的格言,风格即人,所以他的文学评论经常在写作家的八卦,用许多不堪的故事把作家拉下神坛,以便对其加以平视。在他眼里,"大多数人是美德与缺陷的混合体,在他们身上集合了相互之间如此抵触的优点和缺陷,仅仅是因为它们是如此昭然若揭,你才不得不相信这样相互矛盾的品质能够共存于同一个人身上"。没有什么比时间更能让一个人练就一双火眼金睛了,所谓看破红尘,总要在红尘里待够时间啊。

故事的圣手

毛姆的书好读,他是一个会讲故事的人,被誉为"故事的圣手"。他的书因此永远畅销,同行对这位"全世界最有钱的作家"不免会有各种羡慕嫉妒恨。也许这是他总被称为二流作家的重要原因,评论界的批评也从不留情,他只好自嘲是"二流作家里最靠前的"。毛姆长寿,高产,一生创作了二十多部长篇小说,一百多篇短篇小说,三十多部戏剧。但文学史认为,毛姆从来不是一个时期、一个时代或某一个十年的发言人,他的作品不具有那种意义上的时代性。

1915年,当读者追捧毛姆的《人性的枷锁》时,同时代人詹姆斯·乔伊斯和D.H.劳伦斯已经在写让世人震惊的小说。1930年,当毛姆的小说《寻欢作乐》畅销时，同时代人菲茨杰拉德、海明威和福克纳正在创造文学史上的里程碑。1943年，他发表《刀锋》时，同代人诺曼·梅勒和欧文·肖正在引领一代文学风潮。毛姆丰产的这半个世纪，文学界一直涌动在现代主义革命的洪流中，而在这个多变的时代里，毛姆所做的是一如既往地按自己的方式写作，兢兢业业地为读者讲故事，不为文学形式的探索所动。行家看门道，《1984》的作者乔治·奥威尔就承认："现代作家中对我影响最大的就是萨姆塞特·毛姆，对于他直言不讳、毫无虚饰地讲故事的能力我无限钦佩。"

在《人性的枷锁》里，毛姆讲了一个故事，概括了他对人生的理解——虚无而绝望："菲利普想起了有关东罗马帝国国王的故事。那国王迫切希望了解人类的历史。一天，一位哲人给他送来了五百卷书籍，可国王朝政缠身，日理万机，无暇披卷破帙，便责成哲人将书带回，加以压缩综合。转眼过了二十年，哲人回来时，那部书籍经压缩只剩了五十卷，可此时，国王年近古稀，已无力啃这些伤脑筋的古籍了，便再次责成哲人将书缩短。转眼又过了二十年，老态龙钟、白发苍苍的哲人来到国王跟前，手里拿着一本写着国王孜孜寻求的知识的书，但是，国王此时已是奄奄一息，行将就木，即使就这么一本书，他也没有时间阅读了。这时候，哲人把人类历史归结为一行字，写好后呈上，上面写道：人降生世上，便受苦受难，最后双目一闭，离世而去。生活没有意义，人活着也没有目的。出世还是不出世，活着还是死去，均无关紧要。生命微不足道，而死亡也无足轻重。"

看起来，是原生家庭塑造了毛姆。他十岁时父母双亡，靠叔叔抚养长大，身材矮小又寄人篱下，因为口吃经常遭到人们的嘲笑，从小养成了内向的性格，他敏感、孤僻，常常一个人静静地看书。他有句著名的话后来被广为流传："养成阅读习惯等于为自己筑起一个避难所，几乎可以避免生命中所有的灾难。"他几乎不停地恋爱，从十五岁到五十岁。直到八十岁，他都在追求刺激的感情生活，他一生有过两个女人，两个男人，以及无数个情人。《毛姆传》的作者赛琳娜写道："如果有人能将毛姆的一生写出来，那将比他的小说精彩一百倍。"毛姆带着情人周游世界，并将见闻写成故事，变成金钱，让人羡慕得流口水——"毛姆活得值，去过所有的地方，见过所有的人，吃过所有的东西。"

1949 年，毛姆出版了一本读书札记，取名《作家笔记》。最后一篇后记写于 1944 年，也就是他七十岁生日第二天，并献给他的同性恋人杰拉德。在他看来，七十岁是一个里程碑，到了七十岁，便不再是步入老年的人了，而就是老人了。生日这天，没有任何庆祝仪式了，他和平常一样，上午工作，下午到屋后幽静的树林里散步。他"沉思了一天"："老了的最大好处就是精神自由。"下面是七十岁毛姆的时间表：

上午七点起床，在卧室里阅读一小时，洗漱、吃早饭，看报纸；
九点在书房写作；
十二点半陪客人吃午饭，喝鸡尾酒；
接着是午睡，起来后吃下午茶；
下午和朋友们一起运动：网球、高尔夫、游泳等；
晚饭后，带着心爱的腊肠犬们去散步；
回来后，抽雪茄，再和客人们打一两局桥牌；

晚上十一点上床睡觉。

虽然毛姆只有上午三个小时用于写作，但他认为"写作是个全天候的工作"。作家不只在书桌旁写作，他整天都写，思考的时候在写，阅读的时候在写，体验的时候在写。他看到和感受到的一切对他的目的都有意义，并且总是有意识或无意识地储备和改造自己对世界的印象，对其他任何职业，他都不能给予如此专一的注意力。毛姆把自身所有的体验都化作了文学：他的罪恶和荒唐、临到他身上的愁苦、他那未得响应的恋爱、他身体上的缺陷、病痛、贫困、他放弃了的希望、他的悲伤、耻辱，这一切经由他的反刍都转化为他的素材，并且通过写出来，他也就克服了这一切。所有的事他都能加以利用，从对路人颜面的一瞥到震惊文明世界的战争，从一朵玫瑰的香味到一位朋友的离世。临到他身上的，他无不能变为一个诗节，一首歌曲，或者一段故事，并且当他写下来之后，这些事也就全部和解了。从这个意义上说，艺术家是唯一的自由之人。也许这就是他的小说迷人的关键之处，什么是人生的意义，如何才是有意义的生活？每个人不都是在用一生回答这两个问题吗？在他看来，艺术家的每件作品都应是其灵魂历险的表达，艺术家为自我灵魂的解放而创作。如果他是个小说家，他就用自己对人，用他对自己的理解，用他的爱和恨，他最深邃的思想和短暂的幻想，在一部接一部的作品中绘出生活的图画。

第一人称讲故事是毛姆的叙事诀窍，在真实与虚构之间，读者跟随一个讲述者享受故事。他在《巨匠与杰作》一书中说："作者自己在讲故事，可他并不是主角……他的作用不是决定情节，而是作为其他人物的知己密友、仲裁者和观察者……他把读者当作知心人，把自己所知道的、希望的或者害怕的都告诉读者，如果他自己不知所措，也坦率地告诉读者。"毛姆有一个顽固的执念，作品的可读性是作家的最大财富。他认为听故事的欲望就像人类本身一样古老。因此，现代文学完全背弃故事性的做法在毛姆看来无疑是愚蠢的，也许这是他与大多数现代主义作家之间的一个巨大鸿沟。在艺术领域，他是一个彻头彻尾的保守派，保守得深入骨髓，他认同那句古谚：阳光之下本无新鲜事。在好几部小说里，第一人称"我"都是一个冷静、中立的观察者，叙述语气中带着点嘲讽以及对故事中的人性光谱莞尔一笑，没有感动，没有评判，只有听不见声音的叹息。这也许是一代代读者喜欢毛姆的另一个重要原因吧。

阅读参考书目

［英］毛姆：《总结：毛姆写作生活回忆》，孙戈译，译林出版社，2012年7月。

［英］毛姆：《作家笔记》，陈德志、陈星译，上海译文出版社，2015年8月。

［英］毛姆：《随性而至》，宋金译，上海译文出版社，2011年9月。

［英］毛姆：《观点》，夏菁译，上海译文出版社，2011年10月。

［美］赛琳娜·黑斯廷斯：《毛姆传：毛姆的秘密生活》，赵文伟译，安徽文艺出版社，2015年1月。

斯蒂芬·茨威格:
我们命该遇到这样的时代

斯蒂芬·茨威格（1881—1942）

没有一代人像我们这样命运多舛

1942年2月22日，中午十二时，巴西，里约热内卢近郊的佩特罗波利斯小镇。

斯蒂芬·茨威格写完了他的遗书，几天来，他一直在写信，给自己最亲的人，告诉他们自己的爱，告诉他们他就要提前离开人世，现在这些信件整整齐齐躺在书桌上。狐狸犬布拉齐跑过来围着他欢快地腻歪他，舔着他的手，他摸了摸这个小精灵，抱起来亲了又亲。"这是最后一次了！"他内心低语着，布拉齐听不到，也听不懂。他打开房门，看着它欢快地跑进花园。他心里涌动着无限的柔情，他不知道房东太太以后会不会好好照顾它，他专门留了一封信，请她帮忙照顾布拉齐，这是他最后一次抛弃的行为，心里充满愧疚。"可是我不能带它走，它是那么无忧无虑。我有绿蒂陪我就足够了，我答应过不会抛下她。"

最后的时刻来到了，斯蒂芬·茨威格和绿蒂·阿尔特曼，她第二任妻子，也是他的助手、秘书，各自拿着一个小瓶子，里面是白色的晶体——佛洛纳，一种安眠药。他们就这样拥抱在一起，和衣而眠，再也没有醒来。后来的人们看到了他们最后的遗照。桌上的遗书是这样写的：

在我自愿和神志清醒地告别人生之前，我必须完成一项最后的责任，向美好的国家巴西表达由衷的感谢。巴西如此好客地给予我歇脚之地，为我的工作提供如此好的环境，随着每天每日，我更热爱这一片土地。但对我而言，自从我的母语世界沦亡和我的精神家园欧洲自我毁灭之后，我已经没有什么地方能重建我的生活。

如今我已年过六十，要再次重新开始一切生活，需要非凡的力量。所以我认为，能把为我带来最纯真快乐的精神劳动和个人的自由，视为天下最宝贵的财富固然好，但是我的力量已在无家可归的漫长漂泊中消耗殆尽，因此及时和有勇气结束自己的一生，岂不更好。

我向我所有的朋友致意！愿他们在漫长的黑夜之后还能见得到朝霞！而我，一个格外焦急不耐的人先他们而去了。[1]

"死亡是一位从德国来的大师。"这是茨威格的同胞，犹太诗人策兰著名诗作《死亡赋格》里的一句，像极了上帝发出的哀鸣。

2010年，法国作家洛朗·塞克西克出版了传记小说《斯蒂芬·茨威格最后的岁月》，用充满魅力的文字再现了茨威格的最后时刻，高居畅销书榜首达三个月之久。中译本是两年以后出版的，我读到这本书已是2020年，译文相当优秀，遗憾的是书名过于平淡：《茨威格在巴西》。

---

[1] ［法］洛朗·塞克西克：《茨威格在巴西》，居悦译，人民文学出版社，2012年10月。

2021年初夏，我在写这篇文章的时候，看了茨威格的传记电影《黎明之前》，2016年由德国、奥地利、法国联合拍摄，导演是德国女导演玛丽亚·施拉德（Maria Schrader），影片用深情的一个个长镜头，重现了茨威格在纳粹驱逐下，流亡纽约、巴西等地的最后岁月。

我的书架上存有茨威格所有的中译本，其中《昨日的世界》《人类群星闪耀时》有三个译本。我是后来知道，我最喜欢的茨威格译者舒昌善先生原来是我北师大的校友，我买他最新译本的时候，他于2020年7月6日离世，享年八十岁。茨威格天上有知，一定会见到他的这位知音，德国哲学博士。

"我们命该遇到这样的时代。"茨威格以莎士比亚的名句作为《昨日的世界》题词。

> 我从未把我个人看得如此重要，以致醉心于非把自己的生平历史向旁人讲述不可。只是因为在我鼓起勇气开始写这本以我为主角——或者确切地说以我为中心的书以前，所曾发生过的许许多多事，远远超过以往一代人所经历过的事件、灾难和考验。我之所以让自己站到前边，只是作为一个幻灯报告的解说员；是时代提供了画面，我无非是为这些画面作些解释，因此我所讲述的根本不是我的遭遇，而是我们当时整整一代人的遭遇——在以往的历史上几乎没有一代人有像我们这样命运多舛。

斯蒂芬·茨威格生于1881年，与中国的鲁迅同龄。跨越了两个世纪，经历了两次世界大战。目睹了人类文明由摧残到焚毁的全过程。在维也纳市政厅大街17号,斯蒂芬·茨威格和哥哥阿尔弗雷德·茨威格度过了美丽的童年时光:"这座城市的每一个居民都在不知不觉中被培养成为一个超民族主义者、一个世界主义者、一个世界的公民。"回忆录中,茨威格重温了自己的美妙的幸福时光。那时候,国家的富庶和国民所具有的文明教养像春天般充满希望。没有一座欧洲的城市像维也纳这样热衷于文化生活,奥地利人的自豪感就是最强烈地表现在追求艺术的卓越地位上。欧洲文化潮流在这里汇集,这里拥有不朽的音乐巨星——格鲁克、海顿、莫扎特、贝多芬、舒伯特、勃拉姆斯、约翰·施特劳斯都曾在这里如星光辉映。

茨威格常年过着欧洲贵族社会的优雅生活,十五岁开始收藏名人手迹,在他的书房里,摆放着贝多芬用过的书桌、达·芬奇的工作笔记、拿破仑的军令、巴尔扎克的小说校样、尼采的手稿、歌德的初稿、莫扎特的乐谱。他是如此着迷于这些伟大的灵魂,想知道"词句是怎样变成诗行的,单音是怎样变成千古流传的旋律的","能提供少许猜测依据的唯一材料是艺术家一页一页的亲笔手稿,尤其是那些涂涂改改、不准备付印的初稿"。在被迫出走英国前,他把这些收藏送给了图书馆和友人,他说"我放弃了收藏,但不后悔"。他向自己曾经视为骄傲和热爱过的一切诀别了。

茨威格是从翻译和写作开始文学生涯的。他翻译法语诗人埃米尔·维尔哈伦、法国诗人保尔·魏尔兰和夏尔·波德莱尔等人的诗作。十六岁时就发表诗歌,二十岁时就出版了诗集《银弦集》,但他没将其中的任何一首诗入选他后来的《诗集》,对此,他在《昨日的世界》一书中解释说:"那些诗句不是出于自己的亲身体验,而是一些不确定的预感和无意识的模仿,只是一种语言上的激情。"即便"这些诗篇表现了某种音乐美和形式美"。

茨威格二十三岁获得博士学位。毕业后在《新自由报》当了一名编辑。长时间的文字训练，使茨威格的文笔走向成熟，从 20 世纪 20 年代起，他"以德语创作赢得了不让于英、法语作品的广泛声誉"。弗洛伊德的心理分析理论在他的作品中得到了最完美的应用，评论界因而称他为"打开弗洛伊德危险闸门的心灵猎手"。"对灵魂的发现，对自我的认识，将成为我们——变得智慧的人类——将来越来越大胆地破解又无法最终解开的课题"。20 世纪最初的 20 年，弗洛伊德的著作《精神分析引论新讲》和《梦的解析》风行世界。在战争阴云之下，茨威格见到了已经八十三岁的弗洛伊德，在伦敦郊区的一幢住宅的花园里。二人促膝长谈，茨威格说："即使在黑暗的年代，和一位道德高尚的大思想家谈话，同样会给人以无限的安慰和精神上的鼓励。"

出于文学创作的需要，从 1904 年到 1914 年，他历时十年，几乎游遍了大半个欧洲，"渐渐成为一个欧洲人"。他遍访欧洲各国文艺界的知识名流，与维尔哈伦、罗丹、罗曼·罗兰以及里尔克等名人密切往来，开拓和丰富了自己的眼界和学识，他们各人的品格修养和艺术气质给茨威格留下了深刻的印象。从他们身上，他看到了知识分子的责任和担当：知识分子不仅仅需要高深的专业知识，更重要的是要有高尚的品格，要肩负起"人类良心"的责任，以追求人类的自由和公正为己任。

1933 年纳粹掌权后，出身犹太家庭的茨威格命运从此改变，狂热的纳粹学生焚烧进步作家和犹太作家的书籍，茨威格的大批作品也未能幸免。1934 年，奥地利政府抄了茨威格的家，他不得不离开祖国，踏上绝望的流亡生涯。

在巴黎，茨威格与诗人赖内·马利亚·里尔克过从甚密。里尔克将《旗手克里斯朵夫·里尔克的爱和死亡之歌》的手稿当作一件珍贵的礼物带给茨威格，里尔克像是一位隐修的教士，一个守护和献身语言的人。他疏远日常生活，远离荣誉和利益。弃绝世上昙花一现的东西，专心于艺术创作，使自己的人生成为一种艺术品。茨威格感慨道："当我回想起曾像不可企及的星汉照耀过我青年时代的那些可尊敬的名字时，我的心中不禁产生这样一个令人悲哀的问题。在我们今天这个动荡不堪和普遍惊慌失措的时代，难道还有可能再次出现那样一些专心致志于抒情诗创作的纯粹诗人吗？"

在巴黎奥德翁咖啡馆，茨威格与流亡巴黎的爱尔兰作家詹姆斯·乔伊斯畅谈。乔伊斯把他的著作《青年艺术家的肖像》借给茨威格，那是他仅存的一本样书。他对茨威格说："我要用超越一切语言的语言，即所有语言都为之服务的一种语言进行写作。"此时的乔伊斯正在写日后改变文学史的《尤利西斯》。

被文明之光照耀的欧洲已经听到了战争的脚步声，茨威格意识到世界正在倒退，人性自由将要面临空前的威胁和挑战。本着知识者的道义良心和作家的使命，因为他们从来都是人类一切人性的维护者和保卫者，茨威格积极著文反战，提醒人们对狂热的专制主义和狭隘的民族主义要高度警惕，希望通过自己的文学作品让人们认清战争的非正义性，回归人类的理性和良善。茨威格不当战士，因为没有发表谴责纳粹的言论而备受诟病。"我长期过着一种世界性的生活，让我一夜之间突然憎恨另一个世界，我做不到。"

在德军占领奥地利之前，茨威格成为第一个流亡的维也纳人，携着自己珍藏的巨匠杰作漂洋过海，一路逃亡，苦苦等待着"世界恢复理性"。他原本是在强权或威权之下安分守己的追求美好的人，八年里，他苦苦追寻的仅仅是一份平静安宁，虽然他失去的贝多芬日记在戈林的手里，但是他珍藏的莫扎特的浪漫曲《紫罗兰》跟他到达巴西，这一路上战争如影随形，他就一直在逃，德国、英国、美国，直到巴西。虽然美国安全了，但他受不了无休止的吵闹和嘈杂，也受不了那些无休止的要他提供援助的请求。

1941年的9月，为了治疗绿蒂的哮喘，茨威格夫妇抵达巴西。在南美大陆上，夫妻俩受到了贵宾般的待遇。在巴西的日子里，他一直深深地自责着："德国把刀子插入犹太人的胸膛，他却一言不发，怕自己一字出口，被别人拿去做文章，落得个出言挑衅的下场。"他抓紧时间整理自己的书稿，并怀着感恩之心为巴西写了最美的文字。10月，《昨日的世界》出版，涵盖了茨威格一生都在追求的那种富有自由感的生存方式。在他看来，自由理念和人性关怀不仅是西方文明的思想内核，同时也是知识分子赖以生存的精神家园。

11月，《巴西：未来之国》出版，他的六十岁生日在11月，庆祝会上，他吟诵了自己的诗：

> 能笑看人间的，
> 唯有无欲无求之人，
> 不问身在何方，
> 不因得失或喜或泣，
> 衰老对他而言，
> 只意味着即将离去。

> 只有在斜阳的余晖中,
> 明澈的目光才流露出更多
> 对自由的渴望,
> 只有离尘遁世,
> 才会更加真挚地热爱生活。①

语句超然、洒脱又深邃。他已明白:"历经一场浩劫后的世界,没有属于他的位置,他再也没乐趣写作,也再没兴致讲述,让他发出声音?除了沉默他别无选择。"他的妻子终于发现:"他欣赏自杀者的崇高格调。"到了1942年2月,"再没有任何力量能够阻止他们坠落深渊的脚步,是时候离开这个世界了"。这是作家塞克西克笔下的"茨威格"。茨威格真正的死因,一直是一个谜,人们只能通过他令人心碎的文字来猜测茨威格的内心世界,绝望战胜了他,他内心深处的冰山坍塌了,他情感的火山熄灭了,"再不会有藏身之处,不会有避风港,……再也不要幻想安宁的幸福……再也不会有未来,过去已经消逝"。茨威格去世后,巴西总统下令为他举行了国葬。

在生命的最后时刻,他写了一封信给前妻弗里德利克:"寄上我全部爱和友谊,请你不要难过,你知道,我是平静而幸福的。"茨威格一生有过两次婚姻,和他毅然赴死的是绿蒂·阿尔特曼,他的第二任妻子,是夫人弗里德利克1934年在伦敦为他物色的一个女秘书。

---

① [法]洛朗·塞克西克:《茨威格在巴西》,居悦译,人民文学出版社,2012年10月。

茨威格死后，1947 年，弗里德利克出版了茨威格回忆录——《我是如何看他的》，并整理了她与茨威格从 1912 年至 1942 年间的通信，在 1951 年公之于众。1971 年弗里德利克在美国去世，享年八十九岁。

灵魂的猎者

作为诗人、剧作家、小说家、传记作家，茨威格在世六十年留给世界丰富的文学遗产，一直到今天都是世界的畅销书，在中国更是仅次于歌德的德语作家。共计写了六部中短篇小说、两部长篇小说、十二部人物特写、三本诗集、七部戏剧、九部随笔集、一部回忆录。其小说创作巧妙的构思，传奇性的情节，细腻的心理刻画，悬念的设置，形象化的语言，独特的叙述手法，尤其是他深刻而细腻地展示出了人性的多方面、多层次，善良与残忍、高尚与卑劣，还有激情驱使下那超乎常理常情的爱与恨，被罗曼·罗兰称为"灵魂的猎者"。

茨威格擅写传记，被誉为 20 世纪三大传记家之一。文学家传记有巴尔扎克、狄更斯、陀思妥耶夫斯基、荷尔德林、克莱斯特、尼采、卡萨诺瓦、司汤达、列夫·托尔斯泰等，他称他们为"精神世界的缔造者"；深受读者喜爱的一些历史人物传记有欧洲人文主义先驱伊拉斯·卡斯特里；苏格兰女王玛丽·斯图亚特；法国国王路易十六的王后玛丽·安托瓦内特等，个个写得惊心动魄，命运震撼。茨威格曾说："在我的传记文学中，我不写在现实生活中取得成功的人物，而只写那些保持着崇高精神的人物。"十八部传记题材广泛、文笔清丽，折射理性又饱含激情，寄托了作家深切温暖的人性关怀和对欧洲人文精神的现代沉思。他的朋友奥地利心理学家弗洛伊德评价茨威格"驾驭语言至为纯熟，他善于表达一个对象，使得它的最精致的细枝末节都变得形象鲜明具体"。

对人物内心的独特刻画是茨威格吸引人的地方，被誉为心理小说家。他的小说多描写人的下意识活动和人在激情驱使下的命运遭际，对人物心理的文字临摹有一种极致化的细腻，诗意化的文字配合跌宕起伏的心理变化，让阅读变成了一场既微妙又酣畅、既意外又合理的内心冒险。他深知作为一名作家的责任，也知道自己身上的弱点，那就是像德国的小说家一样，过分地抒情，铺枝蔓叶，多愁善感，索然无味，离真正的悲剧特有的朴实，还相差很远。因而他总是责怪自己心理描写太多，缺少像俄国作家具有的那种伟大的率真，也意识到为了普通人而写作，就是要追求朴素、自然和真实，所以在致高尔基的信中说："我十分清楚地意识到，为了成为一名真正伟大的作家，我所缺少的正是无瑕的淳朴和从事重大构思的能力。"

在《昨日的世界》里茨威格说：

"我是一个急躁而又容易冲动的读者，在一部小说中，一本传记里，或者在一场思想意识的辩论中，任何冗长烦琐、空洞铺张、晦涩朦胧、含混不清、不明不白，以及一切画蛇添足之处都会使我感到烦躁。只有每一页都始终保持高潮、能够让人一口气读到最后一页的书，才会使我感到完全满足。"

他认为，到他手里的全部书籍中，有十分之九显得描写过多，对话啰唆，有许多配角没有必要，面铺得太广，因而使得作品显得非常不紧凑、死气沉沉，甚至一些著名的经典的作品也有拖泥带水的地方。

因此，他曾向出版商建议，把全部世界名著进行彻底地缩写，去掉个别累赘的部分，出版一套简明的丛书。

茨威格由于对一切烦琐和冗长所抱的反感，养成一种特殊的警惕性。本着这种警惕性，他的创作刻意追求轻快和流畅。在创作时，第一稿他总是信手写来，把心中的构思倾泻在纸上。但是一本书的第一次未定稿刚刚誊清，对他来说才是真正的工作开始：进行压缩和调整结构的工作。茨威格谈到这种工作时说："我一遍又一遍地推敲各种表达方式，这是一项无止境的工作；一项不停地去芜存精、不断地对内部结构进行精炼的工作。"

而且，他的这种压缩和随之而来的使作品更富于戏剧性的过程，以后还要在校样长条上重复一次、两次和三次；这种过程最后就成了一种兴味很浓的捕猎工作，即在不影响作品的准确性，同时又能加快节奏的情况下，找出可以删减的一句话，或者哪怕是一个字。在他的创作中，最使他感到有兴味的就是这种删减工作。"我记得有一次，当我特别满意地放下工作，站起来时，我的妻子说我今天看上去异乎寻常的高兴，我自豪地回答她：'是的，我又删去了一整段，这样文气就更顺畅了。'"如果说，他的书被人誉为节奏紧凑，那么这一特点绝非出自他天生的性急或者内心的激昂，而仅仅由于采用了那种把所有多余的休止符和杂音一概去除的条理化方法。他的这种艺术方法，其实说来简单，那就是善于舍弃，正如他所说："倘若从写好的一千页稿纸中有八百页扔进字纸篓，只留下二百页经过筛选的精华，我是不会抱怨的。如果有什么可以在一定程度上解释我的书之所以有这样的影响的话，那就是我严格遵守的规则：宁可在形式上紧凑一些,但内容必须是最重要的。"

正是他有如此的文学主张,所以在创作中一直保持了一个良好的写作习惯即"善于舍弃"——毫不吝惜地删除一切繁杂冗长、含混不清的地方,加快节奏,自始至终保持高潮,做到简明扼要,努力追求轻快流畅的艺术效果。

茨威格在谈到文学艺术的生命力时曾说:"一件作品的固有力量从来不会被长期地埋没或禁锢。一件艺术品可能被时间遗忘,可能遭到查禁,可能被埋进棺材,但威力强大的东西总要战胜没有远大前途的东西。要是一件作品哪怕只能真正感动一个人,那也就满足了,因为每种真正的热情本身都是创造性的。"

《人类的群星闪耀时》采用了一种新颖别致的文学风格。正如他的同时代作家弗朗茨·台奥多尔·策克尔在 1927 年 9 月 13 日给他的信里所说,这是一种"新式的兼有叙事性—戏剧性的文学类型"。

在君士坦丁堡之战中,坚不可摧的城墙上一扇被遗忘的小门决定了东罗马帝国的沦陷;滑铁卢战役里,格鲁希元帅的一时犹豫不决断送了天才拿破仑的宏图大志;美国人菲尔德忠于梦想最终成功铺设横越大西洋连接欧美两洲的海底电报电缆,人类的创造力和毅力战胜了时空;人类南极争夺战中,英国探险队员奥茨上尉拒绝成为同伴的负担,他说:"我出去走走,也许在外面待一会儿。"他独自走出了宿营地走向暴风雪,像一个英雄那样迎接死亡;当列宁踏上那飞奔的火车,当斯科特在向南极进发,他们都不知道命运下一幕是什么,是死亡还是荣耀?

茨威格善于在生活中捕捉决定人生戏剧剧情发展的瞬间,自然也会在历史上找到对人类命运起决定作用的关键时刻。由于特定的历史环境和极不寻常的契机，人的天才在这一时刻充分发挥，人性的力和美充分展现。当外界给他动力之后，他会迸发出难以估量的力量，战胜难以克服的困难，做出超乎寻常的贡献，创造惊天动地的奇迹。这种人性闪耀出来的无比辉煌绚丽的夺目光辉，具有惊人的美丽，犹如一颗颗明亮的星辰，在苍穹中烛照人世。全书十四幅"历史微型图画"就向我们展现了十四个星光灿烂的时刻，或是重大的历史事件，或是某些有代表性的人物所经历的内心激烈斗争和命运的波澜起伏。

一个影响深远的历史决定往往系于唯一的一个日期，唯一的一个小时，常常还只系于一分钟。"那关键的一刻就是这样进行了可怕的报复。在尘世的生活中，这样的一瞬间是很少降临的。当它无意之中降临到一个人身上时，他却不知如何利用它。在命运降临的伟大瞬间，市民的一切美德——小心、顺从、勤勉、谨慎，都无济于事。命运鄙视地把畏首畏尾的人拒之门外。命运——这世上的另一位神，只愿意用热烈的双臂把勇敢者高高举起，送上英雄们的天堂。"很难说这个时刻是偶然还是必然，一切就这样发生了。茨威格称之为命运，对世界，对历史，对时代，对成败，这一刻是人的转瞬一念。茨威格用他的一生，用他所有的文字都在揭示这个残酷的法则。

阅读参考书目

［法］洛朗·塞克西克：《茨威格在巴西》，居悦译，人民文学出版社，2012年10月。

［奥］斯蒂芬·茨威格:《昨日的世界》,舒昌善译,生活·读书·新知三联书店,2010年4月。

［奥］斯蒂芬·茨威格:《人类群星闪耀时》,舒昌善译,生活·读书·新知三联书店,2009年6月。

卡夫卡：
没有比他更具灾难性的情人了

卡夫卡（1883—1924）

卡夫卡的布拉格

寻找卡夫卡是去布拉格最重要的心愿,这是我 2018 年 6 月端午小长假的中欧之旅。金色之城布拉格不论从哪个角度看都像是印在明信片上的风景。德语布拉格是"门槛"的意思,门槛里简直是一座建筑博物馆,"百塔之城"的美誉实至名归。布拉格是一座神秘而令人兴奋的城市,数十年甚至几个世纪杂糅在一起的三种文化优异而富有刺激性的混合物——捷克、德国和犹太文化,创造了一种激发人们遨游其中的稀缺空气。

布拉格有一种童话故事般的美丽,空寂的小巷、夜总会、露天舞台、剧院和有歌舞表演的餐馆、小店铺、小咖啡馆,更主要的还有啤酒馆和小旅店、学生社团和文学沙龙,自然还有妓院以及地下社会五光十色的都市奇人。对于捷克,甚至整个欧洲来说,历经各种劫难而幸存的布拉格,是一个强大且公正的存在象征。米兰·昆德拉在小说《生命中不能承受之轻》中说布拉格是世界上最美的城市。"布拉格是不可动摇的,她内心的矛盾与纠纷也不能影响她。"这是卡夫卡心中的故乡。

布拉格是迷失之地,每一个小巷和庭院都美得惊人。卡夫卡是这座城市的桂冠诗人,到处是卡夫卡线路游、卡夫卡酒店、卡夫卡咖啡馆，也许这些卡夫卡元素最能与老式的波希米亚啤酒屋和城堡美景相配。卡夫卡在捷克语中是"寒鸦"之意，他父亲批发小店的店徽就是一只寒鸦，在希伯来语中卡夫卡是"穴鸟"的意思。名如其人，卡夫卡是一个宅男。

为了寻找卡夫卡写作《变形记》的小屋，我们翻越了整座城堡。下山的路上，在建于15世纪的石板巷，我们找到了黄金小巷22号，外墙被涂成天蓝色，游人们纷纷在这里留影。这里原是卡夫卡妹妹的一个住处，每天下班后，卡夫卡都在这里写作到深夜，孤寂中，"清楚地意识到我单独监禁的处境"，再然后披着月色走回父母家。

第二天，我们专程去寻找卡夫卡博物馆。在找到卡夫卡博物馆之前，我和小儿在河边观看一位街头表演家的活泼而友善的表演。站在伏尔塔瓦河边，透过柳枝可以望见不远处游人如织的查尔斯桥。孩子在身边奔跑着追逐泡泡，兴奋地高声喊叫。

博物馆位于河边的一条小巷子里，不大的院子，最吸引游人的是院子里的两尊男性青铜雕塑喷泉，赤身裸体，一直在旋转着对着喷水，引得男女老少们发出各种意味深长的笑声。博物馆的门口是个铁制的巨大K字，这是卡夫卡的标志，他笔下的所有人物名字都是这个字母。

博物馆里面设计得很符合卡夫卡风格，全黑，没有照明的灯，只有展柜里幽暗的光亮，黑暗，封闭，找不到出口，死寂中笼罩着猫头鹰不祥的叫声。置身其中仿佛在穿越卡夫卡的黑暗世界。展柜里是卡夫卡的小说手稿、照片、信件。从一个红色的楼梯一步步走进卡夫卡的内心世界。压抑，呼吸急促，走路小心翼翼，唯恐磕着碰着，你有种找不到出路的焦灼感。因为语言障碍，我不知道那些发光文字的意思，大概都是出自卡夫卡，他的日记、书信，几次恋情，他生命中的女人——她们因为他而走进历史。

被抛入世界的陌生者

　　卡夫卡永远不会想到他死后有那么多艺术家对他顶礼膜拜。西方现代派文学由他拉开序幕。关于卡夫卡实在有太多的谜团留给了后世，几次订婚和悔婚，三部小说都没有写完，死后遗嘱希望烧毁所有作品。作家托马斯·曼借了一本卡夫卡的小说给爱因斯坦读，爱因斯坦还书的时候说读不下去，人脑没有那么复杂。爱因斯坦，这个当时世界上最聪明的脑袋都被卡夫卡绕晕了，可见卡夫卡实在过于超前。没有人意识到，卡夫卡在充分地表达这个时代。

　　阅读卡夫卡，没有一种愉悦的审美享受，而是一种痛苦和折磨，是一种备受煎熬的内心体验。"西方现代艺术的探险者""被抛入世界的陌生者""现代主义文学之父"，他身上的这些标签让这位只活了四十一岁的作家备极荣光。

　　卡夫卡从小是一个乖孩子，可谓品学兼优，这样的孩子容易遇到一个暴君般的父亲。遵从父亲的夙愿，卡夫卡十八岁上大学，在布拉格的日耳曼大学读法律，获得了法学博士学位，毕业进了一家保险公司，工作看起来旱涝保收，一干就是十四年。

　　卡夫卡为文学而生，他身材高大，相貌俊朗，但在父亲的威权下，他成为一个极度敏感、怯懦的男人。他厌恶自己的工作，在信中写道："我的职位对我来说是不可忍受的，因为它与我唯一的要求和唯一的职业，即文学是相抵触的。由于我除了文学别无所求，别无所能，也别无所愿，所以我的职位永远不能把我抢夺过去，不过也许它能把我完完全全给毁了。"大学时，父亲的蛮横专制让他转行学了法律，终生生活在父亲的威权之下。这也奠定了他所有小说的总基调、永恒的母题：文学与肺结核，文学与专制，文学与父亲。卡夫卡曾在日记里说："我内心有一个庞大的文学世界，如果不把它写出来，我感到我就要撕裂了。"卡夫卡一开始就在写寓言，从自我的噩梦到现代人的处境，选择一个境遇，勾勒一个片段，营造一种氛围。置身荒诞，难以摆脱。他用尖锐的文字写罪与罚的《审判》，写无所进入的《城堡》。

"可怕的事情总是即将发生"，这是卡夫卡笔下日常生活的罪恶，像对一系列噩梦的描述。《变形记》主人公一早醒来，发现自己变成了一只甲虫。第一个句子是这样的："某日早晨，格里高尔·萨姆从扰人的梦中醒来，发现他在床上变成一只巨大的虫子。"从此厄运降临。他丢了工作，不能继续赚钱，家境每况愈下。虽然有人性，有人的思维能力和正常心理，却时刻被恐惧感与灾难感缠绕。逐渐地他有了虫性，喜欢爬行，吃霉变腐烂食物。格里高尔被大家视为累赘、怪物，最后终于在孤独、寂寞与自惭形秽中悄然死去。家人们如释重负，欢天喜地地到城外郊游，谈起了新的梦想和美好的前途。卡夫卡的清醒超越了时代，他曾经说："日常的事情是最伟大的强盗小说。每分每秒，我们都经过千百具尸体，经历千百种罪恶，却视而不见，听而不闻。这就是我们日复一日的生活。"

1912年，二十九岁时，他写的小说《判决》直指父子关系母题。小说通过格奥尔格的视角叙述：惧父——弑父——怜父——惧父。父亲说出了最骇人的话："你本来是一个无辜的孩子，可是说到底，你是一个没有人性的人！——所以你听着：我现在判你去投河淹死！"主人公 K 让自己屈服于法律程序，被审判认罪和死刑。《判决》是卡夫卡最心爱的作品。从表面上看，作出判决的是父亲，实际上，却是格奥尔格自己觉醒的恋父意识对曾有过的弑父一闪念作出的判决。"我能享用您给予的东西，然而我却只能怀着羞愧、内疚的心情，拖着疲惫、虚弱的身体去享用。"卡夫卡说《判决》是夜的幽灵。"我只是把它固定下来，因而完成了对幽灵的抵御。"面对暴君式的父亲，卡夫卡性格封闭内敛，生活压抑沉闷。无形中把自己的境遇上升到人类威权下的境遇，从个人生活的悖谬上升到世界的悖谬，从个人的困境上升到了人类的普遍困境。在荒诞的、驳杂的表象后面，是现实的深刻性隐喻。

卡夫卡是一个典型的办公室职员，对体制化生存深恶痛绝。《城堡》（1926）讲述一个叫 K 的测量员踏着积雪进入一个小镇，他来自遥远、神秘、无人知晓的地方，自称是城堡聘请的土地测量员，要求批准他进入城堡。但他发现没有人聘请他来工作，这是一个官僚主义错误。于是 K 为了进入城堡进行了一场旷日持久但却没有任何希望的斗争。小说并没有写完，据说结局是：在 K 弥留之际，城堡来了通知——K 可以留在村里，但不许进入城堡。进入城堡是根本不可能的，可是彻底离弃它也不可能。城堡在不断地拒绝，同时也在不断地诱惑；你别想破门而入，也别想落荒而逃；你只有无尽的等待，你只有被剥夺、被压榨。城堡像一个谜一般的存在，从一些蛛丝马迹可以管窥城堡体制的臃肿、人浮于事、腐败堕落，其运转程序烦琐杂乱，但没有一个人提出质疑或问责。"它是个让人理不出头绪来的庞然大物，一个解不开的谜。"

在短篇小说《猎人格拉胡斯》中，卡夫卡写了一段死后再生的猎人格拉胡斯与一位市长的对话，讨论的是天国问题："难道天国没有您的份儿吗？"市长皱着眉头问道。猎人回答："我总是处于通向天国的阶梯上。我在那无限漫长的露天台阶上徘徊，时而在上，时而在下，时而在右，时而在左，一直处于运动之中。我由一个猎人变成了一只蝴蝶。"永远到达不了天国的猎人不就是我们现代人的精神困境吗？

"我一直在运动着。每当我使出最大的劲来眼看快爬到顶点，天国的大门已向我闪闪发光时，我又在我那破旧的船上苏醒过来，发现自己仍旧在世上某一条荒凉的河流上，发现自己那一次死去压根儿是一个可笑的错误。"卡夫卡所有的故事都是些荒诞情境，他设置的逻辑前提就像是非现实的绝望。我们每个人其实都有过类似的噩梦，错过火车、飞机，错过考试，甚至梦见自己成为凶手，一般的解释都说这是现实恐惧的内心折射，原罪感、忧虑、担心，幸好并没发生，你经常在梦里被逼到墙角无路可走，无腿可走，无声可喊，无眼可见。这就是卡夫卡小说的寓意。

卡夫卡笔下的人物永远面目不清，我们不知道奥尔格长什么样，不知道他的性格、脾气、爱好，他从哪里来，来历不清，目的不清。主人公索性以K代替，他只有行为及其结果，他被生活的荒谬所包围和压迫。后来的人们发现，卡夫卡也许是最早感受到时代的复杂和痛苦的人，并揭示了人类异化的困境和绝望，也是最早传达出20世纪人类精神状况的作家。德国作家黑塞就曾说："我相信卡夫卡永远属于这样的灵魂：它们创造性地表达了对巨大变革的预感，即使充满了痛苦。"而卡夫卡自己说，作家要完成的是"预言性任务"。在致勃罗德的书信里,卡夫卡写道:"作家就是替他人承担他们的罪愆,是人类的替罪羊。"人们由此把卡夫卡推为20世纪的先知、时代的先知与人类历史的先知。而先知,意味着要为人类赎罪。

不写日记我就感到怅然

白天,卡夫卡是一个安分守己的职员,在一家保险公司上班。"办公室对我来说是烦人的,经常是不可忍受的,但从根本上来说又是容易对付的。通过这里,我赚的钱超过了我的需求。为什么?为了谁?我将沿着薪金的梯子往上爬,意义何在?这个工作对我不合适,它从来不能给我带来自理,只带来工资……"今天读这些日记仿佛看到一个愤青的各种牢骚。

写日记是属于卡夫卡自己的一种生存方式,"不写日记我就感到怅然",他需要和自己说话,"只有我一个人懂得我自己"。文学评论家哈罗德·布鲁姆说,卡夫卡不能算是一个纯粹的小说家,他的《城堡》和《审判》在任何方面都不能和《追忆似水年华》和《芬尼根守灵夜》所具有的美学价值相提并论,然而,卡夫卡最好的作品片段——小故事、寓言、格言——超出了普鲁斯特和乔伊斯,并树立了一种类似于托尔斯泰在19世纪所曾经拥有的精神权威的形象。这一评价相当高。卡夫卡一生都在与写作这一致命的爱好在抗争。他就像在涂鸦,自顾自,把自己流放在文学世界里:那是"砍向我们内心冰封大海的斧头"。

1911 年 12 月 8 日：

我现在有，而且下午已经有过一个大的愿望，写出完全出自我内心的全部恐惧不安的状态，这样状态正像是来自深处，进入纸的深处，或者是那样地将它写下来，使我能够将这个写下来的东西完全并入我的身上。

1914 年 11 月 30 日：

我不能写下去了，我已经处在最终的边缘。在它的前边，我大概又应该成年地坐着，也许然后开始一个新的又是没有结束就搁在那里的故事。这样的命运追逐着我，我又变得冰冷，无聊……

看看这两则日记就足以理解他的小说世界。他是用生命在写作，把内心的恐惧、命运的冰冷变成文字。而这个文字世界也将成为那个时代的象征，并永久地预言了现代社会的永劫复归。

卡夫卡生活很佛系、自闭，恐惧婚姻，夜间躲进自己的空间，从事与法律无关的工作——写作、失眠、偏头疼，总怀疑自己有病。

为了写作我需要孤独，不是像一个隐居者，而是像一个死人。写作在这个意义上是一种更酣的睡眠，即死亡。正如人们不可能把死人从坟墓中拉出来一样，也不能在夜里把我从写字台边拉开。

他喜欢园艺、游泳，用德语写作，这是一个动荡的世界，在这个世界上，刨花的气味、锯子的吟唱、锤子的击打声让他着迷。"写作结束，它什么时候再召唤我呢？""在写下东西的时候，感到越来越恐惧。这是可以理解的。每一个字，在精灵的手中翻转——这种手的翻转是它独特的运动——变成了矛，反过来刺向说话的人……而且如此永无止境……""随着时间的流逝，我打算弄清楚我的不幸，但没有成功。"

他恐惧、虚弱、孤独、生病。他贬低他最关心的每一件事，他的精神、他的能力、他的才华、他的作品，他伤害自己的身体，并考虑毁掉他写下的所有东西。他说："我从来没有到过成人的年龄，我将从一个孩子直接转变为白发苍苍的老翁。"

卡夫卡二十一岁的时候，第一次世界大战爆发，布拉格陷入饥饿和悲惨的情境。1914年4月2日，卡夫卡的日记中只有两个句子"德国向俄国宣战——下午游泳"。这年8月6日，他在日记中写道："表达我梦幻般的内心生活的重要意义使其他一切退居次要地位，使之萎缩，不可遏止地萎缩。没有其他任何东西能使我满足，可是我进行那种表达的力量是难以捉摸的，也许它一去不复返，也许它有朝一日会重新回到我的身上，我的生活状况总之是不利于它的。我摇摇晃晃，不停地飞向山巅，却几乎一刻也不能在那里驻足。"他也是幻想着"将世界托起来置入纯粹、真实与永恒之中"。他"讨厌一切与文学无关的东西"，文学是他的生命之光，他给自己设定的最佳生存方式是这样的：

> 我最理想的生活方式是带着纸笔和一盏灯待在一个宽敞的、闭门杜户的地窖最里面的一间里。饭由人送来,放在离我这间最远的、地窖的第一道门后。穿着睡衣,穿过地窖所有的房间去取饭将是我唯一的散步。然后我又回到我的桌旁,深思着细嚼慢咽,紧接着马上又开始写作。那样我将写出什么样的作品啊!我将会从怎样的深处把它挖掘出来啊! ①

三十四岁那年,1917 年,卡夫卡查出得了肺结核,这在当时几乎是绝症。那年 9 月 18 日的日记中他写道:"一切粉碎了。"1922 年他辞去工作,去疗养院休养,两年后死于维也纳附近的一个地方养老院,终年四十一岁。在一次采访中,卡夫卡说了这样一段话,对人类本身的绝望,遍布每一个字,这就是卡夫卡:

> 今天,没有罪孽,没有对上帝的思念,一切都是世俗的、实用的。上帝在彼岸,因此我们生活在良心普遍冻僵的状态中,表面上,一切超验的冲突都消失了,然而大家像教堂里的木雕像那样保卫自己。我们一动不动,我们只是站在这里,甚至都不是站着,大多数人是被恐惧这种污泥胶着在廉价原则的东摇西晃的椅子上,这就是全部生活实际。就说我吧,我坐在办公室里,翻阅各种案卷资料,摆出庄严肃穆的神态,企图以此掩盖我对整个工伤保险公司的反感。然后您来了,我们谈论各种各样的事,穿过熙熙攘攘的街道来到雅各布教堂,观看砍下的

---

① [奥]卡夫卡:《卡夫卡口述》,雅诺施记录、赵登荣译,上海三联书店,2009 年 3 月。

手臂，谈论时代的道德痉挛症，我走进我父母的商店，吃点东西，然后给几个到期不还的欠债人写客气的催债信，什么事都没有发生，世界井然有序。我们只是像教堂里的木雕像那样僵硬呆板。不过没有祭坛。①

卡夫卡的"少女情结"

卡夫卡博物馆里有他一生爱过的四个女人，四张被放大的照片穿越百年赫然在望着我们，我在她们的照片前驻足良久，企图从她们的眼睛里读到卡夫卡的故事。

2002年，法国有个作家达尼埃尔·德马尔凯写了一本书叫《卡夫卡与少女们》，获得了法国文学随笔大奖。从这种角度看，我们发现，卡夫卡其实是一个病态心理的人。他喜欢少女，又像魔鬼一样折磨她们。他的爱情恐惧症极为严重，对性又充满抵触，但他就是着迷于所有他遇到的少女。卡夫卡之所以执着地追求少女，并且像"落水遇险的人那样不顾一切地抱住碰到的漂浮物"，作者的结论是，"因为他知道少女具有一种堪称决定性的力量"。他从她们眼睛里、嘴唇上和皮肤上得到的东西，不仅是一种幸福的允诺，还是一种灵感、一种爱欲；不仅是他的生命之光，也是他的失败和毁灭。

1913年，三十岁的卡夫卡遇到第一个女人菲利斯，从现存的照片看，菲利斯不算好看：人瘦，鼻梁不高，牙齿不整。情变很快发生了，据说与菲利斯的女友格蕾特·布洛赫有关，因为这个女友

---

① ［奥］卡夫卡:《卡夫卡口述》，雅诺施记录、赵登荣译，上海三联书店，2009年3月。

第二年产下一子,她坚称这是卡夫卡的孩子,孩子长到七岁就夭折了。与菲利斯分手后,前所未有的罪孽感、恐怖感和无力感,让卡夫卡写出了《审判》。

五年后,他遇到一个叫朱丽叶的女子,鞋匠的女儿,正式订婚,一年后解约。博物馆里,照片上的朱丽叶丰满清新,风姿绰约。

第三个女人是米伦娜,一个女记者,比卡夫卡小十三岁,但她是一个有夫之妇,那时候卡夫卡已经三十八岁,在此之前他订了几次婚,都无疾而终。米伦娜性格热情奔放,极富正义感,是一位坚定的社会主义激进分子,长相妩媚,轮廓分明。

他们第一次相见是 1919 年的 10 月,在布拉格的一家咖啡馆里。第二年他们在维也纳待了一周,那是 6 月与 7 月之间。8 月中旬,他们在奥地利和捷克边境的小镇格蒙德再次幽会。令人不解的是两人只度过了一个晚上。这是两人关系的转折点,四个月后,1921 年 1 月,双方宣布从此不再写信和见面。他们分手后,卡夫卡写了《城堡》。

米伦娜保留了所有卡夫卡给她的情书,这些情书有十七万多字。他的第一个女人柏林姑娘菲利斯也完整保存了卡夫卡五年内写给她的五百多封信,他们两次订婚,两次解除婚约,两个人备受折磨。两个女性都意识到了卡夫卡的巨大文学价值,至于卡夫卡在男女方面的缺陷恐怕只有当事人自己知道。卡夫卡对性的偏见令人惊讶,他认为这是不洁的行为,是一种"黑色魔法",不知道这是不是他逃避婚姻的或者爱情的原因。卡夫卡说:"女人们充满性欲,她们天生不贞洁,调情,对我毫无意义。"① 这种心态放到今天也许可以用现

---

① [法]达尼埃尔·德马尔凯:《卡夫卡与少女们》,管筱明译,北京联合出版公司,2019 年 9 月。

代心理学和医学解释,而对当年深爱他的女性而言实在过于残酷。

"没有比卡夫卡更具灾难性的情人了。"评论家布鲁姆说,"那些情书表达了世上最为忐忑焦虑的心情。"①让我们看看"卡夫卡式的爱情",1922年2月12日他在日记中曾这样写道:

> 我一再遇见的那一个拒绝我的人并不是说:"我不爱你。"而是说:"你没法爱我,不管你再怎么努力,你痛苦地爱着你对我的爱,而你对我的爱却不爱你。"由此可知,说我经验过"我爱你"这句话并不正确,我只经验过等待的沉默,应该由我说"我爱你"来打破的沉默,我只经验过这个,没有别的。②

真难为翻译者了,能把如此深奥的表达翻译出来,太不容易了。有谁能和这样的卡夫卡和谐共处呢?

生命的最后岁月,卡夫卡在养老院遇到了美丽的护工朵拉。1924年6月3日卡夫卡死在了朵拉的怀里。当他的棺木放入墓穴的时候,朵拉几次要跳进坟墓。

卡夫卡一生写了一百多部短篇小说,三部长篇小说都没写完。他对自己的作品完全否定:"什么也不是,光的残余从言词中横穿而过。"③但写作却是他唯一的生存方式。临终前,他留给一生的好友勃罗德的遗嘱是——烧毁他所有小说的手稿。勃罗德违背了朋友

---

① [美]哈罗德·布鲁姆:《西方正典》,江宁康译,译林出版社,2005年4月。
② [奥]卡夫卡:《卡夫卡书信日记选》,叶廷芳、黎奇译,百花文艺出版社,1991年3月。
③ [奥]卡夫卡:《孤独成就高贵》,叶廷芳编,长江文艺出版社,2015年1月。

的嘱托，他让卡夫卡成为20世纪最重要的作家，使他成为西方现代主义文学的奠基者。多少年以后，卡夫卡的同乡米兰·昆德拉专门写了一本书《被背叛的遗嘱》，探讨了卡夫卡遗嘱的伟大"背叛"，这个形而上意义的行为对20世纪极具象征意义。诗人W.H.奥登认为："卡夫卡是我们时代特有的精神，他的困境就是现代人的困境。"桑塔格的评价是建立在整个20世纪的广阔视野，她说："乔伊斯唤起的是钦佩，普鲁斯特和纪德唤起的是敬意，加缪唤起的是爱，而卡夫卡唤起的则是怜悯和恐惧。"[1]

世界文学神殿里，真正的雕像并不多，唯有卡夫卡那令人怜悯和恐惧的眼神凝望至今，治愈着含辛茹苦生活着的人们。

阅读参考书目

［奥］卡夫卡：《卡夫卡全集》，主编兼译者叶廷芳，中央编译出版社出版。

［奥］卡夫卡：《卡夫卡书信日记选》，叶廷芳、黎奇译，百花文艺出版社，1991年3月。

［法］达尼埃尔·德马尔凯：《卡夫卡与少女们》，管筱明译，北京联合出版公司，2019年9月。

［奥］卡夫卡：《卡夫卡口述》，雅诺施记录、赵登荣译，上海三联书店，2009年3月。

［奥］卡夫卡：《孤独成就高贵》，叶廷芳编，长江文艺出版社，2015年1月。

---

[1] ［美］苏珊·桑塔格：《反对阐释》，程巍译，上海译文出版社，2003年12月。

劳伦斯：
寻找人类的启示性幻象

劳伦斯（1885—1930）

这已是完美无缺

很多年以来，跟许多人一样，作家劳伦斯在我心目中都打上了两个字的标签：情色。年轻时候，《查泰莱夫人的情人》带给我们的冲击实在太大，那种偷偷摸摸读禁书的忐忑，仿佛一种原罪，沉淀在整个岁月里，你总是没有勇气正大光明地阅读劳伦斯。作家弗吉尼亚·伍尔夫表达过一个观点："劳伦斯的性描写，有一个意义，就是让我们也想去尝试一番，这是很令人不安的。"也许，劳伦斯的可怕之处即在于此。

1988年，还在上大三的我第一次读到《查泰莱夫人的情人》，因为是禁书，传来传去，讳莫如深。那时候，大学本科生八个人一间宿舍，为了保留自己的隐私，每个床位都拉了布帘，男女都是。这书就是躲在帘子里读完的。而今天，《查泰莱夫人的情人》早已走进经典，成为严肃文学，有很多种中译本。

中外文学史上，类似的禁书现象层出不穷。在丰饶的人性秘密花园里，情色文学是一枝最妖冶的花。作为文明最基本的规则设定，诲淫诲盗之文从来都是被禁止的，只是底线一直在慢慢提高。《包法利夫人》曾被指内容下流而遭禁。遭到相同命运的小说还有《尤利西斯》、瑞克里芙·霍尔的《寂寞之井》、波德莱尔的《恶之花》等。

现在看，这都属于误杀，而真正的情色文学在西方早就成为一种门类，大家见怪不怪了。

蒋勋先生讲《红楼梦》，提到每个人都有的一种切身体会：童年的时候，读《红楼梦》《西厢记》《三言两拍》，眼睛总是去寻找淫词艳句，刻意用文学唤醒身体里的小兽，少男少女的哀情与怀春，总是沉浸在性感的文字里。据学者乔治·斯坦纳研究："我们有一个极其惊人而且发人深省的发现，几乎每一位 19 世纪或者 20 世纪的著名作家，在其文学创作的某一个时期，无论是出于渴望还是出于现实，总会创作一部色情作品。同样，从 18 世纪到后印象主义，几乎每一位画家都至少画过一幅色情插图或者素描。"[1] 这是一个发人深省的现象，恐怕只能从人性层面加以理解了。我们如何面对自己的生理习性？又如何适应自己身处的封闭与压抑？两性世界简单又深奥，文字为什么不能揭示这种真相呢？

劳伦斯是一个不可替代的启蒙者，他的作品标志着人类精神与肉体的某种觉醒。2020 年，我读到了劳伦斯的妻子弗丽达写的回忆录《不是我，而是风》，是一本知识出版社 1991 年出版的二手书，弗丽达卓越的文笔充满感染力。人们常说没有弗丽达便没有后来的劳伦斯，此言不虚。弗丽达可谓劳伦斯真正的知音，有了她，劳伦斯的所有作品及其思考才有了发源地。

让我们回到 1912 年。这是 4 月初的一天，劳伦斯应邀去他的法语老师欧内斯特·威克列教授家吃午饭，威克列的妻子弗丽达接

---

[1] ［美］乔治·斯坦纳：《高雅的情色文学与人的隐私》《语言与沉默：论语言、文学与非人道·夜语》，李小均译，上海人民出版社，2013 年 11 月。

待了他。在弗丽达的眼里劳伦斯瘦长的身体，行动敏捷，腿长步轻，动作干脆利落。"他看上去是那样朴素单纯。然而，他还是引起了我的注意。这是怎么样的一个家伙？"此时的劳伦斯是一个崭露头角的作家，刚刚发表过一篇长篇小说，被她丈夫称为天才。午饭前他们闲谈了一会儿。法式窗打开着，窗帘在春风中舞动，孩子们的声音从草坪上传来。午饭时劳伦斯一直在仔细打量她：这个体格高大的金发女子，仪态万方，光彩夺目，神态自信。她颧骨很高，眼睛微绿，脸上点缀着褐色的雀斑，有一副沙哑的、声调奇怪的嗓音。在弗丽达的热情挽留下，这位客人一直逗留到天黑才穿过黑暗的农田，步行八英里回家。

这是他们初次见面。一见钟情就此发生，一切都无可避免。一天，他们相约在德比郡的一个车站见面，她带着两个小女儿。他们一起走过春天的树林，她意识到自己爱上了他，当她看着劳伦斯和孩子们在溪边玩耍的时候，当他折了些纸船，在里边放了些火柴，放到溪水中漂行，孩子们乐此不疲。当他蹲在溪边，孱弱而神情专注。"突然我知道了我爱他。他触动了我心中的一种新的柔情。"而对劳伦斯来说，弗丽达更是"妙不可言"，简直是他"所遇到过的最好的女子"。

一个星期日，劳伦斯登门，弗丽达的丈夫恰巧不在，她要劳伦斯与她一起过夜。他回答说不会趁她丈夫不在之际在他的房间里和她过夜。他要带她一起离开，"因为我爱你"。他希望她向丈夫说清楚一切，不需要任何不诚实，任何谎言。"让事情自然发展下去，不再有逃避、谎言、惧怕。让我们正视一切，去做一切，承受一切吧。"

劳伦斯的勇敢、果断和直接让弗丽达大为震惊，此时的她已经三十二岁，结婚十几年，丈夫比她大十四岁，和善、老实，而且信赖她。但她一直认为这是一桩失败的婚姻，新婚之夜就是一场灾难。现在她有三个孩子——两个女孩，一个男孩，有一辆轿车供她支配，还有在麦帕雷地区的漂亮住宅。多少年来，生活沉寂不堪，她感到厌倦、苦闷。她的丈夫对她来说只是一个冷漠的英国人，一个只对书本感兴趣的学者，弗丽达说，在与劳伦斯一起生活以前，她根本没有生活过。"他唤醒了我的自我。"

她跟他走了，这是一场令人瞠目结舌的私奔。典型的姐弟恋，劳伦斯二十六岁，弗丽达三十一岁。他们在 5 月 3 日星期五离开了查林·克劳斯，越过海峡往奥斯登而去。多年以后，弗丽达说："他为我存在的自由而战，他赢了。"二人的结合是 20 世纪最奇特的文人联姻之一——热烈、躁动，充满性的活力而又心心相印。他们的出走是一个极富戏剧性的行动，勇敢、坚定、义无反顾。

向孩子们告别时，她感到一片空白和渺茫。弗丽达记得，当时的海看上去是灰色的，天色阴暗，俩人坐在栏索上，"满怀着希望和痛苦"。后来劳伦斯写了一首诗，诗中写道：

> 你是呼唤，我是回声，
> 你是希望，我是满足，
> 你是长夜，我是白昼。
> 还要什么？这已够完美。
> 这已是完美无缺，
> 你和我，
> 除此还需什么——？

奇怪，尽管这样我们还如此受苦！

十六年以后，劳伦斯说这首诗对他来说是一个有重要意义的新的开端。一个崭新的劳伦斯诞生了。"我们历经鏖战，为了解脱，也为了超越，我们战斗不止。我们两人都是好战士。"像他们所经历的旅途一样，爱情并非风调雨顺，二人经常大打出手，激烈程度令人咋舌。但是，他们相爱，弗丽达说："要理解我们之间所发生的一切，他必须具有我们的经历，抛弃和获取我们一样多的事物，他必须领悟这种灵与肉的完善。"他经济拮据，身上只有11英镑。他们只能乘坐票价最低的列车横穿欧洲，车厢里肮脏、拥挤、喧闹。1913年8月，他们步行穿越阿尔卑斯山。穿山越岭，沿着伊萨尔河谷的绿地行走。一次伟大的冒险，朝着未知的地方。他们感到幸福、自由。他说："我爱你，让我们面对一切，抛开一切。我无法忍受如在泥地里爬行的日子。"

在私奔的日子里，这个世界看起来美丽又妙不可言，好得超出一个人最疯狂的想象。弗丽达说："我不想要任何人，我不想要任何东西，我只想陶醉在劳伦斯给我的新世界中。"之前，从来没有一个人告诉她爱情是什么。生命从来没有如此美好。生命可以这样。"感谢上天，我已经证明了。"

无可估量的礼物

这时，就在我的下方，花园里两名僧侣正走在赤裸、嶙峋的藤蔓之间，走在嶙峋的葡萄藤与橄榄树的冬日花园里，褐色的僧袍在褐色的藤蔓间穿梭,光秃的头顶沐浴着阳光,有时僧袍下步伐稍大一点,还会反射出一道闪光。

一切都极静谧,极迟缓,仿佛万物都在默默而语。两人迈着轻快的大步,僧侣特有的步伐,齐头并肩,长袍的下摆徐徐晃动。他们穿着褐色的僧袍,把手缩在袖子里,从藤蔓的枯梗下、从卷心菜旁倏忽而过,一边仍在窃窃私语。而我则好像在用幽暗的灵魂谛听那无声的弦外之音——虽然完全听不到声音。①

这段美妙的文字出自劳伦斯的游记《意大利的黄昏》,被誉为集中了"劳伦斯身为作家的一切品质":画的描绘、诗的抒情、哲理的沉思。

在意大利的加尔尼亚诺,劳伦斯的写作生涯徐徐展开,在弗丽达眼里,写作时的劳伦斯是迷人的:"他经常全神贯注地坐在一个角落里写作。文字好像无意识地、自然而然地从他手里涌出流到纸上,就好像鲜花盛开,鸟儿疾飞一样。……他专心致志的神态是奇异的,他似乎进入了另一个世界,进入了那个创作世界。"在这里,他完成了小说《儿子与情人》,一首首洋溢着浓烈爱情的诗也源源不断地被写出来。弗丽达称这是生活的辉煌,是更多更多生命的希望,是"一份英雄的无可估量的礼物"。在树林里写作成为劳伦斯保持终生的嗜好,在一封给友人的信中,劳伦斯说树木如同生活的伴侣,它们"似乎散发着某种神秘的活力,某种反人类或者非人类的东西"。

---

① [英]劳伦斯:《意大利的黄昏》,李菲译,上海三联书店,2016 年 10 月。

在里瑞西附近的费厄西诺，他们找到了一个小屋，在这里度过了一个快乐的冬天。他们唱歌、画画，把钢琴运过来，劳伦斯在这里写了《虹》，最开始这本书名叫《姐妹们》。小说取材于劳伦斯家乡的矿区生活，布兰文一家人生活在一个犹如世外桃源的沼泽农庄，安稳、宁静，人们与土地为伴，人性完整而纯粹。当工业文明来临，纯朴的布兰文家族开始裂变。小说犹如史诗，广袤而深刻的思想内容令人震惊，特别是对两性关系的先锋性探索，使《虹》被公认为现代主义小说的经典作品。见证了作品诞生的弗丽达说："有时候我觉得劳伦斯是英国文明之树上绽出的最后一片绿叶……它已成长，并傲然于世。"

第一次大战爆发了，他们唯一能做的就是在伦敦的郊区找一处便宜的地方住下来让劳伦斯写作，同时等待战争的结束。滞留英国，劳伦斯与福斯特、罗素等文坛精英相识，成为英国文坛的重要人物。这段时间他贫病交加，甚至被迫参加征兵体检，堪称生命中的噩梦时期。"战争对我来说是地狱。我不明白自己为什么会如此不安？——但我就是不安，我无法从中脱离一分钟，日子过得浑浑噩噩，就像自己处于噩梦当中无法脱离。战争成就了我。它是刺破一切悲伤和希望的长矛。"在一个偏僻的而落寞的小山村，他们发现了自己想要的生活。这里虽然寒冷、原始，生活诸多不便，但农夫们辛劳而淳朴自然的生活，以及修道院的暮鼓晨钟却使他心醉神迷，长期的紧张终于松弛下来。之后他将寒意甩在身后，来到阳光明媚的卡普里。"意大利是一块令人振奋的土地，虽然这已成了历史，但我仍然深深喜欢意大利。那明媚的阳光、闪烁的岩石，以及如同花瓣般的海浪。"

1919年11月，在获准离开英国的第一个瞬间，劳伦斯就带着妻子开始了自我放逐的生涯，澳大利亚、意大利、斯里兰卡、美国、墨西哥、法国，直到1930年去世，他只回过英国两次，而且都只做短暂停留。从离开英国移居意大利时起，劳伦斯的作品为他赢得了更大的名声和更多的财富，此后，他的生活大半在旅行中度过。"我很幸福：在这个世界上只有劳伦斯和我。他总是为我开辟一个广阔的天地，无论何时，只要有可能他就会向我奉献这个广阔的天地。"他把这个自我放逐的旅程称为"野性的朝圣"，希望能够寻找到没有现代文明的自然生活状态。

在西西里岛他发现了心目中的伊甸园："西西里巍然屹立着，永远向着她那如宝石般闪烁的峰巅、金色的黎明和永恒的魅力……我对西西里并不谙熟，地中海的拂晓是辉煌如紫晶色的，它像我们时代的黎明，我们新纪元的奇妙的早晨一样。"而同时，这里的人们所具有的强壮的撒克逊人的素质也令他惊喜。在经历了战后英格兰的黑暗、严寒、布满雾霭的岁月后，他终于走进这辉煌、温暖的岛屿，想象力在地中海的阳光中臻于完美。在这里，他完成了长篇小说《迷失的少女》和《阿伦的权杖》，以及很多短篇小说与诗歌作品，并且根据这期间的经历写出了美妙绝伦的游记《意大利的黄昏》。弗丽达说："在与他一起浪迹天涯的时时刻刻，我都在充满活力地享受各种新体验。"在西西里岛上，一种非要出发的紧迫感袭来，更有甚者，一定要朝某个方向出发。于是，这种紧迫感就是双重的：非得出发，还要知道往哪里走。

劳伦斯生命中另一次至关重要的旅行起始于1921年1月。一天清晨，他和妻子弗丽达启程前往撒丁岛，经过长途跋涉，在蒙蒙细雨中,到达了撒丁岛南端的卡利亚里,那是他们所抵达的第一个撒丁岛的港市。此次旅行的整个过程都记载在劳伦斯的《大海与撒丁岛》中。在寒冷、贫瘠的小岛腹地,劳伦斯开始了回顾和深思,他将撒丁岛之旅称为一次追溯久远往事的旅程,这次旅行使他长久以来的困惑得到了解答,他感到,人类必须向前走到那些"未被人知,未被开发的土地上,那里的盐还未失去它的原味"。在《大海与撒丁岛》的最后,劳伦斯这样感慨:"我从内心深处渴望这次航行就这样一直持续下去,大海是这样的无边无际,在这大海之中,我的心可以伴随着波涛无拘无束地自由晃动、飞扬。"他又开始了新的追寻。

他们约定将看着窗外,哪里美丽就在哪里下车。一切都那么充裕,就像天空、海洋和土地。他们沿着海岸漫步,孤独,隐秘,连续几个月不和人交往,没有人打扰他们。先是来到悉尼,又相继前往内陆城镇达林顿和位于海边的瑟罗尔,在瑟罗尔他给亲人的信中说:"地球是圆的,它将把浪迹天涯的游子重新带回家。我必须继续走下去,直到我发现了能使我宁静的东西。"

离开澳大利亚之后,劳伦斯终于来到了他的另一个灵感之源:北美。在美国新墨西哥州的陶斯镇,他和妻子度过了三年多的旅居时光。黄沙滚滚的美国西部成了他一直在寻找的乐土,他这样记录对这里的第一印象:"这一刻,我看见辉煌壮丽的、骄傲的朝阳在圣塔非的沙漠上空高高地照耀着。有什么东西静静地停立在我的灵魂里,使我充满着期待。"他们的住所位于乡间的一座山上。早上劳伦斯会消失在树林中。差不多到了中午,他们的朋友会来喊他吃午饭。劳伦斯穿着蓝衬衫、白灯芯绒裤,戴着一顶很大的尖草帽,倚靠着一棵松树的树干而坐。他沉浸于工作中。牧场的前方高耸着一棵挺拔的松树，下面摆着长凳，如果没有去树林深处，劳伦斯就会在这里写作。

在烟雾迷蒙的查帕拉湖畔，劳伦斯坐在胡椒树下写出了长篇小说《羽蛇》。在鹦鹉、白狗的陪伴下，诞生了游记作品《墨西哥的早晨》。清晨、松鼠、鲜花、巨树、砍柴、喂鸡、做面包，所有艰苦的工作，人们和灿烂的新生活。只有这样的地方，劳伦斯才能写作。他说，人造的世界太死气沉沉，太乏味。在生命中的这个时期，劳伦斯和弗丽达看起来不太像是老夫老妻那样习惯彼此，而是像陌生人一样失去了亲密感。他们不再是狂热的恋人，相互间保持距离，各自做着自己的事。但他们还是以他们自己的方式强烈地依赖着对方。

1926年9月，劳伦斯四十岁时，突然开始拿起画笔。他说："我都四十岁了，才真正有勇气试一下。这一试，就变成了狂欢。"他要画出人体的肉质肉感，画出生命的蓬勃："一幅伟大的绘画中注入了怎样的生命，每一根曲线，每一个动作里都注入了强大的生命。"在《性与美》一文中，他认为性与美是生命与意识，依靠直觉去感知。如果爱活生生的美，就会对性报以尊重，他要把这样的理解表现在文字和色彩中。这是劳伦斯为画作《干草垛下》配的诗《极度疲惫》：

  我要倒在
  草垛上。头枕她的膝，死静地躺着，而她
  呼吸着，安静地在我上方，群星
  聚起来，默默地

1929年6月25日，劳伦斯的画展在朋友的华伦画廊开幕，一共展出了二十五幅作品，包括十五幅油画和十幅水彩画，因为过于裸露，其中十三幅被当局收缴。今天再看这些画作，你会震惊于他的稀世之才，完全以一己之力开创了一个现代主义画派。只是，留给他的时间不多了。这位难容于时世，难容于常人的鬼才、怪才和奇才正在走向他最后的岁月。

在佛罗伦萨，他开始写他的最后一篇长篇小说，这就是日后引起轩然大波的《查泰莱夫人的情人》。每天早上七点钟左右，他们吃完早餐，劳伦斯拿着他的书、笔和坐褥到米兰达别墅的树林中去，有一条名叫约翰的狗跟着他。"静静地步入松林之中，坐在那里做一点我做的工作，还有什么比这更为愉悦的事。"

小说《查泰莱夫人的情人》从1926年开始动笔，1928年完成并在意大利出版，不久便在英国遭攻击和查禁，直到1960年被解禁。小说里虚构了一个伊甸园，这是一则人类生存的寓言：关于传统、现代、转折、思考，关于人性，关于男人和女人。小说赞美的是最彻底、纯正而辉煌的性爱，这种性爱超越了世俗的层次，只求得一个人肉体的、鲜活的、生命的自我，只求人在本体的而不是其他意义上得到真正的尊重。劳伦斯自己评价《查泰莱夫人的情人》是一本诚实的书，一本健康的书，一本我们的时代不可或缺的书。只可惜，他生活的时代没有接纳他。今天，从事劳伦斯研究的学者之多，作品及相关著作发行之大，对人类社会影响之广，已经普遍被认为仅次于莎士比亚了。

写作过程中，劳伦斯旧病复发，不得不返回英国居住。那以后，他再也未能完全恢复旺盛的生命力。在临终的时日里，他写下了最后一本书《启示录》,他说:"在这部书里,我想回归到古老的日子,回到《圣经》之前的日子,在那里为当代人重新找到那时候人们的感觉和赖以生存的手段。"1930 年,他四十五岁,生命终结在法国芒斯的一间蓝色房间里,从阳台可以看见大海。妻子带着他的骨灰回到了新墨西哥,将他埋葬在那里。对于死亡他坦然面对,他说:"你看见那些正从苹果树上飘落的树叶吗?当树叶要落时就必须让他落。"弗丽达在给作家福斯特的信中说:"劳伦斯之死是如此的壮丽——他一点一点地与死神搏斗,他的生命从未失去过光彩。"弗丽达和劳伦斯的几个友人安葬了他,"非常简单,就像葬掉一只鸟儿"。

劳伦斯的好友丽贝卡·威斯特曾写道:"劳伦斯漫游四方,是为了寻找他一次又一次痛苦地捕捉的那种人类的启示性幻象。"在一次次漫长的精神旅程中,这位 20 世纪的尤利西斯给世界留下了巨大的思想财富。正如弗丽达所说的:"他所目睹、感受和理解的东西,都无私地融注于他的作品之中,留给了后人,他一生的风采和他给予我们愈来愈多的生活的希望,是一份崇高的、不可估量的馈赠。"

阅读参考书目

[英] D.H. 劳伦斯:《大象:劳伦斯诗集》,[澳] 欧阳昱译,四川文艺出版社,2018 年 4 月。

[英] 吉西·钱伯斯、弗丽达·劳伦斯:《劳伦斯与两个女人》,叶兴国、张健译,知识出版社,1991 年 10 月。

[美] 杰弗里·迈耶斯:《D.H. 劳伦斯传》,朱云译,南京大学出版社,2020 年 8 月。

帕斯捷尔纳克：
任何生活对个人来说
都是至关重要的全部

帕斯捷尔纳克(1890—1960)

"时间的俘虏"

读完伊文斯卡娅的《时间的俘虏》和她女儿写的《波塔波夫胡同传奇》才算真正完整读完《日瓦戈医生》，这是小说最不可缺少的续集和尾声。伊文斯卡娅，这位小说里拉拉的原型，用她史诗般的悲剧命运、苍凉的爱情和美丽诗性的笔调，续写了拉拉的结局。

1957年，小说《日瓦戈医生》在意大利出版，一场文学事件演变成东西方冷战的政治事件，帕斯捷尔纳克在国内遭受到残酷封堵和批判，健康惨遭毁坏，1960年溘然长逝。其后，他的情人伊文斯卡娅第二次入狱，继第一次备受摧残的劳改岁月，再一次替帕斯捷尔纳克受难，经历了难以想象的折磨。如果不是全世界作家的群起抗议，持续争取，她恐怕要死在狱中了。苍天终于睁开了眼，伊文斯卡娅奇迹般的长寿让她目睹和见证了一个国家的疯狂、荒谬和最终的崩溃。从小说到回忆录，二人的书终成合璧，把一出惊心动魄的悲剧推向高潮。

1960年到今天，又一个甲子过去了。我们终于读到了这一最为奇特也最为悲怆的人间恋歌。从日瓦戈医生和拉拉的虚构爱情到真实风尘中的生命相托，他们用自己的命运衬托出历史的残酷。那片广袤的风雪冰土下，有多少冤魂还在吟唱？伊文斯卡娅在回忆录

帕斯捷尔纳克 —— 105

的最后对自己伟大的恋人说了一段催人泪下的话，堪称绝唱："你知道，生活对我并不仁慈。但我不抱怨。它给了我极大的幸福，与你的爱情、友谊、亲密无间。你总是对我说，生活对我们的仁慈、善良比我们通常想象的要多。这是一个伟大的真理。我永远不会忘记与你的约定：无论在任何情况下都不应该绝望。希望和行动是我们在不幸中的责任。"[1]

我对小说《日瓦戈医生》和帕斯捷尔纳克这个名字怀着不可思议的感情，几乎读过所有标有这个名字的中译本：诗集、随笔、小说、回忆录、传记以及学术专著，版本甚至不止一种。现在再看1986年前后的两个小说中译本，明显带有那个时代的现代主义美学：粗粝、冷眼、森然。多年来，我一直在寻找、等待伊文斯卡娅《时间的俘虏》的中译本，终于在2021年等到了。

伊文斯卡娅在1972年到1976年间写下了关于帕斯捷尔纳克的回忆录，她化用了他的诗句"时间的俘虏"："他知道，当时光流逝，他的诗会留存，会在将来从时间的俘虏中响起，就像普希金的诗节在我们的时代喧响……我爱鲍里斯·列昂尼多维奇，因此有一点我不能自欺：我对他是必不可少的。我感激命运让我能与他同处于他的时间的俘虏中。"

2019年8月，我重读《日瓦戈医生》，距首次阅读已经过去了整整三十年。

8月最后的两个星期，从夏天向秋天过渡，闷热开始挤出一丝

---

[1] ［俄］奥莉嘉·伊文斯卡娅：《时间的俘虏·和帕斯捷尔纳克在一起的岁月》，李莎、黄柱宇、唐伯讷译，广西师大出版社，2021年3月。

凉意。每天早上，我拉着五岁娃的小手去上围棋课，他要在这里待上一上午，我则坐在教室外的一把绿色铁椅上读《日瓦戈医生》，孩子下课的时候，会从教室冲出来，像只小鸟奔向我。整整一个上午我会沉浸在日瓦戈医生的命运中不可自拔。这次，我没有像初读那样热泪盈眶，但仍然为之动容，为之唏嘘，为之久久不能平静。

帕斯捷尔纳克首先是一位诗人，而且久负盛名。我陆续读过他的几本中文版诗集，始终没能喜欢起来，只好归因于翻译问题。直到我读了王嘎翻译的传记，这本优秀的传记，引了他近千行诗。我被迷住了，于是重新搜罗他的诗歌译本，反复比对、阅读，我终于承认他是一位不可多得的大诗人。他的《日瓦戈医生》以诗统领小说，铸成一部波澜壮阔的史诗。可惜关于二十五首诗与小说并为一体的艺术设计一直没有人进行建设性的学术研究。

帕斯捷尔纳克的传记作者提出了这样一个观点：《日瓦戈医生》叙说的是命运的逻辑，诗人一生的个人逻辑如何编织现实，以使那些杰作——时代仅有的见证呈现于世间。整个俄国革命的发生都是为了（或者，如果可以说，是因为）尤里·日瓦戈与拉拉理所应当的结合，为了他们在瓦雷金诺与世隔绝的爱之奇迹的实现，为了《冬夜》《相逢》《圣诞之星》的书写。"人并非为时代服务，相反，时代的进展，是为了人完善其自身，连同最大限度的表现力和自由；真正的英雄，不是周遭情状的牺牲品，而是它们的主人，并且是全权的主人，而他对此浑然不觉，他的行为仅仅凭借灵感，就像工具凭借控制它的力量。"[①] 了解了帕斯捷尔纳克一生，你就会觉得小说

---

① ［俄］德米特里·贝科夫:《帕斯捷尔纳克传》，王嘎译，人民文学出版社，2016年。

首先是作者的一部精神自传。一个医生、诗人、一个时代的旁观者，被历史的潮流所裹挟。帕斯捷尔纳克选择一个小人物本身，就是一种伟大的创举。用这样一个人对伟大的革命进行旁观和反思，至少就是一个反动的角度。这种勇气——考问的勇气、批判的勇气、承担的勇气——就足以令人感佩。

他以生活的名义，以爱情的名义，以个人命运的名义，对广阔动荡的大时代予以表现，医生的一生是对生命与爱的追寻。是一代俄国知识分子的心灵追寻、精神追寻。这是一种世纪病，一种时代的革命狂，这是1957年发出的呐喊，令人震惊的反思。半个世纪以后再来重读小说，你会愈加佩服帕斯捷尔纳克的预言能力和思想力度。不仅仅预言了历史的结局，预言了革命的结局，更从人的尊严的高度书写了人性的颂歌。其惊心动魄的关于人之存在意义、爱情意义的探讨，足以照亮史册。

地震般的奇迹

1945年最后几个星期，在12月的柔雪下，帕斯捷尔纳克对友人说他正在写一部长篇小说。这年12月23日，在一封信中，帕氏这样表达："我的生命中再没有什么结节和创伤。我突然感到可怕的自由。周围的一切都可怕地成为我自己的。"在冷落和神秘性的氛围中，在苏联历史上最沉寂、最无望的时刻，帕斯捷尔纳克书写着自己最重要和最杰出的作品。40年代后半期，堪称苏联最阴暗的时期。随着形势的发展，他所需要的一切创作条件都出现了，仿佛上帝自己也有心看到《日瓦戈医生》的问世——"终于可以做自己了，可以跟时代彻底了断，再不必尽力融入其中。"关于小说《日瓦戈医生》，帕斯捷尔纳克说这是他"对世界说出的最后的话语"。

1945年至1946年冬天，他妻子断绝了同丈夫之间的亲近——"这是一种独特的修士生活，彼此相安无事"，传记作者说。他转入人生与创作的新阶段，对新爱情的渴望命运般降临了。有人猜测，1945年冬天，帕氏心中一定又产生了新的恋情，但没人知道她是谁。1946年1月26日，一封信中朦胧地出现了暗示："一道刺骨的幸福和个人印记刻在我生命里。"夜空中，真的出现了一颗星星。

1946年夏天来临之际，小说已进展到拉拉的第一次出场。即《日瓦戈医生》第二章，但对于少女本人，帕斯捷尔纳克还未加笔墨，他仿佛等待着与这位女主人公原型的相遇。"我要将思念你的泪水化作无愧于你的、流传后世的东西。我将用充满柔情而无限痛苦的笔写下我对你的思念。"没有一份惊世骇俗的世纪恋情，很难有日瓦戈医生史诗般的爱情。帕斯捷尔纳克一生都在追求独特的创作风格，要求自己的诗清明、淡雅，希望自己能创造出一种严谨、朴实的笔法，孜孜以求的是一种不尚浮夸、平易近人的风格。在给《新世界》编辑部的一封回信中，帕斯捷尔纳克提到了他的创作指导思想："夏天，我开始创作散文体长篇小说'少男少女'（现在的标题或许也是暂定的）。显然它应涵盖最近的四十五年（1902—1946），但历史事件的塑造并非作品的主旨，而是情节的历史背景，小说故事的精加工，仿效了狄更斯或陀思妥耶夫斯基等人对情节的理解。"

此时，在《新世界》编辑部，一位女神出现了，她叫伊文斯卡娅。

我们今天仍然可以从七十多年前留下的照片上感受她罕见的美

貌——身材苗条，一头金发，笑容迷人，明亮的大眼睛，声音悦耳。最关键的是她热爱他的诗，甚至到了开口成诵的程度。她的初恋男友曾一次次地给她读帕斯捷尔纳克的诗，她觉得："这些上帝的词语，全能的'微物之神'和全能的'爱之神'的词语，它们的发音蕴含着什么——我从那时起就能够感知。"少女曾无数次幻想着陷入这位异常复杂的先锋诗人的漩涡，为他而忧伤，为他而思念。而事情就真的奇迹般发生了。"他就这样站到了我窗边的小桌旁——那个世界上最丰富的人，那个以云朵、星星和风的名义言说，那个能找到如此公允的词形容男人的激情和女人的软弱的人。"

一个女性的世界春天般苏醒了。

随后的一切如狂风骤雨。她带着巨大的恐慌回到家。对她来说，这是"意义重大的四六年"，"这个人，他游走在整个世界的风景中"，而现在他走在她身边。

致命的一见钟情，如同老房子着了火，况且，他还有一颗诗人般狂热的心。

这是婚外情，他们没办法坦然相处。在他们"电流通过"的那段时光里，必然伴随着伤感的乐章。他们无休无止地相互解释，纠结，长时间在莫斯科黑暗的街道和小巷里徘徊。他们不止一次发誓要离开对方，说好不再见面。但他们，没法不见面。"我们应该活在一个高等的世界，期待着某种看不见的力量能让我们结合，如果你不能忍受，那么最好分开。在别人覆灭的废墟上结合，现在已经做不到了。"这是帕氏的永恒矛盾。

她相信："我和他"是"电流通过的导线"——分开与否已经不听从他们的意愿了。他们相信"存在着比夫妻更神秘的婚姻"。（语

出茨维塔耶娃《尘世的征兆》)

后来，他们成立了一个文学共同体，取名叫"我们的小铺"。一些诗歌由帕斯捷尔纳克先翻译，然后由伊文斯卡娅完成，这样他可以有时间去写小说。当时的一些痛苦的纠结被永久地记录在小说人物尤里·日瓦戈的诗中：

> 你脱下连衣裙，
> 好像树林抖落叶子，
> 当你投入怀中——
> 穿着带真丝流苏的睡袍。
>
> 你——是迈向死亡的恩赐，
> 当生存比病痛更让人厌恶，
> 而美的根源——无畏，
> 正是它把我们引向彼此。

——《秋》（1949）

1946年，两场恋情同时开始：帕斯捷尔纳克的恋情和日瓦戈医生的爱情。女主人公原型的出现，将一股不可抑制的激情注入了小说。关于爱情的萌发，小说是这样写的："周围的一切蓬蓬勃勃，洋溢着生机，一股赞美生命的心情，就像轻风，就像壮阔的波浪似的流泻开去，不择方向，在大地上，在城里到处流淌，穿过墙壁和栅栏，穿过木板和人体，叫所有遇到的东西都激动得打哆嗦。"日瓦戈的爱情被进行了充分的铺垫，在第八章第十六节之前，先是中学生拉拉的身影出现，接着是大学生的拉拉打出的一枪，第三次他在野战医院见到，第四次是在图书馆，她的一切多么得体！恋情之火热烈燃起："她不喜欢做一个美丽、妩媚的女子。她蔑视妇女的容貌，仿佛为自己的美貌感到痛苦。这种傲岸的仇视自己的态度为她增添了十倍的魅力。"很难想象，没有现实中的爱情，《日瓦戈医生》中的爱情会写得那么动人。我们甚至有理由相信，正是因为原型的出现，让整部小说发生了结构性变化——爱情成为一条强大的主线。

"当情欲像永恒的春风吹入他们不幸的生活中的时刻，也就是他们互相袒露的时刻，是对自己和人生认识愈来愈深刻的时刻。"亲密关系的突破，作者轻轻一笔带过："从他头一次没回家而留在拉莉萨家过夜起，已经过了两个多月。"日瓦戈医生出轨了。在他纠结的时候，命运又发生了转折——他遇上了战争。

双重的生活

帕斯捷尔纳克从来没想过离婚，他已经老了，不会再做冲动的事。但事情总会暴露，一张露骨的便条让妻子知道了一切。关于这次冲突，两个女人都有回忆。这是一场争夺一个男人的战争。她们终于见了一面，情人说她怀了帕斯捷尔纳克的孩子，妻子说她已经不爱帕斯捷尔纳克了，但不允许毁坏这个家。

种种迹象表明，伊文斯卡娅确实怀孕了，据考证，她一生有过两次身孕（分别是在1947年和1949年），第二次是在监狱里流产。"同生活、存在是无法交谈的，但拉拉就是生活、存在的代表和体现，是赋予不能言语的人的耳与口。"毫无疑问，爱情是小说《日瓦戈医生》最成功也是最动人的地方。带有自传性质的演绎,让冰天雪地、兵荒马乱的爱情刻骨铭心。

当他们重逢:"窗外是春日的黄昏,空气中充满各种声音。儿童们的嬉笑声处处可闻,这仿佛说明大地上到处是勃勃生机,这块土地就是无与伦比、声名显赫的俄罗斯母亲,她历尽苦难,坚韧不拔,乖戾任性,喜怒无常,她受人民的爱戴,但又经受着无法预见、没完没了的深度灾难。啊,生活多么甜美,活在世上,热爱生活是多么甜美,多么想对生活本身,对存在本身说声谢谢,而且要当面说。"

当他们相会:"他一生都在工作,一直忙碌不停,操劳家务,给人看病,思考、学习、写作。现在他停止了活动,停止了思考,停止了努力,暂时把这些交给了大自然,而让自己成为她那善良、丰润、令人陶醉的双臂中的作品,成为她构思的对象。"

她内心的喊叫:"我只知道随时跟着你,时时刻刻爱你,听命于你,做你的奴隶。"

他灵魂的悸动:"一切都是和谐的,没有界限,没有差别,更无所谓高低,一切都是平等的,一切都是欢乐的,一切都合乎心意。"

他们的夜晚如胶似漆,情意绵绵,洁净的被褥、洁净的房间和他们那纯洁的面容同洁净的夜色、白雪、星、月汇成一股波浪,涌入日瓦戈的心田,使他感到人生的欢欣与光洁。

1949年10月9日,伊文斯卡娅被捕了。当局针对的是帕斯捷尔纳克。威胁从最脆弱的地方朝他逼来——折磨他爱着的女人。挽救他的,也是这个女人。一份编号"第3038号卷宗"记录了当时的审讯记录:

"什么时候开始了暧昧关系？"内务人民委员会的人问。

"请描述一下帕斯捷尔纳克的政治倾向。对于他的亲英倾向和叛卖思想，您有什么了解？"

每一个问题都可以置帕斯捷尔纳克于死地，但她是这样回答的：

"不能把他列入具有反苏倾向者的范围。他也没有什么叛卖思想。他始终爱自己的祖国。"

"是什么将您和帕斯捷尔纳克联系在一起？他的年龄毕竟比您大很多？"

她回答："爱情。"

"不，将你们联系起来的，是你们共同的观点和叛卖思想。"

她回答："我们没有这种思想，过去和现在，我一直爱他，这是对一个男人的爱。"

后来，帕斯捷尔纳克在给国外记者的信中说："我的生命之所以保全，这些年里之所以没有人动我，全都归结于她的勇敢与忍耐。"

他知道她怀孕了，关在卢比扬卡，他几乎每天都去监狱，要求把孩子还给他。他乞求自己去代替她。他对妻子也实话实说。他承认："当她被人从我这里夺去时，我意识到这比死还要糟糕。"

她在狱中流产，大出血。

最终，她被判了五年刑期，罪名是"与间谍活动嫌疑人员关系密切"。

一天夜里，她被通知去劳改营办公室，她刚洗了衣服，没的可换，只好将湿衣服套在身上去报到,是帕斯捷尔纳克的信,但信可以读,不可以拿走。她就这样读到了他的信,他的诗。她后来回忆说这封信给了她活下去的力量。他给她的信,每次落款都是"你的妈妈"。

在服刑期间,她用丁字镐刨了四年干枯的土地,而他一边拼命翻译《浮士德》,一边继续写小说。用稿费抚养她的一家。设法取得了她与前夫孩子的监护权,以使她免于进孤儿院。这期间帕斯捷尔纳克写的诗充满了恐怖、悲恸和爱。其中一首被誉为20世纪最出色的爱情诗之一——《相逢》,最后一段充满无畏:

> 哪怕从这些消逝的岁月
> 留下的只是流言蜚语,
> 可我们那时已不复存在,
> 谁知你我,又来自哪里?[1]

1953年,伊文斯卡娅因大赦而获释,那一年她四十一岁。帕斯捷尔纳克和妻子摊了牌,希望给他自由,妻子同意了。小说中,医生的妻子家信中对拉莉萨有个判断:"她是个好人,但我也不愿说违心的话,她和我全然不同,我来到人世是要使生活过得单纯,寻找一条正确的出路,而她却是使生活复杂化,使人迷失方向。"这是妻子的实话,没有一个情人的出现不会让生活失序。这是爱情本身的代价。

一个田园牧歌般的时期开始了:帕斯捷尔纳克忙于小说的收尾,

---

[1] [苏联]鲍里斯·帕斯捷尔纳克:《第二次诞生》,吴笛译,上海人民出版社,2013年6月。

他已到了从心所欲的境界。她和女儿搬到了他家附近，俗称大别墅和小别墅，中间隔一座桥。这是一个森林环抱的作家村，有菜园和田地，他可以干普通的农活，过着双重的生活，一边是正在老去的妻子，一边是一座爱巢。

每一天，她和女儿远远地望见他从桥上走来，戴着有舌的软帽，脚上是一双胶鞋，身穿一件简朴的风衣。他从一个家走向另一个家。告别一个女人的目光，又迎来一个女人的目光。中间是一个男人沉重的脚步。

小说中，帕斯捷尔纳克曾借拉拉之口，这样反思人类的爱情与婚姻：

> 很多家庭，包括你、我的家庭，为什么支离破碎？看上去好像是由人们的性格相投不相投，彼此相爱不相爱造成的，其实并非如此。所有和生活习俗、人们的家庭与秩序有关的一切，以及由此派生的，为此安排的一切，都因整个社会的变动和改组而化为灰烬。整个生活都被打乱，遭到破坏。剩下的只是无用的、被剥得一丝不挂的赤裸裸的灵魂。对于赤裸裸的灵魂来说，什么都没变化，因为它不论在什么时代都冷得打战，只想找一个离它最近的跟它一样赤裸裸、一样孤单的灵魂。我和你就像世界上最初的两个人，亚当和夏娃，那时他们没有可以遮身蔽体的东西，现在我们好比在世界的末日，也是一丝不挂，无家可归。现在我和你是这几千年来世界上所创造的无数伟大的事物中最后的两个灵魂。正是为了怀念这些已经消失的奇迹我们才呼吸、相爱、哭泣，互相搀扶，互相依恋。

走过乱世的两个灵魂瑟瑟发抖地走在一起，时代因战争而支离破碎。爱情变得如此稀缺，却像氧气般支撑着他们。而现实中的两个人同样挣扎在巨大的荒谬中。双重生活也好，三角纠缠也好，比起时代的碾压已经无足轻重。

一切都被命名

1954年夏天，《日瓦戈医生》初稿完成，直到次年八月，小说第二稿才修改完毕。此后，帕斯捷尔纳克又花费了三个多月时间，对整个小说文本做了最后的校正，12月10日是他认定的完稿日期。在一封给友人的信中，帕斯捷尔纳克说："您无法想象此中的收获，数十年间折磨人、引发困惑和争议，导致昏聩和不幸的那个谜团，终于被发现并赋予名称。一切都弄清了，一切都被命名，一切都是简单、透明、伤感的，最可贵和最主要的、土地和天空、博大而炽热的情感、创造和精神，生与死，再度被阐明，重新获得定义……"

帕斯捷尔纳克用这部小说在进行哲学思考、政治思考和人性思考。他想命名，定义，让围绕他、困惑他的一切变得清晰、明朗。这是生命之搏。他的传记作者为此说了这样一句话："帕斯捷尔纳克为它而生，并付出了一生的代价。"在接受《巴黎评论》记者采访时，帕斯捷尔纳克说："我创作《日瓦戈医生》时，感觉对同代人负有一笔巨债。写这本书就是试图偿还债务，在我缓慢创作的过程中，那种负债感一直在压迫着我。"

人生的债好重！在帕斯捷尔纳克最后的岁月，因妻子和情人的双重生活所产生的愧疚感始终折磨着他。1960年5月30日11时，帕斯捷尔纳克去世，临终，他对妻子说的最后一句话是"请原谅"。片刻之后，他又说"我快乐"。他的情人没有被允许进入他的病房。

帕斯捷尔纳克是幸运的，他躲过四次政治镇压，平生持久而幸福地爱过三次，对方也一样爱着他。在帕斯捷尔纳克的葬礼上，许多人记住了哭泣的伊文斯卡娅。

那一刻，她一定一遍又一遍地吟诵着小说里的倾诉："让我们彼此再把深夜里的密语，就像太平洋的名称那样伟大、平静的密语再互相重复一遍。你是藏在我心中的一个像禁果似的秘密天使；在和平的天空下，你曾出现在我生命的源头，而在这战乱的年代，又眼看着我生命的结束。"

两个多月后的8月16日，伊文斯卡娅再次被捕，罪名是走私罪。被捕的还有她的女儿。经非公开审判，她被判处八年徒刑，女儿被判三年。她们被送往劳改营。这是一次无尽的酷刑，他在九泉之下，她在人间地狱。在《日瓦戈医生》中，与日瓦戈永别的拉拉这样倾诉：

> 你一去，我也完了。这又是一种不可改变的大事。生命的谜、死亡的谜、天才的美、质朴的美，这些我们是熟悉的，可是天地间那些琐细争执，像重新瓜分世界之类，对不起，这完全不是我们的事。永别了，我的伟大的人，亲爱的人，永别了，我的骄傲，永别了，我的水深流急的小溪，我多么爱听你那日夜鸣溅的水声，多么爱纵身跃入你那冰冷的浪花之中。

四年后，在国际社会的强烈抗议下母女俩获释，1988年，她和女儿获得平反。1995年9月8日,她在莫斯科去世。帕斯捷尔纳克的传记作者写道:"这场爱,值得伊文斯卡娅遭受两次刑期,也值得帕斯捷尔纳克牺牲家庭和睦并最终付出生命。"

而小说中,作家是这样设计了拉拉的结局:有一天她离开住的地方,便再没回来。看来是在街上被捕了。她也许死了,也许被送到北方数不清的普通集中营或女子集中营里,被编成代号列入名册。后来名册丢失了,她也被遗忘了。

作家在用女主人公的命运来控诉这个时代,他对这个生存的国家和时代洞若观火。他该是怀着何等的绝望在书写这个结局啊!当帕斯捷尔纳克永远闭上眼睛的那一刻,他一定看见了她的脸和她的爱,因为他早已在小说里写到了这一情景:

> 从她的脸上、眼神里已经可以看到时代的惶恐与不安。这个时代的一切问题,时代的眼泪和屈辱、时代的追求、时代的积怨与骄傲,都表现在她的脸上和她的举止中,表现在她那少女的羞怯和优美洒脱的体态中。她完全可以充当这个世纪的控诉状。这是她的使命,是命定的,这是她的天赋,只有她能这样做。

帕斯捷尔纳克病重后,出版了最后一本诗集,题名为《到天晴时》。这句话应验还需要二十八年。直到1988年,天才终于晴了。

有一年,浙江文艺出版社新出了力冈、冀刚的旧译本《日瓦戈医生》,我毫不犹豫再次买了来。我对大学时期读的这个版本充满感情,当时属于漓江出版社的一套诺贝尔文学奖丛书,蓝色封面,当时在我眼里美丽极了。后来我陆续买了人民文学出版社蓝英年、张秉衡译本；天津人民出版社黄燕德的译本，却总也读不出曾经的味道。在文章的最后，我想再次回到小说里，回到帕斯捷尔纳克写得最美的一段爱情文字，也许这才是伊文斯卡娅留给帕斯捷尔纳克一生最好的礼物：

> 他们的相爱并非受到驱使，不是有些人所说的"情欲的奴隶"。他们之所以相爱，是因为周围的一切，那脚下的大地、头上的青天、天空的白云和地上的树木，都希望他们相爱；他们周围的一切，不论是陌生的路人，还是漫步时展现在眼前的远方田野以及他们居住和会面的房间，都为他们相爱而欣喜，甚至还超过他们自己。

让我们记住这些美丽的文字，记住写完《日瓦戈医生》后帕斯捷尔纳克说的一句话："我很幸运，能够道出全部。"

阅读参考书目

［苏联］鲍里斯·帕斯捷尔纳克：《日瓦戈医生》，力冈、冀刚译，浙江文艺出版社，2010年8月。

［苏联］鲍里斯·帕斯捷尔纳克：《第二次诞生》，吴笛译，上海人民出版社，2013年6月。

［俄罗斯］德米特里·贝科夫：《帕斯捷尔纳克传》：王嘎译，人民文学出版社，2016年9月。

［俄罗斯］奥莉嘉·伊文斯卡娅：《时间的俘虏·和帕斯捷尔纳克在一起的岁月》，李莎、黄柱宇、唐伯讷译，广西师大出版社，2021年3月。

亨利·米勒：
地球上最后一个圣徒

亨利·米勒(1891—1980)

我总是喜欢在别处

很长时间，我一直拒绝读亨利·米勒，总觉得他脏、痞、油腔滑调。总以为他在故作姿态，欺世盗名，打着反叛的旗帜写情色小说。很多历史上有名的作家都喜欢矫枉过正，我原以为亨利·米勒也是，直到我读到他的著作《我一生中的书》，以及《巴黎评论》1961年对他的访问，印象大为改观。"闲置在书架上的书是浪费的弹药。"因为看到他关于读书的这句话，我开始到处寻找《我一生中的书》的中译本，先是从网店买了一本影印本，翻阅粗劣的影印本不过瘾，又从二手书店里买了正版。一口气读了大半本。

这本书出版于1952年11月，是一本典型的作者读书自传。正如一位传记作家所说："在大家眼中，米勒是美国文学家界的坏男人及国民道德品行的破坏者，实际上，米勒对很多事务都怀有敬畏之心。"谈起生命中的书更加如此，他说："我读书是为了忘记自我，沉醉其中。我总是在寻找可以让我灵魂出窍的作家。"

亨利·米勒是一个晚熟的作家，在巴黎出版第一本书的时候，已经四十二岁了，那是1934年。十年后，二战时进入巴黎的盟军迷上了米勒的书，直到二十七年后的1961年，他的书才获准在美国出版，并迅速走红，那时候，他已经过了七十岁。

米勒一生从事过报童、洗碗工、垃圾清理工、电车售票员、旅馆侍者、打字员、酒吧招待、码头工人、体校教师、保险费收费员、煤气费收费员、文字校对员、精神分析学家等三十余种工作。光这一长串工作名就足以让我们对他的一生保持尊敬。如果没有天生的对文学的挚爱，没有灵魂出窍般的痴迷，很难想象他会成为一个作家。

和 D.H. 劳伦斯一样，米勒很长时间以来就是一个话题和传奇。原因无非就是一个字：性。亨利·米勒笔下的性谈不上美好，与浪漫无关，甚至爱欲本身只是一种生存方式，是和性有关的内心审判，是对禁忌的亵渎。《纽约时报》评论说："米勒作品里活色生香的性场景，只是舞台，是为了让他讨论有关自我、爱、婚姻与幸福的哲学。"他自己的宣言是："我的书就是我所是的那个人，我所是的那个困惑的人，那个随随便便的人，那个无所顾忌的人，那个精力充沛、污秽下流、爱吵爱闹、细心体贴、一丝不苟、说谎骗人、诚实得可怕的人。"看看他所用的这些词，相互矛盾，褒贬不一，冷嘲热讽，充满对人性的诚实。

欧洲首先宽容了他，在那里他找到了美国无法想象的自由。有人称其为"文化英雄"，有人骂他是"流氓恶棍"，这个美国布鲁克林男孩注定要引人注目，用他不妥协的意志。他的书冲击着关于审查制度、色情和淫秽的争论，从布鲁克林的青涩岁月到巴黎的流浪冒险，他成为一代青年的反叛偶像。T.S. 艾略特在看了《北回归线》之后立即给予肯定的评价。他说："这是一本十分卓越的书……一部相当辉煌的作品……在洞察力的深度上，当然也在实际的创作上，都比《查泰莱夫人的情人》好得多。"庞德则认为《北回归线》"大概是一个人可以从中求得快感的唯一一本书"。文坛大家已经发现,性在他的作品里并非目的,而是有着统驭全局,直抵本质的隐喻地位。他的反思异于常人:"我觉得一切答案都在我的星座里。文明就是得了动脉硬化症的文化。"他选择性作为叙述语言显然经过精心设计。

1961年9月,在伦敦接受《巴黎评论》采访时,米勒说:"性无处不在,它就在那儿,在你周围涌动,像液体。""它是我生命中一个重要部分。"他有过五任妻子,一生都在追逐不同的女人,其中就有我们熟悉的华人影星卢燕,到八十四岁还给二十岁的情人写万字情书。他的爱情给他带来了无穷无尽的灵感,"忘掉女人最好的方法,就是把她变成文学。"这是米勒最令人印象深刻的一句话。用他儿子托尼的话说:"父亲的麻烦是……他爱上了爱情。"亨利·米勒属于离了爱情就无法存活的那种人,用现代科学解释很可能与性瘾有关。米勒尤其喜欢女演员,这种嗜好足以给心理学带来丰富的分析依据,他说过一句有名的话:"没有爱,我虽生犹死。"这是他的存在方式。

米勒小说的语言奇妙多姿,读起来充满快感。1995年,正版的米勒进入中国,引起的反响可想而知。中国作家冯唐回忆说:"我记得第一次阅读亨利·米勒的文字,天下着雨,我倒了杯茶,亨利·米勒就已经坐在我对面了,他的文字在瞬间和我没有间隔。我忽然知道了他文字里所有的大智慧和小心思,这对于我毫无困难。他的魂魄,透过文字,在瞬间穿越千年时间和万里空间,在他绝不知晓的北京市朝阳区的一个小屋子里,纠缠我的魂魄,让我心如刀绞,然后胸中肿胀。"你完全可以想象得出,在某一个时期的中国,米勒那种鄙夷一切的语言、无所顾忌的表达、怪诞的文体、革命性的姿态给年轻人带来的冲击。①

《北回归线》的开篇像一篇宣言：

> 这一本不算是书，它是对人格的污蔑、诽谤、中伤。就"书"的一般意义来讲，这不是一本书。不，这是无休止的亵渎。是啐在艺术脸上的一口唾沫。是向上帝、人类、命运、时间、爱情、美等一切事物的裤裆里踹上的一脚。我将为你歌唱，纵使走调我也要唱。我要在你哀号时歌唱，我要在你肮脏的尸体上跳舞……若要歌唱你必须先张开嘴，你必须有一对肺叶和一点儿乐理知识。有没有手风琴或吉他均无所谓，要紧的是有想要歌唱的愿望。那么，这儿便是一首歌，我正在歌唱。

《北回归线》写的是1930年初的巴黎，一战与二战之间，西方现代文明正经受严重考验。信仰崩溃，自我迷失，年轻一代人迷惘彷徨，于是产生了海明威笔下的"迷惘的一代"，西方文化传统的反叛者因此诞生。米勒用疏冷、反讽、荒谬、怪诞的文笔把彻底的反叛精神表露无遗，如果再把时间拉长到二战以后，从寻找新世界秩序和人类精神重建的高度考虑，米勒的价值更加显现。

《南回归线》的语态同样带有一种现代性的魔幻：

> 下班后，我将《创造性进化》夹在胳膊下，去乘坐布鲁克

---

① 冯唐：《活着活着就老了》，浙江文艺出版社，2013年5月。

林大桥的高架公交，便开始了去往墓地的归途。在去那儿的人群中，我是最特别的一个，我的语言，我的世界，都在我的胳膊下。我像是一个护卫，守护着一个伟大的秘密；如果我开口讲话，我能让整个交通都瘫痪掉。

这是年轻人穿行在世界中的一种奇异姿态，仿佛凌驾于一切之上，高傲而且自尊，充满对社会的不妥协、不认同、不接受。从心思到语态都让读者陌生而迷恋。这部半自传性质的小说同样真实再现了他在摩天大厦里的工作状态。

《性爱之旅》在塑造一个失败者的形象。今天来看，米勒完全是超前预言了现代性此后几十年的社会变异："我快三十三岁。全新的生活展现在我的面前，只要我有勇气去冒险。其实，我也没有什么可去冒险的：我生活在社会最底层，从各种意义上说都是失败者。"米勒的革命性显而易见，他采用了完全让人瞠目结舌的一种文学语言，不属于历史上任何一种范式。他打开了另一个世界：陌生、叛逆、极端，像青春期男女令人无法理解的言行举止。作为一个优秀的文体家，米勒极大地影响了世界文学。冯唐说："第一次阅读这样的文字对我的重要性无与伦比，他的文字像是一碗豆汁儿和刀削面一样有实在的温度和味道，摆在我面前，伸手可及。"[1] 在进入中国之前，米勒的文学地位已经盖棺论定，他是评论家笔下的文化英雄。《北回归线》里的质问至今仍然没有答案："就在此刻，就在新的一天到来的这宁静黎明之际，这个世界不是充满着罪恶和悲伤

---

[1] 冯唐：《活着活着就老了》，浙江文艺出版社，2013年5月。

吗？可曾有哪一人类天性中的成分被历史无休止的进程所改变，根本地、重大地改变？"这个怪杰被誉为思想家并非言过其实。

1990年，美国导演菲利普·考夫曼用电影再现了亨利在巴黎的那段时光，中文译名《情迷六月花》，被誉为电影史上最为唯美的"情色"经典，全景展示了1930年代巴黎诡异魅惑的城市氛围。那是人类精神史上不能回避的一段时期，开启了整个20世纪的文化大幕。米勒正是这个朝圣之地最值得追捧的明星："一个自我放逐的人，吟唱着自我之歌，摈弃了所有社会规范。"[1]

1932年，8月14日，亨利·米勒给他的情人古巴日记作家阿奈兹·宁写了一封情书，这是我读过的最有激情也最深刻的情书。

> 我想象你一遍遍放那些唱片——雨果的唱片《和我说说爱情》。这双重的生活、双重的品味、双重的快乐与哀伤。你一定被它所苦所困。我什么都知道，却无法阻止这一切的发生。我但愿是由我来忍受这一切。我知道你现在眼界大开。某些事你不会再相信，某些手势你不会再重复，某些悲哀、疑惧你不会再经历。在你的柔情和残酷中有一种善意的罪犯般的热情：既不是懊悔也不是报复，既不是悲哀也不是内疚。一种存在的状态。没有什么能够把你从深渊中拯救出来，除了某种高期望、某种信念、某种你体验过的——如果你想要就能重新获得的——快乐之外。

---

[1] ［波兰］切斯瓦夫·米沃什：《米沃什词典：一部20世纪的回忆录》，西川、北塔译，广西师范大学出版社，2014年2月。

"我总是喜欢在别处",1944年,米勒来到距离旧金山一百五十英里的一个乡间小镇——大瑟尔,住在一个高于海平面一千英尺的小屋,不通电,也没有电话,靠油灯和蜡烛照明,这里风景优美,但令人生畏,生活寂寞而艰苦。"那儿什么都没有,除了大自然。孤身一人,恰如我所愿。我待在那里,就因为那是一个与世隔绝的地方。我早就学会随遇而安地写作。大瑟尔是极好的换换脑子的地方。我完全把城市抛在了身后。"曾有个朋友来大瑟尔看望米勒。他卸下食品和酒,面迎大海,又瞥一眼金黄的群山。然后对米勒说:"现在我明白你为什么不去墨西哥了,这里(大瑟尔)仅次于天堂。"

　　米勒随身一直戴着一个护身符,据说有四百年的历史,是1951年友人送给他的,上面刻着一段希伯来文字:"上帝会保佑你、守护你。愿他的温热目光照亮你的面庞。愿他以自己的方式指引你前行。"隐居后的亨利·米勒活得比同时代的大作家都要长,海明威死于六十二岁,福克纳只活了六十五年,T.S.艾略特是七十六岁。长寿让他成为那个年代的大师,被尊称为"大瑟尔的圣贤"。有人把他的《北回归线》尊为"20世纪一二十本最重要的美国书籍之一"。卡尔维诺对米勒极为推崇,他认为:"一流作家里没有得过诺贝尔奖的就是博尔赫斯和亨利·米勒了。"鲍勃·迪伦、菲利普·罗斯、约翰·厄普代克都是他的拥趸。可以说他开创了美国文学的一种异常繁盛的风格。

　　晚年归于平静,米勒喜欢上禅宗,迷恋占星术,一遍遍读中国古代的《西藏亡灵书》《易经》以及禅宗类图书《禅与神秘主义》。他对生活的理解有着浓浓的禅宗味儿:"一个人专注于某物的那一刻,这样东西,即便是一叶小草,也会成为一个神秘的、令人叹为观止的世界,壮观到无法形容。"睿智、通透,上帝般绝对。他说:"我本质上是个中国人,隐居乡间,生活并静思。"只有晚年他才会如此安静,超越梦想,超越欲望,超越身体。在最后的岁月里,他效仿德国作家黑塞把中国古代哲人孟子的一段话贴在自己的门上,当然,这段话已经被英语翻译、改造,甚至重置了:

既至暮年,使命已尽,如今我可以平静地面对死亡。我已无会客的必要,交友太多,见过也不少。此刻但求安宁。穷追猛打不适宜,喋喋不休不可取,老生常谈更是折磨。请悄悄走过我的门前,就像从未有人居住此间。

书中的一生

整个上午我都在做笔记,仔细审视我的生活记录,想着从哪里下笔,如何下笔;我看到的不再是随便一本书,而是书本的一生。但是我没有开始写作。四壁空空如也:在见你之前,我把墙上所有的东西都拿下来了。就仿佛我已经做好了永远离开的准备。墙上那些我俩的头靠过的地方显露出来。电闪雷鸣的时候我躺在床上体验最狂野的梦境:我们去了塞尔维尔,然后去了非斯、卡普里岛,最后到了哈瓦那。我们到处旅行,总有一台打字机和许多书相伴;你总在我身边;你看我的眼神始终如一。人们说我们会很惨,我们会后悔;但是我们很快乐,我们总是放声大笑,我们纵情高歌。我们说着西班牙语、法语、阿拉伯语和土耳其语;到处都有人接纳我们;他们在我们的道路上撒满鲜花。

这是亨利·米勒给情人阿奈兹·宁的一封信里描述的情景。情欲与读书，是他一生不可缺少的两个最爱。他说："寻求到一本好书，其意义远远大于读这本书。"

> 我记得我在《南回归线》中曾写过这位朋友是怎样在有意无意之间传授我读书之道的。他本人到了而立之年还未读完三四本书。（这几本书是惠特曼的、梭罗的和爱默森的）他是我见过的最能从书中榨出更多东西的人，或者说他比我见过的任何人都更能从书中挤出每一滴橙汁，这是门学问，其伟大丝毫不亚于写作本身。掌握了这门学问，一书能抵万卷。

这一"读书之道"值得所有读书人深长思之。熟读一本书，胜过博览百本书。已经为许多大师反复强调。类似武林高手反复练习几招，最终成为制胜法宝。

> 每当伸手去拿一本书的时候，我们都怀着同一个愿望，那就是去结识一个自己喜欢的人，去尝试一些我们自己没有勇气尝试的悲剧与喜剧，去做一些会使生活变得更加五彩缤纷的美梦，或者去发现一种生活哲学使我们在承受痛苦与磨难时有更充分的准备。

这段颇似鸡汤性质的愿望，很难相信来自一个浪荡子。萨特曾经说"书不离身"让他有个清净的过去和未来。而米勒的一句著名的话是:"读书犹如从沉睡中醒来,开始新的生活。"

写作则是他永恒的生活。成名之前,米勒说他像条狗那样写啊写。在他看来,打字机扮演着兴奋剂的角色。"写作的欲望在我生命中是一种很重大的事情,非常大。"他真正写东西是在三十三岁的时候。《北回归线》重写了好几遍,在此之前已经写了十年。看起来写得仓促粗俗,其实完全是设计好的,他喜欢改,喜欢拿着斧头开工的那种"美妙时刻":"我会用钢笔和墨水把要改的部分标出来,划掉、插入。改完之后的手稿看起来漂亮极了,像巴尔扎克。"

大多数时候,写作是一件无声无息的事,就在走路的时候,刮胡子的时候,玩游戏的时候,或者干着其他随便什么事的时候,甚或是在和无关紧要的人有一搭没一搭说话的时候。

一生放荡不羁的米勒其实是一个非常自律的生活家,在一本《亨利·米勒论写作》中,他透露了自己的写作日常:上午,如果迷迷糊糊,就记笔记,然后分配到各种情境中,以此作为一种激励。如果精神饱满,就写作。下午,依照计划,心无旁骛地完成当前这一节的写作,每次都完成一节,如此一劳永逸。晚上,见友人,在咖啡馆阅读。探索未知地区——雨天则徒步,天干则骑车。如果心情尚可,写作,但只写一些小的片段。如果感到空虚或是疲劳,则绘画。记笔记、画图表、做计划,修正手稿的错误。

在备注里,他写着:白天要预留足够的时间,以免偶尔有兴致去参观一次博物馆,或是一次临时的写生,或是一次临时的骑车出行;在咖啡馆、火车和街道上写生;减少去电影院;每周一次从图书馆获取资料。

作为文学研修者,他从每一个喜欢的作家那里抄点东西,学他们的腔调、作品的色调。这是一个文学青年的模式。"我决定从我自己的经验出发来写,写我所知道的事情和感受——那是我的救赎。"关于电影,他说,"我最痛惜的是电影的技巧从来没有获得充分的挖掘。它是一种充满了各种可能性的诗意的媒介。电影是所有媒介中最自由的,你可以用它制造奇迹。在电影院里,坐在黑暗中,影像来了又消失,这就像是——你被一场流星雨击中。"

今天看来,米勒很像一个觉醒者,他自以为他的内心生活"散发着光芒,可以点燃世界",可以"让整个世界醒悟"。他对生活的诸多感悟流传至今,他列出的十一条戒律,成为许多人的金科玉律——

1. 一次只做一件事情,直到这件事完成。

2. 暂时不写新书,别在旧作上再添加任何新内容。

3. 不要紧张。无论手头有什么工作,都要平静、愉悦、大胆地处理好。

4. 按计划办事,而不是按自己的心情。在规定的时间停止工作。

5. 无法创造的时候就按部就班地工作。

6. 每天巩固一点点,而不是添加新的肥料。

7. 保持本性,见想见的人,去想去的地方,喝想喝的东西。

8. 不要做一匹拉车的马,工作时只要带着愉悦就行了。

9. 如果你愿意,抛开计划吧——但第二天还得再去试试。全神贯注,缩小范围,排除干扰。

10. 忘记你打算要写的那些书吧,只思考你正在写的那本。

11. 将写作放在首位,并且一直如此,绘画、音乐、朋友和电影之后再考虑。

这是米勒贴在自己书桌前的提醒,对于长期孤独书斋的作家,也许没有这种形式主义的警醒是很难持之以恒的。这些伟大的鸡汤戒条适用于任何事。也许这就是一个被历史记住的作家的真正的秘密。

阅读参考书目

[美]亨利·米勒:《北回归线》,袁洪庚译,译林出版社,2013年4月。

[美]亨利·米勒:《南回归线》,杨恒达、职茉莉译,译林出版社,2013年4月。

[美]亨利·米勒:《性爱之旅》,郭海云译,中国人民大学出版社,2004年1月。

[美]亨利·米勒:《我一生中的书》,杨恒达译,中国人民大学出版社,2004年3月。

[美]大卫·斯蒂芬·卡洛纳:《放飞自我:亨利·米勒传》,王玉译,黑龙江教育出版社,2018年4月。

[英]肖恩·厄舍:《清单》,海明译广西师范大学出版社,2018年11月。

纳博科夫：
无人像我们这样相爱

纳博科夫（1899—1977）

灵魂深处的故事

读纳博科夫传记，有一个词深深击中了我——"贵族"。我们习惯于看到作家从小如何家境贫寒，又怎么在逆境中成长。而纳博科夫的优越令人心生嫉妒，原来一个天才作家也可以这样诞生。那一刻，我忽然开始反省自己的本能思维，对奢侈生活的警惕和抵触，对简朴和贫苦的亲近，对孩子教育的本能自虐。以为这样才是教育的正途，其实可能完全是误区，是自己漫长贫苦童年的阴影，是我们历史的阴影在作用于我们。更可能的认识应该是：贵族气质是一种非常难得的积累，更需要培养和历练。纳博科夫曾经两次被流放，一次是从俄国被赶出去，一次是从欧洲被赶出去。而终其一生，他身上的贵族气质有增无减。

纳博科夫的祖父是沙俄政府司法部部长，父亲是俄罗斯杜马主席，后被政敌刺杀。纳博科夫年少早慧，有一连串的英国保姆和家庭教师，分别教授德语、法语、俄语、荷兰语，五十多位仆人负责驾车、园林和厨房。六岁的时候，他有了一位家庭教师，纳博科夫叫她法国小姐。他结婚的时候，妻子的嫁妆是一栋乡村别墅。"我父亲是一位狄更斯专家，有一阵子，他大段大段地对我们这些孩子朗读狄更斯的作品，当然是英文版的。"贵族，用今天的理解是官宦人家，蜜罐子里长大，见识广泛，家教丰富，这是理解纳博科夫人生与文学的关键点。

纳博科夫曾说，他三岁时就开始写作，这个说法令人生疑，不过也可见他不是一般的聪慧。人要和聪明的人交谈，听聪明的人讲话，如果没有机会见到他们，就读他们的书。纳博科夫就是这样的聪明人，当然聪明人都不好相处，有怪癖，甚至偏执。纳博科夫也是，他的书并不好读，但值得读。在对《花花公子》的一位记者谈到少年时期的阅读经历时纳博科夫说："在圣彼得堡度过的十岁到十五岁之间的五年时间里，我所读过的英文、俄文和法文的小说及诗歌肯定比我一生中任何一个其他五年当中都读得多。"他记得父亲随身一直常看一本《包法利夫人》，书的扉页上写了这样一句话："法国文学中一颗卓绝无比的珍珠。"

他第一次阅读《战争与和平》时才十一岁，那是在柏林，"我们那套昏暗的洛可可风格的公寓里，门窗对着黑暗潮湿的后花园，花园里长着落叶松，我坐在土耳其式沙发上，落叶和书本的格言一起永远伴留在书页中间，就像一张旧明信片"。后来在流亡柏林期间，纳博科夫靠教授英文、法文、拳击、网球和诗体学为生，这与他早年多样的家教有关。因为没有高级学历，他在美国大学一直以讲师身份授课，这种情形持续到小说《洛丽塔》出版。当时他的两项学术职务是韦尔斯利学院的永久讲师、哈佛大学比较动物学博物馆的昆虫学研究员。韦尔斯利学院是世界上仅存的几所女子大学之一，校园被茂密的森林环绕，毗邻风景宜人的慰冰湖。校园里举目都是青春靓丽的女学生，据说，这些身穿校裙的少女身影是小说《洛丽塔》最初的灵感。

在美国大学，纳博科夫的人缘并不好，性格自负而古怪，许多人把他称作"一个令人不快的老家伙"。著名诗人毕晓普救了他，发起了一场著名的挖人运动，终于给了他一个体面的教职。

从1948年到1953年，纳博科夫一直在美国穿行，他一生不会开车，负责开车的是他的夫人薇拉，座驾是一辆黑色的奥兹莫比尔。薇拉的包里有一支勃朗宁手枪，申请枪支执照时，理由是："昆虫考察研究需要去许多荒无人烟的地方，在那里用以自保。"枪确实起到了作用，1953年，在前往亚利桑那州波特尔的旅程中，纳博科夫用这把枪杀死了一条巨大的响尾蛇。他在康奈尔大学当教授，每个难得的暑假则驱车穿越美国西部。此时的他是一位鳞翅目昆虫学家，他研究蝴蝶，有好几个物种以他的名字命名，比如"纳博科夫眼蝶"。

他们从纽约州的伊萨卡开始，穿越亚利桑那州、犹他州、科罗拉多州、怀俄明州和蒙大拿州，一路向西，追逐蝴蝶。除了捕捉蝴蝶，制作标本，他还在构思和写作一部小说。他坐在副驾上，沿途在一沓五英寸宽、七英寸长的卡片上做笔记。便条、卡片是纳博科夫写作的工具。汽车旅馆、偏僻的小镇，他一路记录，一路构思，故事的框架慢慢在心中成形，用铅笔写在便条卡片上，夫人薇拉将这些卡片打出来，三张卡片打印出一张纸。

马克·吐温曾说美国不是一个地方，而是一条路。纳博科夫在穿越美国的五年中，细致体察了这个国家，从生活的各个角落搜集种种不为人知的细节，让故事"在其中秘密地伸展"。写《洛丽塔》的时候，纳博科夫甚至跑到巴士上去听美国女孩原汁原味的交谈。小说逐渐成型，1952年穿越怀俄明州之行的一年后，他完成了一件纠缠了他半个世纪的"伟大而又恼人的事情",这就是小说《洛丽塔》。心愿终于了结,在此期间,他屡次深陷自我怀疑之中,甚至两次试图把写有手稿的卡片扔进火堆,每一次都是薇拉把卡片从火里救了出来。

这真是一部命运坎坷的书,美国出版界拒绝出版此书。1955年,《洛丽塔》首次在相对开放的法国问世,舆论一片哗然,称其为"完全就是毫无节制的小黄书"。而著名作家卡尔维诺很推崇这部小说,认为《洛丽塔》是一部囊括了许多东西的优秀作品,它的优点是能够同时从很多层面进行阅读:客观观察故事、灵魂深处的故事、抒情幻想曲、美国预言长诗、语言游戏、散文消遣等等,"同时将我们的注意力牵引到无数个方向"。

纳博科夫年轻时风流成性,中年以后却是忠贞的表率。1923年,他给薇拉写了第一首诗,那是在见到她的几小时之后,1976年,历经半个多世纪的婚姻之后,他将生前出版的最后一部小说"献给薇拉"。1951年,他首次将作品献给她,在他的自传的最后一章则直接转向一位未明确说明身份的"你","岁月流逝,亲爱的,眼下没有人会知道你和我所知道的"。他在一封给薇拉的信中,表达了他这份感情的期待,那时他们有恋爱关系还不足一年:"你我如此特别,这些奇妙之处,除了我们无人知晓,也无人像我们这样相爱。"20世纪的大作家中,可能没有谁的婚姻比弗拉基米尔·纳博科夫的婚姻持续的时间更长。

1977年,纳博科夫在瑞士蒙特勒皇宫酒店辞世,终年七十八岁。他再也没有机会回到自己的故乡俄罗斯,在那里他曾拥有最豪华的宅院和最体面的童年,流亡之后,他再也没有为自己买房子,而是习惯到处住酒店。可能他内心深处永远保有某种伤痛：初恋女友塔玛拉的情书一次次寄往他在克里米亚的老宅，带着少女的吻痕。那里已人去楼空，这些书信永远不会有人打开。

纳博科夫的写作课

"我像天才一样思考，像杰出的作家一样写作，像孩子一样说话。"这是纳博科夫的夫子自道。他不是一位批评家，而是一位作家，当他以教学为生的时候，他想给学生传授的是如何读文学和如何写作。虽然他对这一工作并不喜欢，上课时候总是照本宣科，枯燥而乏味。但他的《文学讲稿》在一些狂热的热爱者眼里像一本《圣经》。经过整理的讲稿，是一种清澈流畅的口语散文，处处金句，才华横溢，充满了纳博科夫式的隐喻和双关语。编者鲍尔斯说这是对小说艺术恒久不变的指导。纳博科夫对写作充满敬畏："我不认为文学是一种职业，对我来说，写作永远都是沮丧和兴奋、折磨与娱乐的混合。"

纳博科夫看不起历史上那些文学流派、运动的方法论，不屑于将文学当作社会政治信息的批评家，他只是想揭示经典名作是如何运作的。"流派—运动"和"社会—政治"的批评方法是一种学术方法和理论。是文学批评作为一门科学的运用，学术性强，而且封闭，对普通读者或青年学生无益、无用，更多的是一种僵化的枯燥科目。而体会文学之美，则更为永恒。他对小说的细节极为迷恋：从莫斯科开往彼得堡的夜班火车的布置，他画出了图表；在都柏林的地图上，标明人物相互交织的旅行路线；简·奥斯丁作品《曼斯菲尔德庄园》中落叶松组成的曲径的视觉概念；人物家里的立体外观；卡夫卡的《变形记》里格里高尔变成了哪种昆虫等等。讲课中逐段分析小说人物、内容，并在讲稿中插入草图、图表、地图、大量注释及翻译更正。"在我的教学生涯中，我设法向学生们提供有关文学的准确信息：关于细节，关于细节如此这般地组合是怎样产生情感的火花的。没有了它们，一本书就没有了生命。就此而言，总体的思想毫不重要。"他认为，从一个长远的眼光来看，衡量一部小说的质量如何，最终要看它能不能兼备诗艺的精微和科学的直觉。一位学生回忆他说过的一句名言："拥抱全部细节吧，那些不平凡的细节。"

厄普代克在《文学讲稿·导言》中评价纳博科夫继承了俄国人华丽的口语表达的传统文学的抑扬，闪光的机智、嘲弄。厄普代克的妻子听过纳博科夫的课，是纳博科夫狂热的崇拜者。她说："我觉得他能教会我如何读书。我相信他能给我足以让我终身受益的东西，而事实确是如此。"她从他课上学到的主要教义是"风格和结构是一部分书的精华，伟大的思想不过是空洞的废话"。她记得纳博科夫深情地对同学们说："和你们一起研习，我的声音源泉与你们的耳朵花园之间互动特别愉快。"

"我的课程是对神秘的文学结构的一种侦察。"——这本后来被整理出版的漂亮讲稿以上面这句话作为题目。在开篇的《优秀读者与优秀作家》一文中，纳博科夫说他对几部欧洲名家作品的研究是本着一种爱慕的心情，细细把玩，反复品味，他的潜文本或者说副标题其实是"怎样做一个好读者"或"善待作家"。他说早在一百年前，福楼拜就在给情人的一封信里说过这样的话："谁要熟读五六本书，就可以成为大学问家了。"

怎样做一个好读者？他给出了自己的建议：

1. 我们应当时刻记住，没有一本艺术品不是独创一个新天地的，所以我们读书的时候第一件事就是要研究这个新天地，研究得越周密越好。

2. 好小说就是好神话。

3. 作家是第一个为这个奇妙的天地绘制地图的人，其间的一草一木都得由他定名。

4. 心灵、脑筋、敏感的脊椎骨，这些才是看书的时候真正用得着的东西。

5. 我们必须用眼睛看，用耳朵听，必须设想小说人物的起居、衣着、举止。

6. 一个人读书，要有不掺杂个人感情的想象力和艺术审美趣味。

7. 我们要学得超脱一些，并以此为乐才好，同时又要善于享受——尽情享受，无妨声泪俱下，感情激越地享受伟大作品的真谛所在。

8. 读书人的最佳气质在于既富艺术味，又重科学性。

他认为作家是讲故事的人、教育家和魔法师，一个大作家要集三者于一身，魔法师是其中最重要的因素，之所以成为大作家，得益于此。从这点出发，我们才能努力领悟他的天才之作的神妙魅力，研究他诗文，小说的风格、意象、体裁，也就能深入接触到作品最有兴味的部分了。艺术的魅力可以存在于故事的骨骼里、思想的精

纳博科夫

髓里，因此一个大作家的三相——魔法、故事、教育意义往往会合而为一，进而大放异彩。聪明的读者在欣赏一部天才之作的时候，为了充分领略其中的艺术魅力，不只是用心灵，也不全是脑筋，而是用脊椎骨去读。只有这样才能真正领悟作品的真谛，并切实体验到这种领悟给你带来的兴奋与激动。

在这门课中，他试图揭示文学名著的构造，他称之为"精彩玩偶"。读书是什么？不是为了幼儿式的目的，把自己当作书中的人物，也不是为了少年人的目的，学习如何去生存，更不是为了学术的目的，沉迷于各种各样的概念当中。他试图教给学生为了作品的形式、视角和艺术去读书。"我试图教你们去感受艺术满足的颤栗，去分享那份作者的情感，而非是作品中人物的情感，那种创造的喜悦与艰难。"他提倡关键要去体验在任何思想或情感领域里的激情，假如我们不知道如何激动，假如我们不去学习如何将我们自己比平时的我们稍稍提高一点点，进而去品尝人类思想所能提供的最珍奇、最成熟的艺术之果的话，我们就可能失去生活中最美好的东西。

> 文学应该给拿来掰碎成一小块一小块，然后你才会在手掌间闻到它可爱的味道，把它放在嘴里津津有味地细细咀嚼；于是，只有在这时，它那稀有的香味才会让你真正有价值地品尝到，它那碎片也就会在你的头脑中重新组合起来，显露出一个统一体，而你对这种美也已经付出不少自己的精力。

纳博科夫的方法是文体细读，是一位作家对前辈同行的细读。"所有的小说都是虚构的，所有的艺术都是骗术。"纳博科夫很像一个文学工程师，在为我们拆解一部作品的结构形式、叙述视角和艺术之美，他是一位真正的行家，而且单纯又极致，这是一位顶尖作家在给你做讲解员：拆解小说的结构、时间、地点、背景；研究作家的写作思路；体会每一处写法的奥妙；自己动手列小说的大事年表，画小说中描写的草图。他的精彩还原，带领读者重回写作现场。用科学家的缜密、追求、精细、精确；用诗人的语句，追求隐喻和诗意；用哲学家的表达追求深刻内涵意蕴；用魔法师的手法追求怪异与意外。文字如此重要！他说："这就是风格，这就是艺术，唯有这一点才是一本书真正的价值。"

纳博科夫用手术刀般的精细彻底解剖小说，对《包法利夫人》，他的判断是："从文体上讲，这部小说以散文担当了诗歌的职责。"他认为："没有福楼拜就不会有法国的普鲁斯特，不会有爱尔兰的詹姆斯·乔伊斯，俄国的契诃夫也不会成为真正的契诃夫。"在分析文体的时候，他说果戈理把他的《死魂灵》称作散文诗，福楼拜的小说也是散文诗，不过写得更好，结构更为严谨、细密。他引用福楼拜1852年7月22日前后写的一封信里的话："真正好的散文句子应当像好的诗句，好得不可易一字，而且像诗一样节奏分明，音调铿锵。"举的例子是爱玛烧婚礼花束的一段：

她拿花扔进火里，它烧起来，比干草还快，随后在灰烬里，仿佛一堆小红树，慢慢销毁。她望着它燃烧。小纸果裂开，铜丝弯弯扭扭，金银花带熔解，纸花瓣烧硬了，好像一只一只黑蝴蝶，沿着壁炉，飘飘摇摇，最后飞出烟囱去了。

这样的句子,小说里比比皆是。纳博科夫几乎完整地再现了福楼拜构思和写作的所有关键过程。他引用福楼拜的书信,谈到一段处理:

> 包法利真把我害苦了,客店这一节也许得写三个月,真说不准。有时候我真急得想哭,简直觉得束手无策。不过我宁肯把脑汁绞尽也不愿放弃这段描写。在这场谈话中我必须同时写五六个人(参加谈话者),还有另一些人物(被谈及的人们),还要描写整个地区,既要写人又要写物,与此同时,我必须描写一对男女因为志趣相投而开始坠入情网,可篇幅有限,哪挤得出这么多内容,但是这一幕必须进展迅速而又不枯燥,内容充实而又不臃肿。

这就是小说背后作家的艰难与匠心。大多数时间,我们读小说并不关心这些细节,甚至会一目十行把它略过去了,只看故事的推动、发展、转折,只看你愿意看的所谓精彩,这是普通读者的通病,而专业读者则不同,他会留意这种匠心,纳博科夫给了我们这样一副显微镜和手术刀。仔细读懂这样的安排和设计,你会增力。这是一种结构方法、处理能力。如果你是一位影视导演,你就必须有这种处理能力、掌控能力,又叫控场能力。这也是一种镜头运行方式、镜头剪辑方式。

在创意写作中,处理关系永远是一种难能可贵的能力。非虚构写作中,你时刻会面对如何处理错综复杂关系的能力,拎得清,说得清,写得清。纳博科夫不惜把整个场景拆开来,让大家体会。他归纳作家的这种方法叫"多声部配合法",也可称作"平行插入法"或打断两个或多个对话或思路的手法。同样的困难和处理方法出现在州农业展览会的一段,福楼拜承认:"今天晚上我为描写州农展会的盛况拟定了一个提纲。这段文字篇幅将很长,大约要写三十页稿纸,这就是我的意图。"据纳博科夫统计,这三十页手稿福楼拜写了三个月。福楼拜说:"真难哪,相当棘手的一章,我把所有人物都摆进了这一章,他们在行动和对话中相互交往,发生各种联系,我还要写出这些人物活动于其中的大环境,如果我预期的目的达到了,这一章将产生交响乐般的效果。"如果不是作家坦白他的写作构思,我们可能永远无法了解一部小说的匠心和精妙,甚至我们都会将这些经过深思熟虑构建的场景,写作的纠结全部省略过去。福楼拜的精心雕琢是在创造一个伟大的世界。"如果交响乐的艺术特性可以移植到文学中来,那么我的小说的这一章,就是例证。那将是多种音响的综合,可以同时听见牛儿哞哞叫,情人窃窃私语,政治家慷慨陈词,阳光明媚,一阵风吹来,掀动了妇女们头上宽松的白帽,我完全靠对话交流、与性格对比的手段来取得戏剧性效果。"

这种构思完全与电影手法异曲同工,这是作家的追求,像指挥家和一个卓越的画家一样,这就是小说,没有纳博科夫的讲解,我们恐怕永远无法欣赏其奥妙。纳博科夫一句一句地分析每一段的美妙、机关。为什么这么写,好在哪里?这就是真正的写作课、阅读课,一本名著如此才能展现出其美轮美奂。因为世间从未有过爱玛·包法利这个女人,小说《包法利夫人》却将万古流芳,一本书的生命远远越过一个女子的寿命。

在《文学讲稿》的《跋》语里,纳博科夫说:"这些知识既不会帮助你去理解法国的社会经济,也不会帮助你去明白一个少女或少男的内心秘密。但是,如果你听从了我的教导,感受到了一个充满灵感的精致的艺术品所提供的纯粹的满足感,这些知识就帮到了你们。而这种满足感转过来又建立起一种更加纯真的内心的舒畅感,这种舒畅感一旦被感觉到,就会令人意识到尽管生活中有各种各样的跌跌撞撞和愚笨可笑的错误,生活内在的本质大概也同样事关灵感与精致。"

阅读参考书目

[新西兰]布赖恩·博伊德:《纳博科夫传》,刘佳林译,广西师范大学出版社,2019年7月。

[美]弗拉基米尔·纳博科夫:《纳博科夫文学讲稿三种》,申慧辉译,上海译文出版社,2018年。

E.B. 怀特：
面对复杂，保持欢喜

E.B. 怀特（1899—1985）

去观察、去感受、去倾听

　　正午的阳光透过桃树叶子洒在身上，天气凉爽，初夏的风徐徐吹来。我住在北京郊区的农家院，种了许多果树，收拾得像我理想中的样子，并享受它给我的每一天。我喜欢把蒜拍碎时散发出的香味，喜欢辣椒剖开时那股馥郁，开水焯菜的时候，扑棱棱的绿色来自我亲手的侍弄。我在读一本童话——E.B.怀特的经典名著《夏洛的网》，一只小猪和一只蜘蛛的故事。怀特是一位卓越的作家，一生都住在美国缅因州的一座农场里，与一群家禽为伴。怀特的文字凝练、干净、清新，寓意深远。读着读着就有了写东西的冲动。我拿了叠便笺，在树荫下涂抹起来。周围是飞舞的阳光，头顶上是叽叽喳喳的鸟叫，偶尔会有一只蝴蝶飞过来，落在不远处的月季花上。

　　头年夏天，我去美国，随身带了本E.B.怀特的书信集《最美的决定》，仿佛是冥冥之中的巧合，到了以后才发现怀特居住的缅因州就在附近，这里是美国的现代文化发源地，爱默生、梭罗都是这里的居民。我们开始驾车穿越美国，缅因州森林浩荡，堪称一块风水宝地。我们决定去寻访怀特的故居，查遍资料，关于怀特在缅因州的信息少得可怜。根据导航的指引，我们将目的地定位于缅因州北布鲁克林的一个农场。穿越重重森林，长长的公路似乎永无尽头。坡上坡下，峰回路转，几度歧路迷返。终于锁定大概方位的时候，我们来到一处白色的木屋，院中有条小路，可以一直通到海边。我对照书上的照片，仔细辨认，终于找到了怀特的农场，却发现屋子和院子已换了主人，路边的标牌是一个陌生的名字，院门紧闭。

　　回来一直想不明白的一件事是，这样一位在美国影响深远的作家为什么没有保留故居。缅因地区人烟稀疏，我以为怀特后人不喜欢田园生活，才出售了故居。后来读美国作家迈克尔·西姆斯写的传记才知道，这是遵从了怀特的遗嘱，他是一个羞怯的人，终身患有社交恐惧症——尤其恐惧当众说话，这种社交恐惧症延续到了身后，他害怕人们来看他，不同意保留故居。1987年，怀特去世后两年，他的养子出售了父母的农场，并规定永远不得将那里建为E.B.怀特博物馆或任何商业化的机构。罗伯特和玛丽·加兰特，一对来自南卡罗来纳州的退休夫妇——怀特的狂热粉丝——买下了这里。怀特害怕面对公众，死后也一样，他生前甚至没有出席妻子的葬礼。罗伯特夫妇尊重怀特家人对遗产的处理方式，决不开放参观。

　　埃尔文·布鲁克斯·怀特（简称"E.B.怀特"）生于19世纪的最后一年，与海明威同龄。他是一位钢琴创造商的儿子，早年就读于康奈尔大学。他是美国文学艺术学院五十名永久院士之一，被《纽约时报》评为"美国最宝贵的文学资源"之一。1978年获普利策特别文艺奖，有美国七家大学及学院的名誉学位。

　　"在同一个屋檐下，竟汇聚了如此多的书籍，每一本书都那么迫不及待地等待人们阅读，这是多么令人兴奋的事啊！"有一天，怀特走进一家书店，发出这样的感慨。他酷爱写作，觉得一张白纸承载着至高无上的欢欣与鼓舞。写作贯穿了怀特的家庭、工作和思想。1961 年,在《纽约时报》的一次采访中,怀特曾说:"我在书中希望表达的是我对这个世界的爱。我想如果你刻意搜寻,就能找到它。"

1925 年 2 月 19 日,《纽约客》问世,九个星期之后,怀特的第一篇稿件出现在这份与他的名字密不可分的杂志上,这是他为《纽约客》撰写的一千八百多篇文章中的一篇。讲的是自己在一家餐馆被女招待把牛奶溅到身上的故事。一本圆熟、诙谐、高雅的文学杂志的典范诞生了,《纽约客》是 20 世纪最受瞩目和尊重的杂志之一。怀特是"编者按"部分的主要撰稿人,并娶了该杂志小说编辑凯瑟琳·安吉尔。他用半个世纪的时间奠定了影响深远的《纽约客》文风,并为世界创造了一种文体——怀特体。

此时,他在纽约有份不错的工作,夫妻同处一个单位,收入不菲,租住在纽约东区上城。大萧条时,他们毫发未损,正在发生的第二次世界大战不过是半空的雷鸣,事事都很顺遂。可是怀特发现自己总是焦躁不安,这是 1938 年冬,他觉得他不能按照自己喜欢的方式写作,租的房子也没有家的感觉,"只有断然采取行动,才能解决我的问题——事情就这样发生了"。这件事就是辞职——移居缅因州北布鲁克林的农庄,怀特称这是"把家连根拔起"。

后来连他自己都承认这一冲动没有考虑妻子的感受,没有考虑儿子从曼哈顿的私立学校转入只有两间教室的乡村学校意味着什么,也没有考虑去村里后钱从哪里来,他说就像是疯癫的流浪风笛手一样,率领小家离开了城市。妻子当然很震惊,但她是个好妻子,没有退缩,她用一个奇怪的信念说服了自己:作家不似常人,需要百般迁就,就像对待蜂王。好在有本刊物约怀特撰写专栏,每月付

E.B. 怀特 _____ 153

他三百美元。

于是就有了一系列写农居生活的随笔，有了三部经典童话。他蹲在咸水农场，养鸡、喂猪、放羊和出海捕鱼，喝着刚挤下的牛奶。像儿童一样在农场"去观察、去感受、去倾听"，他说这属于一段少有的插曲，再难重复，一段心醉神迷的时期。他把大量的时间给了农活，累并快乐着。夏日的午后、雨天和寂寞的晚上，他就写作，农场生活给了他一种舒缓、雍容、诚恳、沉稳的语调。"我身体的一部分难道不是形如花叶和青菜？——一个人拥有无尽的马力，然而部分又是花叶与青菜。"

几年后，随笔结集出版，那是1941年，第二次世界大战进入胶着状态。文集一版再版，很快，描述新英格兰咸水农场生活的这些漫笔，以平装海外版的形式送到远赴海外作战的美军士兵手里，许多思乡心切的士兵万里迢迢给他写信表达谢意。后来这本小册子被誉为当代经典，使他进入美国作家殿堂，而他在《纽约客》只不过是一个撰写社评的小编，永远用第一人称复数面世。

他的这次选择应该算是对中年危机的一次拯救，他说："咸水农场是我一生这段骚动期的背景，四十年来变化很多。羊群消失了，还有连带的其他一些东西。榆树消失了。我还在，四处闲逛，监督孵卵，偶尔为一本老书写篇新序。我做星期日的扫除。我给火炉添柴。我留神不受控制的抽水马桶。我摆正歪歪扭扭的小地毯。我救援鲸鱼。我上钟表的发条。我自言自语。"

他最重要的作品都来自于北布鲁克林农庄，这里最终成就了他的文学梦和作家梦。他一生向往的慢生活如此恬静、散淡、温润，这符合他的天性，也是写作的风格，他说："很早以前我就发现写日常小事，写内心琐碎感受，写生活中那些不重要却如此贴近的东西，是我唯一能赋予热忱和优雅的文学创作。"

这是一种心境的澄明，也是真正生活的纯粹，是遵从自己灵魂的声音和渴望，在最简单的生活中发掘，体味最美的意义，就像黎明时分的清澈。

爱得深切即是祈祷

1949 年某个时候，怀特在笔记本里写下一本书的题目：《夏洛的网》。

"一天，我去喂猪，途中忽然为它感到悲哀，因为像别的猪一样，它注定是要死的，这让我很难过。于是我开始想法儿挽救猪的性命……慢慢地，我又把蜘蛛扯进了故事中，是关于农场中的友谊和拯救的故事。"在缅因州某个温暖的傍晚，怀特家中的一头猪生病了，他们用尽了各种办法，请了兽医，仍无济于事，怀特照料了它最后一晚，悲伤地看着它死去。第二天早晨，在寒冷而黯淡的天空下，他们把它埋葬了。在一篇《一头猪的死亡》文章中，他写道："我跪在一边，看着猪死去，然后把它留在那儿，它的脸看起来很平静，既没有深刻的安宁，也没有极度的挣扎，尽管我想它一定经受了很大的痛苦。"从那次以后，他想寻求救赎——想要以某种形式来拯救一头猪的生命。

怀特开始写作，他常常坐在码头旁的那座船屋里，就在他自己搭建的简易护堤上。他写过的不少内容都被扔进了桌子左侧的废纸篓。他绘制了谷仓场院的示意图，标注出动物们各自的位置，画了整个农场的立体图景。花了一年时间研究蜘蛛,他读《美国蜘蛛和它们所织的网》,观察谷仓里的每一只蜘蛛,并在笔记上写下这样的字句:织网和补网几乎总在天黑前进行。

他至少用了七种开头的方式。

第一种:夏洛是一只住在谷仓门口的灰蜘蛛。

第二种:我应该先谈谈威尔伯。

第三种:午夜时分,约翰·阿拉布尔穿上靴子,点亮灯笼,走出房门,进到猪圈里。

他反复犹豫是先写夏洛,先写谷仓介绍,还是先写小猪,甚至这些动物名和人名都不是随便起的。

1951年1月19日,他完成了草稿。真正交给编辑的时间是1952年3月,整整一年时间的冷静、放置和再修改。直到开头、结尾、结构、字句达到完美。他说他刚写完《夏洛的网》的时候,把它搁在一边,感觉总有点不太对劲。他花了两年的时间写这个故事,写写停停,但是并不急于求成,他又花了一年时间重写,这一年花得很值。他说:"我不愿出一本糟糕的童书,因为我太敬重儿童了。"

八易其稿。一本经典就这样诞生了。

《夏洛的网》讲述了一个谷仓里小猪威尔伯、编织神奇蛛网的蜘蛛夏洛,还有小姑娘弗思之间的故事。《夏洛的网》,是怀特用他最优雅的语言写就的对某种生活方式的绝唱。无论是故事本身还是其讲述方式,《夏洛的网》无疑都向读者证明了语言的力量——"相信文字可以塑造生命,拯救生命。"图书插画家加斯·威廉斯为这个故事添上了完美的图画:他以自己的女儿为原型,画出了小女孩弗思。"我努力创造一副可爱的蜘蛛面孔,最后给了她一张蒙娜丽莎的脸。"

1952年正式出版后,作家尤多拉·韦尔蒂评论说:

> 这本书表现的是这世上的友谊、爱与庇护、冒险与奇迹、生命与死亡、信任与背叛、快乐与痛苦,以及时间的流逝——它通篇都在证明——人类必须时时守望即将到来的奇迹——作为一部作品,这本书几乎是完美的。

这本书不止一次被拍成电影,至今仍是有史以来最受欢迎的童书之一。当怀特为《夏洛的网》录制有声读物时,他几度哽咽,录了十七遍才完成最后一章——《最后一天》,那一章,夏洛死了。怀特告诉制片人:"这太荒谬了,一个成年人念他自己写的书,居然因为流泪而没办法大声读出来。"在写给友人的信中,怀特说:

> 我只想说明,在《夏洛的网》里,并没有任何象征主义,也没有任何政治的寓意,它是来自谷仓地窖的现场报道。那里是我深爱的地方,无论春秋冬夏,也无论好时节还是坏时节,我都在那里,与絮絮叨叨的大鹅,前来观光的燕子们,附近的大老鼠,还有看起来一模一样的绵羊们一起,度过许多美好时光。

怀特从来没想着专去为孩子写作,他说任何居高临下为孩子们写作的人都是在浪费时间。任何写作都应"向上"而非"向下"。孩子们是苛刻的,他们最细心,最好奇,充满渴望,既敏锐又敏感,无比聪明,通常情况下,大多彼此志趣相投——孩子们把一切都看成游戏。"如果我丢给他们一个难懂的词，他们反手就会把它挂在球网上。"

阅读的乐趣之一就在于你读的书不可避免地将把你引向更多的书，就如同地图将带你奔赴更远的旅程。怀特写下许多光彩耀人的散文，改变了美国的语言与文字。我收藏了 E.B. 怀特所有的中译本：《重游缅湖》《这里是纽约》《人各有异》等。《从街角数起的第二棵树》是已经去世的优秀译者孙仲旭翻译的。在"译后记"里，他为怀特的精雕细琢、富有情趣及识见的不凡而打动。读怀特的文字，如同跟一位睿智而永远心怀纯真的长者相处，让人感受到一种难得的亲切感，让心灵恢复平静，并唤起对世界的爱和对美的追求。

"我的心随着我的岁月，我无从言说。"这是怀特引用唐纳德·马奎斯的一句诗，并把它列为座右铭。1969 年接受著名的《巴黎评论》的作家访谈时，他说自己从来都没有过非常强烈的文学好奇心，觉得自己根本不是一个真正搞文学的人，因为自己坐不住。而且拖延是他的本能。《尤利西斯》他只看了二十分钟就放下了。"作者是天才并不足以让我看完一本书。"但他喜欢纳博科夫的《说吧，记忆》，说"记忆的感觉就是那样的"。

怀特还有一个重大贡献是对写作文体的洞悉。他在康奈尔大学的老师威尔·斯特伦克曾经写过一本小册子《文体要素》（又译《风格的要素》），老师去世后，应出版社要求，怀特对此书进行了修订和补充，1959 年出版后，成为文体的圣经，人们将此书并称为"斯特伦克与怀特"。虽然指的是英文写作，但其对简洁的要求则通用于所有写作原则。他在《风格的要素》第五章里给出了二十一条暗示。认为风格更多取决于你是一个什么样的人，而不是你知道什么。怀特关于简洁之自然与美的倡议，足以改写世界。他认为，有力的书写是言简意赅的，句子里不应有不必要的词，段落里不应有不必要的句子，就像画里不该出现不必要的线条，机器中不该包含不必要的部件一样。要确保每个词都言之有物。一目了然但不要解释过多，名词和动词一起写，是写就好诗的良方，让许多诗人受益。避免使用修饰副词，相当、非常、稍许、十分——"它们是散文池塘里的水蛭，专门吸词语的血。"

约翰·厄普代克为《最美的决定——E.B.怀特书信集》写的序中说："作为一位美国著名的文体家，一位从全方位、多角度揭示生命的歌者，他赢得了让人认真阅读的权利。"至今，很多作家仍然会仪式般地阅读怀特的书，他让人着迷，也充满挑战。怀特掌握了一种魔法，能让每个词都抵十个用，他用上了所有的心智与灵魂，来选择出现在句子里的每一个词。

1971年，怀特获得国家文学奖，国家图书委员会的致敬词是这样写的：

> 我们要感谢E.B.怀特，不仅因其散文堪称完美；不仅因其眼光敏锐，乐观幽默，文字简洁；更因其多年来给予读者不论老少无尽的欢乐。怀特在答词中概括了他的写作理念："写作是信仰指使下的行为，如此而已，别无其他。所有人中，首先是作家，满怀喜悦或痛苦，保持了信仰不死。"

1985年10月1日，怀特逝世于北布鲁克林农场，在美国文人殿堂中永垂不朽。

很难说我完全读懂了 E.B. 怀特，但行走在当地广袤无际的田野上，读着他的书信，那种美丽的日常生活细节产生的"诗意之震撼"，那种"在从容不迫的节奏中闪现着敏锐的真知灼见"，那奔波劳作中日积月累的或被遗忘或被怀恋的时光，都能让你感受一种文化气派和风格享受。

我们在怀特的农居前徘徊了很久，院子里没有人，四周人迹罕至。朴素而斑驳的白色屋顶下，我不知道还有没有怀特的生活印记。怀特说："《瓦尔登湖》是我唯一拥有的一本书。其他的书尽管也在我的书架上，但它们的主人却不知是谁。"和梭罗一样，怀特在一个船屋里写作：一张桌子，一把椅子，还有一个木炉。生活要简单，写作亦如是。

阅读参考书目

［美］迈克尔·西姆斯：《〈夏洛的网〉的故事——E.B. 怀特传奇》，贺晚青译，上海译文出版社，2014 年 8 月。

［美］梅丽莎·斯威特绘著：《了不起的作家：怀特的故事》，王扬译，广西师范大学出版社，2018 年 8 月。

［美］E.B. 怀特：《最美的决定》，张冲、张琼译，上海译文出版社，2014 年 6 月。

［美］E.B. 怀特：《从街角数起的第二棵树》，孙仲旭译，上海译文出版社，2014 年 6 月。

格雷厄姆·格林：
　　人类需要逃避，
就像他们需要食物和酣睡一样

格雷厄姆·格林(1904—1991)

无法终结的恋情

"生活中没有什么东西会结束。"格林是通过小说《恋情的终结》主人公莫里斯之口说出这句话的。人到中年尤其如此,一波未平,一波又起,按下葫芦浮起瓢。如果一个人不是生理出问题,都要面临残酷的中年修行。但丁在名著《神曲·地狱篇》里开篇写道:

> 我走过我们人生的一半旅程,
> 却又步入一片黑暗的森林,
> 这是因为我迷失了正确的路径。①

幽暗森林是我们每个人内在的隐秘角落。在人生中途,我们经常陷入迷惘,那些对混乱的日常生活中的不甘、精神的失落或情绪的低潮会一次次击中我们。有时候,不知不觉隐秘的角落便长出无名的花,全然不顾道德的骄阳正火辣辣地照着你。中年的病经常无药可治。

格雷厄姆·格林《恋情的终结》是我经常重读的一本书。它很

---

① [意]但丁:《神曲》,黄文捷译,译林出版社,2021年5月。

像一味药，具有治愈作用。格林擅写男女的禁忌之爱，隐秘之爱。他有个诚实的想法："对我来说很奇怪，我一生时常需要人，你可以当我利用别人时比爱别人时多，但被需要却是一种不同的感觉，像镇静剂，而不是兴奋剂。"据格林称，教皇读过这本书后对希南主教说："我认为此人有麻烦。如果他碰巧来找你，你必须帮助他。"当然，格林没有去找主教，他既没有麻烦，也无须忏悔。此时他正陷入热恋。这本书在他像是一个实验：对男女情感状态的剖析。《恋情的终结》将爱情始终交织在快乐与痛苦中，充满人性的挣扎、炼狱般的狂欢。在扉页上，格林引用了法国天主教作家莱昂·布洛依的话作为题辞："人的心里有着尚不存在的地方，痛苦会进入这些地方，以使它们能够存在。"在生活的某处，一定有一种我们无法抗拒的东西在等着。一段万般纠结而动人的爱情与信仰交杂的故事在伦敦的雨夜拉开了序幕。

威廉·福克纳极为欣赏《恋情的终结》，他认为这是"我这个时代里最真实也最感人的长篇小说之一，在任何语言里都是如此"。作家威廉·戈尔丁将格林誉为"20世纪人类意识和焦虑最卓越的记录者"。马尔克斯也表示，在世作家里，他最佩服的有两位，即威廉·福克纳和格雷厄姆·格林。马尔克斯从大学起就沉迷格林的小说："格林是我读得最多、最认真的作家之一。我喜欢他所有的书。"拿到诺贝尔文学奖后，马尔克斯也是第一时间感谢格林："如果我没读过格林的书，我不可能写出任何东西。虽然诺贝尔文学奖授给了我，但也是间接地授给了格林。"

"这个故事讲述的与其说是爱还不如说是恨。"格林的叙述语调是通过这句话设定的。每爱一次就对上帝的认识加深一次，书中婚外恋人萨拉对莫里斯说:"你不用这么害怕,爱不会终结,不会因为我们彼此不见面。"评论家张定浩认为这是"在小说叙事上极为疯狂以至于抵达某种骇人的严峻高度的小说,而不仅仅是一部所谓的讲述偷情的杰作"。小说的三分之一篇幅是在女主人公死后,虽然爱情已经终结,但生活一直在可怕和令人战栗地继续。美国作家约翰·欧文称:"《恋情的终结》是我读过最寒冷刺骨的反爱情小说,可怜的莫里斯!可怜的莎拉!可怜的亨利!"一部偷情小说写成了"反爱情",有点像中国古典话本中的"三言二拍",除了警示"万恶淫为首",格林在告诉我们爱情到底是什么。

写于1948年的《恋情的终结》是格林最具自传性质的小说,也是他首次用第一人称创作。他说当时"正处于想逃避生活的心境"。早年,格林为了逃避一段不幸的恋情,曾经将左轮手枪对准自己的太阳穴,这是一种著名的俄式轮盘赌,一旦赌输将死于非命。格林后来把自己的自传主题设定为"逃避",频繁去动乱地区旅行是他逃避的独特方式,那种不安的感觉可以让他克服自己的躁狂阴郁。

在出版题记中,格林将这本书献给一个神秘的字母C,据考证,C是格林当时的恋人——名叫凯瑟琳。她是英国工党政治家亨利·沃尔斯顿的妻子。这段真实的感情经历,让《恋情的终结》一书充满了八卦般的真实悬念。

他们相遇于1946年,一见钟情。凯瑟琳当时三十岁,已是五个孩子的母亲。格林四十二岁,已经写了《斯坦布尔列车》《权力与荣耀》等七本书,是一位有名的作家,有妻子。他们的婚外恋近乎公开,凯瑟琳的丈夫知道并一直容忍他们,有一次,她与格林外出度假,在给丈夫亨利的信里写道:"早上八点半喝咖啡后格林开始写作，写到十一点钟，会写完一千字，他写作时，我就坐在花园中读书。"这种奇异的关系着实令人费解。据说凯瑟琳生性外向风流，在与格林相恋期间也不乏其他情人，这让格林嫉妒得发狂，强烈的占有欲最终让凯瑟琳恐惧、不适并最终远离了他，他们的恋情结束于 1959 年，凯瑟琳移情别恋。后来他们继续通信，保持友谊。在给格林的最后一封信中，凯瑟琳写道："在我的生命中，没有第二个像你一样的人。"爱恨交织，但无可替代，有些爱情注定成为唯一。

在离开了凯瑟琳以后，格林在一次旅行中认识了一对法国夫妇，雅克和伊冯娜·克卢塔。格林又和这位别人的妻子开始了长达八年的情人关系，令人惊讶的是，丈夫雅克知道这个秘密后也宽恕了他们，条件是以后要言行谨慎。看来，格林委实是一个不招人恨的情人。

在 1967 年的一封信中，格林对凯瑟琳坦诚他与伊冯娜有了一段"真正安静的爱情"，"平静得像老年生活"，与凯瑟琳的爱情形成鲜明的对比，那是令人饱受折磨的爱情——一段可以让你无比幸福，有时也让你无比悲惨的爱情，"我总是记得你从未令我厌倦——你令我陶醉、兴奋、焦虑、生气、受折磨，但从未令我厌倦，因为在追寻你的过程中，我失去了自我"。好的爱情应该是发现自我，完善自我，失去自我的爱情也许就是反爱情吧。

此时的凯瑟琳已病入膏肓，她一再拒绝格林来看她。时间和空间遥远，他们的爱情慢慢萎缩。1979 年凯瑟琳死于白血病，红颜凋残，在病中的最后日子，格林也没有获得见她一面的机会。格林烧毁了她所写的信件，但凯瑟琳保留了格林给她的所有信件。凯瑟琳死后，格林写去一封充满悔恨的信。她的丈夫亨利·沃尔斯顿的回信非常有雅量："你不应该有自责。你当然引起过痛苦，但谁又能问心无愧地说他的一生中没给人造成过痛苦呢？你也给过欢乐。"在格林勾引成癖的故事中，最感人的是对方的丈夫。这是人性的另一个范本，比起禁忌之爱，化解仇恨的心胸更为动人。

在危险的边缘

格林一生极为传奇，他富有、风流，阅人无数，他还有一个几乎公开的身份：间谍。他用这样的身份走遍世界，太像"007"系列电影中的邦德了，只是，除了手中的笔，他没有武器，甚至连车都不会开，而风流成性与邦德有一拼。

1904年，格雷厄姆·格林生于书香家庭，父亲是一所公学的校长。他就读于牛津大学，学历史，业余写诗。毕业后，他在《泰晤士报》当夜间编辑，白天写小说。1929年，他的第一部小说出版。1941年，二战最激烈的时候，因为熟悉西非，他加入英国军情六处，被派往塞拉利昂。二战后继续在军情六处工作多年，他的秘密特工身份更像是在玩票，但英国军情处的上司却对他特意标记为不太可靠的情报评价极高。因为这个特殊身份，他得以游走世界各地，并写出了迷人的游记《没有地图的旅行》。他所有的小说都有一个战乱频仍的国度为背景：《文静的美国人》写越南，《权力与荣耀》写墨西哥，《喜剧演员》写海地，《哈瓦那特派员》写古巴，《问题的核心》写塞拉利昂。

1991年去世前，格林出版了二十多部小说，其中《权力与荣耀》《问题的核心》《恋情的终结》《名誉领事》《人间因素》等小说一遍遍被人捧起，成为20世纪的经典。还有一个著名的纪录：他获得过二十一次诺贝尔文学奖提名，却最终与之擦肩而过。最八卦的解释据说是他勾引了诺贝尔文学奖评委的女友，这个未经证实的八卦倒是符合格林的做派。

虽然他得过许多严肃文学奖，比如耶路撒冷文学奖、莎士比亚文学奖以及美国推理作家协会的最高奖——大师奖等，但人们一直在争论他到底是严肃作家还是通俗作家，诺贝尔文学奖不会颁给一个通俗作家，而许多诺贝尔文学奖得主后来却都成了他的粉丝，这里面不乏前面提到的马尔克斯，还有略萨、奈保尔、库切、威廉·戈尔丁等大家。

格林的小说一直备受导演们的喜爱，他的作品共有二十九部被改编为电影。小说《恋情的终结》更是先后五次改编成电影和歌剧，最新的1999年版由拉尔夫·费因斯和朱丽安·摩尔主演，获奥斯卡奖、金球奖、英国电影学院奖数十项提名。格林笔下充斥着罪恶、阴谋、不安、挣扎与困惑的文字世界太适合黑白光影的糅合，而且每一部都是20世纪政治动荡里的爱情、信仰与道德的大主题。他创造了属于自己的"格林国度"，一个个靠不住的男主人公的故事惊心动魄，跌宕起伏。格林喜欢引述罗伯特·勃朗宁诗中一位主教的话，并把这段话当成"自己全部著作的题词"：

> 我们感兴趣的是事物的危险边缘，
> 诚实的盗贼，温柔的杀人者，
> 迷信的无神论者……

格林的许多小说都在讲述欲望的挣扎与宗教的体验。这也许是他的小说至今长盛不衰的秘密。在一个个陌生而又新奇的特殊地域，爱情肆意生长，命运峰谷峰底，那种欲望的体验很适合一般读者的想象。

格林写作很潇洒，他有一个众所周知的习惯，每天写作一定数量的文字，开始是五百字，后来减到三百字，这个规律使他得以将困难的工作进行下去。文字的逐渐积累过程，可以给人安慰，他认为数字几乎有一种魔法般的意义。

2003年，诺贝尔奖获得者库切谈到格林的写作风格时，说到电影影响，说他喜欢不加评论地从外部观察，探索从一个场面剪辑到另一个场面，给予重要和不重要的事物以同样的重视。格林在一次采访中说："我用摄影机那种移动的眼光，而不是照相师的目光——使其凝固的眼光——来捕捉它……我用摄影机工作，紧跟我的人物和他们的活动。"他巧妙利用四处游走的摄影师来推进情节。在某些章节结束时，往往把焦点从人类演员身上撤退，呈现更广阔的自然场面——例如城市和海滩上空的空镜。

关于写作，他有一个判断："对小说作者来说，如何开始常常比如何结尾更难把握。如果一篇小说开头开错了，也许后来就根本写不下去了。"他说至少有三部书没有写完，其中至少一部是因为开头开得不好，"所以在跳进水里去以前，我总是踌躇再三"。格林在他的自传《逃避之路》中说："写作是一种治疗方式，有时我想所有那些不写作，不作曲或者不绘画的人们是如何能够设法逃避癫狂、忧郁和恐慌的，这些情绪都是人生固有的。"他以写作作为逃避，在编织故事，体验人物中逃避情绪沉沦，在文学之中过着无数人生，思考着大千世界的林林总总。

格雷厄姆·格林一生都纠缠在各种女人之间，尝试过各种爱情，《时代周刊》曾以格林为封面人物，并起了个骇人的标题——《通奸可致圣》(adultery lead to sainthood)。人类永远有一把道德的尺子在衡量一切，这是文明的进步也是文明的代价。格林的禁忌之爱也从来不是心安理得，疯狂的爱恋之间总是伴随着嫉妒和忏悔。在《恋情的终结》里他借莫里斯之口说的最后一句话是："我太疲倦，也太衰老，已经学不会爱了。永远地饶了我吧。"格林的小说主题总是离不开宗教，也许这是他最终得以解脱的唯一方式吧。他的短篇小说《可以借你的丈夫吗》中有一段话："唯一能真正持续的爱是能接受一切的，能接受一切失望，一切失败，一切背叛。甚至能接受这样一种悲哀的事实，最终，最深的欲望只是简单的相伴。"不知道这是不是他对爱情最终的领悟。

阅读参考书目

［英］格雷厄姆·格林:《恋情的终结》，柯平译，译林出版社，2008年10月。

［英］格雷厄姆·格林:《逃避之路》，黄勇民译，上海译文出版社，2020年7月。

［英］格雷厄姆·格林:《生活曾经这样》，陆谷孙译，上海译文出版社，2020年7月。

［英］恺蒂:《话说格林》，海豚出版社，2012年6月。

加缪：
和自己面对面，
不要妥协，不要背叛

加缪(1913—1960)

用爱的力量战胜无常

在巴黎旅行，可以用一句话总结我的行程：不是在咖啡馆，就是在去咖啡馆的路上。我知道法国哲学家是在咖啡馆辩论存在主义的，前卫作家是在咖啡馆写出不朽之作的。它是巴黎的基因。

在左岸的圣日耳曼德佩教堂附近，圣日耳曼大道和波拿巴大街之间的拐角集中了花神咖啡馆、双偶咖啡馆和拿破仑酒吧。20世纪40年代，这里是萨特、波伏娃的流连之所——存在主义的发源地。七十多年过后，这里依然保留着当年的格局、陈设，一代代侍从换了又换，可他们的打扮、话语甚至神情似乎永远延续着岁月的痕迹。我们要了甜点、咖啡，拘谨、陌生，只顾打量周围的一切，吮吸着古旧的气息，猜想着萨特和波伏娃坐过的位置。

那时候，这里聚集了巴黎最前卫的诗人、画家、记者、艺术家，最时尚的服饰是黑色羊毛高领套头衫，他们抽着香烟或烟斗，一边吞云吐雾，一边激烈争论。下半场还要去地下爵士酒吧，听着布鲁斯、爵士乐和拉格泰姆调，女歌手沙哑的歌声布满沧桑。萨特和波伏娃是这里的"国王与王后"，两人相差两岁，波伏娃包头巾，举止优雅，而萨特身高只有一米五二，佝偻着背，嘴唇下翻，一对招风耳，两只眼不在同一个方向。萨特的思想魅力和举止风度足以掩盖他的丑陋，他会弹钢琴，善于唱歌，"一旦他开口讲话，一旦他的学识抹去了他脸上的粉刺和浮肿，他丑陋的外表就消失了"。他和波伏娃开放式的感情契约举世著名：一方是另一方的首要长期伴侣，保持"始终不渝"的关系，与此同时双方可以自由拥有其他恋人。这与他们的存在主义哲学一脉相承。

不喜欢婚姻，当然也就不喜欢孩子，不喜欢家庭。萨特更愿意住酒店，愿意泡咖啡馆，那时候，花神咖啡馆不是花费昂贵的场所，而是因为有暖气足以让人在冬天时感到温暖。萨特说："毫无疑问，咖啡馆就是一种充实的所在，那里有顾客、桌子、软垫长椅、镜子、灯光，以及烟雾腾腾的环境和嘈杂的说话声、杯碟的碰撞声和走路的脚步声。"他在1945年的著名演讲"存在主义是一种人道主义"，让世界尖叫。他告诉人们："人除了自己选择的东西之外，他什么也不是。他的存在只是他实现的自我，因此，他不过是他选择的总结，此外什么也不是。除了他的生活，此外什么也不是。"这样的观点直到今天仍然发人深省，我有时候甚至觉得人类的哲学突破已经在20世纪完成了。21世纪进入第三个十年，人类可有发现或创造了新的哲学命题？

英国作家莎拉·贝克韦尔写过一本《存在主义咖啡馆》，文字秀丽迷人，叙述生动不凡。她说，萨特在咖啡馆创建了一种兼具国际影响和巴黎风味的新哲学，这是"一种杏子鸡尾酒（及其侍者）的哲学，但同时，也是期望、倦怠、忧虑、兴奋的哲学，是山间的漫步，是对深爱之人的激情，是来自不喜欢之人的厌恶，是巴黎的花园，是勒阿弗尔深秋时的大海，是坐在塞得过满的坐垫上的感受，是女人躺下时乳房往身体里陷的样子，是拳击比赛、电影、爵士乐或者瞥见两个陌生人在路灯下见面时的那种刺激。他在眩晕、窥视、羞耻、虐待、革命、音乐和做爱中——大量地做爱——创造出了一门哲学。"①

比萨特小八岁的加缪正是在咖啡馆里与两人培养起兄弟般的友谊。1943 年,他们在圣日耳曼的咖啡馆成了好朋友。初次相识,波伏娃发现,加缪是一个"简单、快乐的灵魂"。说话冲动、情绪化,凌晨两点还坐在下雪的街道上,向他们倾诉爱情烦恼。与萨特、波伏娃出身法国中产阶级不同,加缪出生于法属殖民地阿尔及利亚一个贫困家庭,父亲在他不到一岁时死于一战。家乡除了明媚的地中海阳光,什么都没有。陪伴他成长的是聋哑母亲和暴戾的祖母。二十二岁时,他在自己的第一本日记写下这样的一句话:"一穷二白地过上若干年,就足以创造全部的敏感性。"童年造就了加缪,他所有的思想和文字几乎都来源于此。

"在三十岁的年纪,几乎是一夜之间,我尝到了出名的滋味。"不到三十岁那年,加缪已完成了自己的"荒诞三部曲":小说《局外人》(二十七岁)、随笔《西西弗神话》(二十八岁)和话剧《卡里古拉》。他说:"突然,某一天,一个人发现,自己三十岁了,他确认了自己的青春。但同时,他也在时间上给自己定了位。他找到了自己的位置,他承认,他处在时间曲线的某个时刻上,他承认这条时间曲线他是必然穿越的,他属于时间。他感到一阵恐惧,正是在这之中,他认出了自己最有力的敌人。明天,就在他原本应该拒绝的时刻,

---

① [英]莎拉·贝克韦尔:《存在主义咖啡馆》,沈敏一译,北京联合出版公司,2017 年 12 月。

他还期待着明天,这种肉身的反抗,就是荒诞。"在他看来,"小说的本质就在于永远纠正现实世界"。他的答案是两个字:荒诞。

小说《局外人》中的默尔索是一个冷酷麻木的"局外人",他的生活哲学很像今天的"躺平"哲学,他经常挂在嘴边的话是"我怎么都可以","生活再怎么努力也一样",一切毫无意义。对母亲的死,他不假装悲痛。结不结婚,他无所谓。升职加薪,对他都一样。小说讲了两个故事情节:一是默尔索母亲在养老院去世,他去给母亲处理后事;另一个是他杀人以及被判死刑的过程。法官、辩护律师、陪审团、临终关怀的神父都希望默尔索承认他对母亲的死悲痛万分,承认他对于杀人罪行悔恨不已,他们希望默尔索深刻忏悔,像其他罪犯一样在宗教的感召下声泪俱下。他拒绝了,他说这不是真的,他说:"与其说是悔恨,不如说是某种厌烦。"因为不按照世人所认可的意义去生活,因为忠于自己的感受,忠于自己的内心,不作伪,不撒谎,不迎合,被社会的游戏规则排除在外。"说出的内容比内心感受到的更多,就是撒谎。"用中文表达就是"言过其实"。加缪给《局外人》写的序言里解释说:"这本书的主人公之所以被判刑,是因为他不参与这个社会设定的游戏……默尔索是以怎样的方式抵抗这个游戏的,答案很简单:他拒绝撒谎。"

故事结束于这样的句子:"我体验到这个世界如此像我,如此友爱融洽,觉得自己过去是幸福的,现在仍然是幸福的。为了善始善终,为了功德圆满,为了不感到自己属于另类,我期待处决我的那天,有很多人前来看热闹,他们都向我发出仇恨的叫喊声。"意义是你创造出来的,而人生是荒谬的。如此冰冷地指出世界和生活的荒诞性,在人类历史上还是第一次,这可能就是小说被誉为划时代意义的主要原因。从此,"局外人"成为一个人类普遍困境的特有概念。

1942年,出版《局外人》的同一年,加缪写出了《西西弗神话》,标题出自荷马史诗《奥德赛》中的一个故事,国王西西弗违抗诸神,被罚永无休止地推巨石上山。每到山顶,巨石就会滑落,如此循环往复。加缪的问题是:如果我们的生活、人生就像西西弗一般徒劳,我们怎么办? 我们起床,上班,工作,吃饭,工作,下班,睡觉。很多时候,我们会精神崩溃,我们为什么要继续活着? 他的答案用哲学话语表述就是:即使在虚无主义的边界之内,也有可能找到超越虚无主义而继续前行的方法。在二次世界大战之际,加缪提出的诘问和答案石破天惊:"真正严肃的哲学问题只有一个,那就是——自杀。判断生活是否值得经历,这本身就是在回答哲学的根本问题。"是加缪把一个神话形象上升到人类哲学的高度,让西西弗成为一种象征。"人们必须想象西西弗是幸福的。"加缪的意义在于,他给了我们一个简单的常识,让我们在西西弗身上看到一张英雄的面孔,他给了我们一个概念,一种思考问题的方式,他告诉我们:人人都是西西弗,都注定要把巨大的滚石推上山顶,然后看着它再滚下来,循环往复一直到我们去世。

五年后,加缪写出了长篇小说《鼠疫》,两个月售出了五万多册,加缪蜚声国际。鼠疫是一个隐喻,象征的是人类面对的生存困境。奥兰,是一座阿尔及利亚的小城,这里没有美景,草木稀少,人们的生活按部就班,很少波澜,所有人每天都在重复平淡的生活,忙于生意,休闲。支撑人们生活的不是理想,也不是热情,而是一种惯性。像我们每个人的生活之域，一代代人生，一代代人死，生命在这里无声地逝去。直到一场鼠疫的到来。鼠疫改变了一切。灾难面前，人人平等。"人是一种概念，不过，一旦脱离了爱情，人就成为一种为时很短的概念，而现在正好我们不能再爱了，那么医生，让我们安心忍耐吧，让我们等着能爱的时刻到来，如果真的没有可能，那就等待大家都得到自由的时候，不必去装什么英雄。""鼠疫"暗示着人类无法战胜的困境，但加缪给出的答案是——要用爱的力量去战胜无常。在《鼠疫》的结尾，那位整个鼠疫过程中最淡定的哮喘病老人说了一句大实话："说到底，鼠疫究竟是什么呢？鼠疫就是生活，不过如此。"要有直面荒诞的勇气，又要有平衡矛盾之毅力；要有反抗超越之举，又要有将爱内化为主体精神之境界，从而达到主体精神与外在世界的和谐。——这是加缪留给世人弥足珍贵的思想遗产。

当代文学的理想丈夫

1950年，加缪出版《反抗者》，阐述如何对抗荒诞的理念，正因为这本书他陷入了空前的孤独，也因此与彼时好友、著名哲学家萨特分道扬镳。他坚持自己的判断："一旦被剥夺了说'不'的权利，人就会变成奴隶。"我一直怀疑加缪写反抗的主题源于他自己的境遇。很多年来，他都和妻子、岳母以及大姨姐住在一起，他们有一对双胞胎的孩子，妻子是一个钢琴家，长期抑郁，没完没了地弹钢琴。加缪的周围是五个不断向他索取爱的亲人，他烦躁不堪，无法安心写作，整天冒出可怕的念头，他曾经抱怨说："我不是有一位岳母，而是有三位。"内心的反抗与日俱增。在日记里,他留下了这样一句话——"1950年的男人:私通,读报。"

加缪不乏女友,不断出轨。他跟玛格丽特·杜拉斯一样,身后私人相册风行。看他的照片,很多女性会特别着迷。20世纪40年代时卡蒂埃-布列松拍摄的加缪照片,活脱脱就是明星范儿——竖起的风衣领子、梳到后面的头发、嘴中叼着香烟、棱角分明的面庞和活泼热情的眼睛。他风度翩翩,相貌出众,智慧幽默,做事热情靠谱。他是游泳健将,后来因为患上肺结核而作罢。他是优秀的足球运动员,身材颀长。他有着超强的"地中海式的情欲",那致命的优雅简直是一个天生的诱惑者、勾引者。公众场合,他的周围会聚满女性。他不断地追逐女人,对每一个女人都深情款款,充满责任,无法做到像萨特那样决绝。他喜欢将女人视为自己的知己和倾诉对象。他曾借卡里古拉之口说:"爱一个人,就要接受和他一起老去。我无力承受这样的爱情。"他的朋友形容他"对女人专注",另一种说法是"他有卓越的审美眼光",其实通俗一点就是两个字"好色",在西方这叫"唐璜主义"。他沉溺于自己与女人们"甜蜜而持久的友谊"。苏珊·桑塔格在论及加缪时,说他是一个"当代文学的理想丈夫"。指的就是他的好色而不淫的责任感,有着良好的教养和骑士精神。

加缪最著名的情人是演员玛利亚·卡萨雷斯,西班牙首相之女。她出身高贵,气质优雅,感情奔放,整个人光芒四射。一个编剧,一个演员,是戏剧把两个耀眼的文化界明星联系在一起。二人情意相投,趣味相吸,相遇时加缪三十岁,玛利亚二十一岁。他们的朋友回忆说,他们的感情是本能而深刻的——"广阔无边又如饥似渴的",甚至断言"没有其他任何东西可以影响到他们两人"。

1944年6月5日晚,加缪骑着自行车,卡萨雷斯坐在后座紧紧搂着他的腰,他们刚刚喝了很多酒,摇摇晃晃穿过巴黎街头。凌晨,盟军伞兵部队首先发动攻击。盟军空降兵搭乘二百多架运输机与八百多架滑翔机实施登陆。6月6日,成为世人永难忘怀的"诺曼底登陆日"。此时,加缪和卡萨雷斯是抵抗运动的伴侣,共同的事业,共同的爱好,彼此尊重,加缪称她是他的"战争与和平"。战火纷飞中,他们的爱刻骨铭心,持续了整整四年,直到巴黎解放。妻子的到来,打破了自由的鸳梦,卡萨雷斯主动选择了离开。"充满泪水的夜晚",分手之时,加缪在日记里悲伤地写到。分手几年后的1948年,他们在街头邂逅,旧情复燃。加缪的妻子善良仁慈,卡萨雷斯热情似火,据说,他们三人的共存状态后来得到家人的认可。

与萨特因为《反抗者》而交恶是世界文化史上的一段公案,因为思想观念的不一致,两人出言不逊,关系破裂,这让加缪痛苦不堪。加缪的博爱超出了一切,无论革命多么正义,他也不想让人受到伤害。本质上,加缪是个诗人,他对自然风光痴迷,曾列出自己所喜爱的十个词:"世界、痛苦、大地、母亲、人类、沙漠、荣誉、苦难、夏日、大海。"他最负盛名的一句话是:"在隆冬,我终于发现,我身上有一个不可战胜的夏天。"加缪的价值在于他给了我们一个真相:即使感悟生命没有意义,也不妨碍你满怀激情地去度过每一天的每一分钟。实现人生的最好方式就是前行,这是人类的尊严——西西弗式的尊严。没有人像加缪那样如此深沉地向人类发出宏大提问:我们如何让世界在明天变得更好?面对无常的世界,我们该如何与之相处?他在那个年代最特立独行的思考是:死在苏联的集中营与死在纳粹集中营并没有什么区别。我们既不应该成为受害者也不应该成为刽子手，为了追求乌托邦的未来，不惜牺牲掉当今活着的人，那才是悲哀的愚蠢之举。加缪的思想之深刻已远远超越了他所处的时代。

1957年10月16日，他成为法国第九位诺贝尔文学奖得主，是年四十四岁。《授奖词》中如此写道："他那严肃而又严厉的沉思试图重建已被摧毁的东西，使正义在这个没有正义的世界上成为可能，这一切都使他成为人道主义者，并且没有忘记在地中海岸蒂巴萨的夏日耀眼的阳光中呈现出的希腊美与均衡。"有意思的是，1964年，瑞典文学院将诺贝尔奖授予萨特，萨特却拒绝了，他的理由不接受一切来自官方的荣誉。不得不承认，那个时代的作家的确非常纯粹，那个时代的哲学家也一样。今天，当互联网统治世界的时候，我们真正应该对影响了人类思想进程的那些先人们投去尊敬的目光。

1960年1月4日，元旦刚过，四十七岁的加缪死于一场车祸，他乘坐的车撞上了一棵大树，以令人震惊的方式离开了这个世界。警察在车祸现场的公文包里发现了一本日记，在最后一页上写着这样的话："我所热爱和忠实的第一个人逃离了我，因为毒品，因为背叛。许多事情都源于此，源于空虚，源于对更深刻痛苦的恐惧，然而我已经接受了如此多的痛苦。"也许，这种宿命正像他所说的："这是对尘世的热爱必须付出的代价。"

惊闻噩耗的萨特如此写道：

我们之间发生过争执，争执算不得什么——哪怕从此不再

加缪 —— 181

见面——只不过是在命运安排给我们的这个狭小世界里共同生活，互不忘却的另一种方式而已。这并不妨碍我时常想起他，感受到他投注在所读书页和报刊上的目光，并且自言自语道："他会怎么说呢？他此刻会怎么说呢？"

相信许多人读了这几句话都会泪流满面。

1949年诺贝尔文学奖得主威廉·福克纳沉痛地说："就在他撞到树上去的那一刻，他仍然在自我追求、自我寻找答案，我不相信在那一瞬间他找到了答案……当那扇门在他身后关上时，他已在门的这边写出了——我曾经在世界上生活过！"天妒英才，也许正因为他泄露了太多的天机。他所达到的思想深度恐怕至今无人能够超越。美国作家苏珊·桑塔格说："卡夫卡唤起的是怜悯和恐惧，乔伊斯唤起的是钦佩，普鲁斯特和纪德唤起的是敬意，但除了加缪以外，我想不起还有其他现代作家能唤起爱。他死于1960年，他的死让整个文学界感到是一种个人损失。"

友人在蒂巴萨为加缪立起了一块纪念碑，碑上刻了加缪的一句话："在这儿我领悟了人们所说的荣光，就是无拘无束的爱的权利。"

2020年，在疫情最为焦灼的时候，我翻开了加缪的《鼠疫》。它让我平静，让我悲悯，让我对世界和人性充满不乏绝望的乐观。书架上有一套三卷本的《加缪手记》，那段时间成为我最喜欢的读物。这是他随手写的一些只字片语，不妨说是其创作和思想形成的"决定性时刻"。马尔克斯一旦确认出版社收到小说的手稿，就立刻销毁自己此前所有准备这部小说的笔记和材料。而加缪完整地保留了自己二十五年来的所有笔记，整整九大本。前者羞涩，怕让别人看到自己的"内衣";后者则大大方方,珍惜自己的每一处思考。前者是一个小说家,后者是一位思想家,小说家希望藏起自己的秘方,思想家则看重自己思想与写作的成熟生长过程。这些札记有读书笔记、每天的所思所想、创作灵感、写作提纲以及各种感受观察,如旅行随笔、生活记录等等。出发点就是将眼睛所见、耳朵所闻、心中所思、身体所感以文字为媒介加以记载或表现出来,这是一个必须经过理解与分析、筛选与诠释的过程。正如福克纳所评价,加缪有一个不停探求和思索的灵魂。用他自己的话说这是在"舔舐自己的生命",是自我认识、自我建构、自我发展的重要一环。

从这个意义上讲,《加缪手记》是一部难得的奇书。奇在一个天才思想家和作家如此坦承自己的成长过程。他站在历史的深处,站在众多文学家的肩上,记下那些稍纵即逝的想法和思维触发的吉光片羽。这是加缪对人类的孤独与爱的低沉呓语,是他在荒诞与虚无中对真理、正义的不懈追寻,是其一生创作与生命历程的投射。"这就是我对生活的全部的爱:可能对我将要失去的东西的一种沉默的激情,一种火焰下的苦涩。"

阅读参考书目

[英]莎拉·贝克韦尔:《存在主义咖啡馆》,沈敏一译,北京联合出版公司,2017年12月。

[法]阿尔贝·加缪:《加缪手记》,黄馨慧译,浙江大学出版社,2016年7月。

[法]阿尔贝·加缪:《西西弗神话》,沈志明译,上海译文出版社,2013年8月。

［法］阿尔贝·加缪:《鼠疫》,刘方译,上海译文出版社,2013年8月。

［法］阿尔贝·加缪:《局外人》,柳鸣九译,上海译文出版社,2010年8月。

［法］阿尔贝·加缪:《反抗者》,吕永真译,上海译文出版社,2013年8月。

［美］赫伯特·R.洛特曼:《加缪传》,肖云上、陈良明、钱培鑫译,南京大学出版社,2018年1月。

玛格丽特·杜拉斯：
写作是一场暗无天日的自杀

玛格丽特·杜拉斯（1914—1996）

我把生活当作神话来过

  如果你有过真正的青春期,不管是男孩还是女孩,一旦读了杜拉斯,就会爱上她。青春永远是潮湿的,初恋从来都是湿淋淋的。
  1986 年,杜拉斯伴随着初恋第一次走进我的世界,我读她的第一本小说是《情人》。1996 年,她去世。这是我在大学的十年,枕边一直有她的书陪伴。《广岛之恋》《琴声如诉》,翻译一本,读一本。"他怎么说,就让他照他所说的去做,就让肉体按照他的意愿那样去做,去寻求,去找,去拿,去取,很好,都好,没有多余的渣滓,一切渣滓都经过重新包装,一切都随着急水湍流裹挟而去,一切都在欲望的威力下被冲决。"没有年轻人对这样的文字有任何抵抗力。20 世纪 80 年代,我也是她千千万万个情人之一。用杜拉斯的话说那是"一生最年轻的岁月、最可赞叹的年华",我从贫穷的家乡到贫瘠的黄土地就学,一个大学生的成长胆怯而孤单。但我用年轻的眼睛在爱着她。很多个焦灼的晚上,翻开轻盈的书页,正如杜拉斯所说:"每一本打开的书,都是漫漫长夜。"青春期和无望的爱情是深不见底的漫漫长夜。走进大学,彻底的阅读才刚刚开始,就像彻底的恋爱,都如饥似渴。"中文系"三个字让我骄傲、自信。高处是人生广阔的天空,脚下绵延着长长的充满希望的路。在贫穷的限制下,阅读像品尝禁果，在同为禁果的爱情滋润下，智慧和身体都在野蛮生长。听凭自己在文字的世界里漂浮辗转，耽于那种奢侈的自我放纵中。

　　青春的激情总是带来恐惧，那时候的自律让一切放纵变得珍贵异常。图书馆和教室的座位总是不够，校园的草地和树林总是不够，只有杜拉斯的文字是无限的延伸。作品里的一个段落、一句话、一个词就能给你带来一种颠覆性的快乐，让你在某个午后，在纷飞的大雪之中，或是透过树叶照射下来的斑斑驳驳的阳光中，忘记尘世里还有其他的东西存在。

　　杜拉斯1984年写了小说《情人》，其时她已年过七十。据说最初只是为她儿子编辑家庭相册写的说明或者口述，后来越写越长，索性写成了小说。现在来看小说仍然保留着相册说明的痕迹，因为有新小说的标新氛围，因为此时的她写什么都很珍贵，于是她不再为小说的结构而大费脑筋。小说不长，五万多字，龚古尔奖委员会把他们的欣赏颁给了这位古稀老人，从此全世界的读者欢呼起来。1987年，有人问她，您对那个男人还留有什么其他的记忆？杜拉斯回答："我不喜欢他那中国人的身体，但我的身体让他有快感。彻彻底底的欲望，超越感情，不具人性的、盲目的、没法形容的欲望。我爱这个男人对我的爱，还有那情欲。"[1]

　　许多人对小说开头的经典段落都能出口成诵：

　　　　我已经老了，有一天，在一处公共场所的大厅里，有一个男人向我走来。他主动介绍自己，他对我说："我认识你，永

---

[1] ［法］玛格丽特·杜拉斯：《1962—1991私人文学史:杜拉斯访谈录》，黄荭、唐洋洋、张亦舒译，中信出版社，2018年5月。

远记得你。那时候,你还很年轻,人人都说你美,现在,我是特为来告诉你,对我来说,我觉得现在你比年轻的时候更美。那时你是年轻女人,与你那时的面貌相比,我更爱你现在备受摧残的面容。"

接下来的内容是一个老女人唠唠叨叨般的叙事。东一句西一句,完全讲故事的语调。但语言则是惊人的准确,充满新奇的比喻和描述。完全是凭着一种情绪在推动讲述,那种叙事的力量强大而神秘。

我在十八岁的时候就变老了。我不知道所有的人都这样,我从来不曾问过什么人。好像有谁对我说过时间转瞬即逝,在一生最年轻的岁月、最可赞叹的年华,在这样的时候,那时间来去匆匆,有时会突然让你感到震惊。

这是一片令你震惊和感动的风景,只需要沉浸在文字的感官快乐中。这种快乐由无数的文字中的细节组成,由一句话引起的思考组成,由某个人物对于你心灵的撞击组成,由一种深深的命运感组成。

这是一种怎样的欲望啊:"欲望中有一种中国式的温柔,夹杂着暴力,几近残酷。"

这是一种怎样的情景啊:"城里的喧闹声很重……房间里光线很暗,我们都没有说话,房间四周被城市那种持续不断的噪声包围着,城市如同一列火车,这个房间就像是在火车上。窗上都没有嵌玻璃,只有窗帘和百叶窗。在窗帘上可以看到外面太阳下人行道上走过的错综人影。过往行人熙熙攘攘。人影规则地被百叶窗横条木划成一条条的……从外面的种种声响,行人越来越多,越来越杂沓,可以听得出来。这是一个寻欢作乐的城市,入夜以后,更要趋向高潮。现在,夕阳西下,黑夜已经开始了……这床与那城市,只隔着这透光的百叶窗,这布窗帘。房间里有焦糖的气味侵入……"

杜拉斯用声音、气味、氛围描写着绝望的情欲。那个"堤岸的情人"——"他每天夜晚从她那里得到的快乐要他拿出他的时间、他的生命相抵。"与此同时,小说更大量的篇幅在回忆她母亲、两个哥哥和他们殖民地贫困居民的生活。那种残酷、罪恶和不堪令人窒息。伟大的作品总在预言世界,在揭示命运,在描摹生存,在和你一起感受大千世界的光怪陆离。这些伟大的作家都是充满力量的人。无时无刻不在思考和观察世界。他们为我们构塑的世界充满梦幻。他们想表达对生存的思考,表达人为什么活着,表达世界是个什么样子。他们如此有力量地驾驭文字,这种文学的力量足以穿越沉重而琐碎的现实。杜拉斯用自己的方式做到了。

"我把生活当作神话来过。"在20世纪80年代的中国,这句话对年轻人来说,几乎是一句宣言。可以想象一下杜拉斯写作《情人》时的样子,一手夹着香烟,一手写作,旁边永远放着一杯酒。头发散乱,两眼通红,在深邃与孤独中独白。一串串文字带着历史感与孤独感倾泻而出,绝望的爱情、孤独的灵魂、复苏的欲望、衰老的肉体。"我的面容已经被深深的干枯的皱纹撕得四分五裂,皮肤也支离破碎了。它不像某些娟秀纤细的容颜那样,从此便告毁去,它原有轮廓依然存在,不过,实质已经被摧毁了。我的容颜是被摧毁了。"这就是我们后来逐渐熟悉的所谓在用身体写作。作家最好的作品都是写自己的,《情人》就是如此,至于其中多少是虚构,没有必要探究,我们只求故事和叙述的真情流露吧。她的话剧导演说过一句话颇为中肯:"她一直在说自己,即便是通过她所创造的人物。但她拥有这样的天赋,在谈论她自己的时候,也是在谈论我们。"谁的年轻不曾疼痛、呻吟、荒唐?

这种用身体写作的风格影响了20世纪的文学,尤其是女性写作,人们甚至冠之以"情欲作家"之称。"因为爱情,是所有作品间的流通货币,文化的、音乐的、绘画的、小说的、哲学的,一切一切。没有比它更开放的了,它是永不枯竭、无穷无尽的庸常。"这是她的爱情哲学,也是她的写作哲学。这个字里行间充满欲望的作家不可学。她随性而写,淡化情节、淡化故事,只是随自己的意识、思维在写,像梦呓,像自言自语,像酒后的情不自禁。而事实上,她确实有个终身的毛病——酗酒。这个法国女作家是法国文学的某种象征:浪漫、沉溺、自我。从性觉醒后的十几岁,她就爱上了性,一直到八十岁,她都乐此不疲。她的作品很性感,因为她的大胆、无所顾忌,直抒胸臆。

她的最后一个情人扬·安德烈亚陪伴她走完了人生最后的旅程,这位二十二岁的年轻人完全被她的文字迷住了。"我是一个真正的读者:我立即就爱上了她写的每一个字,每一个句子,每一本书。我读了又读,把书中的句子完整地抄在纸上。我想成为这个名字,抄她所写的东西,让自己模糊不清,成为一只抄写她文字的手。对我来说,杜拉斯成了文字本身。"[1]那是1975年,杜拉斯自己执导

---

① [法]安德烈亚:《情人杜拉斯》,胡小跃译,作家出版社,2007年1月。

的电影《印度之歌》在扬·安德烈亚生活的小镇上映。他坐在第一排，手里是她的小说《毁灭，她说》，电影结束后他向杜拉斯要了签名。令他没有想到的是，杜拉斯随手留下了她在巴黎的地址。从此，安德烈亚开始给她写信，一写就是五年。杜拉斯大概已经忘了这个狂热的读者，或者说她的情人实在太多，还没有轮到这个年轻人。

1980年，杜拉斯终于寄出第一封回信："来吧，带上一瓶红酒。"此时，她已经是一位六十六岁的老人了。而安德烈亚此时是一位二十七岁的大学生。他来到她的住处，从此再也没有离开。他成了她的情人、秘书，甚至用人。这是相互折磨，永远吵吵闹闹，奇异而永恒的十五年，直到她去世。死后许多年，网络上至今疯传着她惊世骇俗的一句话："爱之于我，不是肌肤之亲，不是一蔬一饭，它是一种不死的欲望，是疲惫生活中的英雄梦想。"阅人无数的她有足够的理由这样评论："爱情没有出路……它只能内部解决，由当事人解决。在一种无限的、激情的表达中解决。除了死亡我看不出还有其他终极的表达。"她曾坦言，自己那副耽于"逸乐"的脸，过早被岁月摧残，一方面是因为写作的焦灼，另一方面也因为在男人身上的激情消耗。

在《情人》的叙述里，古稀之年的杜拉斯已经疲惫不堪，她说她在十八岁时已经死了。她是一个极端孤独的人，从越南湿热的热带雨林里度过孤独的童年就开始了。在脏乱潮热的雨林边她只有自言自语，在饥渴的青春期她必须有爱情，只有爱情和性能够缓解她的孤独。"你找不到孤独，你创造它。孤独是自生自长的，我创造了它。"她说，她用了二十年才写出刚才说的这些话。

缭绕在烟草和酒精的气息之间，独自吞下阿司匹林的苦涩以及一生背负不为人知的伤痛，杜拉斯用文字重建了自己的人生。

写作就是一场哀悼

再次重读《情人》已是五十多岁以后。

我发现当年很多地方并没有细读，或者没有读懂。我当时像大多数年轻人一样只关心爱情线、情欲场。那些文字后来再读仍然觉得经典。虽然我能看出作为一个成熟小说家的任性：任由思绪飘散，说到哪儿算哪，没有耐心照顾读者的阅读逻辑，但其对殖民地社会的记录刻画确实入木三分，她虽然身在贫困家庭，却不可救药地保有白人的优越感，写到当时的中国人时，她这样说：

> 这里是一群中国人，在当今那繁荣兴旺的景象中我又看到了他们，他们走路的方式从容不迫，在人群嘈杂中，孤身自立，可以说，既不幸福，也不悲戚，更无好奇之心，向前走去又像是没有往前走，没有向前去的意念，不过是不往那边走而从这里过就是了，他们既是单一孤立的，处在人群之中对他们说又从来不是孤立的，他们身在众人之间又永远是孑然自处。

小说观察之细致、描写之生动令人吃惊。

很多年以来，杜拉斯不再是我的最爱，由于她的长盛不衰，由于她永恒的时尚，她在我心里变得像法国的琼瑶一样，应该舍弃，应该超越，或者，应该把她还给青春。改变印象是读到她的小说《抵挡太平洋的堤坝》，这是一本被青春期的我忽略的小说。这本书早已绝版，我是从网上买了二手书，春风文艺出版社 2000 年的版本，译者是袁筱一。二十一年过去了，封面有些发黄，四周是令人感动的破损。年纪大了，对书籍有着深深的怀旧感，随着人生的变故和屡次的搬家，早年的书大多留给了岁月，现在偶尔买来一本旧书，竟异常偏爱起来。

《抵挡太平洋的堤坝》出版于 1950 年。作家正值三十六岁的盛年，以我现在的眼光，这本书才是她最好的小说，是她投入现代主义文学革命前最大的文学成就。这可能是一本真正的自传体小说，母亲、哥哥约瑟夫、苏珊三人相依为命，雕塑般屹立在太平洋的潮水中。为了生存，母亲苦熬了十五年，最终一切化为乌有。她变得病态、偏执、疯狂，让两个孩子又爱又恨。约瑟夫和苏珊都想远走高飞。二十岁的约瑟夫生硬、野蛮、残酷，他是全家的主心骨，贫苦的生活毁灭了他的青春和梦想。苏珊一直在等待，希望有个男人把她带走，脱离苦海。苏珊想：如果他们离开此地，也一定是吹着这首曲子离开。这是未来的赞歌，是出走的圣曲，是焦急等待终结的颂歌。

"在陡峭的河岸上俯视河水的那匹马一动未动，在阳光下的石头地上，它看起来有点与世隔绝。"杜拉斯的笔触冷静、残酷，又饱含深情，令人惊叹地重现了殖民地时代人类命运的屈辱和挣扎。

平原上有许多孩子，这也是一种灾难。孩子们无处不在，那些在树上、栅栏上和水牛背上幻想的孩子，那些蹲在洼地边钓鱼的孩子，那些在泥里找稻田中的矮脚蟹的孩子。河里也有不少孩子在涉水、玩耍和游泳。在驶往大海，驶往太平洋绿色岛屿的帆船头也有不少兴高采烈的孩子在笑,尽管他们被放在齐脖深的大柳条筐里,他们比世界上任何人都笑得甜蜜。

在这样的一片天空下,一家三口像牲口一样顽强地活着。母亲说人必须为某种东西而活着。哥哥约瑟夫说有些人生来就要戴着脚镣走路,总是戴同样的脚镣,没有它寸步难行。青春期的苏珊第一次走在城市街道上,感觉没有目标,没有同类,从未在这个舞台上露过面。这里没有四季,炎热和濡湿无边无际,她已经厌倦透了这平原,这些不断在死去的孩子,这无休无止的烈日和大海。她找不到生活的意义,只有恐惧,没有希望。"生活是可怕的,母亲同生活一样可怕。"她要忍受母亲就像忍受风浪一样,这是一股非人的力量。

母亲被生活的绝望一次次压垮,她的人生里除了失败,只有两个孩子——她王国里的臣民。她爱他们也嫌弃他们。"母亲站起来,扑向苏珊,用尽力气用拳头打她。用她所有的权力,用她所存的疑虑。一边打,她一边诉说着堤坝、银行、她的病、吊脚楼的房顶、钢琴课、土地管理局、她的年迈、她的疲倦、她的死。"一个令人肝肠寸断的场景,一连串血泪涕泗的语句。杜拉斯的文笔完全是革命性的,像一首诗。写到苏珊的时候,她这样下笔:"她孤寂地看着她的王国,统治着这王国的是她的乳房,她的腰身,她的双腿。"关于母亲——一生在荒凉空虚中啼号哭叫、孤苦无告的母亲成为她终生无法磨灭的悲哀记忆。"她回忆起那些岁月就如同在回忆一个岛屿,回忆一片遥远的、梦幻般的世界。"当母亲死了——"她的脸不再映出她的孤寂,而是面向世界,透出一丝嘲讽。——也许是嘲笑她以前相信的一切，嘲笑她曾那么严肃地去做的那些疯狂的举动。"这样的文字即便放到 21 世纪的第三个十年，仍然散发着无穷的魅力。其字里行间的现代性值得文学史铭记。

她对自己有过一个惊世骇俗的反省："如果我不是作家，我很可能会是名妓女。"二十九岁时，杜拉斯以小说《厚颜无耻的人》开始文学生涯，《抵挡太平洋的堤坝》以后，她的文学世界已经独立出来，形成了杜拉斯特有的风格。"我的第一部小说《厚颜无耻的人》灵感来自童年。这部小说出版后，我十分高兴。它写得很糟糕。在《抵挡太平洋的堤坝》中，我完全摆脱了我的童年。此外，这部作品给我带来了很多痛苦：我想谈论我的青春，仿佛那是别人的青春。"

从 1950 年发表《抵挡太平洋的堤坝》到 1984 年的《情人》，中间是漫长的三十多年。20 世纪 80 年代中期，玛格丽特·杜拉斯是一位"明星"。人们将杜拉斯归于"新小说派"，那时候的"新小说派"公开宣称与现实主义文学传统决裂，提出了"反巴尔扎克"的口号。

在文学革命者看来，小说艺术从 19 世纪中叶以来，从表现方式到语言都已"僵化"，必须从情节、人物、主题、结构等方面寻找创新。新一代写作者对 19 世纪以来的小说构筑的"谎言的世界"已经厌倦，人物的塑造、情节的安排、内心分析、情景描述、带有感情色彩的语言等手段，都具有欺骗性，没有反映事物的"真实"面貌。而"新小说派"则更加注重对事物的客观描绘，而非塑造人物和构思情节。他们制造出一个更实体、直观的世界，从而代替既有的心理的、社会的、意义的世界，去消解人为赋予世界的意义。革命首先从寻找非上帝性的视角开始，小说的时空结构打碎了，叙述顺序颠倒了。"一个纯属内心世界的时间和空间"被建立起来。完整的、有连贯线索的故事消失了,代之而起的是一个过去、现在、未来、回忆、幻想、梦境和现实交织掺杂,任意跳跃、互相交错、重叠的文字世界。和绘画、音乐、哲学等的革命性变革一样,小说的一切都走向陌生,重复、不连贯的句子、跳跃的叙述甚至文字游戏,把语言试验推向了极端。

毫无疑问,杜拉斯的后期小说完全符合这种潮流,但她对这个标签一直很反感。没有人像她那样对写作有那么深的理解,她说:"写作可以定义为一种内在的阅读行为……写作具有一个神奇的功能。不是人的冲动,而是词语对词语的冲动,意义对意义的冲动。"她说最重要、最关键的教诲是普鲁斯特的存在。她毫不掩饰对普鲁斯特的感激,假设一个人只读一部作品,也就是普鲁斯特的作品,可以想象作家从这部作品出发,投入写作。她就是这样被感染、被照亮的,发现了自己,发现了自身的存在,这是精神的力量和清醒。

杜拉斯写过一篇随笔《写作》,严格来说是一篇谈话,是对着电视摄影机的独白,像一部纪录片。文字发表出来,读起来也像一篇呓语。我把这篇文字分行,看看像不像诗?

> 我在房间里独自一人
> 不是在屋外而是屋内
> 花园里有鸟有猫
> 有一次,还有一只松鼠,一只白鼬
> 我在花园里并不孤单
> 但在屋里却如此孤单

有时不知所措

……

独自一人,为了写作

我明白我独自一人

与写作相伴

独自一人,远离一切 ①

杜拉斯的风格极具先锋性,行文叙事经常是"由一个词、一个标点组成的句子",像电影剧本,镜头感极强。少女时代的她曾经一天天泡在电影院里,这彻底改变了她观看和思考世界的方式。《挡住太平洋的堤坝》中,她这样描述:"这黑暗的影院是绿洲,是孤独者的黑夜,是人为的黑夜,民主的黑夜,这影院里人人平等的黑夜比真正的黑夜更真实,比所有真正的黑夜都令人快慰,更令人高兴;这自由选择的黑夜向所有的人开放,向所有的人敞开,比所有的慈善机构,所有的教堂都更慷慨大方,更好善乐施;这黑夜能够使人忘掉所有的羞辱,抛却所有的绝望,为青春洗净少年时期的污垢。"

1972年的一天,伯努瓦·雅各敲响了杜拉斯在巴黎寓所的家门。这个才二十几岁的青年,从此成为杜拉斯的导演助理。用杜拉斯自己的话说,她此时正在寻找一个帮她的"右臂"。接下来他们开始了一项共同的事业:拍电影。20世纪70年代,她拍摄的电影数量超过了她出版的小说。杜拉斯写作的时代恰逢文学遇到电影的历史性时刻,她游走在作家、编剧甚至导演角色之间,挥洒出属于自己

---

① [法]玛格丽特·杜拉斯:《写作》,桂裕芳译,上海译文出版社,2014年5月。

的写作风格：诗意、绵密、性感、灼热，不可复制。

她发明了即刻写作："当一个词来临的时候便让它来，照它原本的样子攫住它，然后快速地书写下来——我称之为'即刻写作'。""流动的写作就是这样，没有指向，游走于词语的波峰，转瞬即逝。它永远不会打断阅读，不会越俎代庖。没有给出说法，也不解释。"

她把写作看作是一种酷刑，一旦开始便无法脱身。她说："我是一个与写作相伴的孤家寡人。孤独意味着：要么是死亡，要么是书。但在这一切之前它意味着酒精。"三十岁开始，她就成了一个酒鬼，"酒起到了上帝也无法代替的作用"。

是孤独让她写作——"身体的这种实在的孤独成为作品不可侵犯的孤独。在我孤独的这个最初时期，我已经发现我必须写作。""这是孤独。作者的孤独，作品的孤独。"

是人生的残缺让她写作——"我们所有作家，或好或坏，都是内心阴影的残缺者，内心阴影的缝补者。"她始终在强调生存化的写作。何谓生存化的写作？那就是自在自为，把写作视为存在，将生活视为作品。

在杜拉斯心中，写作是一种信仰，她永远记得雷蒙·格诺对她说的话："别做其他事，写作吧。"她后来甚至有个观点："在做爱方面辉煌华美的作家很难说是大作家，远不如在那方面做得不好且慌慌张张的那些作家。"这话说得伤害性不大，侮辱性极强。听杜拉斯关于写作的经验，甚至可以颠覆我们阅读、理解作品的心理模式。这种模式并不在意事件、人物本身，它看重的是感官记忆、空间体验的弥漫。在她的作品里，你能够听到跳舞的声响，看到花园，听到女乞丐的声音，大使的声音，副领事的叫喊，诸如此类的一切。

一切都在写作。处处都是文字。

七十余部文字作品、二十多部电影,这是她留给世界的财富。"我写女人是为了写我,写那个贯穿在多少世纪中的我自己。"惊世骇俗的宣言,永远先锋的姿态,改变了女性世界观的老太太,这是她永远不会被忘记的遗产。

阅读参考书目

[法]玛格丽特·杜拉斯:《情人》,王道乾译,上海译文出版社,2005年7月。

[法]玛格丽特·杜拉斯:《抵挡太平洋的堤坝》,张容译,春风文艺出版社,2000年1月。

[法]玛格丽特·杜拉斯:《1962—1991私人文学史:杜拉斯访谈录》,黄荭、唐洋洋、张亦舒译,中信出版社,2018年5月。

[法]玛格丽特·杜拉斯:《写作》,桂裕芳译,上海译文出版社,2014年5月。

杰克·凯鲁亚克：
世界上只有一种成功，
以自己喜欢的方式过一生

杰克·凯鲁亚克（1922—1969）

"垮掉"之王

有些作家注定为创造历史而生,他们用独创的概念命名了自己的时代。美国作家杰克·凯鲁亚克是其中为数不多的作家之一。他被称作"垮掉之王",而"垮掉"(beat)这个词,正是出自他之口。他当年宣言般的一句话至今仍让许多人热血沸腾——"永远年轻,永远热泪盈眶。"

杰克·凯鲁亚克是因为出色的体育成绩进入哥伦比亚大学的,那是 1940 年。可惜,他的运动员梦想因受伤而破碎,并因此退学。接下来两年他在纽约打零工为生,过着率性而为的生活,1943 年,他应征入伍,加入美国海军陆战队,因为受不了约束,没到十天就设法离开了。就是这段时间,他结识了金斯堡、卢西安·卡尔、威廉·巴勒斯等人,这群来自常青藤大学的男男女女,聚在一起讨论的是文学艺术。喝酒、抽烟、吸大麻,随时享受床笫之欢。他们粗犷豪放、落拓不羁,对同性之间的爱恋稀松平常,用他们的话来说,就是生活在世界的边缘。

第二次世界大战结束不久,经历了恐慌与不安的美国开始试图建立起一个崭新而牢靠的文化秩序——人们缺乏独立意识,以顺从来获得安宁,不约而同地上大学,结婚,生子,疯狂赚钱。于是一种亚文化出现了，它以看似堕落、不求上进的方式对抗"美国式生活"，反对政府的"反智"主张。杰克·凯鲁亚克和他的朋友们期待着文学能够抒发他们的苦闷和理想，在一次交谈中，他们谈起海明威等"迷惘的一代"。凯鲁亚克说："这不过是垮掉的一代（beat generation）而已。""beat"一词原有"疲惫"和"潦倒"之意，凯鲁亚克在文章中赋予其新的含义：欢腾或幸福。"垮掉，意味着倒霉和破败，但充满了情感强烈的信念。"此时，小说《在路上》已经开始酝酿。

据说《在路上》创作过程很传奇。某一天，凯鲁亚克将自己关在房间内，伴随爵士乐、烈酒、药物，在一卷三十米长的打字机纸上一气呵成，仅耗时二十余天，整本书只有一个段落。这是1951年4月2日到22日，他后来说，自己消磨在路上的时间有七年，但用于写作小说的时间只有三个星期。写成后的小说一直趴在抽屉里，它需要一个契机。

1955年，旧金山的一个画廊里坐满了文学青年，抽烟的、喝酒的，头顶上是几盏泛着光晕的吊灯。一位上身西装略大、一头卷毛的年轻人，推了推自己的黑框眼镜，站上舞台，开始朗诵自己的诗作《嚎叫》。这次文学事件标志着"垮掉的一代"作为一个新的文学流派正式诞生。西方文学界后来将《嚎叫》与T.S.艾略特的《荒原》并列。1956年，旧金山那间孵化了众多"垮掉派"作家的"城市之光"书店，出版了金斯堡不朽的诗集《嚎叫及其他》。而在此前的1953年，威廉·巴勒斯也出版了他的第一部作品，讲述自身吸毒经历的《瘾君子》。

1957年，《在路上》出版，发行量很快超过了三百五十万册，也因此成为了一个历史事件。小说用一种近似流水账的手法叙述了一群年轻人荒诞不羁的生活，他们几次横穿美国，一起狂喝滥饮，高谈禅宗、文学。美国六十六号公路成为一条自由之路、朝圣之路。据说该书出版后美国售出了亿万条牛仔裤和百万台煮咖啡机，并且促使无数青年人踏上了漫游之路。在这些年轻人心中，"真正不羁的灵魂不会真的去计较什么，因为他们的内心深处有国王般的骄傲"。所有的颓废、放荡、怪诞都是一种姿态、一种表象，他们有着更深切的关怀，对这个国家、对他们这代人，对时代升腾的喧嚣充满思虑和追问。

在小说的最后，"我"坐在河边破旧的码头上，"美国的太阳"已经下山，他的心里在想着"广袤的原始土地""没完没了的路"和"一切怀有梦想的人们"，人间有哭喊和冷暖，有我们不知道的痛苦和悲欢。"除了衰老以外，谁都不知道谁的遭遇。"年轻的心从来都是浩渺无边，上路，是为了寻找，是信仰的召唤。这里面其实贯穿着一个永恒的主题：发现自我。带着美国二百多年来的一种精神，与他们父辈的牛仔精神一脉相承。

如今，在美国，每年都要印刷超过十万册的《在路上》，它已经成为现代美国精神的一个象征。2001年5月22日，长达三十米的《在路上》手稿在纽约的一场拍卖会上以二百四十三万美元的价格成交，超过了卡夫卡的长篇未竟之作《审判》的手稿拍卖价一百九十万美元的记录。1978年出版的口述体传记《杰克之书》表明，正式出版的《在路上》版本与他的一口气写作之间有重大修改。这部书酝酿之久可谓深思熟虑之作。

1959年，在金斯堡和凯鲁亚克的帮助下，威廉·巴勒斯出版了成名作《裸体午餐》。自此，与诗歌《嚎叫》、小说《在路上》共同掀起了一股文学潮流、一场文化运动——"垮掉的一代"。在文学上，这是战后第一个后现代主义文学流派，对美国此后的时代思潮影响巨大。

《在路上》被鲍勃迪伦、披头士乐队甚至乔布斯奉为"圣经"。60年代，嬉皮士文化开始兴起，他们制造了伍德斯托克音乐节，这场摇滚乌托邦式的音乐节，三天之内把四十五万嬉皮士聚在一起进行了一场精神狂欢。"嬉皮士文化"从美国蔓延到世界，对整个60年代的反战运动、黑人民权运动和环保运动都是催化剂，影响一直持续到了20世纪八九十年代。以至于英国"摩斯族"文化、法国"五月风暴"、捷克"布拉格之春"，背后也都或多或少有着"垮掉一代"的精神基因。

再放浪的人总会厌倦。"我要同一个姑娘结婚，"凯鲁亚克说，"我们两人老了的时候，我的灵魂就可以在她身边得到宁静。不能老是过现在这样东跑西颠、紧张忙乱的日子。我们终究要找个地方安顿下来，找些事做做。"他厌恶自己被贴上"垮掉派"标签，在生命的最后时光，凯鲁亚克回到了家乡洛威尔，断绝了与外界的联系。身边的《金刚经》《楞严经》《楞伽经》是他最喜爱的三部经书，特别是《金刚经》，他说那里有人类最高的智慧。

《在路上》出版后不久，凯鲁亚克就开始深入研究东方佛禅。那时候，在美国，禅宗已经成为一股风潮。同时代的加里·斯奈德游历日本，三年出家为僧，专门进行禅修学习，翻译中国唐代诗人寒山的作品，代表作《龟岛》荣获普利策奖；艾伦·金斯堡被誉为"狂禅"，后来皈依密宗，穿僧人长袍、戴佛珠，"禅学中心"等等在美国也成为时髦。在《达摩流浪者》一书中，凯鲁亚克将加里·斯奈德作为原型——一个禅宗信仰的追寻者，在经历了数次"流浪"之后，最终成为山林瞭望员，得以彻底解脱。《达摩流浪者》出版于1958年，此后十年间，凯鲁亚克又写作了近十本自传体小说和作品集，探讨的话题永远是那一代人所面临的困境：孤独与迷茫。他们打坐冥想、四处游历、研习典籍，却始终没有拯救自己。

哼着爵士乐醉酒，灵感来了写作，吸了毒纵欲，最后在东方佛禅里忏悔，这是杰克·凯鲁亚克留给时代的影子，这些行为方式影响了后来的欧美无数年轻人，60年代的嬉皮士，70年代的朋克，80年代之后的"后垮掉派"都打着凯鲁亚克的旗帜。他这样表达青春期的博爱："每当我看到一个我所喜欢的姑娘和我擦肩而过，我就打心眼里感到一阵痛楚。"也许，这就是青春本来的样子吧。

写作的金科玉律

《在路上》是杰克·凯鲁亚克七年旅行之后的产物，并因此发明了"自发式写作"，即一切随性发挥，不事辞藻，不重结构，反情节，无主题。他认为写作的瞬间不可复制，更看重文字的节奏感和潜意识体验的传递。凯鲁亚克是一个多产的作家，一生写作中长篇小说累计有十八部。凯鲁亚克对写作有种神圣感，"当整个世界都在沉睡"——他喜欢充满祝福的黑暗，喜欢夜晚的宁静，他有个从法国电影里学到的工作习惯，点燃一支蜡烛，在蜡烛光下写作，完成后准备就寝时再将蜡烛熄灭——或者在开始写作之前跪下来祈祷。"写作至少是一种沉默的冥想，尽管你在以每小时一百英里的高速飞驰。

我们醒的时候用眼睛看,睡的时候用耳朵听,做梦的时候用心灵感受。"

据采访他的记者声称,他最精彩之处是其声音,他的声音和他的作品一模一样,可以在瞬间产生令人极为震惊和不安的变化,它操控一切,包括访谈。"我还记得歌德的告诫。歌德的预言是,西方未来的文学在本质上将会是忏悔性的,此外,陀思妥耶夫斯基也有过这样的预言,而且如果他再活得长一些,可以着手写他计划中的巨作《大罪人的生活》,说不定他还会开始使用这种风格。"凯鲁亚克并不像人们想象的那样率性而为,他博览群书,反复学习,一直在寻找属于自己的声音、语调,一直在探索写作的规律,对文学的思考深刻而透彻。除了已经走进历史的作品,杰克·凯鲁亚克还留下一套写作的信念和技巧——三十条金科玉律,据说金斯堡把凯鲁亚克的这三十条建议清单贴在他房子的墙壁上,直到他写出那首著名的《嚎叫》。我试着在每条下面写下我的理解:

1. 准备一本可以随时涂写的秘密笔记本,一些可以胡乱写字的打印纸,自娱自乐。

——养成胡乱写的习惯对写作至关重要,随手记,随手写,我手写我心,它的一个最大的好处就是上瘾:你永远在观察、表达、思考,多年以后,那些你随手写下的句子连你自己也会惊讶。

2. 万事谦卑,万物包容,学会倾听。

——我在跑步APP上的网名叫"以树为神",我永远被树吸引，每一棵都是美丽的，有跑步习惯的人是喜欢观察的，形形色色的路人，千奇百怪的人间，从春到冬的树木。我迷醉土地，喜欢看泥土中生长出的那些生命，不是只有旅游途中和目的地才要抬头欣赏，你身边的万事万物风景无限。

3. 尽量不要在外面喝醉。

——对于"垮掉的一代"的代表人物，我估计杰克·凯鲁亚克年轻时候是经常烂醉如泥的。酒后失态是常态，所以他才有如此沉痛之语。酒是麻醉物，有个朋友一直在做艺术活动，有一天送了我两瓶手工纯酿的黄酒，是她公司定制的，酒瓶上写了一行字：微醺让你更清醒。轻微的麻醉让自己记忆更为清晰，感情更为充沛，可以稍微挣脱一下文明的自己，还原本我。醉眼里，世界变得不太真实，如灯下看美人。而一旦酒醉失态，便如动物般一无足观了。

4. 热爱生活。

——用这四个字作为写作的前提，这是杰克·凯鲁亚克的智慧。他们那一代人表面看起来放浪形骸，甚至粗俗不堪，骨子里却是嗜书如命，充满生活的激情。每个人都在活着，无论贫穷还是富裕，但真正热爱生活的人并不多。这里的热爱更为形而上，就像大家已经烂熟于心的罗曼·罗兰的那句话："世界上只有一种英雄主义，那就是看清生活的真相之后，仍然热爱它。"写作就是对生活真相的寻找，没有热爱，怎么能找到其本质呢？

5. 你感受到的东西自会找到它们的表达方式。

——语言意味着思维。首先得有思考有感受，得触摸到，体会到，领略到，你才有表达的欲望。把感悟表达出来才是真正的感悟。用什么词汇，采取什么语式，通过什么方式，都取决于那些触发。

6. 要如痴如狂地忠实于自己的内心。

——我总觉得世上有两个上帝，一个是外在的造物主，一个则是你的内心。前者是君王，而你是臣，我们无法左右。只有后者才是我们可以自主的。人应该经常问自己：我到底想要什么？在每一次选择的时候，在人生的旅途中，在迷茫纠结与矛盾的时候，都需要直面自己的内心。人的不快乐大都是因为憋屈，违背内心。爱情、婚姻、工作、生活，人不得不妥协、无奈、权宜，甚至搁置。忠实于自己的内心是一种力量，也是一种大无畏，因为这意味着反抗和特立独行，而如痴如醉更是一种很高的境界，非有超强的意志所能达到。毛姆的《月亮和六便士》通篇讲的就是这个主题。人往往年老的时候才回到自己的内心，而这时候已经迈不动腿了。这就是人生的悲剧之一。

7. 想写多"玄乎"就写多"玄乎"。

——文学是一种很奇怪的艺术形式，它完全依靠词汇组成句子。"玄乎"，是指非常规表达。好的文学就是表达方式的陌生化，日常语言的书面化不是文学（小说人物对话除外），无论是小说还是诗,都是让词汇和句子触及灵魂。西方现代主义文学就是从玄乎开始的,看得你云里雾里,没有故事,没有情节,一个人的意识流本身就是玄乎的思绪。问题是,它不是在自动写作,每一个句子都经过精心设计,玄乎是一种美学追求。

8. 写内心深处最想写的东西。

——这是一句诚实的话,有很多作家不诚实,他们总写读者喜欢的东西,我们称之为读物。世界上没有一件传诸后世的艺术作品不是出自艺术家的本心。什么是灵感?灵感就是内心的触动、冲动、激情。

9. 要有一些不能与人道出的个人幻想。

——这是一句废话,有人没有过幻想吗?更别说不能与人说的了。我们不是都说"意淫"吗?但凯鲁亚克这里指的是创作,每一个作家都是善于做白日梦的人,他们总是在心里进行永无止境的创作。而一个个好故事就是这么诞生的。

10. 不要华丽的辞藻,只要准确的描述。

——这是一句非常重要的经验之谈,已成为许多写作教科书的金科玉律了,而要做到这一点难乎其难。我们想一想,为什么有那么多华丽的辞藻呢?它们是历代文学家们创造出来的,诗经、楚辞、汉赋、唐诗、宋词、元曲,都成了词典里没有生命的存在。比如成语,它们是过去的语言,死的语言。准确的语言是什么?你重新创造和组接的语言,你自己的语言。

11. 内心要跳跃着真知灼见的思想火花。

——这句话的前提是你得有思想,每个人都在思考,俗也好,雅也好,一个人的思维不会停止,至于真知灼见,就没那么容易了。一个守财奴可能会对理财有真知灼见,一个色情狂可能对性有思想火花,真正有营养的真知灼见应该是洞悉人性和社会后的建设性总结。

12. 要对眼前的物体有出神入化的想象。

——诗歌的产生有赖于此,诗人可以写一个桌子、帽子、鞋子,可以写一只猫、一阵风、一棵树,这些都会因为想象而出神入化。

13. 要无视文学的语法的和句法的条条框框。

——学写作都是先从遵守规则入手的,这里的无视,指的是深刻熟知语法之后的文学超越和创造。几乎每一个文学家都是规则的破坏者,如此,所谓创新和个性才能出现。

14. 像普鲁斯特那样迷恋逝水年华。

——回忆里有无穷的题材,人的记忆是取之不尽用之不竭的宝藏。它们从童年记事开始积累,世界在一个人头脑里施加了太多的东西,我们一直到死,失去意识,都在不停地接收信息。我们要学会打捞,当一个优秀的渔民。

15. 用内心独白讲述世界之真实。

——内心独白是人物的感情流露，表达，不是描写，不是强加于人，不是外在的客观。人之千姿百态意味着不同的角度、不同的说话方式、不同的结论。主观即独特的真实。

16. 兴趣之真正核心是在别人的眼里看世界。

——作家都是孙猴子，会七十二变。善于从自己笔下的角色眼里观察世界。这是写作无穷的魅力之一。

17. 书写自己的回忆及自己欣赏的东西。

——这是一种练习，准确地描述你记忆中的故事，看到的影像，欣赏即是一种爱，爱可以产生动力。

18. 以精练、客观之视角写作，遨游在语言之海。

——作家喜欢玩弄文字。客观是上帝的视角。与第十一条"内心独白"一起练习。

19. 要永远经受得起失败。

——一句鸡汤，对运动员最常见的动员说服令。写作，然后得到外人的认可才能成为作家。很少有作家能出手成名。

20. 要相信生命的神圣轮廓。

——因为相信，所以看见。世上只有一种信仰是不可能被剥夺的，那就是对生命的信仰。对生命的热爱是一个作家唯一

杰克·凯鲁亚克

的写作动力,一棵植物、一只动物、一件物体、四季的轮换、阴晴圆缺、宇宙的呼吸,都是生命的轮廓,是作家笔下永恒的题材。

21. 要努力完整地勾勒出内心的思路。

——写作是思路的物化,清晰地表达内心是唯一的诀窍。所有的故事都将指向内心的答案。

22. 写不下去的时候,不要想具体的句子,要努力想象出一幅画面。

——这是关于写作的经典之语,想象,描述你看到的画面,而不要被具体的句子绊住。你是在还原场景、动作,而不是在码字。

23. 要记录每一个以神奇的早晨开启的日子。

——要相信每一天都是神圣的,每一天都是新的,是人生的又一场大戏,每天早晨都是一次大幕的开启。我特别佩服那些有写日记习惯的人,他们是真正自律的人。伟人的日记是历史的钥匙,一个普通人的日记是人生的钥匙。

24. 不必害怕,也不要感到羞愧,你的经历、语言和知识自有其尊贵之处。

——相信自己、尊重自己、勇于表达自己是你产生生存价值的前提。

25. 让世人在你的作品中看到你对世界准确的描写和感知。

——人来到世界无非是尽可能多地游历、感知，尽可能地丰富自己，扩展自己，如果你能写下对这个世界的认识、理解，也便留下了痕迹。只有文字是不朽的。

26. 图书电影是文字的电影，是可视的。

——文字是人类文明最初也是最后的承载方式。

27. 赞美处于荒凉、野蛮、孤独中的人物。

——这是作家的天职，向困境中的生存投去注视和赞美的目光。去做一面镜子，发掘人性的光辉。

28. 写出狂野的、不羁的、纯粹的、内心深处的东西，越疯狂越好。

——尼采、凡·高都是因为疯狂而不朽，艺术家是人类纯粹性的代表，他们的内心过于敏感、丰富、深刻，他们游走在崩溃的边缘，创造出辉煌的思想和艺术。宇宙浩瀚无垠，而每个人的内心同样浩瀚无垠。

29. 你一直都是天才。

——天生我才，独一无二。所谓成功无非是最大限度地实现自己。

杰克·凯鲁亚克

30. 你是上天资助和守护的《人间》这部电影的编剧兼导演。

——你是自己的君王,你是自己命运的导演,每个人都头顶一片天。所谓谋事在人,成事在天,此之谓也。

杰克·凯鲁亚克的三十条金科玉律不仅是针对写作,也涵盖人性和人生。写作并没有奥秘,如果你不动笔,一切都是空的。所以他说了一句大实话:"我对于写作这一行其实也不懂什么,只知道要成功就得持之以恒,像瘾君子那般痴迷。"不疯魔,不成活。

阅读参考书目

[美]杰克·凯鲁亚克:《在路上》,文楚安译,漓江出版社,1990年。

[美]杰克·凯鲁亚克:《在路上》,王永年译,上海译文出版社,2006年。

[美]杰克·凯鲁亚克:《在路上》,姚向辉译,江苏凤凰文艺出版社,2020年。

[美]巴里·吉福德、劳伦斯·李:《杰克之书:他们口中的凯鲁亚克》,蒋怡译,南京大学出版社,2022年4月。

杜鲁门·卡波蒂：
上帝赋予我鞭子

杜鲁门·卡波蒂（1924—1984）

把手中的牌打好

我的床头一直放着两卷本的《肖像与观察：卡波蒂随笔》，读过一遍后，一直舍不得让它们回到书架，我一直觉得还要重读。

杜鲁门·卡波蒂是一位作家中的作家，虽然对他的文学评价被他后半生的奢靡混乱所掩盖。当我走进他文学世界的时候，却深深被其文字和文体的精妙所惊艳。卡波蒂的一生大开大阖，风云激荡。虽然英年早逝，却在短暂的五十九年生涯里，对世界文学贡献卓著。只可惜，他被盛名所累，把自己活成了悲剧。村上春树对他有个评价："卡波蒂一面心怀对那个世界激烈的爱憎，一面却恣意享受身为名流的繁华生活，至死方休。"一个人的悲剧没办法不追溯到原生家庭。风流放荡和酗酒成性几乎与他的父亲如出一辙。父亲死于酒精中毒，母亲自杀，这个只有一米六一的小个子男人从小缺失母爱，备受同龄人歧视和嘲讽。"我在学龄前就已开始读书，此后一直按照我自己喜欢的方式生活，从不在乎别人的想法。我受的教育主要是自学。直到今天，我都背不出字母表或乘法表。我从十四岁开始写短篇小说，其中有几篇还发表了。我在十五岁辍学，十六岁到《纽约客》杂志社工作，这是我第一个也是最后一个正式工作。"让他丢掉工作的是诗人弗罗斯特，为此他抱恨终生。不过，没了工作的卡波蒂最终成为一个真正的作家。

"有一天，我开始写小说。我完全不知道，自己的一生将被一位高贵却无情的主人用锁链囚禁。上帝在赐予你才能的同时，也给了你鞭子。鞭子是用来狠狠地抽打自己的。"他注定为写作而生也为写作而死。二十三岁，他凭借处女作《别的声音，别的房间》一举成名，小说登上《纽约时报》畅销书榜单。虽然最初让人惊艳的是此书封面他那张撩人的照片，但小说很快就拿下欧·亨利文学奖，成为文坛闪耀的新星。

小说属于一个经典类型：成长小说。通过一个男孩的寻父之旅，表达了被遗弃的恐惧和孤独的忧伤，因为渴望被爱，一个幼稚的男孩很快走向成熟。书中的语言、叙事令文坛新奇、赞赏："孤独就像发烧一样，在夜晚最盛。但是有他在那儿，便有了光，光像鸟儿的诗歌一样贯穿树木。而当太阳升起时，他松开了我的手，走开了，那个泪眼婆娑的男孩，我的朋友。"美国文坛被小说中这种奇异的氛围、语调和气息所吸引。

《别的声音，别的房间》引起的热度，大大超出了他自己的预期。20世纪福克斯公司没有读到《别的声音，别的房间》的文字就买下其电影翻拍权。毁誉参半的评论占据了各大报刊，人们听到一个声音在预言：这本书是明确的证据，"证明一个才华横溢的新作家已经到来"。小说中有一句话，你怎么也无法与一个二十出头的年轻人联系起来："头脑可以接受劝告，但是心却不能；而爱，因为不懂地理，所以不识边界。"其思想之独到，文笔之老到、时尚大受追捧。

后来，卡波蒂回忆起这部作品时说：

我重读自己的长篇小说《别的声音，别的房间》，这是八年前出版后第一次重读，我感觉仿佛是在读一个陌生人写的东西。其实，对那本书来说我就是一个陌生人，写那本书的人跟现在的我自己似乎已经没有多少共同之处了。我们的精神，我们的内在气质已完全不同。那书虽然显得笨拙，但却有一种惊人的张力，有一种真正的冲击感。我很欣慰自己在能写出这部作品的时候写了它。否则恐怕永远写不出那种感觉来。

1980 年，他为自己的书《给变色龙听的音乐》写了一篇序言，系统回顾了自己的写作生涯。这位不幸的少年不可救药地酷爱文学，他从不做家庭作业。"我的文学工作让我忙得不亦乐乎：在写作技巧的圣坛上拜师学艺，研习错综发展的分段、短句以及对话的安排，更不用说宏观的谋篇布局和要求极高的先中间、再开头、后结尾的写法了。你要学习的东西有很多，学习的渠道也很广：不仅可以从书本中学，还可以从音乐中学，从绘画中学，从日常生活的观察中学。"当人们为他的成名作大惑不解的时候，他自己说："我日复一日地写了整整十四年啊。"由此算来，他八岁开始就迷上了写作。

卡波蒂对写作本身有着近乎苛刻的追求。在写作《蒂凡尼的早餐》之前的十年间，他"几乎尝试了写作的方方面面，试图去掌控不同的技巧，精益求精地磨砺写作技艺，力求使它如渔夫的渔网一样强大而灵活"。这十年里，他用短篇小说、散文、特写以及纪实文学，塑造了属于《纽约客》的文体。这些创作让他尝试了不同的写作思路："我想创作一部新闻小说，它能够大规模铺开，它有着事实的可信度，有着电影的直观性，有着散文的深度和自由度，有着诗歌的缜密。"

野心之大令人感佩，他已经做好了各种准备和训练，并自觉地开始走上创新之路。"直到 1959 年，某种神秘的本能才指引我向一个主题进发。"这个主题改变了文学史以及新闻写作史。

有一天，他在报纸上看到一则报道：堪萨斯州一家人被杀。突发灵感，他决心对此次杀人事件进行彻底调查。一去就是六年，享誉世界的杰出非虚构作品《冷血》诞生。

凶杀案发生在 1959 年美国中部堪萨斯州贺甘村。吉特先生是一个基督教徒，很受他人尊重。他从经营一个小农场起家，雇用着十八个农工。他有四个孩子，三个女孩和一个男孩。吉特的妻子有抑郁症，已丧失工作能力。这年 11 月 15 日，两名从堪萨斯州立监狱的假释罪犯闯进吉特家，犯下抢劫和谋杀罪。整个事件残酷而荒诞。

卡波蒂花了六年时间在堪萨斯平原附近游荡，和他一起调查的是儿时伙伴——女作家哈珀·李，她 1960 年出版的小说《杀死一只知更鸟》在 2018 年被评为美国读者最喜爱的小说第一名，被誉为"最富启示意义的书"。二人是写作上的良师益友，相互激励，彼此督促，卡波蒂曾对哈珀·李说："我会继续写作，但前提是你答应也会写作。之后我们可以把自己的故事发送给对方。"哈珀·李的才华丝毫不亚于卡波蒂，她有一句著名的话："人类每一次经受住时间冲击的思想创造都源于对某物或某个人的爱。"在晚年的许多年里，她深居简出，成了美国著名的隐居作家。

他们花了大量的时间，做了六千多页笔记。卡波蒂自己说这是备受摧残的六年，而且并不知道能否会写成一本书。"我经历了漫长的酷暑和严寒的隆冬，但我只是不停地打着我的牌，尽全力把手中的牌打好。"1966 年，非虚构作品《冷血》出版，卡波蒂四十二岁。

这一年，他成为美国最出风头的作家，享尽巨大的声望与财富。《冷血》占据《纽约时报》畅销书榜单三十七个星期，销量超过三十万册。至今，单在美国销量已达五百万册。为了庆祝此书的诞生，这年11月末，卡波蒂在纽约广场酒店举办了一场盛大的假面舞会，整个氛围以黑白为主题。是夜，群星会聚，华丽无比，直到今天，仍是时尚史上最著名的派对之一，这种黑白风格一直被模仿，从未被超越。

《冷血》独创了一种文体——"非虚构小说"。将小说的想象力和文学描述与新闻报道的纪实性融为一体，开创了纪实小说的先河，人们第一次感受到一种类似超现实之美的阅读体验。

> 今晚，她把头发吹干、梳亮，又用一条薄薄的花色纱巾包起来，然后准备好明天早晨去教堂时穿的衣服：尼龙长袜，一双黑色的鞋子，一套红色天鹅绒礼服——这是她亲手缝制的最漂亮的一件衣服。下葬时，也是穿的这件。

充满细节的叙述，不动声色的白描，整个语调带有独特的魅力。在此之前，没有人看到过这样的纪实作品。卡波蒂的文学探索显然大为成功。他用小说笔法描写真实人物事件，令人着迷地将虚构与非虚构水乳交融，又不脱离核心事件的严肃性。最惊心动魄的死刑场面是这样描述的：

> 台阶，绞索，面罩；但在面罩被拉正之前，死囚将口香糖吐在了牧师伸出的手掌上。杜威闭上眼睛，他一直闭着眼睛直到听见了"砰！咔嚓！"两声，这声音宣告绳索勒断了脖子。

杜鲁门·卡波蒂　223

《冷血》成了 20 世纪 60 年代的现象级作品，被文学史公认为非虚拟小说的鼻祖和新新闻主义的先驱。随后几年，卡波蒂都被看作是美国乃至世界最负盛名的作家。根据这部作品拍摄而成的电影也被划入经典之列。主演菲利普·塞莫尔·霍夫曼借此拿到了七十八届奥斯卡金像奖最佳男主角。影片另外还获得世界级奖项的多项提名。

成名后的卡波蒂渐渐迷失了自己，他放浪形骸，从百老汇到好莱坞，沉溺在曼哈顿纸醉金迷的光影中。随后的十几年，卡波蒂再没有写出像样的作品。由于为写小说不惜牺牲名人的隐私，最后所有人都离他而去。

1984 年，五十九岁的卡波蒂因为饮酒过度死在朋友家中。人们记住的是他说过的一句非常狂妄的话："我是个酒鬼。我是个吸毒鬼。我是个同性恋者。我是个天才。即使如此，我还是可以成为一个圣人。"

人们看到的是一个迷失在名利场中的卡波蒂，可能事情并非那么简单，用他自己的解释是：他正在同时经历一场创作危机和一场个人危机。那时候，他陷入"创作紊乱"不可自拔。他阅读了自己发表的每一个字，产生了强烈的自我怀疑和否定。空前的抑郁折磨着他，一个巨大的问题困扰着他，这个问题是：一个作家如何才能把他对电影剧本、戏剧、报告文学、诗歌、短篇小说、中篇小说、长篇小说中所学到的全部内容成功地运用到任何一种写作中？这样的写作野心和对自己的苛刻最终压垮了他。

文学是他的赌注，这一次，他没能赌赢，而是彻底输了。

我相信每一个句子

2020年2月15日,我读完了卡波蒂的小说《蒂凡尼的早餐》。小说完成于1958年,三年后,派拉蒙公司拍摄了同名电影,女主角由奥黛丽·赫本饰演,顷刻风靡一时,给杜鲁门·卡波蒂带来了人生的巅峰时刻。这部作品的文体属于小说叙事的一种著名类型,与斯蒂芬·金的《肖申克的救赎》、毛姆的《月亮与六便士》属于同一模式——第一人称旁观者叙事。这样的叙事策略尤其适合改编电影,叙事带有个人主观情感,镜头视角独特而有个性,充满怀旧和感伤。

现在再读这部小说,你会感受到熟悉的清新和简洁,那种历史气氛的怀旧感像一部老电影。故事很简单:一个乡下女孩儿的纽约梦是如何破碎的。她率性质朴,老练世故,既虚荣,又善良乐观。表面上颓废放荡,看破红尘,其实内心挣扎着一个不凡的灵魂。这是一个形象丰富,又有层次感的人物。纯洁的放荡,是她的人设。作为文本细读,我在笔记本上记录了十一点小提纲,这部短小的长篇小说至今仍是一部经典的写作教材:

1. *经典开头*

"我总是禁不住要回到以前住过的地方去,回到那些房屋和附近街面上去。"这是一个关于回忆的故事,句式是典型的"蝴蝶梦"抒情笔法,代入感极强。所有的回忆小说都充满情感浓度,有斑驳,有伤痕,有"只是当时已惘然"的惆怅。故事的幕布就是这样拉开的。

2. 叙述动力

"那些日子,我从来没有想到要写一写郝莉·戈莱特利的事,要不是我同乔·贝尔的一次谈话勾起了我对她的全部记忆,我现在大概也不会动笔写的。"作者用一个细节或者意象,让悬念浮现,对人物充满期待:"就是这其中一个信箱,当初使我知道了郝莉·戈莱特利的存在。"

3. 描述人物特质

"她的身上却透着一种几乎像早餐麦片那样的健康气息,一种像肥皂和柠檬那样的清洁。""早餐麦片""肥皂""柠檬",三个比喻迅速让你感知人物特点:健康、清洁,通过味觉、嗅觉,触摸到一种形象。

4. 设计核心艺术元素

有一句歌词反复出现在小说里:"不想睡,也不想死,只想到天际的草原上去漫游。"这是精心设计的一个艺术元素,就像电影导演用听觉勾勒人物的气质。"这首歌似乎最对她的胃口,因为她常常在头发干了很久以后,在太阳下山以后,在暮霭中万家灯火亮了以后,还继续在唱。"这是声音氛围的营造,也是情绪渲染的精心选择。

5. 主人公出场

先是听到——后是看到——被门铃打扰——最后的闯

入——与叙述者建立关系。这种笔法很电影化,像一系列镜头的转换,有悬念,有期待,有惊喜。戏剧感丰富而有节奏。

6. 故事点题

"这些灯光,这条河——我爱纽约,即使纽约不是我的,有的东西必然是那样,一棵树,一条街,一幢房屋,因为我是属于它们的,它们也就属于我了。"小说的主题设定是人与城市之间的爱恨:关于纽约,关于这座城市,关于这里的生活。讲述的是女主对纽约的认同和依恋。

7. 诗意叙述

"这样,这些日子,这些最后的日子,在记忆中飘飘忽忽,隐隐约约,全都像秋天的落叶。直到那一天,那是不同于我所经历的其他任何日子的一天。"像叙述一个初恋的故事,那故事犹如漂浮在记忆天空中的风筝,遥遥地出现在我们的视线里。

8. 响亮的台词

拖泥带水的对话不是好小说,设计对话得像话剧导演,让每一句台词都抵达人心。"无名小姐,你知道你的问题在哪儿吗?你怯懦,你没有勇气,你害怕挺起胸脯说:'是的,生活就是这样的。人们相爱,互相属于对方,因为这是获得真正快乐的唯一机会。'你自称你有一个自由的灵魂,是一个'野东西',却害怕别人把你关在笼子里,其实你已经身在笼子里了,而且是你亲手建立起来的。"这根本不像日常对话,而是经过精心提纯的台词，令人怦然心动。

9. 无处不在的灵感句子

"她照着一面小镜子，抹了粉，把她脸上十二岁面容的一切痕迹抹得一干二净。"叙述简洁、果断、直接，一笔下去，仿佛拭去窗户上的雾气，顿时明亮起来。

10. 经典的主动句

"吉他灌满了雨水，雨水打湿了纸袋，纸袋破了，雨水洒到了人行道上，珍珠滚到了路沟里，狂风呼啸，猫乱抓乱叫。"所有的写作教材都提倡主动句，远离被动句。卡波蒂的写作是优秀的示范。感谢译者如此精妙地体会到了作家的语言特点。

11. 结尾意味深长

小说里有一只猫，我们不要忘了那只猫，就像契诃夫说的，墙上出现一把枪，后面一定得响。卡波蒂的出色之处就在于他处处灵光乍现，这个结尾意味深长：

"可是有一天，那是冬天的一个星期日下午，阳光普照，但天气很冷，我找到了它，它蹲在一间看上去很温馨的房间的窗台上，两侧是盆栽花木，背景是洁净的蕾丝窗帘。我不知道它如今叫什么名字，但肯定它已经有了名字，已找到了归宿。不管是非洲的茅屋还是别的什么，我希望郝莉也找到了她的归宿。"

我经常想，如果要上一堂写作课，无论是虚构还是非虚构，我都会将卡波蒂的作品当成分析文本，他处理题材的技巧和运用文字的才华实在惊人。村上春树是《蒂凡尼的早餐》的日译者，为了翻译这部作品，他反复读过好几遍文本。每一次读到这部作品，都为它精心打磨、简洁洗练的文字折服，甚至百读不厌。这是一个"美好而变幻无常的世界"，村上春树说，就像一个童话，"真正优秀的童话能够以它独有的方式，给予我们生活下去所需要的力量、温暖与希望"。他说高中时第一次读到作家的英文版短篇小说，觉得太绝望了，自己无论如何写不出这样的作品。"我在二十九岁之前都没有试图写小说，就是因为数次经历了这样强烈的体验。"因此，他一直认为自己没有写作才能。村上春树引用诺曼·梅勒的话："与我同辈的作家当中，卡波蒂是最接近完美的，他遴选一个个词语，节奏之间环环相扣，创造出美妙的句子。《蒂凡尼的早餐》没有一处用词可以替换，它应该会作为一部绝妙的经典留存下去。"村上春树显然也把这部小说当成了学习教材。熟悉村上春树小说的读者一定从他的风格中找到了秘密出口。那种气韵，那种语调，那种情绪，分明识别出卡波蒂的基因。

卡波蒂说过一句很自信的话："我对写作的理解很深。"读过他的文集，你会觉得这句话他配得上。他修改过程很苛刻。他会推敲每一个小小的细节，甚至标点符号也不放过。从一个句子内在的气韵，到故事的框架，极为细心、耐心。他喜欢在写作进入佳境之前把结尾写好。这结尾，如同方位基点，引导他向最终目的地而去。

全世界的记者都该感谢卡波蒂，正是他对非虚构写作的不懈探索，让新闻写作成为文学。他是一个文学的绝对信仰者，信仰文字的技巧和叙述的控制力，这种"控制力"，用他的话指的是"始终在风格上和情感上掌控你的材料。我相信一个句子——尤其是临近结尾的句子,如果乱了一处节奏,或者分段失败,甚至标点有误,就可能把整个叙事给毁了。亨利·詹姆斯就是善用分号的大师"。在他看来,"海明威是一流的分段行家。从听觉的角度衡量,弗吉尼亚·伍尔夫从来没写坏过一个句子"。他研究分段,他从听觉衡量句子,只有天才的作家才如此深刻地信仰文字的力量。

"大多数的作家都写得太多了,哪怕是最好的作家。我更愿意少写一些。要像乡间的小溪一样简单、清澈。"读完了上海译文出版社出版的《卡波蒂文集》,我不禁掩书长叹,很显然,杜鲁门·卡波蒂被世界文坛和汉语世界严重忽视了,这个一流文体家的作品值得我们一读再读。

阅读参考书目

[美]杜鲁门·卡波蒂:《别的声音,别的房间》,李践、陈星译,南京大学出版社,2011年。

[美]杜鲁门·卡波蒂:《蒂凡尼的早餐》,董乐山、朱子仪译,南海出版公司,2010年。

[美]杜鲁门·卡波蒂:《冷血》,夏杪译,南海出版公司,2013年。

[美]杜鲁门·卡波蒂:《肖像与观察:卡波蒂随笔》(上、下),吕奇、宋金译,上海译文出版社,2020年。

[美]《巴黎评论》编辑部:《巴黎评论·作家访谈》,黄昱宁译,人民文学出版社,2012年。

詹姆斯·索特：
你所爱的一切都危如累卵

詹姆斯·索特（1925—2015）

他所写的一切都是挽歌

詹姆斯·索特的小说《光年》我读了三遍,这是一本少有的我舍不得读完的书。这本小说创作于 1975 年,四五十年前的文学已经达到了如此撼人的高度,想到这个我就觉得绝望。前两天又买了一本企鹅英文原版,我准备对照着译本接着读。歌德说只有懂外语,才能更深刻地理解母语。顾彬说在德国,最好的翻译家都是最好的小说家,最好的小说家都是最好的翻译家。我总觉得翻译是最好的学习者,最善于文字的雕琢。《光年》译者孔亚雷是我喜欢的一个优秀译者,他自己也写小说。一万多字的《译后记》他写了半年,这样的译者令人尊敬、放心。我相信好的译者的独到眼光和品位,追着读了他所有的翻译作品:保罗·奥斯特《幻影书》、莱昂纳德·科恩《渴望之书》、杰夫·戴尔《然而,很美》,每一本都符合胃口。我对孔亚雷说过的一句话印象深刻:"不想浪费生命,哪怕只浪费一丁点都不想。"

2016 年,孔亚雷搬进了位于莫干山脚下的一个废弃的农家小院。

它坐落在一个湖边的小村庄,被波浪般起伏的青色山丘所环绕。那是一栋小小的、两层楼的老房子:石头基座,黄泥墙,木梁，灰瓦，一个面对竹林和茶园的大院子。[①]

孔亚雷说过他从来不接受出版社的邀约，翻一本书像找一个爱人，看中了谁，向出版社推介，他只相信自己的眼光。抑制不住的冲动是一部作品翻译成功的标志，他把翻译看作一种最大限度上的精读，是一种文学课，是另一种创作。每个伟大的作家都会创造出一个独属于自己的世界，而这个世界——其中唯一的色彩、气味、声音甚至触觉，并不会随着阅读的结束而完全消失。译者是文字工作者或语言文学领域的"炼金术士"。读孔亚雷那些精妙的翻译文字，从容、沉静、轻盈，我能感觉到山下那个小村庄里一个匠人的"对语言有着偏执狂般的挑剔与苛求"。在那个浸润着江南水汽的清静之地，一盏孤灯，一个身影——面对一望无际的文字之河的跋涉者和摆渡人孤独的身影。卡尔维诺说："翻译是最彻底的阅读，必须在阅读文本的时候，理解每一个单词的含义。"孔亚雷翻译文字的转移、修炼、搭建，让汉语世界充盈丰富起来，读这样的书，在贴近世界，走进内心，与遥远的文字一起呼吸、摇晃、沉溺。

从译者到作者，如果都是这么令人着迷，读这本书就会像灵魂出窍。《卫报》评价《光年》像《了不起的盖茨比》一样迷人，《革命之路》一样凄切，《兔子，跑吧》一样敏锐。虽然三部小说的主题有相似之处，但我觉得风格完全不同。《光年》更像一首长诗。《纽约客》评价："在当代小说家中，我不知道谁写出了比《光年》更美妙的作品。"是的，有些小说只能用"美妙"这个词。我们直到

[①] 《南方人物周刊》，2018年9月。

近半个世纪后才翻译过来，实在有些迟。

詹姆斯·索特确实没火过，这位成长于纽约曼哈顿，毕业于西点军校，当过空军军官和战斗机飞行员的作家一直籍籍无名，作品也极少。1957年出版长篇小说《猎手》后退役，开始全职从事写作。作品有长篇小说《一场游戏一次消遣》《光年》《独面》《所有一切》，还有短篇小说集《暮色》《昨夜》，回忆录《燃烧的日子》等。索特的作品文字精巧，结构考究，不仅将极简主义风格发挥到了极致，而且对小说文体有新的开拓，也被誉为"作家的作家"。2012年，他最后一部小说《所有一切》出版，在英美刮起"詹姆斯·索特风"。最让人们愤愤不平的是，索特为什么成为20世纪最被低估和忽略的美国小说家，因为在许多同行看来，其在文学上的造诣和影响丝毫不亚于索尔·贝娄、厄普代克、菲利普·罗斯这些当代美国文学大师。

我的枕边一直放着一本书，是一位美国女作家凯蒂·洛芙写的《暮色将至：伟大作家的最后时刻》，女性手笔，文字温润而抒情，属于那种她自己书中所说的："那些词语改变人心，让人驯服。"当她用文字勾勒作家们的最后时刻时尤其如此。凯蒂·洛芙把詹姆斯·索特放在书的最后当作尾声，因为在她采访他六个月后，索特在健身房突发心脏病去世，享年九十岁。在她眼里，这位耄耋之年的老人不失俊朗，风度翩翩，格局很大，目光长远。我甚至觉得凯蒂·洛芙不仅爱上了索特的文字，对他本人也倾心不已。"他写下的光芒四射的句子比任何活着的作家都要多。"很少有人不会对索特的句子着迷。

索特的行文风格酷似电报式的极简主义，喜欢碎片化的拼接而远离完整叙事，他用诗意的语言对琐碎的日常生活不厌其烦地进行迷恋式描述。凯蒂·洛芙说："他所写的一切都是挽歌，都是在赞颂一个处于正在失去的过程中的瞬间。黄昏是他的语言。"索特希望用语言留住曾经美好的一切，怀着忧伤的留恋和感伤。他是一个悲天悯人的大师，对人间的一切充满同情。

"生于一次战争之后，另一次战争之前。"《光年》里的丈夫叫维瑞，一个优雅的犹太建筑师。"她有张大嘴，一张女演员的嘴，迷人，光亮。腋窝里的黑点，呼吸带薄荷味。她天生不羁。"妻子叫芮德娜。他们居住在一幢维多利亚式的大宅里，两个女儿、一辆车、两三个好友、一只狗、一只兔子、一群母鸡、一匹马。平稳富足的中产阶级生活。故事从夫妻七年之痒开始，显然，像大多数婚姻一样，这时候的爱情已经所剩无几，危机就此出现。他出轨了，似乎为了证明，为了填充缺失，为了对抗对妻子的依赖，一切都像是人到中年焦虑的产物，虽然"充满了秘密、欺骗"，但"这让他完整"。而芮德娜的外遇也已经很多年，相反，她没有任何道德负担，自在满足又充实，完全出于对性和爱本能的体验与索取。如何用生活来对抗生活？如何用平庸抵御平庸？索特一而再再而三地提问，他不给答案。幸福究竟是什么呢？"没有幸福像这种幸福：寂静的清晨，来自河流的光，周末就在眼前。他们过着一种俄国式的生活，一种丰美的生活，彼此紧密交织，只要一次厄运、一个失败、一场疾病，就会将他们全部绊倒。它就像件衣服，这生活，外面美丽，里面温暖。"

在《巴黎评论》的一次访谈中，他试图解释他的思考和答案：

> 这本书是婚姻生活中的那些磨损的石头。所有那一切都是美丽的，所有那一切都是平凡的，所有滋养或者导致萎缩的一切。它持续数年、数十年，最终匆匆而过，就像从火车上瞥见

的那些事物一样——一处牧场、一排树木、黄昏时窗户里亮着灯的房屋、陷入黑暗的市镇、一闪而过的那些站台——所有没有被写下的东西都消失无影,除了一些不朽的瞬间、人物和场景以外。动物死了,房子卖了,孩子们长大了,甚至那对夫妇本身也已经销声匿迹了,但是这首诗尚在。①

离婚获得自由的芮德娜像一个真正的英雄:她熟悉的每个人、每件事。所有的悲伤和快乐,根本来不及做你的陪葬,就已提前消散,除了一些零星的碎片。她便活在那些遗忘的片段中,那些失去名字的陌生面孔中,她已被自己创造的那个独特世界排除在外。人生终将如此。"我们制造自己的安慰。"索特说。他的作品数量并不多,但它们所具有的"不寻常的精妙、智慧和美妙"迷住了很多人。苛刻的苏珊·桑塔格说,对于那些会从阅读中获得强烈乐趣甚至上瘾的人来说,他是一个特别令人满足的作家。

詹姆斯·索特应该满足,他以两个称谓享誉世界:战斗飞行员作家、作家的作家。人们熟知的另一位飞行员作家是《小王子》的作者圣埃克苏佩里。詹姆斯·索特高中毕业于著名的私立学校霍瑞斯曼,与杰克·凯鲁亚克同校。因为父亲的建议,他进了西点军校,毕业后成为一名飞行员,驾驶过美国空军第一代喷气式战斗机 F-86。他的第一部小说《猎手》便直接取材构思于近百次战斗任务。

---

① [美]凯蒂·洛芙:《暮色将至:伟大作家的最后时刻》,刁俊春译,中信出版集团,2018 年 5 月。

"我相信人应该有正确的活法和死法"

我一直在期待索特的最新长篇小说《这一切》的中译本，他已经 88 岁，这是他最后一本书，也是继 1975 年的《光年》之后，三十多年来出版的首部小说。它的出版成为当年一个重要的文学事件。2021 年，我网购了英文版，囫囵吞枣地读了半本。2022 年 2 月，中文版问世。我郑重地放在枕边，很长时间舍不得读它。

小说主人公是一位经历过二战的纽约出版社编辑，故事包含了所有索特式元素：洗练而有磁性的文字、绝佳的电影画面感、令人心悸的爱与背叛，但语调更为放松而苍凉，就像一位看透一切，疲倦，但仍然风度翩翩的老绅士。我再次读到了他小说中熟悉的主题：寻找生命中唯一的勇敢。

一艘驶往冲绳的舰艇上走下来主人公菲利普·鲍曼，他是一名海军军官。"二战"接近尾声，这是他的背景和坐标。回到社会，他的人生才刚刚开始。他成了一名出版社编辑，结婚，离婚，新的女人，新的恋情，总是新鲜的激情，总是不倦的追求。在最心仪的女人到来时他遇到了最意想不到的背叛，这是一个转折。身边的所有都在渐行渐远，朋友隐去，父母离世，皱纹爬上脸庞，健康也在远去。他的归宿在哪？这是一个人的一生，无数动人心魄的细节铸成史诗般的品质，随着人生场景和情感灰烬的蔓延，勾勒出人间百态的生命轮廓和存在光辉。这就是我们拥有的生活，这就是一切，也是一个耄耋之年的老人留给世界最后的遗书。我们再一次读到了"黄昏般的语言"："会有一段时间，通常是八月底，夏天以一种令人目眩的力量击打着树木，它们枝繁叶茂，但突然有一天就奇怪地静止下来，好像它们本来充满期待，却在那一刻恍然大悟。它们都知道，所有东西都知道，甲虫、青蛙和庄严地走过草坪的乌鸦，它们统统知道。太阳攀至天顶拥抱着世界，但它行将落幕，人们所爱的一切都处在危险之中。"生命就像一条河流，就这么顾自流着，遇到，告别，有时候拖泥带水、一地鸡毛，有时候澄澈、明朗，快乐得抬头高唱。该来的都会来：负担、问题、深渊，但一切总会逝去。

在1993年《巴黎评论》的采访中，詹姆斯·索特说："我相信人应该有正确的活法和死法。"《这一切》做了总结，《光年》则是一种提问。《光年》中的芮德娜人生也是一种英雄主义，她所作出的选择在常人看来是如此的"不合时宜"，中国人叫"作"：年过四十，没有稳定收入，却果断离开安稳的家，去寻找自我的新生活。芮德娜离婚后，光芒才刚刚显露。她感觉自己被净化了。日子就像采自一个永不枯竭的采石场。填入其中的有书籍、家务、海滩和偶尔的几封邮件。坐在阳光下，那些邮件她读得缓慢而仔细，仿佛它们是来自国外的报纸。

从小说里，我们被一种勇气所打动。她无法容忍在婚姻里失去自我，即便是作为一个母亲，但也不能因母爱失去自我。索特赋予笔下的女主人以非凡的力量。挣脱安稳的家庭，把自己摔进无常。很可能这是索特的一种理想，或者一种游戏。如果这样打破自己惯常的人生如何？芮德娜死于秋天。她才四十七岁，依然美丽——她将永不衰老，因为她已竭尽全力地投入生命："一种收获和丰饶感充盈着她。她无事可做，她等待着。"就像在说詹姆斯·索特自己：2015年，他逝世于纽约，九十岁。早在四十年前，他就已经提前想象了这种平静，在芮德娜人生最后的夏天：

像马塞尔-马斯一样,她也抵达了。终于抵达了。一个疾病的声音在对她说话。那就像上帝的声音,她不知道它的来源,她只知道自己被召唤了……她突然感到一种平静,那种伟大旅程走向结束的平静。

索特是一位失败的电影编剧兼导演,共写了十六部电影剧本,但只有四部开拍。唯一的导演作品,改编自欧文·肖同名短篇小说的《三角关系》,也反应平平。电影带给他最重要的,是一种极具画面感的新文体。比如《光年》中的句子:"他仔细地阅读菜单,读了两遍,像在寻找什么莫名其妙丢失的东西。侍者立在他的肘边。"一个静止的横切镜头,奇特而有效。我们看不到面孔或表情,也不需要看到——菜单一角、僵硬的肘部、侍者制服上的纽扣,全都散发出微妙的焦躁与等待。

"猫进了房间,坐在窗台上,看着窗外。"这是典型的索特文字。非虚构作家菲利普·古雷维奇在《暮色》的前言中谈到索特的写作特点:奇特的、毫无准备的突然离题和插叙,闪电般照亮一切(但又立刻熄灭)的真相,大幅度的犹如时空黑洞的情节省略……[①]或者,按《华盛顿邮报》的说法是:"他用一句话就能让你心碎。"有人总结他关于写作最重要的经验是:把写作浓缩为最本质的东西。坚持正确的词,并且记住"少即是多"。一个情节可以同时是一条直线和一幅拼贴画,而张力和透视是流动的;还有,伟大的艺术可以从日常生活中产生。

---

① [美]詹姆斯·索特:《暮色·前言》,雷韵译,海南出版社,2022年1月。

《光年》下面这段话不知道他会雕琢多久：

> 他们的生活很神秘，就像一座森林。从远处看仿佛是个整体，可以被理解，被描述，但靠近了它就开始分离，开始破碎成光与影，让人目眩的茂密。在它内部没有形状，只有四处绵延的大量细节：奇异的声响，几缕阳光，枝叶，倒下的树，被树枝折断声惊逃的小兽，昆虫，寂静，花朵。而所有这一切，相互依存，紧密关联。一切都在欺骗。实际上有两种生活：一种，正如维瑞所说，是人们相信你在过的生活；还有另一种，惹麻烦的，正是这另一种——我们渴望去过的生活。

索特文字如果想抄录的话，得抄整本书。有人说读他的书太累，因为他几乎从不浪费任何一个句子。

《光年》中，刚刚与情人缱绻之后的芮德娜走出房门，我们的整个阅读会被一种画面感和诗意所充斥：

> 她浑身充溢着一种安宁和成就感。她已经接收了精华，现在她将其放射出去，像一块石头被焐暖了留待晚上睡觉。她从边门离开。古老的大树占满了人行道，巨硕的大树，树干像爬行动物般粗糙。只掉了几片树叶。天气仍然温煦，夏日的最后时光。

索特式比喻无与伦比；他的暗喻尖锐、锋利、直接；他的写作几近白描，有着几乎零度的感情，冷静、残忍；他的文字直接、干净，有着决绝的武断。有时候，深情突然宕开，却像一首挽歌：

后来他们默默躺了很长时间。什么都没有了。他们的诗散落在他们周围。时光无处不崩溃,已经像纸牌般倒下。房间的空气中有股寒意。他把被子拉上来。她纹丝不动,好像睡着了。他摸了摸她的脸。它被泪水浸湿了。

好的文字需要好的译者,我们得感谢译者孔亚雷,在莫干山下的隐居中,他翻译的文字也带有索特的气质,正如他感悟的:索特的文字和叙述方式都弥漫着颓废贵族式的优雅、唯美和放荡不羁。而电影人的经历则赋予这种风格一种无与伦比的质感和分寸,让人恍若置身于克洛岱尔所说的——"必要性的天堂"。

阅读参考书目

[美]詹姆斯·索特:《光年》,孔亚雷译,广西师范大学出版社,2018年5月。

[美]詹姆斯·索特:《一场游戏一次消遣》,杨向荣译,广西师范大学出版社,2019年9月。

[美]詹姆斯·索特:《昨夜》,张惠雯译,海南出版社,2021年11月。

[美]詹姆斯·索特:《这一切》,刘伟译,海南出版社,2022年2月。

[美]詹姆斯·索特:《暮色》,雷韵译,海南出版社,2022年1月。

[美]凯蒂·洛芙:《暮色将至:伟大作家的最后时刻》,刁俊春译,中信出版集团,2018年5月。

理查德·耶茨：
　　我们绝大多数人
都生活在无法逃脱的孤独中

理查德·耶茨（1926—1992）

无希望的空虚

进入新世纪，耶茨仿佛被重新发现。他属于受人尊敬而又备受冷落的一种类型——作家中的作家。美国《老爷》杂志干脆称：理查德·耶茨是美国最不出名的著名作家之一。

在写出《革命之路》之前，理查德·耶茨一直过着狼狈不堪、一地鸡毛的生活。1951年4月，理查德·耶茨从纽约坐船去了巴黎。这是他第三次走进巴黎，第一次是童年，第二次是二战当兵的时候。那时候巴黎对许多美国青年而言是一个梦幻之都、艺术之都，是海明威笔下的"流动的盛宴"，耶茨的文学生活由此开始。

他是一个酒鬼，住的房间混乱不堪，除了一张写字台，到处充斥着死去的蟑螂、各种酒瓶子，窗帘被烟熏得看不出颜色，他和一些书相伴，在烟雾缭绕中不停地写作，周围荒凉得令人惊悚。等待他的是不停地退稿，终于在十四篇短篇小说之后，第十五篇小说——他称之为"流水线上的十五号"，被《大西洋周刊》刊用了，这是耶茨一生中极为重要的闪光时刻。第一笔稿费是二百五十美元。随后，一篇篇短篇小说开始发表出来，并很快引起注意，直到一位出版商提出想要一部长篇小说。十年后，1961年，《革命之路》诞生了，有评论认为与其说这部小说开创了其作家的生涯，毋宁说发挥了终结的作用，因为其后他的所有作品再也没有超越这部作品。

1953年9月，耶茨从欧洲回到美国，为一家商务巨头雷明顿兰德公司写广告文案。多年以后，他说这活儿只占用了他大概一半工作时间，却养活了一整本的《革命之路》，这本日后令人惊艳的小说完全产生于业余时间。那时候，他和妻子、女儿在康涅狄格州雷丁的一所牧场房子里生活了一年，远离大都市的郊区生活封闭而寂寞，像所有中年夫妻一样，争争吵吵，冲突不断。《革命之路》几乎是他生活的真实翻版。

主人公叫弗兰克·维勒，他和妻子爱波生活在康州郊区，位于一条名叫"革命之路"的马路尽头。小说以一场演出开场，以一场演出结束。开篇，当地业余剧团正在表演一出话剧《化石森林》，爱波是主演。这个夜晚是一场灾难——演员们慌得不知所措，台词说得七零八落。演出过后，沮丧不已的爱波与弗兰克大吵一场，此时的她完全不需要安慰。青年夫妇的歇斯底里常源于意气用事。

弗兰克在纽约为一家公司工作，无聊而且乏味。他有自己的梦想，当爱波提议全家迁往巴黎的时候，他的梦想也被爱波的话点燃了。"你真的要去做七年前就该去做的事情了，你会寻找到自己，会去阅读、学习、长久地散步、思考。你会有空了。"从这些表达里，你发现弗兰克有一个文学梦想，他就是作家耶茨本人。而人到中年的弗兰克对这一变动却充满疑虑，对未来的不确定性充满恐惧。

> 当他一个人睡在卧室里，这个眼神整晚困扰着他；当第二天早晨他喝着咖啡，然后爬上窄小的旧福特去赶火车，这个眼神在脑海里萦绕；当他坐着火车去上班，这个眼神依然阴魂不

散。他是其中最年轻、最健康的乘客之一，但他坐在那里就像经受着一场非常缓慢的、毫无痛苦的死亡。就在这一瞬间，他感觉自己已经步入中年。

婚姻已经失去激情，弗兰克一直被内心的焦虑所撕扯，梦想逃离，追求婚外恋，同时又小心翼翼地呵护着生活的稳定。就在这个时候，爱波意外怀孕。弗兰克好像如释重负，计划终于可以推迟了。"压力解除了，感谢生活又回到了常态。"爱波执意放弃这个孩子，她在家中给自己流产，死在自己手里。孩子被送去和弗兰克的兄嫂生活，弗兰克在公司里得到了提升。

这是小说简单的故事情节，但耶茨的结构能力和叙述技巧令人震惊。语句有着优美的铺陈和沉着，整部作品笼罩着一种既超越又沉浸的压抑感。仿佛一种轮回的命运感一直压迫着你。

在他们把目光投注在日历上之前，他们心里只有慌乱。是慌乱把她推到药店里……是慌乱在那晚把他推到厨房……是慌乱让两人笼罩在炖菜的蒸汽中冷漠对视……但是到了同一天深夜，当他们翻看日历的时候，慌乱就淹没在一行行整齐排列的日期里。

耶茨用一种"残酷的叙事"揭开了20世纪50年代美国中产阶级家庭的日常悲剧。正如耶茨自己说的："我笔下的人物都在自知与未知的局限内，风风火火地想要做到最好，做那些忍不住要做的事，可最终都无可避免地失败，因为他们忍不住要做回自己原来的样子。"耶茨的笔无情地剥开了生活内里的残忍和虚伪，歇斯底里的家庭主妇与愤怒却软弱的男人常常剑拔弩张。耶茨个人生活的体验为小说注入了最为感性的细节，但他的野心更大，试图用这部小说作为"20世纪50年代美国生活的控诉书"。这是一个酝酿风暴的时代，二战以后的美国进入空前的富足和安逸，中产阶级迅速崛起，而内在的渴望需要某种突破口。"我起这个书名是为了暗示，从1776年开始的革命的道路在50年代已经几乎走到了路的尽头。"小说中用一个疯子的话说出了一句对整个时代的感受："好无希望的空虚。"而日常生活中的绝望在他的笔下处处惊心动魄。让人读了心痛而沮丧。他的笔直入内心的荒芜和人性的真实，并残忍地一一引爆，人性的自私和局促不安，虚伪和自恋被写得入木三分。《革命之路》被誉为那个时代的《了不起的盖茨比》。如同菲茨杰拉德的作品定义了"爵士时代"的失落感，耶茨的作品也深刻地定义了所谓"焦虑时代"的失落感。他那悲天悯人的文笔和敏锐的观察力，让他的作品具备了史诗的价值。

这是一个焦虑的时代，而耶茨正是这种焦虑的忠实记录者。他的人生和作品也很像雷蒙德·卡佛。"这是卡佛式的不幸世界，但没有卡佛式滑稽的黑色幽默或者后来的希望，这是个有意不显得离奇或者别致的世界，只是平常，悲伤，无可逃避。"那一年，《革命之路》和《第22条军规》以及《看电影的人》一起进入国家图书奖的决选名单。这是耶茨文学生涯的最高峰。

我们读到《革命之路》中译本时已经是21世纪第二个十年了。我一边读一边想起我买的第一处房子，选择的理由之一就是因为通往小区有条长长的马路，怀抱粗的杨树遮天蔽日，沿着这样的马路回家该是多么浪漫的事，这是我的"革命之路"。21世纪最初的几年，北京房价虽不像现在，但首付已用光了我们所有的积蓄。那时候，生活仿佛刚刚开始，装修的每一个细节，购买的每一件家具，都亲力亲为精心设计，乐此不疲。楼上的客房设计了榻榻米，全木制原色装饰，木本色和白纸相间的推拉门，想着一家人经常围坐在一起或躺或卧，读书，听音乐，其乐融融。结果第一次请同事来"暖锅"，木制的暖气罩就被调皮的孩子一脚踹断。两家老人来的时候都睡在这里，他们可没有那么诗意，一直在抱怨榻榻米睡着太硬了，起卧都不方便。北边有个宽大的露台，放了摇椅，天晴的时候可以看到北京西山。青石板都是自己刷的清漆。那时候，生活的教训就是交学费。新家的新鲜度还没有过去，婚姻就亮起了红灯，与《革命之路》里的夫妇如出一辙。"革命之路"的尽头，家庭既是开始也是结束。再稳固的家也会有漏雨的时候。很遗憾，我们没有走出中产者的中年危机，源于人性的荒野，源于自尊的无畏，源于年轻时对悲剧性的崇拜。年轻时总是智慧不够，与耶茨笔下的悲剧相通。

2008年，全球爆发金融危机，源头正是美国。导演萨姆·门德斯从《革命之路》获得灵感，半个多世纪之后，金融危机之下的美国中产阶级仍然没有走出"革命之路"。他请来莱昂纳多·迪卡普里奥和凯特·温斯莱特联袂主演了这部片子。这是二人继《泰坦尼克号》后的再次合作，凯特·温斯莱特凭借该片获得了第66届美国金球奖电影类最佳女主角奖。

我是2020年看到这部片子的，这一年，又一部类似题材的电影《婚姻故事》获得第92届奥斯卡金像奖最佳影片提名。比较看这两部片子很有意思，与《革命之路》一样，《婚姻故事》也是"两个文艺青年的婚姻消亡史"。先是无可救药地相互吸引，相互欣赏，坠入爱情，走进婚姻。然后发展成离婚时的丑陋无比，剑拔弩张。电影大量的镜头直指婚姻生活中琐碎而暧昧的真实，将其中的种种甜蜜和痛点全都撕开来展示，真实、细腻、全面、立体。既残忍又温馨，既幽默又戏谑，既反讽又怜悯，导演通过无数生活与心态的细节，反映出世间所有婚姻共有的酸甜苦辣。其中还有一个重要视角是它近乎全景式、科普式地展现了"美国式离婚"的那套复杂、漫长、煎熬且有些许荒谬的制度。法律是以人性恶为前提的，而婚姻中人首先是亲人，这就成了悖论：在婚姻中双方理所应当地指责，占有，附属，改变。而婚姻中的妥协显而易见，婚姻中的包容显而易见，婚姻中的尊重显而易见。作家阿兰·德波顿在《爱情笔记》里写过一段经典的思考："成熟的爱，其原理是——敏锐地觉察到每个人的优点和缺陷。它充满自我节制，不会将事物理想化，能够摆脱嫉妒、受虐狂或痴迷的困扰。"[①] 要做到这一点，就须洞悉人性的缺陷和男女相处的必然冲突，知易行难。

从《革命之路》到《婚姻故事》，你会发现人类社会的科技、文化、经济突飞猛进，而人性以及婚姻观念并没有任何进步。想到此处，总会悲从中来。耶茨真的不是一个给你糖的作家，他的作品是药，苦口，但治愈。

一个令人不安的世界

多少年后，人们终于意识到忽视了一位卓越的天才，《泰晤士报》

---

① ［英］阿兰·德波顿：《爱情笔记》，孟丽译，上海译文出版社，1993年11月。

充满遗憾地宣称:"他是一位被遗忘的最优秀的美国作家。"耶茨文笔精妙,但笔调本质上还是现实主义的,对于坚持自己的写法,耶茨根本无意辩解:"我努力了又努力,但还是读不进去那些被称为'后现实主义的小说'……我知道那都是很流行的东西,我知道它给研究生们源源不断地提供了机智的知识分子式难题、双关语、乐子和游戏,但那些在感情上是空虚的,缺乏真情实感。"[1] 有评论称他笔下的角色是"无形的人,地位不稳,未能坚持自己的权利或者掌握自己的命运"。他笔下的人好像一直没有得到机会:他们也许会遇到古怪的事,但是他们从来不够古怪,从来不够悲剧和糟糕,以造成观念的变化……一个悲伤、灰色、死一般的空洞世界——随着年岁增长而并未成熟。这就是耶茨的世界,一个令人不安的世界。

> 他不急不躁地把音乐盒慢慢倒着演奏,似乎想让自己永远记住这声音,细细的旋律,忧郁的乐曲,他由着它唤起了一幅情景——克丽斯汀躺在他怀里喃喃地说:"哦,我爱你。"因为他想把这记住,然后他松开手,让音乐盒掉进垃圾堆。

这是耶茨小说《恋爱中的骗子》里的结尾。耶茨的文字令人着迷,那种冷漠、嘲讽和不动声色,具备某种天空般的凛然。上海译文出版社出版了他所有中译本,我一本本买齐,通读,并作为写作教材逐本拆解,像一个喜欢积木的孩童,充满乐趣。

---

[1] [美]斯图尔特·奥南:《失落的理查德·耶茨世界》,孙仲旭译,载于《波士顿评论》1999 年 10—11 期合刊。

2020年3月6日，读毕耶茨《天命》(*A special Providence*)，我以为该名或可译为《天注定》或《命中注定》。这是耶茨第二部长篇，写的是鲍勃和艾丽斯母子的故事，依然充满宿命的绝望，他笔下没有一个人物是可爱、受人尊敬的。他们平凡却好高骛远，有一颗不甘的心，他们永远不成功，永远是倒霉蛋，耶茨像上帝一样在俯视着他们，没有爱，只有怜悯。读他的书，憋闷、沮丧、难堪，全是失败的人生、无聊的人生。《天命》的题词来自奥登："我们的生活，为我假装理解的力量所操纵。"这是耶茨书写的主题。全书的背景是1944—1946年的二战。第一部儿子在前线苦战，第二部母子相依为命，第三部儿子得胜归来。一个十九岁士兵的战时经历，他笨，无能，被裹在战争机器里，狼狈不堪。耶茨的叙述技巧即使通过中译本仍然可以感受到。笔法简练、坦率、悲伤，有着独特的架构、人物和写作手法。家庭生活中普普通通的悲伤是他不变的主题，没有超小说乃至现代派的招数，但每一个句子绝不平铺直叙。他有着悲天悯人的绝望，经常是几句话把人性中最不堪的一面显露出来，震撼心灵。我总结了几条最具耶茨特色的叙述技巧：

1. 将来进行时。这是耶茨用到炉火纯青的一种叙述技巧。那种推测性的现实还原，将人物内心想象悲剧性揭示出来。

    明天，她会让他睡到很晚，再把他轻轻唤醒。他们会一起吃一顿杂乱而贫乏的早餐，再一起上教堂。她当了一辈子异教徒，只是最近几年才发现了圣公会的礼拜，她会在做礼拜时哭泣（我总在教堂里流泪，亲爱的，我就是忍不住，我不是有意让你难堪的），然后带着焕然一新的心灵，他俩会搭乘地铁或公交去拜访那些据说等不及要见他的人——那些会说出"雕塑家爱丽丝·普伦蒂斯"的人，而且他们很可能也会像她一样温和、困惑、快活得可悲。

2. 建立时空变换的叙事坐标，产生强烈的对比和反差。

　　星期一一早，残酷的现实就会迅速重新占据他们的生活——步兵营和打磨镜片的工厂——可在那之前……在那之前，他依然可以酣然睡去，置身于一片宁静祥和之中，感觉荣幸而安全。他回家了。

3. 意识瞬间地放大，有效扩展了句子的叙事内涵。

　　她在为他解自己的胸罩，他不知道该不该说：……也不知道她是否会在他怀里抽泣着说：……更不知道在那之后，他们会站在门口浪漫地紧紧相拥，深情的告别，说好会互相写信，问题是，她的舌头已经伸进他嘴里了。

4. 将来完成时——用想象性叙述扩展内心现实。

　　三点刚过，她走着走着，渐渐意识到自己能做什么了。她要到门口去等鲍比，不，还要更好，她要穿上她的雨衣，到邮政路对面去等他。他回来时会说："你怎么在这儿？"而她则会回答："没有别的，只是想来等你。"他们会一同穿过马路回家……

5. 过去将来时——成为叙事推动力。

　　可她不会立刻就把一切和盘托出，她会把两件雨衣用衣架仔细挂起来晾好,再问他今天在学校怎么样。但等到他第二次问她是不是出了什么事的时候,她就会崩溃:她会跪在地上,用胳膊搂住他,她会把他拥在怀里,紧贴着自己,然后——她知道那时她应该已经哭出来了——然后她会说:"噢,鲍比,他走了。他离开我们,再也不回来了……"她就是这样打算的,一切也正是这样发生的。

6. 近乎本能的排比句式,层层强化情感力度。

　　这件事最终也像奎因特死后的每件事一样,像战争本身一样:没有清算,没有答案,没有证明。——什么也无须清算,什么也不必证明。最终一切都会好的,只要两条好汉到谷仓背后一决雌雄,只要一位母亲跪在地上向上帝致以全部的谢意,只要电台播放《星条旗》。

7. 用时间的处理方式完成故事的叙述,追求永远独特的语态,耶茨的语态。

　　他也不知道,那天——还有当天夜里,当他,沃尔克和米勒半醉半醒地坐在某间德国客厅的软垫座椅上,每人腿上坐着一个扭动的俄国姑娘时,以及再后来,当他牵着自己那个姑娘的手,带她走出房门,来到幽暗芬芳的草地上一处隐蔽地带时,他能清楚意识到的只有一件事,那就是他今年十九岁,战争结束了,他还活着。

有人评价说,耶茨的小说散发出一种卡佛式的绝望和动人,有着一种契诃夫式的忧伤和宿命论。他坚持描写粗粝的现实。这一现实是，失败比成功要常见得多，人们只能忍耐下去。家庭与爱，维持不易，经常也不可能。没有人因为幸运而获救，或者因为天公开眼而化险为夷；一个人的运气通常不会变，只会沿着一条道走进死胡同。耶茨笔下的人物在表现得最糟糕时，像镜子一样，反映的是我们的弱点：被动，犹豫不决，自怨自艾，愚蠢。[1]

读完耶茨，我经常是一身冷汗。你会惊叹于他在揭露人们自欺欺人和面对失败时的迷惑时，那种完全不留情面的残忍。所有人都是咎由自取，他笔下的故事痛苦而悲哀，到最后，读者完全得不到治愈。你会发现，我们跟他笔下的人物一样，有着同样的梦想和恐惧——爱和成功被孤独和失败所抵消。[2] 他把孤独当作唯一的主题，用他语调朴素却意蕴深刻，充满张力的文字，用一个个看似平淡却又危机四伏的故事，将生活困境中的命运皮影戏般演绎出来。

耶茨人生的最后十年，身体一直不好。小说也卖得不好，整个20世纪70年代，他仍然边教书边写作，他骨瘦如柴，肺结核病复发，呼吸问题严重。他吸烟很凶，严重酗酒，经常不吃东西。因为精神崩溃而住过院。1963年，他进入肯尼迪政府，为当时的司法部长罗伯特·F. 肯尼迪撰写发言稿，还因为生存为好莱坞写剧本。1974年他再次离婚，孤独终老。晚景令人心碎：一张桌子上放着打字机，冰箱里只有咖啡和各种酒，墙上是女儿的照片。两盏微弱的小灯，到处是踩死的蟑螂，橱柜里堆满脏兮兮没洗的锅。而一个病态的身

---

[1] ［美］斯图尔特·奥南:《失落的理查德·耶茨世界》，孙仲旭译，载于《波士顿评论》1999年10—11期合刊。

[2] 同上。

影还在凄清地写作。

1992年11月，耶茨死于肺气肿及并发症，年仅六十六岁。

半个世纪后，《革命之路》被《时代》杂志评为百大英语小说经典之一。《时代》给出的评价是：他用饱含20世纪50年代激情的文字，描摹了气数将尽的中产阶级社会关系，让随后的每样东西都显得苍白无力。著名作家，美国黑色幽默文学的代表人物库尔特·冯内古特认为《革命之路》是"我们时代的最佳作品之一"。剧作家田纳西·威廉斯则将其推崇为"绝对的大师之作"。人们终于承认耶茨与菲茨杰拉德和海明威一样，都是20世纪美国无可争议的伟大小说家。

阅读参考书目

［美］理查德·耶茨：《革命之路》，侯小翊译，上海译文出版社，2014年3月。

［美］理查德·耶茨：《恋爱中的骗子》，孙仲旭译，上海译文出版社，2011年5月。

［美］理查德·耶茨：《天命》，齐彦婧译，上海译文出版社，2019年9月。

［美］理查德·耶茨：《冷泉港》，袁宁译，上海译文出版社，2019年9月。

马尔克斯：
坠入爱河就像是拥有两颗灵魂

马尔克斯（1927—2014）

他属于我热爱的那个世界

2020年春天,我连续通读了马尔克斯三部小说,主人公分别是:上校、将军、族长。这是一个瑰丽奇崛、斑斓万千的世界,真正的史诗。1981年12月,密特朗总统在爱丽舍宫为马尔克斯佩戴荣誉骑士勋章,在简短的演讲中,密特朗说了一句令两个人都深为感动的话:"你属于我热爱的那个世界。"我相信这也说出了许多马尔克斯迷的心里话。

马尔克斯说《迷宫里的将军》这本书是"复仇之作","向那些对玻利瓦尔做了他们所做的事情的人复仇"。这是"守候了十年方始下手的猎获"。灵感源于玻利瓦尔最后一次沿玛格达莱纳河旅行。这条河与马尔克斯一生息息相关,他曾十一次往返,熟悉岸边的每一棵树,每一个村子,他说:"任何作家都难以抗拒它那神话般的感召。"他更想写的是这条河。这是马尔克斯第一次尝试历史小说写作,用了两年时间研究资料。"凡是历史学家视为不真实的东西都是让我感到激动的东西。"他称这是他的"一项文学工程",把各种纪实知识、技术知识和理想知识都投入其中了。比他的其他作品都更重要。

马尔克斯用"创造性的想象力"复原了玻利瓦尔最后的岁月,

创造了一个血肉丰满、伸手可触的历史人物——解放者。他喜欢赤身裸体，终生睡在吊床上，有三十五个情人，有魅力十足的个性，有宏伟的政治理想并终生为之奋斗。这首先是一部小说，又要符合历史真实，文学叙事与历史叙述的自由转换是这部小说最迷人的地方。书中人物的对话很少多于两句，每一句都像是启示录般地充满寓言性，与《没有人给他写信的上校》非常相像。马尔克斯说他不擅长写对白，所以他找到了自己的处理方式。《将军的迷宫》中有一句对话："伟大的权力存在于爱情不可抗拒的力量中。"能懂吗？不懂，但有意思。这就是马尔克斯，他的对话是台词式的，我称之为"箴言式"台词。

《没有人给他写信的上校》是世界公认的短篇小说巨作，全文有五万字，堪与海明威的《老人与海》媲美，完整的张力，谨慎安排的情节、节奏以及杰出的结局，几近完美。小说的风格和电影脚本极为相似，仿佛有一台摄影机在跟拍人物的活动。他自己说这本小说有他从新闻学来的紧凑、简洁和直接。属于写实主义，但有诗一般的功能。等待、希望、孤独、生与死、天命与宿命，无法分割地交织在一起，像一篇寓言。最后的结尾被誉为"所有文学里最完美的段落之一"：

我们要吃什么？

上校花了七十五年——他七十五年的生命，一分钟一分钟地——来到这一刻，他感觉纯净、清明、无敌，那一刻他回答：狗屎。

《族长的秋天》被马尔克斯称为一首关于权力之孤独的长诗。从 1968 年到 1975 年，写作这部作品历时八年。写作极为艰难，1962 年开始写，写了三百页稿纸停了笔，最后只保留了一个主人公的名字，1968 年又重新写，辛辛苦苦干了六个月，又写不下去了。他说这也是一种忏悔录，是唯一一本他一直想写，但总也写不好的书。小说读起来令人绝望，一行一行，没有段落，每一章都是无穷无尽的句子。没有数字标注章节，只分了六个自然大段，只用逗号和句号。多人称独白。马尔克斯有一句话："优秀的小说是现实的诗意再现。"这部小说是用密码写就的现实，是对世界的一种揣度，跟梦境一样。——"我就不得不像人家写诗那样来写：逐字逐字，逐字逐句。（有时候，一星期写一行）语法就像一件紧身胸衣。我不会放过一个句子，我感到不完全满意的任何一个句子我都不会放过。"写作之妙莫过于此：去发现那本书，发现那个人物，看到他是怎样创造他自己的。这是马尔克斯对权力的沉思："权力的孤独酷似作家的孤独"，他从作家的角度把一个独裁者写活了。

在八十岁那年的一次演讲中，面对一位国王、六位总统和数千听众，他说："我要做的不过是每天早早起来，面对白纸或电脑空白的屏幕想办法把它填满，讲一个从未有人讲过的故事，让一位尚未存在的读者感到幸福。"

年轻时的一天，马尔克斯读到卡夫卡的《变形记》开头那著名的句子，他震惊了。"我不知道有人可以这么写东西，要是我知道的话，我本来老早就可以写作了。"接着发生了一个文学事件，他回到家乡阿拉卡塔卡，陪母亲卖掉老房子。那是 1950 年，他二十三岁，自从八岁离开以后，他再也没有回去过。那年他从波哥大大学法律系辍学,一天晚上,他和母亲乘坐一条破旧的新奥尔良游艇回乡,经过一条狭窄的海峡,一片肮脏的水域,第二天清晨,他们改乘每天仅有一班的火车,颠簸一天,抵达家乡。整个行程,他一直捧着本福克纳的小说《八月之光》。他找到一种感觉:并非是在看这座村子,而是在体验它,在阅读它。这就好像他看见的一切都已经被写出来了,而他所要做的只是坐下来,把已经在那里的,他正在阅读的东西抄下来。他意识到童年遭遇的一切都具有文学价值。"一切都已经演化为文学,那些房屋,那些人,还有那些回忆。"他想到了福克纳,想到了福克纳笔下的约克纳帕塔法县。从村子回来,他写出了第一部长篇小说《枯枝败叶》。

当记者问老马:你最喜欢自己哪个作品?他是这样回答的:

《枯枝败叶》,我写的第一本书。我认为从那时起我写的很多东西都来自它。它是最具自发性的,是我写得最困难,技术性资源较少的作品。作家的把戏、下流的把戏,当时我懂得少一些,在我看来是一部相当笨拙,暴露弱点的作品,但完全是自发的,而且有着在其他作品中找不到的一种脆生生的诚意。我完全知道《枯枝败叶》是如何发自肺腑地倾泻于纸上的。其他的作品也发自肺腑,但是我做过学徒了,我写它们,我煮它们,我撒上盐和胡椒粉。[①]

马尔克斯不悔少作,知道那才是一个青年文学爱好者的呕心沥

---

① [美]吉恩·贝尔-维亚达编:《加西亚·马尔克斯访谈录》,许志强译,南京大学出版社,2019年7月。

血之作。这部处女作写于 1950 年，二十三岁。十七年后，他写出《百年孤独》，三十二年后他获得诺贝尔文学奖，三十五年后，他写出《霍乱时期的爱情》。

马尔克斯的文字和叙述有一种特有的精神气质和语调氛围，读多了他的作品，你容易被他的眼光、语气、情调所感染。他的思维模式也极具毒性，能量十足。他希望读者和批评家关注他作品中"那种纪实的、历史的、地理的根基"。马尔克斯在接受《花花公子》杂志采访时说，写完《百年孤独》之后，他就把笔记和文案统统给扔掉了，让它们什么痕迹都留不下来。这表明文学考证的意义值得怀疑，这本书怎么来的，一直是文学评论的重要内容，而马尔克斯的行为告诉我们这也许并不是最重要的，文学研究更应该关注的是文本的意义。"每当我写一本书时，我都会积累起许多文案，那种背景材料是我私生活中最为私密的部分。"他不想让人看见自己穿的"内衣"，不能让人知道书是怎么组合起来的。

他在 40 岁开始全职写作，写了八本书中的五本之后，才拿到第一笔版税。后来在回忆录里他承认，以作家为一生的职业，是他最重要的选择。

两个主题：孤独和爱情

关于写作的奥秘，一直是马尔克斯的各种访谈中被问及最多的问题。总结下来，有几个启发性的体悟。

找到一种视觉形象：每次动手写一本书，都得先有一个视觉形象。他自以为最好的短篇小说《礼拜二午睡时刻》，源自荒凉的镇子上看到一个身穿丧服，手举黑伞的女人，领着一个也穿着丧服的小姑娘走在火辣辣的骄阳下。《枯枝败叶》是一个老头儿带孙子去参加葬礼。《没有人给他写信的上校》是基于一个人在巴兰基亚闹市码头等候渡船的形象，那人沉默不语，忧心忡忡。《百年孤独》是一个老头儿带着一个小男孩去见识冰块。《族长的秋天》是一个非常衰老的独裁者的形象，衰老得令人难以想象，孤零零的一个人待在一座母牛到处乱闯的宫殿里。

找到全书的第一句话：第一句话很可能是各种因素的实验场所，它决定着全书的风格、结构，甚至篇幅。他会在第一段中解决书里的大部分问题，主题确定下来，接着是风格、调子。他认为，对于小说家而言，直觉是根本。

找到故事最初的真实：马尔克斯认为真实永远是文学的最佳模式。他是一名优秀的记者，终身如此。他说："我是试图用文学的素质写报道，花费了文学的时间写报道。"作家与记者两个身份互为转换。"写作是通过写作学会的，而新闻工作教会我在许多年里每天都写作。"

马尔克斯说过，灵感既不是一种才能，也不是一种天赋，而是作家坚韧不拔的精神和精湛的技巧同他们所要表达的主题达成的一种和解。当你找到了正确的主题以及处理它的正确的方式，那种时刻和那种精神状态似乎就到来了。

让马尔克斯一书成名的灵感是在煎熬中突然降临的。那是1967年，这位哥伦比亚作家完成了酝酿多年的小说，苦苦维持家用的妻子也松了一口气，原本计划半年完成，结果每天八小时写作，一写就是一年半。此前整整五年，他没有写任何东西。直到有一天找到了那种正确的调子。"它基于我祖母过去讲故事的方式。而且是用我祖母讲故事的那种相同的表情来写作：带着一张木头脸。"他坐了下来，一坐坐了十八个月，每天工作。"文学除了是木工活，什么也不是。"写东西几乎跟做一张桌子一样难。每一部小说中的人物都是一个拼贴，你所了解的或是听说的或是读过的不同人物的一个拼贴。结构纯粹是技巧的问题，要是你早年不学会，你就永远学不会了。

在准备给出版社寄稿件的时候，两人发现已经付不起邮资了，他们当掉家中仅剩的最值钱电器——榨汁机。终于把手稿寄了出去，阿根廷的南美出版社于当年出版，到1987年仅二十年的时间已在全球以三十六种语言发行，售出三千万册，数量庞大的盗版未计在内。这本书就是加西亚·马尔克斯的《百年孤独》。

马尔克斯懂爱情，热爱爱情，享受爱情，写作爱情。

他承认他所有作品中都存在一个永恒的主题：孤独和爱情。除了法国人，只有拉美的男人这么"不知羞耻"地谈论爱情。他有一个更极端的认识："爱情或许是仅有的选择了，是留给我们的仅有的拯救之道。"我们无法选择生，无法选择死，人生不满百，除了维持必要的吃喝拉撒睡，爱情还真是唯一的拯救方式，让自己快乐、满足、审美以及死而无憾。只是有多大的比例，我们能终生保持这种选择的幸福和沉溺的快乐？

马尔克斯说："在爱情的序幕中，任何错误都是不可挽回的。"他引用一个法国人说过的话："没有性无能的男人，只有不通此道的女人。"性的吸引无穷无尽，爱情的斑斓永无止境，而真正的爱是灵魂的爱，这需要运气。"我不认为情爱乃是一种短暂的，不计后果的袭击，我认为情爱是男女双方一种文火慢炖的关系。"他这里用了"袭击"这个词，一语道破爱情的突如其来：有乌云的聚集，有电闪雷鸣，然后才是云雨，这个美妙的过程，胜却人间无数。作为作家马尔克斯不认为情色描写可以成功，他试图做到，让每次性爱都仿佛第一次，而男女双方每次都得从头学起，仿佛生平第一次体验，不懂得这种感情，不理解这一奥秘，马尔克斯认为这是情色描写不能为人所接受和如此令人厌倦的原因。

获得诺贝尔文学奖后，马尔克斯写出了他另一部伟大的作品——《霍乱时期的爱情》，现在已经被公认为世界爱情小说经典。为什么要写一个爱情故事？他是这样回答的："年龄使我认识到，情感和柔情，发生在心里的那种东西终归是最重要的。"他坚称自己所有的作品都是在写爱情。这本小说有两个源头：一是他父母的爱情，小说里的许多细节——诗歌、小提琴、电报情书都是真的；另一个是墨西哥报纸上读到的一篇报道，一男一女两个美国人，每年都会在阿卡普尔科相会，总是同一家酒店，同一家饭店，路线相同，整整四十年。他们快八十岁了，都有婚姻。有一天他们出去坐船，船夫劫财，打死了他们，这个隐秘的浪漫故事终于为人所知。

马尔克斯说自己是"世上最害羞的人"，也是最善良的人，他最大的弱点是他的心，感情用事，多愁善感。"如果我是女人，我就总是会说好的。"我有时候觉得，伟大的作家都是雌雄同体的，曹雪芹是这样，普鲁斯特是这样，玛格丽特·杜拉斯也是这样。他们博爱、非道德，有时候把自己的爱情审美建立在别人的痛苦之上，经常落得个"渣男""腐女"的名声。"我需要多多地被爱，我的大问题就是要被爱得更多，因此我就写作。"这是一个内心极为柔软的人，马尔克斯希望因自己的作品而让人们更加相爱——这也是他的人生意义。在他笔下，男人和女人之间的故事总是那样惊天动地，柔情百转，永远是无条件地奉献，美丽做爱，惆怅离去。《将军的迷宫》中有一个动人的情节：一个雨夜，衰老不堪的将军醒来时看到卧室角落坐着一个天使般的少女，有着他最欣赏的女性美德，璞玉未琢的智慧。整整一夜他碰都没碰她，姑娘临走，将军说："你原封不动地走了。"姑娘回答："跟阁下睡过一夜的，谁都不可能原封不动。"马尔克斯总是要在故事中插入一段类似的情爱瞬间：传奇、凄美、热烈、神圣。既是一种绝佳的叙事手段，也是人为添加的想象，就像一缕星光，刹那间照亮黑暗的夜空。

著名记者兼马尔克斯的朋友 P.A. 门多萨在那本有名的书《番石榴飘香》中问的最后一个问题是：在你所认识的人里，谁是举世罕见的人物？马尔克斯的回答让世界所有读者惊掉下巴：我的妻子梅塞德斯。这个深情、多情甚至滥情的作家总是令人意外。

阅读参考书目

［哥伦比亚］加西亚·马尔克斯：《百年孤独》，范晔译，南海出版公司，2017 年 8 月。

［哥伦比亚］加西亚·马尔克斯：《霍乱时期的爱情》，杨玲译，南海出版公司，2015 年 6 月。

［哥伦比亚］加西亚·马尔克斯：《迷宫中的将军》，王永年译，南海出版公司，2014 年 11 月。

［哥伦比亚］加西亚·马尔克斯：《族长的秋天》，轩乐译，南海出版公司，2014 年 6 月。

［哥伦比亚］加西亚·马尔克斯:《没有人给他写信的上校》,陶玉平译,南海出版公司,2013年5月。

［哥伦比亚］加西亚·马尔克斯:《活着为了讲述》,李静译,南海出版公司,2016年4月。

［美］吉恩·贝尔－维亚达编:《加西亚·马尔克斯访谈录》,许志强译,南京大学出版社,2019年7月。

［哥伦比亚］P.A.门多萨:《番石榴飘香》,林一安译,南海出版公司,2015年1月。

［英］杰拉德·马丁:《加西亚·马尔克斯传》,陈静妍译,中信出版社,2014年6月。

昆德拉：
人永远不是自己所想的那样

昆德拉（1929—　）

怀疑主义是我所经历的最丰富的状态

2022年，米兰·昆德拉已经九十三岁。

想到他这个年龄，我有一种莫名的悲伤。前两年出差合肥，我特意带了他一本小说的新译本——袁筱一重译的《生活在别处》。在来回的飞机上读完，我发现我没有任何感动，年轻时候的阅读体验，那种关于青春、爱情和革命的悲怆和感伤，已经消失得无影无踪。对我来说，米兰·昆德拉就像初恋，还是保持初心、神秘为好，最好永远不要再见面。

爱情和政治相遇，应该是青春最美的样子。

20世纪80年代，米兰·昆德拉和我的爱情同时到来。那时候，米兰·昆德拉真是一个美丽的名字，和玛格丽特·杜拉斯一样美丽。杜拉斯迷茫、痛苦的爱情呻吟、文字呓语很适合80年代的爱情。米兰·昆德拉笔下的荒诞及媚俗则成为一代愤青的助燃剂，年轻的人们和整个时代一样躁动饥渴，又充满自由欢欣。那是一个贫瘠的大学时代，我用二十二元助学金支撑着每月的生计，为攒钱买一本书要集中吃一周的咸菜。尼采、萨特、弗洛伊德的每一本新书，卡西尔的《人论》、玛格丽特·米德的《代沟》争相挤进饥饿的大脑，每一本新书出来都会被抢光。买还是不买，是我经常纠结的一件事，从学校到书店的那条路往返着四年的时光。那是一个思想旺盛滋长的时代，枕边永远放着刘小枫的《拯救与逍遥》，心宇浩茫，舍我其谁。在夏季风暴来临之前，我写出了人生第一篇论文，题目是《流放者的选择与批判——论米兰·昆德拉》。米兰·昆德拉成为一杯浇灌自己块垒的浓酒。

1988年，我一遍遍读《生命中不能承受之轻》，这本书出版于1984年的欧洲，《纽约时报》对这部小说高度评价："《生命中不能承受之轻》是20世纪最伟大的小说之一，昆德拉借此坚实地奠定了他作为世界上最伟大的在世作家的地位。"三年后的1987年，韩少功译成中文。1987年9月，《生命中不能承受之轻》由作家出版社"作家参考丛书"出版，注明"内部发行"，首印两万四千册。1989年，此书中文版获准公开发行，第一年发行了七十万册。随后景凯旋译出《为了告别的聚会》，昆德拉自此在中国掀起一股热潮。"作家参考丛书"书脊有个标志——彩色的小旗子，大学那几年，寻找这枚小旗子是阅读生活最渴望，也是最幸福的事，它把我和同样文艺的女孩儿紧紧地拴在一起。爱情正炽，身边的时代也热气腾腾，整个社会笼罩着思辨色彩，米兰·昆德拉的小说提供了一种态度，一种立场，一种思维，还有一种语汇。著名的美籍华人学者李欧梵是首批介绍昆德拉的学者，他盛赞昆德拉"不愧为世界文学的一位大家"，成为中文世界追捧昆德拉的重要推手。

20世纪80年代最后的几年，所有的流放者都在大放光芒。他们的命运像一个国家的命运，漂流的思想板块在重新组接，排列。真相在慢慢呈现，历史在被改写。米兰·昆德拉却拒绝自己的政治身份，他不承认自己是一个流亡知识分子，坚称自己只是一个小说家。他拒绝回到祖国，即便那里已经不再排斥他，他说："一生中一次流亡就够了。我从布拉格流亡到巴黎。我再也没有力量从巴黎流亡到布拉格。"他实在是年纪大了，也累了，不想走到聚光灯下，成为政治的一枚棋子。他只是一个小说家，用小说做了一些思考，用故事撒了一些谎。他在没活明白的地方，提出了一些问题，发出了几声讥笑，仅此而已。

1929年4月1日，愚人节，米兰·昆德拉生日，他说："我出生于4月1日，这在形而上学层面并非毫无影响。"影响是什么呢？一个玩笑？一个误打误撞？还是对存在的虚妄思考？思想家韦伯说，人是自己编织的"意义之网"中的动物；米兰·昆德拉也反复强调过一个说法：人类一思考，上帝就发笑。昆德拉是作为诗人进入文坛的，他出身艺术世家，五岁开始跟父亲学钢琴，音乐童子功相当扎实。古典音乐成为日后昆德拉文学创作中的一个重要维度。他还擅长绘画，大学进的是哲学系。十五岁开始，他选择当一个诗人。"我自己的青春、我的行动及对抒情诗的兴趣，对我来说，都和斯大林时期那个最糟糕的年代混合在一起。"[1]

年轻的诗人为政治而歌唱，这是一个被他命名的"抒情年代"，直到他写不出一句诗。将近三十岁的时候，他放弃了诗歌。这种选择超出了文学范畴，不仅仅是文体的选择。他说："我不是离开诗歌，我背叛了它。对我而言，抒情诗不仅是一种文学体裁，而且首先是一种世界观，一种对世界的态度。"他选择了小说家之路，"我找到了自己的调子"。政治的荒谬杀死了青春的梦想和激情，也埋

---

[1] ［法］让-多米尼克·布里埃著：《米兰·昆德拉：一种作家人生》刘云虹、许钧译，南京大学出版社，2021年1月。

葬了曾经的那个自己,他选择了重生,开始了自己的"反抒情计划":在一个小说家的创作历程中,向反抒情的转变是一次根本性的经验;远离自己之后,他突然拉开距离来看自己,惊讶地发现自己并非自己以为的那个人。他找到的武器是怀疑主义——反讽。在他看来,人生被两个深渊所围困:一边是狂热,另一边是绝对怀疑主义,而怀疑主义就是把世界变为一系列问题。他坚持认为,小说家的任务是勘察人的存在状况,是拓展人的存在的可能性。作为小说家,他的任务不是去拯救人类,而是探寻人的本性、人的境况、人的行动、人的命运。这是一种批评的距离,独立而超然。昆德拉后来在《被背叛的遗嘱》里说:"我深深渴望的唯一东西就是清醒、觉悟的目光……成为小说家不仅仅是实践某一种'文学体裁':这也是一种态度,一种睿智,一种立场;一种排除了任何同化于某种政治、某种宗教、某种意识形态、某种伦理道德、某个集体的立场;一种有意识的、固执的、狂怒的不同化,不是作为逃逸或被动,而是作为抵抗、反叛、挑战。"

1967年,小说《玩笑》一经出版,便洛阳纸贵,几个月内销售了十一万多册。这是昆德拉真正意义上的第一部小说,当时他只有三十八岁,默默无闻。《玩笑》主人公喜欢开玩笑,在给女友的明信片上,写了"托洛茨基万岁""乐观主义是人民的鸦片"之类的话,结果被女友告发。出狱后他想报复,便去勾搭整他的那人的妻子,不料那人刚好有了新欢,巴不得把老婆转让出去。同时他还发现,对正统意识形态的鄙弃,那个人如今表现得比他还要激进。他的苦算是白受了。"世人受到乌托邦声音的迷惑,他们拼命挤进天堂大门。但当大门在身后砰然关上之时,他们却发现自己是在地狱里。这样的时刻使我感到，历史是喜欢开怀大笑的。"昆德拉将《玩笑》称为"一首关于灵与肉分裂的伤感的二重奏"，由此，可以看出他的"灵与肉分裂的伤感"也是一种关于生存困境的自嘲心态，是无奈以及在无奈之下不得不继续前行的"哑然失笑"。

1967年是捷克命运转折的一年，也是昆德拉命运转折的开始。昆德拉在捷克斯洛伐克第四次作家代表大会上，发表了关于捷克"衰落的文明"的激烈演讲，成为"布拉格之春"的先声。接着，一大批知识分子掀起一场政治批评风潮，受到当局的镇压、暗杀、驱逐、逮捕，捷克政治生态风雨飘摇。

1968年8月20日，是个星期二。这天临近子夜，苏联军队突然出现在捷克机场，几百架飞机，一千辆坦克进入捷克境内，国家被武装占领，二百多天的"布拉格之春"陷入冰冻。这一事件彻底改变了昆德拉的一生。

1975年7月20日，昆德拉携妻子薇拉离开了自己的祖国，随身只带了四个行李箱和几箱书。从此再也没有回来。此前，他被两次开除党籍，四年后，他被剥夺了捷克的公民身份。又两年，1981年，米兰·昆德拉被授予法国国籍。他失去了祖国、家乡，被迫用法语写作。在他的祖国，他的书被禁，父亲唱片的模具被销毁，母亲被围攻、孤立，在弥留之际被投入监狱。这是昆德拉的前半生，几个时间节点的背后，是一个作家痛彻心扉的撕扯和割裂。也是他所有小说的背景，是他所以成为昆德拉的历史年轮。这一命运奠定了昆德拉几十年来思考与创作的基本主题：灵肉冲突与调和、精神沦丧与救赎、媚俗的拒斥、异化与回归、遗忘与永恒。

再后来，柏林墙倒塌，冷战结束。这时候，所有的记者都在问他一个问题，什么时候回国？他是这样回答的："在法国流亡那么久，我没有回国的梦想，我带上了我的布拉格，它的气息、它的味道、它的语言、它的风景和它的文化。"①

2004年，《生命中不能承受之轻》由南京大学法语教授许钧从法文版重译，书名改为《不能承受的生命之轻》。我再次购买并重读这本新译小说已经是五十岁以后的事了。青春阅读和中年阅读完全是不同的语境，不同的体验。就像听一首老歌，当年的氛围再次萦绕，而三十年间，时代的跌宕起伏和人生浮沉遭际给了我另外一种阅读目光，用米兰·昆德拉的话说是一种"清醒、觉悟的目光"。

生命是一张草图

在诺贝尔文学奖的提名榜单上，米兰·昆德拉是一个长盛不衰的名字，但瑞典文学院一直拒绝接纳他，虽然历史上这个奖对流亡作家格外垂青，昆德拉却成为一个神秘的例外。长寿的昆德拉作品并不多，从1939年到1999年的六十年间，他写了十部小说。七部由捷克语写成，三部用法语。我们现在读到的版权作品是上海译文出版社出版的中文版昆德拉，包括十部小说，一部戏剧，三部随笔。八十二岁的时候，法国《七星文库》推出了他的两卷本作品集，这是一个作家的最高殊荣。文库里，米兰·昆德拉摒除了自己早期的诗集和不满意的作品，而且没有收入任何有关他个人的传记

---

① ［法］让-多米尼克·布里埃著：《米兰·昆德拉：一种作家人生》刘云虹、许钧译，南京大学出版社，2021年1月。

资料。这些作品按他自己的定义是"美学忏悔录",充满关于小说,小说的性质,小说涉及的范围,小说的历史和挑战的清晰思考。"我所感兴趣的,不是历史描写,而是形而上的、存在的和人类学的问题……总之,就是由某种具体历史境况的聚光灯所照亮的所谓永恒人类。"用小说写哲学,昆德拉不是先驱,却是最鲜明的一位。

"书籍自有自己的命运",这是昆德拉经常自嘲的话。他的书在中国的命运如此深入历史,伴随一代人的觉醒、思考、反叛以及批判。现在看来,昆德拉之于中国,恐怕早已超出了文学意义。经历了压抑、荒诞以及突如其来的反思与开放,知识者的精神状况是如梦初醒的荒谬感,昆德拉就像一个冷冷的旁观者,站在前行的路上,发出不怀好意的微笑。所有民族都对流放者怀有复杂的情绪和情感,认为他们是不负责任的逃兵,他们也是不敢进监狱的懦夫。对此,昆德拉清醒得可怕。正如戴维·洛奇在《小说的艺术》中说,昆德拉最令人着迷的特点之一,是他从不为自己刻画出英雄般的殉难者形象,却也没有低估普通人作为一个异议分子所必须做出的牺牲。

1988年,《不能承受的生命之轻》被改编为电影,导演是菲利普·考夫曼。电影近三个小时的片长,性,成为主题。演员莉娜·奥琳的丰腴、朱丽叶·比诺什的骨感都令人惊艳,美丽的裸体和缠绵的性爱贯穿始终,情欲流淌在灵魂与肉体纠缠之中,放浪的托马斯、背叛的萨宾娜、沉重的特蕾莎,导演在"轻与重"的思辨中讲述了一个典型的情色故事。

"多年来,我一直想着托马斯",故事是这样开讲的。托马斯与两个女人特蕾莎和萨宾娜三个主要人物,看起来像一个庸俗的三角恋,昆德拉却建立起一个有关轻与重、灵与肉、信仰与自由的关系场:

爱与背叛、占有与嫉妒、别离与重聚、生与死、拯救与逍遥，在情感的构图中，一步步深入哲学命题的阐释，走向故事的结局。生活必须得到审视，其复杂性永远超出人类的智慧。昆德拉为了出题，不惜把小说写成词典，让读《不能承受的生命之轻》的人们去琢磨一个个词汇。小说中的背景是"布拉格之春"，故事是托马斯、特蕾莎、萨宾娜、弗兰茨四个人的爱情。这是个人的命运在特定历史与政治语境下的一种呈现，贯穿其中的是对两性关系本质的探索，以及人性层面更深意义的思考。而电影的改编无法呈现思辨的力量，只能通过人物关系讲故事。

"爱情并不是通过做爱的欲望体现的，而是通过和她共眠的欲望体现出来。"

"爱情一旦公之于众会变得沉重，成为负担。"

"爱开始于一个女人以某句话印在我们诗化记忆中的那一刻。"

"爱情是完整的，否则它就不存在。"

"爱情，就是我们渴求着失去了的那一半自己。"

书中这些爱情金句成为电影台词穿插在情色场景里。昆德拉对这次电影改编非常不满意。后来，他的小说很少再被授权改编。昆德拉喜欢写性，但他的性却与政治密不可分。他是把性和政治置于人存在的困境里审视。是关于灵与肉的追问，是关于人的本质欲望的勘察。他对欲望投去一种清醒的，甚至玩世不恭的目光。爱情是魔咒，命运也是一种魔咒，世界不过是一个舞台。"令她反感的，远不是世界的丑陋，而是这个世界所戴的漂亮面具。"昆德拉戏称自己的小说可以编一部"性交选集"。在他看来，"性爱场景散发出一种非常强烈的光芒，它一下子便揭示出人物的本质，并对情势进行概括"。这是对人的本质最赤裸裸的探询，是展现人与同类之间关系复杂性的最好舞台。"色情场景是所有主题汇聚的焦点，隐藏最深的秘密就在这里。"《笑忘录》里的塔米娜一边做爱一边回忆，《不能承受的生命之轻》里的萨宾娜一边做爱一边观察身上的男人。《搭车游戏》里男女的角色扮演，《生活在别处》的雅罗米尔用想象激起欲望。昆德拉的笔下的性，既不浪漫，也无激情投入，他像上帝一样审视人类的动物行为，可笑、荒诞，又令人怜悯。

人们对昆德拉的私生活所知甚少，他是一个有洁癖的人，拼命保护自己的隐私。他对孤独和私密有着哲学般的维护。"不能躲开别人的眼睛的一种生活，那就是地狱。没有私密，没有秘密，一切都不可能，包括爱情和友谊。"从有限的照片看，昆德拉英俊、潇洒、帅气，眼睛深邃，气质忧郁优雅，据说他是一个诱惑女人的高手。他写性爱是把它当成人类经验的一个主要维度。人类的一切境遇都自相矛盾，人根本不是自己命运的主人，这是昆德拉所有作品的核心主题，解剖性爱成为其中一个捷径。经历了巨大的历史变故，深受其害的作家对命运深深地绝望。《好笑的爱》中说："我们被蒙着双眼经历当下，最多能预感和猜测我们的处境。直到后来，当我们解下蒙眼的布条，审视过去时，才意识到我们曾经历了什么，才理解它的意义。"对政治的不信任，对历史的不确定，只有经历那个年代的人才有可能感知。

历史最终不过是个阴郁而荒谬的玩笑。他用自己的小说"勾画出存在地图"，用虚构的方式探讨哲学。"我什么都不想证实，我只是考察问题：什么是存在？什么是嫉妒、轻率、眩晕、软弱、爱的冲动？"昆德拉把一个个人类问题化成小说的细节，让读者去体味琢磨思考，寻找属于自己的答案。人只有一次生命，绝无可能用实践来证明假设，从这个意义上说，生命总是像一张草图。生命的唯一性和即时性，是造物主的残酷，没有人生能够重来一遍。昆德拉把自己一生的故事和感受都隐藏在自己的小说里，像一个个游戏。

读昆德拉，你会被他冷峻的智慧和深刻的洞察力所震惊，他有一个特别大的野心，认为文学就是要穷尽文学自身的可能性。他的每一部小说几乎都在设谜，形式上的探索让许多普通读者抓狂。他的两本小说艺术随笔《小说的艺术》《被背叛的遗嘱》相当著名，有学者干脆说米兰·昆德拉的"小说学"实在与他的小说不在一个档次。昆德拉说："如果一部小说没有揭示出世间存在中一个迄今为止无人知晓的环节，那么这部小说就是没有意义的。知识是小说的唯一寓意。"被法国读书界称为"遗忘三部曲"的三本书——《缓慢》《身份》《无知》，都在探讨记忆与遗忘。他的美学追求是每一部小说，不管怎样，都对一个问题作出回答：人的存在是什么？他的诗性在哪里？

他用玩笑解构一切严肃和重大。谁说上帝赐予每个人的生命不是一个玩笑。就像捷克人对待入侵的苏联军队：拿掉一切路牌，让侵略者像没头苍蝇，美女搔首弄姿戏弄士兵。这是捷克人面对恐惧的幽默感。正如伊凡·克里玛在《布拉格精神》中的描述："布拉格居民给他们所鄙视的统治者的最后一击不是一刀，而是一个笑话。"[1] 以幽默的方式体现严肃的主题，成为昆德拉的风格。昆德拉的小说一直在重复一个主题词：玩笑。在《玩笑》的结尾，路德维

---

[1] ［捷克］克里玛：《布拉格精神》，崔卫平译，作家出版社，1998年7月。

克认识到:"我"和"我的一生"都被包含在一个更大的(已超越了"我")、完全无法改变的玩笑之中。

他用"媚俗"一词审判人性——媚俗的根源就是对生命的绝对认同。这个诞生于 20 世纪 80 年代的翻译概念,已经成为中国文化思潮及其历史的一部分。所谓"媚俗",就是用美丽、动人的语言表达固有观念的愚蠢。由于必须讨好,也即必须获得最大多数人的关注,大众媒体的美学不可避免的是一种媚俗美学;随着大众媒体包围、渗入我们的整个生活,媚俗就成了我们日常的美学与道德。

他用"反讽"统治所有小说艺术。20 世纪的种种政治乱象和意识形态荒谬给了昆德拉一种怀疑主义的清醒态度,他从此远离了政治,远离了期待,更远离了对生命和人性的乐观。他的绝望是对人类的绝望。"生活好像是一系列原因、结果、失败与成功的明亮轨迹,而人,用急迫的眼光紧紧盯着他行为的因果之链,更加快了他的疯狂之旅,奔向死亡。"

2021 年新年元月的最后一天,我读完《米兰·昆德拉:一种作家人生》。重温青春时期最着迷的作家,仿佛某种对自己的反刍。或许,正是昆德拉的玩世不恭和无意义感吓住了瑞典文学院,毕竟,人类应该秉承的普遍性观念应该更积极一点?艺术家给人以怀疑的眼光,而政治家则呼吁人们鼓起勇气,我们究竟要如何与世界相处,确实是一个永恒的命题。罗曼·罗兰写《贝多芬传》,开头有句话:"打开窗户,让英雄的气息进来。"在小说《缓慢》里,昆德拉化用了这句话:"打开窗户,让树木的气息进来。"也许,米兰·昆德拉还会在中国掀起第三次热潮,当他转身离去,当后来的人们再次陷入永劫。人们会再次想起他在《不能承受的生命之轻》中感叹的:

在这样一个瞬时性组构的世界里，一切选择都失去了充足的理由，一切结果都变得十分的合理。幸福何堪？苦难何重？或许生活早已注定了无所谓幸与不幸。我们只是被各自的宿命局限着，茫然地生活，苦乐自知。就像每一个繁花似锦的地方，总会有一些伤感的蝴蝶从那里飞过。我们常常痛感生活的艰辛与沉重，无数次目睹了生命在各种重压下的扭曲与变形，"平凡"一时间成了人们最真切的渴望。但是，我们却在不经意间遗漏了另外一种恐惧——没有期待、无需付出的平静，其实是在消耗生命的活力与精神。①

阅读参考书目

［捷克］米兰·昆德拉：《不能承受的生命之轻》，许钧译，上海译文出版社，2003年7月。

［捷克］米兰·昆德拉：《生活在别处》，袁筱一译，上海译文出版社，2004年5月。

［法］让－多米尼克·布里埃：《米兰·昆德拉：一种作家人生》刘云虹、许钧译，南京大学出版社，2021年5月。

［法］阿丽亚娜·舍曼：《寻找米兰·昆德拉》，王东亮译，上海译文出版社，2022年4月。

---

① ［捷克］米兰·昆德拉：《不能承受的生命之轻》，许钧译，2003年7月。

翁贝托·埃科:
写作是一种爱的行为

翁贝托·埃科（1932—2016）

人类是宗教性的动物

读翁贝托·埃科有一种乐趣：与知识捉迷藏。我相信每一个文学爱好者、文学评论家都有写小说的冲动。天天研究、评论别人的作品，总觉得不过瘾，就像一个裁判，忍不住撸胳膊挽袖子，跃跃欲试。这导致两个结果：一部分学者偶尔玩票，写出独树一帜的作品；另一部分学者却屡遭滑铁卢，跌入眼高手低的陷阱。翁贝托·埃科属于前者。

差不多五十岁之前，他一直是研究中世纪和符号学的学者，世界著名的公共知识分子，一位百科全书式的博学家。从1975年开始，埃科在大学担任符号学教授，以五种现代语言授课，还通晓拉丁文与古典希腊文，出版了自己的《符号学原理》。小说创作成功后，埃科相继收到了来自全球三十五所大学的荣誉学位。一生在符号、语言、历史、批评诸领域的专著超过六十本，有研究者将他的著作分门别类，列出了所涉足的学科领域，竟达八大类五十二种。他去世后，意大利总理伦齐向埃科的家人表示哀悼时说："作为欧洲知识分子的杰出代表，他将深刻认知历史的智慧与推测未来的强大能力完美结合。"

1980年，四十八岁的埃科出版了第一本小说《玫瑰的名字》

引起轰动,成为畅销书。从教授到文坛明星,一夜暴富,成为一个当红小说作家。德国哲学家本雅明有过一个观点:作家之所以写作,是因为对他所阅读到的东西不满。翁贝托·埃科也许就是这样。但他明白自己的局限,他说:"面对博尔赫斯朗朗上口、余音绕梁、堪称典范的旋律,我觉得自己好像在吹瓦埙。"欧美许多学者都是很好的作家,虽然翁贝托·埃科的走红不可复制,但学者小说已成为一种门类。中国学者小说最著名的是钱锺书的《围城》,仅此一部就跻身20世纪中国小说前十。钱老后来再无尝试,仿佛奥运会高手,上场从不试跳不试举,但出场便破了纪录,然后退出赛场,成为传说。

生前,翁贝托·埃科生活在一座17世纪的庄园里,在米兰也有一套公寓,他有五万多册藏书,两万册在庄园里。他嗜烟如命,最多的时候,一天抽六十支烟斗,后来为了控制烟量,只好手里夹着雪茄不点燃。他最喜欢的作家是乔伊斯和博尔赫斯。《玫瑰的名字》写了两年,《傅科摆》则写了十年。"几乎整整十年,我活在自己的世界里,我走在街上,看见这辆车,那棵树,对自己说啊,这可以和我的故事联系起来。"他不以文学为生,写小说像在开小差。"我的故事一天天成形,我做的每件事,生活里的每个小片段,每段对话都会给我灵感。"这就是学者与作家的区别:学者总是高高在上,而作家把自己与身边的社会紧紧关联在一起。冰冷的理性融进了鲜活的感性,二者相互激发,思想和故事都有了人间烟火。

埃科的写作一直延续着一种模式:故事中充斥着长篇大论的阐释和晦涩概念,饱受评论家的诟病,却深为一部分读者追捧。他有个极为独特的认识:"人类是宗教性的动物。"这是一个重要的观察和论断，人对宗教性的东西充满天然的亲近感，这是人类行为的某种特征。翁贝托·埃科深谙这一点，小说中那些神秘的宗教背景和悬念让人沉迷。

我看过关于他的纪录片，臃肿的躯体、生命力旺盛的胡须让他整个人充满能量和爆发力。画面上，他挺着大肚子，浑身闪耀着智慧与活力的光芒。像一个老顽童，一开口便知道是一颗有趣的灵魂。他是咖啡控，喜欢吹小号，他说这"标志着年轻的我"。早年也试着写诗，"我的诗歌和青春痘一样，有相同的功能起源和形式结构"。他甚至认为十五六岁时写诗像是自慰。这说明文学基因对他来说是与生俱来的。职业的选择只是给了他打开文学之门的另一把钥匙。博学的人都有一副毒舌，语含讥讽是常有的事。他有一个观点，优秀的诗人会焚毁他们早期的诗作，拙劣的诗人则把它们出版。他推崇王尔德的一句名言："所有糟糕的诗歌都源于真情实感。"这对诗人而言简直是醍醐灌顶。尤其是初学写诗，问题都出在自恋般的感情泛滥。克制是诗歌写作的镣铐，好的句子产生于情感爆发止步之处。

翁贝托·埃科平常做研究，写学术文章，过着一个大学教授的平凡生活，只有周末写写小说，参加学术讨论会的次数多于参加笔会，写作看起来是在玩票，其实他认为许多学者都在叙事和理论之间摇摆。当你无法构建一套理论时，你可以讲述一个故事，每条真理宣言的背后都藏有怀疑那恶魔般的影子。他认为一辈子重复同一门海德格尔课的哲学教授算不上知识分子，对学术犬儒主义提出尖锐的批评："批判的创造性——对我们所做的提出批评或创造出更好的方法，是知识分子职能的唯一标识。"学术已成为一种内卷严重的工业化流程，人们孜孜不倦地生产浩如烟海的学术文章，价值仅在于获得教职，评定职称，尤其是人文学者，一辈子以海德格尔或《红楼梦》为生，营养单一而枯燥，面色枯黄，最后的拐杖越来越细，禁不住生命枯朽的压力。翁贝托·埃科的跨界思考和写作为学者们树立了一个标杆。当然其背后是掩饰不住的才华。

在他看来，从学者到写小说并没有多大的跳跃，他本来一直都在讲故事，只是用的文体略有不同。对于那些我们无法将之理论化的事，我们只能叙述，这里他借用的是维特根斯坦的说法。"更丰富的是故事，一个观点经过改造，融入事件中，借角色来表达，通过精雕细琢的语言使它焕发光彩。"文学、历史、哲学因为故事被紧紧连接在一起。没有精彩的故事讲述，历史就是僵硬的数据和日期，哲学就是逻辑词汇的堆砌，很难让人获得感悟。他有个观点："我发现，归根到底，一部小说与字词毫无关系，写小说关系到宇宙学，就像《创世记》里讲的故事那样。"把虚构上升到创世，这也许是对作家最大的褒奖。

敬畏"纸老虎"

埃科还是一个专栏作家，杂文写得水平极高。有评论认为，读这些小文章最大的乐趣是看一个思路开阔、逻辑清晰的头脑，如何建立论点，或发表犀利的声音。我无力评判他的小说创作，对他的社会锐评却受益匪浅。埃科坚持一点——别想摆脱书，他对纸质书即将消失的预言不以为然，觉得我们应该严肃对待那些"纸老虎"。他每天收到的书实在太多了，经常会装几箱书送到教书的大学，放到一张大桌子上，上面竖着一块牌子："拿本书，快跑！"他认为，无论是读过十本不同的书还是把同一本书读了十遍，都不妨碍你成为一个有修养的人。埃科百科全书式的知识储备让他目光如炬，对社会和人生的观察和批判一针见血。他对人在世间的爬行充满同情和敬意。人是唯一知道自己终将死亡的动物，所以他说："和攻城略地的骑士比较起来，沉默而庄重地承受自己命运才是真正的英雄。"也许，他虚构的那些充满谜团的小说正是对命运的一种慰藉。

他说文学存在的意义在于自我满足，这是为人类的愉悦而创作出来的文本。价值在于享受，在于启迪灵性，在于扩充知识，但也或许只求消磨时间。总之，没有任何人强迫我们去阅读。"因为这是一条拓展记忆容量，极大地丰富个性的理想途径。那么到生命终点，你得以体会了无数种人生，这是项了不起的特权。"他整天穿梭于自己数万藏书之间，太像一个硕鼠，并不断揭开各种秘密。"我喜欢一个说法，叫固执的无兴趣"。他提倡要把自己局限在特定的知识领域，一个人不可能对事事都求知若渴，必须强迫自己不可样样都学，否则什么也学不到。如果我们所有人都拥有网络那样无边无际的知识，我们就成了白痴。文化是一种工具，对智力劳动进行分门别类。被互联网包围的我们洞悉这一点实在过于重要。无所不知的搜索让我们误以为自己无所不知。而事实上，我们只是白痴般地点来点去，并不停地狂妄地对所有我们不了解的东西发表评论。

互联网中没有四季，却永远有汹涌泛滥的洪水。从这个意义上讲，埃科般的清醒才显得如此重要。

翁贝托·埃科接受《巴黎评论》的采访我读了多遍，其中关于虚构与非虚构写作都很有针对性，经常是三言两语就拨云见日。他说写一部小说，主要问题是必须先创造一个时空，然后文字会近乎自动蹦出来。比如一座僧侣被毒杀的十四世纪修道院，一个年轻人在墓地吹小号，一个困于君士坦丁堡之劫的骗子。之后进行研究，给这些时空设置限制：旋梯有多少级台阶？洗衣单上有多少样衣物？一次任务派遣多少同伴？慢慢地添加细节，丰富故事情节。因为是学者，他可以把一部小说的诞生解析得深入浅出。他喜欢把一页内容重写几十遍，有时喜欢把段落大声朗读出来，他对作品的语调极为敏感。"我相信没有一个人是为了自己而写作，我认为写作是一种爱的行为——你写作，是为了付出某些东西给他人，传达某些东西，和别人分享你的感受。"

当记者问他为什么小说里只写过两幕做爱的场景，他幽默道："我想，相比描写性，我只是更喜欢身体力行。"在《玫瑰的名字》里，阿德索和农家女发生关系，翁贝托·埃科用了整整两页描述，但几乎没有一个词是出自他自己之口，而是创纪录地拼凑了五十种不同的神秘语言文本。这真是别样的写作，每一种文本都仿佛是故事重放。

关于写作，他认为社交媒体一百四十个字也可以拖泥带水。"起初，神创造天地。地是空虚混沌，渊面黑暗，神的灵运行在水面上。"这是《圣经》里的文字，他觉得这段话应该得普利策奖，因为它通过三十一个字就说明一切信息。他还举例，意大利爱国主义者阿马托雷·谢萨临刑前，刽子手带他从他家楼下走过，说如果能说出其他同伴的名字，就释放他，他用方言说了句："我们向前走吧！"多么意味丰富的回答。另一个例子是恺撒的名言："我来，我见，我征服！"语言的简洁给人不可思议的力量。

埃科写过一篇《论〈共产党宣言〉的文体风格》，是一堂名副其实的大师写作课。

《共产党宣言》是我们耳熟能详的伟大文献，而以往我们只把它看作是一篇政治宣言，对它的写作肌理并没有过多关注。这篇发表于1848年的文献毋庸置疑对两个世纪的世界历史有着巨大的影响。"谁都不可能断言，一篇精彩的文章单凭一己之力便具有改造世界的能力。"埃科从写作的角度来重新拆解，领略它那超凡的修辞论证结构，即便是通过中译本也依然魅力不减。只有像埃科这样的学者及文体专家才能独具慧眼看出《共产党宣言》这样一份纯政治性纲领文件是一篇"了不起的文本"，资本主义应该以"宗教般的虔诚好好地分析它"，它的优美与有力足可以使马克思与莎士比亚、西塞罗相提并论。《共产党宣言》的开篇犹如当头棒喝，第一句话就像贝多芬的《第五交响曲》一样，如雷贯耳的一句："一个幽灵，共产主义的幽灵，在欧洲游荡。"

接下来，马克思以鸟瞰的方式回顾了社会斗争的历史，从远古罗马直到中产阶级的发轫和勃兴，然后则是新的"革命"阶级。这些便构成作品的前半部分，而且他认为直到今天对于拥护自由市场的企业而言，其中的教义依然有效。这是一股挡不住的力量，借由新市场对商品的需要，横扫了整个世界。资本主义甚至颠覆了最遥远的国度，因为它的廉价商品就像一门门重炮，仗着这些武器，摧毁了每一段中国万里长城，并且让那些原本最结实有抵抗力的民族屈服投降。它跨过国家蔓延开来，形成全球化的趋势，甚至发明出一种不再是民族的而是世界性的文学。今天的许多学者开始认为这是马克思第一次对全球化进行的描述和预言。

人们对最后两句致命一击的口号印象深刻，这是两句简单、容易记忆,但是读了让你喘不上气来的口号,日后注定要扬名世界:"无产者在这个革命中失去的只是锁链,他们获得的将是整个世界。"在这句斩钉截铁的判断之后,结尾是一句伟大的号召:"全世界无产者,联合起来!"埃科认为这是一篇了不起的文本,灵活地在启示录般的语体以及讽刺手法之间游走,又有效果宏大的教条口号,还有极清楚的解释。他建议资本主义社会应该在广告学的课堂上,以宗教般虔诚的态度好好地分析《共产党宣言》。在逆全球化的今天,这篇宣言将再次进入人们的视野。

2016年2月19日,埃科去世,享年八十四岁。在小说《玫瑰的名字》的结尾,他对死亡做了这样的描述:"很快我将进入这片广阔的沙漠之中,它平坦而浩瀚,在那里一颗慈悲的心将会得到无上的幸福,我将沉入超凡的黑暗,在无声的寂静和难以言喻的和谐中消融……我将沉浸在寂静而渺无人迹的神的境界,在那里没有作品也没有形象。"

阅读参考书目

[意]翁贝托·埃科:《埃科谈文学》,翁德明译,上海译文出版社,2014年12月。

[意]翁贝托·埃科:《帕佩撒旦阿莱佩:流动社会纪事》,李婧敬、陈英译,上海译文出版社,2019年1月。

[意]翁贝托·埃科:《巴黎评论·作家访谈》,黄昱宁译,人民文学出版社,2012年2月。

[意]翁贝托·埃科:《玫瑰的名字》,沈萼梅、刘锡荣、王东亮译,上海译文出版社,2022年3月。

雷蒙德·卡佛：
梦是你从中醒来的东西

雷蒙德·卡佛(1938—1988)

生于"下沉年代"

雷蒙德·卡佛成为美国作家乔治·帕克非虚构著作《下沉年代》里的人物多少令人意外，这本 2013 年美国国家图书奖获奖作品，用十个人物的三十年人生"撕开美国的破碎裂痕"。但当你读完全书，会发现卡佛的一生对于三十年美国社会实在过于典型。

卡佛含辛茹苦成为美国著名作家的经历相当励志，因为他的大半生实在太过悲惨了，他的作品写的都是像他这样的人，他们与死路一条的生活徒劳地抗争着，终成失败者。这些人物与其说是受害者，倒不如说他们也是无辜的旁观者，生活在一个病态、无序，基本需求无法得到保障的边缘。"我只是为我知道的一些事情做见证"，见证他所生存的那个阶层悲苦而又无能为力的命运。他用手中的笔书写了美国一个庞大阶层的沦落与噩梦。当时也有舆论抨击他"用一些贫穷、绝望、无能的人的故事给美国抹黑"。这也许恰恰是《下沉年代》所需要的最好的证据。

卡佛只是时代悲歌微不足道的插曲，是无数失败者的一分子而已。好在他的噩梦终于醒来，伴随着家庭的分崩离析，黎明到来，繁星散尽。1989 年 9 月 22 日，英国 BBC 播出了关于卡佛的纪录片，片名是《梦是你从中醒来的东西》。这个梦既是他自己的，也是整个美国的一个时代。

1982 年,卡佛与妻子玛丽安正式离婚。

这场离婚拉锯战持续了几年,彼此相当不舍,尽量保持友好。玛丽安非常信任卡佛,所以起草离婚协议时,她在"需自愿资助"的文件上签了字。也就是说卡佛给钱,完全听凭他的自愿,没有法律约束。卡佛的传记作者说:当雷蒙德·卡佛开始创造未来时,她曾经在那里,因此她相信当她需要帮助时,他也会出现,并拒绝了别人的提醒。她说:"雷说他每个月都会寄钱来,所以我相信他。"

《巴黎评论》的记者于 1981—1982 年采访卡佛的时候,他已经是一位成功的小说家,《纽约时报》《星期日泰晤士报》等纷纷给他留出版面。他告诉记者,如果相信星座的话,那么他的星座是乌龟。大意指的是他属于某种"缓慢的成功"。20 世纪 80 年代,他的名字英雄般闪闪发亮,被誉为"美国蓝领的编年史作家",并创造了以他命名的一种文学风格——"极简主义"。他有了钱,住上了两层楼的房子,开上奔驰车,有了自己独立的房间可以自由安静地写作。很快,他有了自己的情人苔丝·加拉格尔——一个诗人女作家。她爱他,欣赏他,珍惜他。

离婚两个月后,卡佛写了一份遗嘱,赠给玛丽安和两个孩子每人五千美元,而将剩余遗产,包括全部文学、戏剧和电影作品的所有权以及本人的各类财产赠给加拉格尔,作为遗嘱执行人。

六年后,1988 年 8 月 2 日,卡佛去世,年仅五十岁。在生命的最后几个月里,卡佛和加拉格尔举行了婚礼,买了一栋新房子,应邀担任《1988 年美国小说》的评委,被大学授予名誉博士学位,成为美国艺术文学院成员。这一年,是他人生最辉煌的时刻。

十年前的 1978 年，卡佛还一文不名。那时候，干一份工作从来没有超过一年半，是玛丽安一直在供养他。十年后，他去世的时候是什么样呢？三幢房子、两辆新车和一条十年前生产的小艇，存款二十多万美元。随着卡佛作品的升温，巨大的收益再次引起了纠纷，仅一部电影版权就付给加拉格尔二十二万五千美元（佣金除外）。

而此时，玛丽安已经没有了工作。离婚时她选择相信卡佛，但绝没有想到卡佛会走得这么早。没办法，她只好选择起诉，希望继承些遗产，两个子女也分别予以起诉。经法院判决，最终，他们每人又额外得到五千美元，并签署了遗产弃权文件。卡佛母亲只得到了一千五百美元，卡佛遗嘱里没有为母亲留一分钱，她七十八岁时还在一所小学里工作。

从卡佛对早年的叙述中，很容易发现父亲的基因在他身上起了更大的作用。家里一直很贫困，在温饱线上苦苦挣扎。父亲是一个不可救药的酒鬼，但他喜欢讲故事、喜欢读书，尤其喜欢小说，有时候也会念给卡佛听。在一个没有私人空间的家庭里，躺在床上读小说算得上是一件很私密的事情了。母亲是他写作的支持者，经常帮卡佛打印、邮寄文稿，他的处女作就是经过母亲的手开花结果的，这些生活中的小小细节培养了一位作家。回顾自己的过往，卡佛说："当你开始生活时，你从未想到过破产，变成一个酒鬼、背叛者、小偷或一个撒谎的人。"同样，当他结婚的时候，从未想到有一天会离婚。

卡佛和玛丽安一见钟情，并迅速陷入热恋。十六岁的她怀孕了，那时候她刚刚中学毕业，本来要去华盛顿大学读书。玛丽安的母亲因此恨透了卡佛，但没有什么能阻止他们相爱，他们选择了结婚，那是1957年。第二年，孩子生下来，她只有十七岁。一年后，他们有了第二个孩子。不到二十岁他就有了两个孩子，一男一女。"我将永远拥有他们，永远发现自己处于这种处境，即无法摆脱的责任和永远无法专心。"显然，玛丽安上不成大学了，本来，她是一个好学生，品学兼优，懂拉丁语。后来，她终于完成了自己的学业，那是在他们结婚后的十四年。回忆那段时光，卡佛辛酸地说："我们根本就没有青春的时光，我们发现自己在扮演着陌生的角色，但我们尽了最大的努力，我想说尽了比最大还要大的努力。"他们的青春过早地被爱情以及后来的婚姻吞噬了。

卡佛一直在干一些很差劲的工作，看过门，送过货，打扫餐厅和停车场，锯木厂、加油站、仓库留下他沉默的身影。"这个世界上所有糟糕的活儿我都干过。"他妻子则在餐厅当服务员、推销员，二人用卑微的劳作支持着整个家庭。"年复一年，我和妻子不得不东奔西走，努力让头上有片瓦遮身，餐桌上有面包和奶。"他们比任何人都勤奋、辛苦、正直，有着自己伟大的梦想，希望有一天能够通过自己的双手改变自己的命运，可是，没用，他们无能为力，梦想一个个破碎。"我们有过宏伟的梦想，我和我妻子，我们本来以为可以埋头苦干，决心要做的事全都做到，但是我们错了。"很长一段时间，他的生活是一片荒原，整个人处于"自动导航状态"，任凭命运的安排，在生活之流上漂浮。在一个袖珍笔记本里卡佛写过一句话："我不知道我想要什么，但我现在就想得到它。"是什么呢？一种作家生活。为了这个梦想，他想方设法去读了大学的创意写作课。那时候，卡佛和他的妻子以及两个孩子住在加州奇科市郊区的小镇，一个每月租金两百美元的老房子里，为了搬来这里还借了钱,他用了"一贫如洗"这个说法。他永远忘不了处女作发表的那一天,他和玛丽安开着车给朋友们送那本杂志,抱着它上床睡觉。那是1962年。

卡佛说从来没有人请他当作家,在付账单、挣面包和为生存而挣扎的同时,当作家就像是一个笑话。但他一直在写,生活中有太多的无奈需要承受,想写东西但没有时间和空间。"我的生活庸庸碌碌,乱七八糟没有多少光线照进来。"他经常坐在外面的车里,在膝盖上的便笺簿上不停地写。他们破过一次产,孩子已经进入青春期,除了一辆破车、一套租来的房子和屁股后面跟着的新债主外,一无所有。他感到了"一种精神上的湮没"。"事情多少会有些变化,但是永远不会真正好转,洞察力又不能当饭吃,只会让事情更难办。"他也写诗,这是他写的一首《解剖室》。喷涌的文学灵感被涂抹在一首首短诗里。

但我的头混乱不安。
什么事
也没发生,一切都正在发生。
生活就是一块石头,沉重而锋利。

转折点发生在1967年,这一年他的小说被选入《美国最佳短篇小说选》。

进入20世纪70年代,玛丽安终于获得了学位,有了一个正当的职业——高中英语老师。卡佛开始不停地发表作品。就在这时一切都崩溃了,他成了一个酒鬼。"这一刻到来了:妻子和我认为神圣的、有价值的、值得尊重的一切都分崩离析，包括每一种精神价值。"而在他们刚刚陷入爱情的时候，总觉得天堂也有他们一席之地。接下来，他一直在与酒精抗争，每天伴随着颤抖醒来，在酗酒的末期，他不得不面对警察、急救室和法庭。他意识到自己正在走向死亡，尤其当他发现自己丧失了写作能力时，终于戒酒成功。从那以后，他又写了十年，享受着一个作家的荣耀和新的爱情，直到1988年去世。

写作就是去发现

1976年，卡佛的第一本书《请你安静些，好吗？》在纽约出版，这是经过漫长而艰苦的二十年写作后的回报，在扉页上他虔诚地写下"本书献给玛丽安"。这是一本短篇小说集，他没有时间写作，长篇小说对他来说实在过于奢侈。那一年，他宣告破产，被告上了法庭。两年后，他和玛丽安分手。生活安定了一点，他们又遭遇谁也逃不开的中年危机，他们都有了外遇。"只是这床看着奇怪，难以解决。"这是诗人收拾出走的妻子留下的遗物时写下的两句诗。视角独特、语调奇崛。有一天，他的前妻顺路来看他，他写了一首《干杯》，其中有这样两句：

> 带来一罐牛肉汤
> 和一盒子眼泪

卡佛的大部分诗写于生命的最后十年，甜美的爱情和平静的生活让他诗意盎然，从早年的一地鸡毛到晚年的从容余裕，卡佛都用诗歌抹平了。去世后，加拉格尔在一个笔记本里发现了他写的一段话，很像对自己的评价："无论这一切是怎么回事，它不是一次徒劳无益的尝试——不是一段徒劳无功的历程。"美国的文学史有了卡佛的位置。在遗孀加拉格尔的照管下，卡佛的著作销往全球，从文学的角度，她真是一个最为合适的遗产执行人。2006年，加拉格尔出版了一本诗集《亲爱的幽灵》，其中有首诗说到他们的生活：

> 我们的生活破碎得
> 超过了沉静的绣球万花筒
> 和它的七种变化。

读加拉格尔1996年为卡佛诗集《我们所有人》写的序言，我被深深地打动。她称他的诗像中国的老子那样有"宝石般的清澈"；从这些诗里能够找到一种平易近人的，甚至堪称友善的、非凡的敏感；它们像知己和旅伴一样，带有"一种可供分享的生活的力量"；诗中那种叙述性的直接坦率，连同语词和意象的精确，扩宽了诗歌的入口；他那种将经验赋形于新鲜的语言和行为的能力令人钦佩。在她看来，得遇诗歌的良机,卡佛的生活"呈现出格调、理性和感恩"。从加拉格尔知音般的准确解读，以及充满感情的回忆中，你不得不承认，她是一位难得的诗人、作家，一位真正懂得卡佛的人。加拉格尔总结得非常好：诗歌不仅仅是为我们想说的话而提供的一种含蓄和节制。它是丰饶和感激之地，为那些最贴近我们心灵的人与事提供空间的地方。①

没有对写作不可救药的爱，很难想象卡佛会在那么不堪的生活中存活下来。文学是他的信仰："一定要全力以赴去写，然后不要辩护或者找理由。不要抱怨，不要解释。"必须热爱写作，必须热爱写作这种行为，打字机的声音，油墨的味道，任何有关的东西。"必须把写作变成自己的世界，而不是别人的。"他用自己的命运证明了这一点。

他是一个不可救药的改写家

"我是改写最虔诚的信奉者"，卡佛说，他认为改写和修订是对已完成作品的彩排。关于写作，这位尝尽生活艰辛的作家与许多养尊处优的作家完全不同，他对自己的文字近乎苛刻，不停地修改、重写，初稿经常手写，而修改则是二十遍、三十遍，他自己的说法是"从来不低于十到十二稿"。有人用四个字形容他被誉为"极简主义"的作品——骨瘦如柴，虽然他不喜欢这个标签。但我们可以想象这背后是多少遍的修改，他喜欢加加减减。"如果小说初稿有四十页，等我写完通常只剩下一半了。"他的诗要改四五十稿，一首《小步舞》的诗他记得改写了二十五遍。用他的话讲是"我贴着骨头写"，把小说削减到只剩骨头。所有著名的作家都是杰出的改写家，卡佛喜欢在演讲中给大家讲他们的故事。海明威的《永别了，武器》结尾写了四十遍。他说他见过托尔斯泰的《战争与和平》校

---

① ［美］雷蒙德·卡佛：《我们所有人》，舒丹丹译，译林出版社，2013年6月。

样的照片,托尔斯泰用钢笔和墨水把这本书从头到尾写了八遍,出版前一刻他还在校样上修改。而且由于改动太多,不得不重新排版,印刷工人不得不重新排铅字。"我很庆幸自己读过《战争与和平》。我已经读过两遍,而且我希望在死之前能再读两遍。我觉得这是一本了不起的书,一本杰作。"

他喜欢在墙上贴满卡片

卡片上抄录着令他服膺的一些话作为座右铭。是提醒,也是勉励,也有技巧和灵感。他说,丹麦女作家伊萨克·迪内森曾说过,她每天都会写一点,不抱希望,亦无悲观。哪天他要把这句话记到一张三乘五英寸大小的卡片上,用胶布贴到书桌旁边的墙上。我的墙上现在就有几张那么大的卡片。另一张贴了很久的卡片是他信奉的埃兹拉·庞德的名言:"不折不扣地准确陈述,是对写作唯一的道德要求。"在伊萨克·巴别尔的短篇小说《莫泊桑》中,关于小说写作,叙述者说了这么一句:"没有什么能像一个位置妥当的句号一样,带着如许力量直刺人心。"卡佛说,这句话应该记到一张卡片上。

他说小说不可能没有出处

"我喜欢短篇小说中有某种威胁感或者危险感,得有紧张感,感觉什么在迫近,什么东西在不断逼来。"这是卡佛关于小说最有个性的一个观念,同时也概括了他小说的风格。当他开始写一个短篇的时候，自动跳出来的只是短篇的头一个句子："他正在吸尘时，电话响了。"写了开头这句，其他句子马上自动接上了。我写这个短篇正像我写一首诗那样：一句接一句，一行接着一行。"从开头的两三句，你就能看出来这篇小说是否有价值。从字词的搭配、句子的样式，以及给你的感觉上就能看出来。"所以他建议：不要把你最好的东西留在最后面。"这将是最后一个被你毁掉的圣诞节。"这句话在他脑子里嗡嗡作响了好一阵，直到围绕这句话他写了一篇小说。一个写作者异于常人的是他对世界的好奇，卡佛斩钉截铁地说过，一位作家有时需要能不管是否会显得愚蠢就站起来，带着不容置疑的单纯的惊奇，看看这样那样的事物，一次日落或者一只旧鞋子目瞪口呆。在诗或者短篇小说中，有可能使用平常然而准确的语言来描写平常的事物，赋予那些事物——一把椅子，一面窗帘，一把叉子，一块石头，一个女人的耳环——以很强甚至惊人的感染力，也有可能用一段似乎平淡无奇的对话，让读者读得脊背发凉，这是艺术享受之源。

他说每一首诗都是"爱情诗"，是爱的行为

作为诗人的卡佛一点也不逊色于他的小说家身份，即便通过译文读他的诗，仍然令人着迷。他透露他写作的秘籍是：用写诗的方法写小说，凝练到极点；又用写小说的方法写诗，讲好一个故事。"在诗歌里我可以更加私密"，卡佛说，他是一个 loser（失败者），酒鬼、离异、赌徒般的垂钓者。那些生命赤裸裸的质地，生活赤裸裸的里子，在他都是深刻的体验。诗人王家新谈卡佛的诗时说如果他要旅行，

会选择带一本卡佛的诗集。如果你想写诗,卡佛会一次次唤起你写诗的冲动。他的诗能和现实"摩擦"并触及我们人性中最柔弱、最致命的那一部分。他的小说属于"峻削派",而诗却像生活的流水账——寥寥几笔就还原生活本身。

他是运用"反讽"的大师,拥有一颗现代主义的灵魂。经历了生活的磨难,卡佛对所谓艺术充满了苦涩的看法:"艺术是一种奢侈,它不会改变我和我的生活。"他觉得雪莱所宣称的诗人是这个世界上"不被承认的立法者"是句鬼话。因为他的过去是如此不堪,他说,过去是个陌生的国度,人的所作所为完全不同,该发生的总会发生,"我真的觉得我有两段不同的生命"。而小说就是小说,它什么也改变不了。但他的信仰是:

> 小说不需要做任何事,它只需要带给写它的人强烈的愉悦,给阅读经久不衰的作品的人提供另一种愉悦,也为它自身的美丽而存在。它发出光芒,虽然微弱,但经久不息。①

阅读参考书目

[美]乔治·帕克:《下沉年代》,刘冉译,文汇出版社,2021年1月。

[美]雷蒙德·卡佛:《火》,孙仲旭译,译林出版社,2012年9月。

[美]雷蒙德·卡佛:《我们所有人》,舒丹丹译,译林出版社,2013年6月。

---

① [美]雷蒙德·卡佛:《火》,孙仲旭译,译林出版社,2012年9月。

［美］雷蒙德·卡佛、布鲁斯·金特里、威廉·L.斯塔尔:《雷蒙德·卡佛访谈录》,小二译,南京大学出版社,2021年7月。

［美］卡萝尔·斯克莱尼卡:《当我们被生活淹没:卡佛传》,戴大洪译,上海三联书店,2018年12月。

阿摩司·奥兹：
每个人都在渴望更多的爱

阿摩司·奥兹（1939—2018）

每个家庭都是一个奇迹

2020年4月28日上午，读完了阿摩司·奥兹的长篇小说《爱与黑暗的故事》，看了看日历是个星期二，居家防疫，星期几变得已经无关紧要。原想头天晚上读完，凌晨快两点的时候，还有两大节。我决定睡觉，把它留给第二天。繁体竖排，厚厚的一本书，中文版五十多万字，是多年前从台北诚品书店背回来的。占有了也就不着急享用，放在书架上几年，一直没勇气翻开。疫情颇能静志，专拣大部头繁体版来读，一页页跋涉，有种仪式感。

《爱与黑暗的故事》出版于2002年，既是一部回忆录，又是一部小说。里面的所有信息都可以和作家的生平对应起来，而我的心里一直在明知故问：这所有的一切都是真的吗？放下书，一种淡淡的哀伤始终萦绕在心，挥之不去。奥兹说过，阅读的乐趣和其他的乐趣一样，应该是小口啜饮，慢慢品味。这本书我就是这么读的，很长时间都余香满口。

对这部作品，世界文坛评价很高，五年内被翻译成二十多种文字，凭借此书，奥兹获得了2005年"歌德文化奖"，并于2007年入围"布克国际奖"。写作这部小说的时候，阿摩斯·奥兹已经越过了六十岁的门槛,他承认写这部小说动用了自己最重要的写作资源——家族历史。奥兹成为作家源于一个巨大的悲剧:母亲的自杀。奥兹只有十二岁,拒绝参加母亲的葬礼。这是一个很难想象的成长过程,萦绕不去的谜团、无法排解的委屈与愤懑、难以倾诉的孤独感与作家一生如影随形。"写这本书的时候,我一次又一次地生活在记忆之中,生活在久远的童年中,这让我感到痛苦,我时常在写作中落泪。但这次写作也让我享受到乐趣,我的童年并不快乐,但也不悲惨,记忆中还是有许多令人愉快的时刻。写这本书对我来说是一次重归'和平'的旅程,与我的父母重归'和平',与我自己重归'和平'。"[①] 他终于可以用慈悲、幽默和好奇的方式来看待父母了。这本书的字里行间,浓浓的是很多的"爱"和很多的"黑暗"。对家庭的爱,对耶路撒冷这座城市的爱。种种爱的秘密以及最终的破碎;种种黑暗的秘密以及悲剧——母亲的自杀,犹太人在欧洲的生存状况,阿拉伯人对以色列国家的误解、仇恨和残杀。书中写道:"每天晚上,耶路撒冷的居民就这样把他们自己锁在家里,像我们一样,写作。……整个耶路撒冷每晚低头坐在一张纸面前,修改、涂抹、书写并润色。"这是一种象征性极强的表述,以色列人总想留下历史,改写历史,创造历史。白昼和夜间,是这部小说铺陈的两个空间,里面是日常生活的惊心动魄。这是一群生活在火山口下的人们。

"请坐下,亲爱的死者,跟我说说以前你们从未向我说起的东西,我也会讲述以前不敢向你们讲述的东西。"我们听到的是一个孩子

---

① 《外滩画报》,奥兹专访,2007年9月。

的声音。

小说的设计雄心勃勃，奥兹希望通过叙述自己家族故事来反映以色列百年风云。他始终觉得，塑造新的犹太人需要成百上千年的漫长时间。他不相信一代人就可以做到这一点，需要很多代人的努力。"我写的是梦想和梦想付诸实践的故事，因为在梦想与现实之间总是有一段非常难以逾越的鸿沟，所以我的书里就是在悲剧和喜剧之间徘徊不定。你要是读这本书的话，你就可以感觉到有些地方令人非常悲痛，有些地方让人感到非常的滑稽可笑，就像各地的人类生活一样。"[1] 奥兹的笔触饱蘸情感，带有自己特有的质朴和忧伤的诗意，仿佛沙漠里飘来的中东乐音，描摹着以色列这块灾难深重却又文化悠久的土地上的各色故事。小说在童年的记忆、父亲的书房、奶奶与母亲的死、朋友、师长与邻居们的琐碎生活与相互关系之间穿越，通过这个孩子的眼光和口吻，我们慢慢读懂这个从20世纪二三十年代迁来的家族在以色列经历了什么，又见证了什么。童稚的口吻与复杂的叙述如蔓延的河流，引人入胜，动人心魄。每个章节自成一体，章节与章节紧密咬合，叙述与思考丰沛有力，一个花甲之年的老作家内在思维的缜密令人惊叹。

奥兹后半生的三十年生活在沙漠小镇阿拉德。他喜欢数千年不变的沙漠那种苍凉感："没有人烟，没有高楼，就这样沧海桑田。如同人的一生，财富来来去去，名誉和成功成为过眼云烟，最后留下什么？沙漠说，最后只留下人们被爱的渴望。"他书房的窗户面向沙漠，外面是一个漂亮的小花园，花园里长着玫瑰和灌木，他为

---

[1]《外滩画报》，奥兹专访，2007年9月。

拥有自己的花园自豪。他拥有一双翠蓝的眼睛,一头金黄色的短发,总是面带和蔼的微笑,举止谦恭有礼,优雅得体。

他每天早上六点钟在沙漠散步四十分钟,无论冬夏,沙漠里每隔两三年会下一次雪,冬天寒冷彻骨,周遭一片荒凉,只有独自一个人才与之相称。喝杯咖啡后他走进书房,坐在写字台前等待灵感,他不看书,不听音乐,不接电话。然后写作,有时写一句话,有时写一段话,如果幸运,一天可以写上半页纸。他在写字台和小讲桌之间来回行走,然后在小讲桌上写下一个句子。他用手写,文字处理器只是打印。他刻意使用两支笔来写作,两支普通的圆珠笔,一支笔用来讲故事,一支笔来写政治,两支笔大约每隔三个星期换一次。他在这里每天会待上七八个小时。就像一个门店,每天早晨打开店门坐在那里等待顾客到来。不写作的晚上,他会去城里的咖啡馆坐坐,他称那里为"地方议会",人们在那里争论人生的意义、历史的意义,或者上帝的真正意图。他喜欢那样的消遣时光。

不时会有记者来采访,他接受访谈时说话的语气就像希伯来的先知,喜欢用判断句。他习惯用男女关系来比喻写作,这听起来容易理解,他说写长篇小说是一项纪律性极强的事业,写一首诗犹如一次短暂的风流韵事。写短篇小说犹如一场浪漫关系,一次浪漫爱情。写小说犹如一次婚姻,人得变得诡诈,要策划妥协,做出牺牲。希伯来语是他思考、计算、大笑、做爱的语言,"语言就是一切",这是他生存的一部分。"书可以带到床上去,但电脑不可能。所以我基本不看网络文学。平常的创作也是手工创作,触摸纸和笔的感觉让我很喜欢。"

"我是一个幸运的男人。"老年的阿摩司·奥兹爱把这句话挂在嘴边。2016年，在中国接受采访时，他说："人总是在渴求更多的爱，总统、士兵或者国王，没有一个人得到的爱是足够多的，每个人都在渴望更多的爱。每一份爱，如同沙漠里的沙粒，如同眼前这包砂糖中的一颗，它足够渺小，又至关重要，我们要珍惜它，不要丢弃它。人与人的每一次拥抱，都如同一粒砂糖一般的爱，是给予彼此的馈赠。如果没有这粒砂糖，人就会过着一种沙漠般的生活，人心就会如同荒芜的沙漠。"①

奥兹的笔下家国一体，他为"家庭"这种社会基本结构而着迷，用家庭关系去写政治。"家庭是宇宙中最神秘的细胞"，聚集了喜剧、悲剧与一切矛盾，"如果我不得不用一个词来告诉你我的作品写的是什么，我会说'家庭'。我发现家庭是最为神秘的机构，最不可靠，最为悖论，最为矛盾。在这个家庭中，每个人都与他人之间具有冲突，每个人都是正确的。他们都爱着对方。我是一个对家庭深信不疑的'信徒'。家庭在我的写作与观察中是最迷人、最能引起兴趣的主题。"奥兹喜欢观察家庭、研究家庭。他的特殊经历让他看见家庭生活中带有悲剧色彩的一面。他切身感受到那些让家庭破碎的力量，它们是存在于夫妻之间、父母与孩子之间的争吵、冷漠、愤怒和摩擦。一个家庭，最终完整的家庭能抵抗所有这些力量，它将会是一个奇迹，奥兹探讨的正是这个主题。《爱与黑暗的故事》里的这段话催人泪下：

亲爱的父母们，亲爱的范妮娅和阿里耶，现在是晚上，我独自一人在阿拉德的房间里。

---

① 《书评周刊》，奥兹专访，2016年。

> 爸爸，你站起来，
> 弯腰。妈妈，你坐着，挺直而美丽。
> 爸爸你似乎
> 坚持，或是拒绝打开窗户。但是妈妈你不会屈服。
> 在深深的黑暗中，你会低声哭泣，完全无助。
> 而爸爸低声说道，让我来试着解释一下。

这段话不知道在奥兹的内心盘旋了多久，如果历史可以重演，他终生都想把爸爸妈妈拉在一起，让他们重归于好，让后来的悲剧不会发生。

所有人的生活都有赖于秘密

我用几个月的时间读完了奥兹所有的中译本。我对专注的译者钟志清充满感谢之情。在他的很多小说中，都在描写男人与女人应该如何相处，人与人之间应该如何互相尊重和互相爱护，不同的种族应该如何在文化差异中寻找共同点，然后，共同地生存下去。他引用公元前8世纪，最早的正典先知阿摩司向众人传达神谕时说的话："惟愿公平如大水滚滚，使正义如江河滔滔！"奥兹的作品一直在申辩这个主题。奥兹曾说，小说家比其他人懂得更多的一件事情，是他的人类同胞的经历，因为他们必须穿上别人的鞋子，进入别人的内心，他们必须盘问自己："如果我不是我，那会怎样？"

就这些作品而言，从语调上，我喜欢《莫称之为夜晚》，这是阿摩斯·奥兹1994年出版的长篇小说。沙漠小城，一对年龄差异较大的夫妻，西奥和诺雅，生活正被庸常和寂寞吞噬着。他们在南美洲某个国家旅行的时候认识，成为情人，两个人回到以色列的一座偏僻的沙漠小城市结婚，定居。沙漠小城，沉闷、闭塞，表面平静的婚姻生活却暗流涌动，西奥曾是一个战斗英雄，现在是一个沉默的老年人，年轻妻子诺雅是中学英语教师，寂寞的婚姻下却是一颗躁动的心，即使与其他男人发生性关系也无法排遣内心的积郁。她用帮助一个从俄罗斯回来的犹太音乐家来找到生活的意义。我喜欢这篇小说的叙述，有着夜晚般的从容、神秘和幽暗，基调诗意、温暖，语句带着微妙的轻盈。

小说《了解女人》写了一个谜，颇有种武侠小说的洒脱。约珥是一个以色列特工，供职于以色列情报机构"摩萨德"，这是一个与苏联"克格勃"和美国中央情报局齐名的著名情报机构。作为一名特工，约珥有着超人的分析问题和解决问题的能力。现在，他遇到了一个难题：一个暴风雨的清晨，他的妻子不慎触电身亡，当时一个男邻居在前往救助的时候，也触电身亡。这个事件在当地引起了很大的震动，非议和谣言四起。家庭瞬间分崩离析，约珥无法承受，决定提前退休。为了补偿家庭，开始和母亲、岳母以及女儿一起生活，亲自操持家务。他的周围，都是和他有着最亲密关系的女人。他发现，由母亲、岳母和女儿所构成的这个女人的世界，和他的特工组织"摩萨德"完全不同，甚至是一个完全相反的世界。浓厚的精神分析笔调是小说的风格，笔触细致幽微，搭建了一个"摩萨德"前特工的内心世界。一个男人在寻找自我、发现自我的精神旅程中却意外发现了女人的世界。

《沙海无澜》虽然带有浓浓的自传色彩，但叙述主题和框架都暧昧不清。主人公约拿单与作者经历颇多重叠之处，也许这确实是奥兹本人的一次寻找之旅。约拿单出生并生活在基布兹二十余年，与父母之间冲突不断，夫妻生活也平淡如水，备感压抑。俄罗斯青年阿扎赖亚来到基布兹，为约拿单妻子的美丽所倾倒。约拿单却于此时悄悄离去。家里掀起轩然大波，父母互相埋怨，妻子默默地忍受着。约拿单冒着被俘虏的危险，穿过边境，前往红石城佩特拉。没想到自己一直向往的地方已成了一座地狱，几经波折之后，他重返基布兹。小说的结尾，独身生活的斯鲁利克在日记里写道："冷漠的大地，神秘的苍天，永远威胁着我们的大海，还有那些草木和候鸟。死亡主宰着一切，连岩石也死一般地沉寂。我们每个人都有残酷的一面。每个人都或多或少是个杀人凶手，即使没有杀人，也可能正在杀害自己。我仍然不懂得什么是爱，也许它永远无法理解。"这个疑问是奥兹终生的探寻，少年心理的创伤一直无法愈合。他只能不停地通过文学疗治。

奥兹说《一样的海》是他最满意的作品，一首长诗，先知般的语言："即使我的皮肤最后晒成了深褐色，但内心依然苍白。"我的阅读几度中断。《我的米海尔》是他的处女作，我留在了最后阅读。通读一个作家的时候，先读他最巅峰的作品，再读处女作，这样你会发现作家成长的奥秘。就像了解一个人，从年老的照片看年轻的照片以至幼年照，你会发现许多许多故事。这篇处女作的第一句话曾让很多读者着迷："我之所以写下这些是因为我爱的人已经死了。我之所以写下这些是因为我在年轻时浑身充满着爱的力量，而今那爱的力量正在死去。我不想死。"奥兹说："这是我写这篇小说时的第一句话。我在这句话上花了很大的力气，我一遍一遍地写，反复地写,因为我认为这是一句非常重要的话,它为整篇小说搭建了舞台。"小说创作的奥妙就此呈现。

阿摩司·奥兹是当代以色列最重要的作家之一,也是为数不多的用希伯来语写作的作家。奥兹,在希伯来语中意为"力量",这是阿摩司·奥兹在十四岁时给自己取的名字。历史上的犹太人没有祖国,没有建筑,没有绘画,只有语言是他们随身携带的文化印记,犹太人的历史集中在书写与音乐中。阿摩司·奥兹一直在书中探索犹太人的过去和未来。生活中浸透着历史。奥兹写到,耶路撒冷是"一座迷人的文化城市……在那里,追求文化的犹太人和阿拉伯人与富有教养的英国人举止得体;在那里,富有梦幻、脖颈颀长的女子身穿晚礼服,在藏青色的西装笔挺的绅士怀中翩翩起舞;在那里,宽宏大度的英国人和犹太文化人或受过教育的阿拉伯人共进晚餐;在那里,举行独奏会、舞会、文艺晚会、茶话会,以及赏心悦目的艺术座谈会"。耶路撒冷是他从小生活的城市,是犹太教、基督教和伊斯兰教的圣地,千余年来受到了东西方不同文明的撞击和融合。古埃及、以色列、古希腊、古罗马、古代巴比伦、拜占庭、波斯和阿拉伯等文明都留下了不可磨灭的足迹,这里也是西方现代文化的发源地,是以色列人认定自己身份的地方。

归根结底,奥兹还是一个政治性很强的作家。在拥有深厚的文学积淀之后才开始写作。他一直在大学教书,讲稿中文版也已经出版,题目是《故事开始了》。写这部讲稿的时候他还不是一位作家,第一部小说还没出版。这本书纵横捭阖、鞭辟入里,像一个博学的文学教授。他举了契诃夫的小说《带狗的女士》:"据说,滨海那一带有一个新来的:一个带小狗的女人。"男主人公古罗夫朝那只小狗一次又一次晃动手指头，示意它过来，直到那女人脸一红，说："它不咬人。"于是古罗夫就请求她准允他给那条狗一根骨头。他们开始眉目传情，故事也就开始了。这是一个关于外遇的故事："在秘密的掩盖下，在夜幕的掩盖下，每个人都有着他真实的、很有意思的生活。"

作家就是那个从自己的秘密入手，揭开人类生活全部秘密的人。

阅读参考书目

［以色列］阿摩司·奥兹：《爱与黑暗的故事》，钟志清译，译林出版社。

［以色列］阿摩司·奥兹：《我的米海尔》，钟志清译，译林出版社，1998年8月。

［以色列］阿摩司·奥兹：《一样的海》，惠兰译，译林出版社，2012年6月。

［以色列］阿摩司·奥兹：《莫称之为夜晚》，庄焰译，人民文学出版社，2017年11月。

［以色列］阿摩司·奥兹：《了解女人》，柯彦玢、傅浩译，译林出版社，2007年8月。

［以色列］阿摩司·奥兹：《沙海无澜》，姚乃强、郭鸿涛译，译林出版社，1999年10月。

［以色列］阿摩司·奥兹：《故事开始了》，杨振同译，译林出版社，2011年1月。

［以色列］阿摩司·奥兹：《巴黎评论·作家访谈3》，钟志清译，人民文学出版社，2017年12月。

翁达杰：
我答应过要告诉你，
人是如何陷入爱情的

翁达杰（1943— ）

致命的情人

2020年，整个夏天我都在读迈克尔·翁达杰。只有夏天适合他的文字。

《安尼尔的鬼魂》，一本迷人的小说，我是在北京初夏的晚上读完的。好的小说是那种舍不得读完的书，而且你读第一页的时候，就知道你还会重读它。作者在后来的一部小说里说过一句话："只有重读是重要的。"

这是翁达杰魂归故里的一本书，自十一岁离开斯里兰卡之后他终于回来了。这次他化身为一位女性法医，对多灾多难的祖国进行了一次深情抚摸。祖国满目疮痍，浑身伤痕。一位女法医，两个关系紧张的兄弟，为佛像点睛的安南达（佛界译为阿难），一位迷人的隐居者帕利帕纳构成了故事。安尼尔的爱情是飘荡在思绪里的，是通过闪回的方式进行插叙，我们慢慢拼接出完整的故事：一见钟情，坠入情网，黯然分手，其他人的回述亦是如此。翁达杰像一个电影导演，迷恋蒙太奇，厌恶四平八稳地娓娓道来。小说中运用了许多非虚构的元素，《斯里兰卡地图集》的介绍、失踪人员信息等，让故事尽可能真实，又让叙述尽可能诗意。

我喜欢《安尼尔的鬼魂》另一种中文译名《菩萨凝视的岛屿》。

这部小说花去了翁达杰七年的时间，书后面附了两页长长的致谢名单，有人也有书，而译者陶立夏则前后为此费去了两年，第一年反复阅读原书，第二年去了斯里兰卡考察，实际翻译只有三个月。读完《安尼尔的鬼魂》后，我下单买了他所有作品的中译本。

第二本读的是《遥望》。这是《安尼尔的鬼魂》七年之后，于2007年出版的一本小说。《遥望》的结构同样不是线性的，而是块状的拼接，像几个完全不同色系的色块，被并置于画布之上，互相之间或有重叠，或有冲撞与呼应，它们之间并没有时间的逻辑关系，又像一部时空交叉的电影，读者唯有依靠自己的想象和顿悟，才能建立起一种可能的"整体"。

接下来，读的是《世代相传》，小说打破了与其他文学体裁的阻隔，颠覆了小说创作的传统套路，呈现给读者一种"非小说"的文学图景。完全是一部后现代的、闪烁的、不确定的、碎片式的新小说。《猫桌》《身着狮皮》和《战时烟火》则是在最闷热的八月读完的。翁达杰这个大胡子让我越来越着迷。

翁达杰的童年在殖民地时期的锡兰度过，之后在英国接受教育，成年后大部分时间住在加拿大。七岁时父母离异，他继续和性格不羁、迷人却酗酒成性的父亲共同生活了四年，《世代相传》中，翁达杰用幽默又令人心碎的文笔记录了他的父亲因酗酒而孤独去世的过程。十一岁时他独自登上前往英国的邮轮投靠母亲；这个故事变成了2011年的小说《猫桌》。轮船横渡印度洋，跨越苏伊士运河，进入地中海，在甲板上的自由空气中，男孩们开始了一场又一场的冒险。

重读《英国病人》对我来说显得极为隆重。第一次重读是新买的简装本，第二次重读购买了精装本。十月到来的时候，我坐下来写这篇文章，作为我的"翁达杰夏天"的结业式。

《英国病人》发表于 1992 年，与上一部小说中间隔了七年。这部小说和巴瑞·恩兹华斯的《神圣的渴望》共同获得布克奖。此后，《英国病人》一书被翻译成三十八种语言。1996 年，由安东尼·明格拉执导的同名电影揽获了九项奥斯卡金像奖。《英国病人》里面有四条故事线，四个性格不同的人在二战末期住进了意大利一家偏僻的修道院。"1945 年，世界千疮百孔，在一片废墟中，每个人都期待着将会出现什么。"地图绘制者、拆弹工兵、护士和一个小偷；他们相遇、对话、相爱；他们的过去在不时的闪回中呈现，有对战争、间谍、探索者和埃及沙漠的思考，有不堪的回忆，还有对拆除炸弹的地道兵的怀念。作为故事核心的爱情直到一百多页后才出现。残缺的肌体与受伤的灵魂怎么在爱情里痊愈成为故事里最吸引人的叙述动力。翁达杰笔下的一个个场景令人心醉神迷。布克奖的评审者说："这部作品在史诗感和亲密感之间无缝衔接，这一刻你看到的是无垠荒漠，下一刻你看到一个护士把一片李子放进病人的嘴。语言精巧，结构漂亮，每一页都渗透着人文主义气息。"

小说最后的段落像一组超现实主义的电影镜头："她的肩膀碰到橱柜的边缘，一只玻璃杯掉落下来。基普骤然伸出左手，在距离地板一英寸的地方接住了掉落的叉子，然后轻轻将它放回女儿的手中，镜片后面，是他眼角的一道皱纹。"《安尼尔的鬼魂》的译者陶立夏说，这个结尾之经典正如马尔克斯《百年孤独》贡献了最伟大的小说开头。

2018 年 7 月 8 日，为纪念布克奖创办五十年，评委会特地颁发了"金布克奖"（The Golden Man Booker Prize），9000张大众投票参与了评选。《英国病人》获得半个世纪以来布克奖最佳作品。距离该书获得布克奖已过去二十六年。比较起当年战争、历史、爱情、背叛和死亡的种种宏大主题，人们的记忆里永远没有遗忘这个温柔的诗人——致命的情人。

时间的胶囊

"我答应过要告诉你，人是如何陷入爱情的。"翁达杰笔下的爱情哀婉动人。温柔的告别，深情的凝视，在缓慢的自白中，细细触摸那些爱情的碎片。翁达杰的小说令人着迷在于其文字和文体，而不在于其故事。"我的小说里并不存在故事结构。"翁达杰很喜欢约翰·伯格说的一句话："讲述出来的故事永远不会是唯一的故事。"

翁达杰的文体实验开始于两部诗集出版之后。他首先是一位诗人，其次才是一位执着的文体实验者。在文体上，属于一种"拼贴风格"，或者"壁画手法"。在我看来，其文字的秘密在于翁达杰是一位好诗人，诗人是文学的极简主义者，讨厌废话，一句是一句，喜欢直抵人心。"翁达杰不是一个叙述者，而是一个用故事编织意境与情绪的诗人。"《遥望》的译者说，"《遥望》也许是他写得最像诗歌的一部小说"。其实，他的每一部小说都是在写诗，读他的小说不是在读故事，而是在读句子，在感受氛围，他小说的字句让人沉溺。

翁达杰也是一位电影人，写过一本《剪辑之道——对话沃尔特·默奇》，通读完所有小说和诗集后，我开始读这本对话集。我本能地猜测这里面一定有他的写作秘密。在这本书里,剪辑大师默奇说,他同意导演约翰·休斯敦的说法——电影是一种精心设计的人类思维,"相比其他任何艺术形态,电影最接近人类思维"。电影是画面思维、画面语言,电影语言的奥秘是蒙太奇,电影思维是跳跃性的。翁达杰的小说也可以这么概括:诗的语言,电影的思维。一个个充满想象力的比喻、意象总是出其不意,令人着迷。片断式的结构叙述、多角度、多声部、诗人般清晰准确的笔触,拼贴出一种电影小说。或者一种叫"摄影机式样的叙述"——跟着情绪的流动记录。他的小说很像是在叙述一个梦境,一个个诗意瞬间被放大、剪辑,组合在一起。"身为作家,我发现自己写任何一本书时,最后的两年总是花费在编辑工作上,或许我已花了四五年的时间在黑暗中书写,现在我得看清我努力打磨的东西到底是什么形状,我要看到它真正的有机躯体,那地毯图案中的人形。"《地毯图案中的人形》(*The Figure in the Carpet*)是美国19世纪末著名作家亨利·詹姆斯一则小说的篇名,里面的人物提到小说的真正含义如隐藏在一张波斯地毯图案中的人形,是只有极其相爱的夫妻才能分享的秘密。

翁达杰创作过两部纪录片,他说他的虚构性作品也倾向于类似的建构过程——一个剪辑师的工作:用几个月甚至几年时间不停拍摄或者写作,再把内容整理、塑造成一个新的形态,甚至它几乎变成了一个新的故事。"我会把不同内容挪来挪去,直到它们清晰起来,找到正确的位置。只有到了这个阶段我才能找到作品真正的声音和结构。"翁达杰称这是一种"漫长的亲密行为"。

对剪辑师默奇,翁达杰用了一段激情四射的描述:"他仿佛是置身于拥挤嘈杂的房间里的一个低调而沉稳的存在,如静水深流。

他拥有敏锐的双耳,可以在一个具有二十条音轨的场景里,从四面八方的枪炮声、燃烧弹、烈焰的哔啵声、狂吼乱叫的命令声和直升机螺旋桨呼啸的涡流声中,捕捉到隐藏其间的某条音轨上哪怕一丁点若有若无的蜂鸣音。"这是我看到的对一个剪辑师最神圣的描述。

《安尼尔的鬼魂》中,翁达杰在章与章之间用小字号插入了一些隔断内容,比如第二十五页,一个杀手火车上的暗杀场景。没有名字,前后不搭,这就是翁达杰的编辑过程。他认为自己每一本小说都是"一个时间胶囊"。1982年发表的作品《世代相传》追述了自己在故乡斯里兰卡的成长过程,他一反传统小说的线性模式,将时间、地点、章节结构统统打乱,重新编排,并僭越文体界限,将民谣、诗歌、照片、地图、采访记录、录音材料、档案等夹杂其中。文体革新,为这部小说赢得了"后现代编年史小说"的名声。

翁达杰相信创作中"即兴"的重要。"我写小说时,跟日本绘画里面常说的'心随笔动'相似。"诗人和小说家的双重身份,赋予翁达杰文字深沉的韵律和美感,即便通过翻译,我们仍然能够感受到那种美。就像在《英国病人》的沙漠里,"没有什么能被捆绑住,没有什么恒久不变,一切都在流动"。他令人惊异地创造了属于自己的全新的叙事模式。在各种时间、空间、不同的家庭、不同的事件之间,以一种饱含激情和诗意的笔触,用一种文化拼贴的微妙组合,将虚构与真实、抒情与哲理、反讽与幽默、诗歌与小说、新闻与笔记等等,完美地融为一体。

写作时他像一个拍电影的导演,筹备,拍摄,编辑,打磨。他喜欢用笔记本写作,通常会手写完成最初三四稿,有时还用剪刀和胶带,对段落甚至整个章节剪剪贴贴。他的有些笔记本,里面经常叠着四层稿纸。在《战时灯火》一书中，这样的拼贴感扑面而来，读者跟随男主角纳撒尼尔的脚步，揭开他母亲罗丝神秘的人生秘密。翁达杰的写作又像酒吧里的爵士乐，节奏不留痕迹地跳跃，重音突然休止，音调随意转变，那种即兴的美丽动人心魄，电影般场景突然展现，一如人生不能预测的命运。就像他说的那样："美丽和伤痛总是在一个故事里共生，纠缠，瞬间迸发力量推至永恒。在人性最幽深的深处，我们除了叹息和不妄断，什么都不该做。"

两年多过去了，我的"翁达杰夏天"至今仍然被一种诗意充盈着，温柔、迷幻而惆怅。我的书里到处是划线的句子，这些句子仿佛与我生长在了一起。我庆幸这种相遇，美好的阅读可以留下长久的记忆，我懂得了他说的"生活就是困厄"，懂得了"人不仅要接受生活中有趣的地方，也必须接受其中的复杂和困惑"。懂得了"献给不认识的无名者的温柔，是献给自己的温柔"。它们可能是残酷的战争和历史的真相，但所有的叙述都是缓慢、从容而又平静的。即便是眼泪，即便是心碎，也如落叶般轻柔细腻地飘落。

我把他的所有书整理好，放到书架上，旁边是詹姆斯·索特。另一个我喜欢的作家，他们的风格都是我的菜，散发着机智、诗意和温柔的凝视之光。

阅读参考书目

［加］迈克尔·翁达杰:《英国病人》，丁骏译，人民文学出版社，2019年8月。

［加］迈克尔·翁达杰:《安尼尔的鬼魂》，陶立夏译，人民文学出版社，2019年1月。

［加］迈克尔·翁达杰:《劫后余生》,朱桂林译,人民文学出版社,2019 年 7 月。

［加］迈克尔·翁达杰:《遥望》,张芸译,人民文学出版社,2019 年 7 月。

［加］迈克尔·翁达杰:《战时灯火》,吴刚译,上海文艺出版社,2019 年 7 月。

［加］迈克尔·翁达杰:《世代相传》,姚媛译,人民文学出版社,2019 年 8 月。

［加］迈克尔·翁达杰:《身着狮皮》,姚媛译,上海文艺出版社,2015 年 2 月。

［加］迈克尔·翁达杰:《剪辑之道》,夏彤译,北京联合出版公司,2015 年 2 月。

斯蒂芬·金：
每个人的生活都免不了插叙

斯蒂芬·金(1947—)

镜子上的一道裂痕

翻译家陆谷孙先生有次坐飞机出国，随手带了一本斯蒂芬·金的小册子《写作这回事》，本想用此书催眠，却没承想一口气读完。飞一路读一路，旅程结束，刚好把书读完，下飞机时不但没有倦容，而且被金先生的幽默诱发的笑影还挂在脸上。陆谷孙先生是著名翻译家，《英汉大词典》主编，一生都在教语言与写作，他的感受值得我们高度重视。

斯蒂芬·金是何许人也？美国当代最著名的恐怖小说大师，此人少年聪颖，十岁前后开始写作，持续创作了四十多年，作品销售总量超过三亿册，相当于整个美国人手一册。在《财富》杂志评选的"全球十大最赚钱的作家"榜中排名前五。作品被翻译成三十三种语言，虽然许多评论家和学者通常对畅销书持有保留态度。

金最负盛名的作品是《肖申克的救赎》，这是改编成电影的名字。1994年，获奥斯卡奖七项提名，当时与它竞争大奖的是《低俗小说》《四个婚礼一个葬礼》《阿甘正传》，群雄争霸，虽然最终败给《阿甘正传》，却成为永远活在世界影迷心中的经典，被选入美国电影学会20世纪百大电影榜单。这部小说是斯蒂芬·金的杰出代表作，收录于小说合集《四季奇谭》中，全书共收录了四个中篇小说，首篇"春天的希望"即是《肖申克的救赎》的原著。其他三篇是"夏日沉沦"《纳粹高徒》、"不再纯真的秋天"《尸体》、"暮冬重生"《呼一吸—呼—吸》，故事分别是一个很特别的越狱犯、一个老人和一个男孩被困在一种相互寄生的关系中、四个乡下小孩的发现之旅，以及年轻女人决定不管发生什么事都要生下小孩的恐怖故事。四篇小说中有三篇被改编成轰动一时的电影。

"我猜美国每个州立监狱和联邦监狱里，都有像我这样的一号人物，不论什么东西，我都能为你弄到手。无论是高级香烟或大麻（如果你偏好此道的话），或弄瓶白兰地来庆祝儿子或女儿高中毕业，总之差不多任何东西……我的意思是说，只要在合理范围内，我是有求必应；可是很多情况不一定都合情合理的。"

当这个声音响起的时候，立刻风靡了美国。金在一次谈故事如何开头的文章中，提到过一部小说的开场白就是给读者一个声音，"开场白有着惊人的爆发力"，《肖申克的救赎》就是用老黑人的声音征服了全世界，小说英文版一经推出，即登上《纽约时报》畅销书排行榜的冠军之位，当年在美国创下二十八万册的销售纪录。关于这本书，斯蒂芬·金后来曾说："我花在上面的精神比任何一本书都多。""也许一生再也不会出版另一本完全相同的书了。"这是老金为通俗作家正名的关键作品。

现在想来，斯蒂芬·金的一生是美国梦的励志典范。1973年，斯蒂芬·金大学毕业两年，二十七岁，已婚，育有一子一女，他戴着厚厚的眼镜片，有个中年发福的啤酒肚。在一所高中当教员，入不敷出，暑假里得去洗衣工厂打工，老婆塔碧莎则穿着粉红制服在甜甜圈店里当服务生。全家人住在一辆拖车里，电话已被断线，也没钱修理代步用的破烂别克车。他终日担心会有额外的账单寄来，每天被教学和行政会议搞得兴味索然。"这不是我该拥有的生活！"跟所有人一样，斯蒂芬·金被生活压得喘不过气，看不到任何命运的改变。还好，他有一个致命的爱好：写作。这是他战胜生活的唯一希望。他不断地写，不断地投稿、退稿。他喜欢写恐怖小说，书桌抽屉里总躺着五六份未完的手稿。幸运的是他还有个好妻子，相信他，支持他，温柔贤惠，相夫教子。

有一天，妻子从废纸篓里拣起一些被揉掉的草稿，读过以后，郑重其事地对他说，这是个好故事，你应该投稿。1974年，小说《魔女嘉丽》出版。正是这部作品让斯蒂芬·金一鸣惊人，一夜成名，造就了美国文学史上最重要的畅销书作家。此后三十年里，每天一大早，金准时坐在打字机前写作，至少要写个一千五百字才起身，每年只在国庆日、生日和圣诞节这三天停笔歇息。"我不断地写，因为这是我能做的最好的事情了。"

1988年里，他有四部小说同时登上畅销书排行榜，破天荒创了美国出版界的纪录。整个20世纪80年代，斯蒂芬·金所向披靡。据统计，十年里，美国大大小小最畅销的二十五本书里，他一人就占了七本，空前绝后。另据统计，1990年秋天，不到一个月的时间里，斯蒂芬·金同时有一部小说在电视播出，两部小说在电影院放映，另一部正在拍摄中，堪称传奇。2003年，"美国国家图书基金会"终于宣布，授予斯蒂芬·金国家图书奖之"终身成就奖"，颁奖词说，他的作品"继承了美国文学注重情节和气氛的伟大传统，体现出人类灵魂深处种种美丽的和悲惨的道德真相"。美国主流图书界终于承认了金的贡献，而他为此奋斗了几十年。"我写的东西就好像是镜子上的一道裂痕。"文学无雅俗，只有高下，从揭示人性的角度，金的作品堪称另一个纬度的经典。

回到他的小册子《写作这回事》，里面讲的一个生动故事迷住了我。"事情是这样发生的"，这是斯蒂芬·金推崇的最传统最经典的开场白。斯蒂芬·金总是希望他的书"像块砖头破窗而入，劈头朝你砸过来"。要让小说有人身攻击的效果，就像有人从餐桌对面直冲过来，一把抓住你，兜头泼你个正着，直取面门，应该让你难受，惊到你，吓到你。

1999年6月19日，这天午后，金照例走出家门散步，他住在缅因州西部的一座别墅，这天分散在各地的孩子们都回家团聚了，他的孙子也回来了，其中一个只有三个月大。原计划散步后，全家晚上要去看一部电影，名字叫《将军的女儿》，他还记得出门的时间是大约四点，还记得中途转进林中撒了泡尿，接下来的一句是："我下一次站着撒尿是在两个月后。"突兀、幽默、机智的一句话！转折发生，一场严重的车祸突如其来。事情的经过被他写进了《写作这回事》的附记。

在与伤痛搏斗的某一天，妻子塔碧莎推着轮椅上的斯蒂芬·金进入餐厅，那里准备好了一张桌子，上面有台灯、书稿、笔、参考书、相框里小儿子的照片。像一个小窝，温暖而自足。妻子知道有时候工作可以拯救他。车祸没有改变他的人生轨迹，却给了他人生的另一种力量："写作不是人生，但我认为有时候它是一条重回人生的路径。"

接下来他写如何治疗康复，如何重新开始写作，过程可谓艰苦卓绝。每天要服大约一百粒药片。他做了数不清的手术，痛苦之大，几乎到了忍耐力的极限。经常躲进厕所偷偷地哭。但他没有停止写作。"写作令我快乐，因为我就是为此而生的。它让我的生活变成一种更明亮、更令我愉快的存在。"一个人的所爱可以治愈一切！

写作宝典

怎样叙述发生在自己身上的这件事，斯蒂芬·金的文笔堪称经典。这是一次"完美"的车祸。

1.怎样捕捉信息？要精确到什么程度？

他这样写肇事司机：接他的司机叫史密斯，那天下午，史密斯与他"生活交会"是因为没有看路，因为他的罗威纳狗从货车车厢后面跳到后排座上了，那条狗的名字叫"子弹"，史密斯家还有一条狗名叫"手枪"。

狗要精确到外号。

2.怎么用细节还原现场？

他这样写肇事的瞬间：那条叫子弹的狗在用鼻子拱水箱盖。"车子开过小山坡时，史密斯回头，想把子弹的脑袋从冰箱那儿推开，他撞到我时还在回头看，伸手推狗。史密斯后来对朋友们说，他以为自己撞到的是头'小鹿'，直到他注意到我沾满血的眼镜落在他车内的前排座椅上。"

瞬间的细节把整个事故电影般描述出来——描写，把读者带进现场。

3. 用什么语气叙述？

"镜框扭曲了，但镜片没破。我写这篇文字时戴的就是这副镜片。"

金的言语中流露出的幽默和自嘲感即便透过翻译仍然能够感受到。他的经验是：最有趣的情境通常可以用"如果"式问题来呈现。

4. 什么样的对话、台词来自性格？

对话，通过具体言语赋予人物生命。"我好像要被淹死了。"他对医生说，其实是他喘不过气来了。"告诉塔碧莎，我非常爱她。"他对医生说。"你可以亲自告诉她。"推着他的那个人说。"好了，斯蒂芬——你会感觉像刚喝了几杯鸡尾酒。"麻醉师对他说。

典型的电影式台词，美式幽默、宽厚、人道，让疼痛不已的人感到温暖。

5. 用什么比喻可以创造想象？

在剧烈的疼痛中，在恍惚中，他是这样感受的："蓝天被遮住，直升机螺旋桨呜呜旋转声更大了，还有回音，好像巨人在鼓掌。""令我望而生畏的大卫·布朗说，我的右膝以下碎得好像'一只装满小石子的袜子'。"

这些精准的隐喻和暗喻来自他的恍惚，你根本想不到这是一个挣扎在死亡线的人。

6. 怎么才能不平铺直叙？

"七月二十四日，在布莱恩·史密斯开着道奇撞上我五个星期之后，我又开始写作了。"

一句关于时间的多重界定，充满了丰富的信息，让整个句子充满质感。

不要忘了，金是坐在轮椅上写这篇文章的。彼时他正忍受着酷刑般的伤痛和万念俱灰的心态。这篇治愈文字是他重拾写作的开始。在金的生命中，写作不是为了赚钱，出名，找人约会，做爱或交朋友。写作最终是为了让读你书的人生活更丰富，也让你自己的生活更丰富。是为了站起来，好起来，走出来。

"干杯，再满上。"

在这次几乎要了他性命的车祸之前，他刚刚写完自传部分，接下来他要写最重要的章节——《论写作》，也就是他最想分享的关于写作的经验。他是在五十三岁的天命之年给自己布置了这个题目，为了整理自己的命运。也就是在这个时候他遭遇了最悲惨的车祸，《论写作》完成于他康复期间，忍着剧痛，克服种种惰性。

他的作家之路上有一个细节令人印象深刻，十来岁的时候，他自己写了四个故事，妈妈读完以后欣喜若狂，用每个二十五角的价格买了下来，寄给她的姐妹，他得到一美元，后来他在初中、高中时都在写故事，然后自己装订成册，在学校里卖，而且卖得相当不错。

在人生的很长一段时间，他酗酒、嗑药，不能自拔，"被生活驱逐在外"。他其实是得了抑郁症。在妻子的帮助下，他终于自戒成功，"一切开始正常运转"。

多年以来，他一直梦想拥有那种巨大的厚橡木板做的书桌，这张书桌要占据书房最显要的位置，再也不必窝在拖车屋的洗衣台上,再也不必在租来的房子里屈着膝盖。1981年,他终于如愿以偿。可是,"六年里,我坐在那张桌子后面,要么喝得醉醺醺,要么神游世外,就像开着一艘船,驶往虚无之地"。他什么也干不下去。

斯蒂芬·金生活方式恢复健康后,首先处理了那张大书桌,换了一张小一点的手工书桌。他终于找到了自己,他写这本书的时候感慨道:"我现在就坐在屋檐下,一个五十三岁的男人,眼睛不好,一条腿跛了,没有宿醉。我在做自己力所能及的事情,尽力把这件事做好。"人都会有被生活惯坏的时候,脱离正轨,神游天外,找到安静并不容易。斯蒂芬·金的告诫是:"把你的书桌摆到屋角,你每次坐下来开始写作时都要提醒自己为什么不把书桌摆到房间正中。生活并非艺术创作的支撑,反之才对。"

当有人经常问老金成功的秘诀,他很幽默:"一是我比较健康,二是我没离婚。"其实关于写作,金在本书里提出了许多毫无保留的忠告。他提倡好的写作,始于所见清晰,终于落笔明晰、意象清新、词汇简单:

1. 关于词汇

你大可以满足于自己已经有的,丝毫不用妄自菲薄,他用了一个特别另类的比喻:"就像妓女对害羞的水手说的:你有多少不重要,甜心,怎么使用才重要。"记住,用词的第一条规矩是用你想到的第一个词,只要这个词适宜并且生动即可。

2. 关于语法

他强调一位修辞学家说的一句话:很多作家都不喜欢语法修辞,

但"除非确认自己写得很好，否则最好遵守规则"。

3. 关于时态

尽量避免使用被动语态。这也是英文写作名著《风格的要素》里最重要的建议之一。胆怯的作者喜欢使用被动状态，其原因类似于胆怯的人喜欢被动的伴侣。被动语态无力冗长，还经常拐弯抹角。

4. 关于副词

他相信通往地狱的路是副词铺就的。"把它放下。她威胁地叫道。""还给我！他凄惨地哀求，那是我的。""别傻了，金克尔。"乌特森鄙夷地说。对这样的写作，金说："拜托，千万拜托，别这么造句。"

金一再强调开头的重要性，要概括、简练。写作是对思维的精炼。他强调语言是有重量的。要把短语用得漂亮，这样可以让叙述紧凑，塑造出清晰的形象，创造出张力，还可以使句型丰富多变。他强调节奏，因为写作是一种引诱。你得反复练习，必须掌握写作的节奏。他强调段落要呼吸起来。他认为阅读是一个作家的生活和创作的核心，"如果没时间读书，那你就没时间也没工具写作"。

作家喜欢谈写作是一个独特的现象，这与画家、音乐家有着天壤之别。我理解这与作家的倾诉欲有很大的关系。这种欲望当然是写作的重大动力。金在这本书里表达了一个重要观点：写作是在创造自己的世界。文学世界的虚构是一种开天辟地。这位悬疑故事高手给了我们一个多么丰富的宇宙。金的小册子《文学这回事》同样也是一部人生宝典，他告诉我们，人的一生会有许多弯路，你经常会被人性打败。生活会有许多插曲、意外、悲剧，但人终将站立起来，重新开始生活。对抗烦琐、无聊和枯燥日常的唯一方式是你的所爱。"人人都需要一项爱好，每个人也需要一两个奇迹，只为了证明人生不只是从摇篮到坟墓的漫长跋涉。"

阅读参考书目

［美］斯蒂芬·金：《写作这回事》，张坤译，上海译文出版社，2009年8月。

［美］斯蒂芬·金：《肖申克的救赎》，施寄青、赵永芬、齐若兰译，人民文学出版社，2006年7月。

奥尔罕·帕慕克：
只要爱人的面容仍铭刻于心，
世界就还是你的家

奥尔罕·帕慕克（1952—　）

我喜欢排山倒海的忧伤

没有作家会放过自己的初恋经验,村上春树的《挪威的森林》如此,帕慕克的《纯真博物馆》也是如此。初恋小说永远是作家最受欢迎的小说,没有之一。

有一年去巴黎,到左岸的莎士比亚书店朝圣,满屋子英文书都看不懂,只为了感受那里的气氛,沾一点一百多年的文气。临走挑了两本英文书留念,其中就有《纯真博物馆》。现在我书架上有十来本英文原版,大都是出国游历时逛书店带回来的纪念品。《1984》《朗读者》《毛泽东》等等都是我一读再读的书。经常有那么一些时刻,我会拿英文版和中译本对照读,体会语言之间转换的精妙,并将精彩的段落抄下来。

1998年,帕慕克买下了伊斯坦布尔城区一间有一百二十年历史的房子。"在写小说《纯真博物馆》时,我想着博物馆,在建造博物馆时我想着小说。"他开始了一项激动人心的艺术行为:写一部小说,建一座博物馆。这是中外文学史上独一无二的行为艺术、一种民族记忆和文明的勘探行为。帕慕克的野心宏大而执着。连男主人公的名字都与民族英雄凯末尔将军相同。他一边在伊斯坦布尔的大街小巷里,在跳蚤市场、二手书店搜罗旧货,一边一字一句写下心中虚构的故事。他相信，或许小说和博物馆在本质上是一样的。一虚一实，帕慕克分明在寻找或者说在重建一部历史——一部城市的历史——在统治欧亚大陆几个世纪的奥斯曼帝国衰落后，它的子民如何走到了今天？2008年，帕慕克获得诺贝尔文学奖两年后，小说《纯真博物馆》出版，2012年博物馆开张。2014年，获全欧洲博物馆年度奖。帕慕克成功让多灾多难、战乱政变频发的土耳其帝国重回人们的视野。据说这部小说构思了十年，写作用了四年。

我读过帕慕克所有的中译本，他的小说在中国很吃香，被称为"最好读的诺贝尔文学奖作家之一"，瑞典皇家文学院授予帕慕克诺贝尔文学奖的授奖词有这样一句："在探索他故乡忧郁的灵魂时，发现了文明之间的冲突和交错的新象征。"我总觉得他获奖的最大理由应该是其随笔《伊斯坦布尔：一座城市的记忆》，而不是他的小说。"我喜欢排山倒海的忧伤"，整本书优雅、忧伤、情感充沛，闪烁着迷人的光芒。在扉页上，写着这样一句话："美景之美，在其忧伤。"帕慕克用了一个土耳其语："呼愁"（hüzün音译，意思是"忧伤"，得感谢中国译者的寻找，从古诗里找到了这个对应词）。"呼愁"起源于和忧伤一样的"黑色激情"——"呼愁"不是某个孤独之人的忧伤，而是数百万人共有的压抑情绪。他想说明的是伊斯坦布尔整座城市的"呼愁"。就像帕慕克永远定格在记忆里的"塞在桌上玻璃板底下的我和哥哥的婴儿照"，这也是我们每个人在父母家的永恒定格。帕慕克几乎所有作品都是关于伊斯坦布尔的，这是一个让人神往而尊敬的城市。书中有一个经典的段落：

我所说的是太阳早早下山的傍晚，走在后街街灯下提着塑料袋回家的父亲们。隆冬停泊在废弃渡口的博斯普鲁斯老渡船，船上的船员擦洗甲板，一只手提水桶，一只眼看着远处的黑白电视；在一次次财务危机中踉跄而行、整天惶恐地等顾客上门的老书商；抱怨经济危机过后男人理发次数减少的理发师；在鹅卵石路上的车子之间玩球的孩子们；手里提着塑料购物袋站在偏远车站等着永远不来的汽车时不与任何人交谈的蒙面妇女；博斯普鲁斯老别墅的空船库；挤满失业者的茶馆；夏夜在城里最大的广场耐心地走来走去找寻最后一名醉醺醺主顾的皮条客；冬夜赶搭渡轮的人群；还是帕夏官邸时木板便已嘎嘎作响、如今成为市政总部响得更厉害的木造建筑；从窗帘间向外窥看等着丈夫半夜归来的妇女；在清真寺中庭贩卖宗教读物、念珠和朝圣油的老人；数以万计的一模一样的公寓大门，其外观因脏污、锈斑、烟灰、尘土而变色；雾中传来的船笛声；拜占庭帝国崩溃以来的城墙废墟；傍晚空无一人的市场；已然崩垮的道堂"泰克"（tekke）；栖息在生锈驳船上的海鸥，驳船船身裹覆着青苔与贻贝，挺立在倾盆大雨下；严寒季节从百年别墅的单烟囱冒出的丝丝烟带；在加拉塔桥两旁垂钓的人群；寒冷的图书馆阅览室；街头摄影人；戏院里的呼吸气味；曾因金漆顶棚而粲然闪耀的戏院如今已成害羞腼腆的男人光顾的色情电影院；日落后不见女子单独出没的街道；南风袭来的热天里聚集在国家管制的妓院门口的人群；在商店门口排队购买减价肉的年轻女子；每逢假日清真寺的尖塔之间以灯光拼出的神圣讯息，灯泡烧坏之处缺了字母；贴满脏破海报的墙壁；在任何一个西方城市早成古董的 1950 年代雪佛兰、在此地成为共乘出租车的"多姆",喘着气爬上城里的窄巷和脏街;挤满乘客的公共汽车;清真寺不断遭窃的铅板和排雨槽;有如通往第二个世界的城市墓地,墓园里的柏树;傍晚搭乘卡德柯伊(Kadlköy)往卡拉柯伊(Karaköy)的船上看见的黯淡灯光;在街头尝试把同一包纸巾卖给每个过路人的小孩;无人理睬的钟塔;孩子们读起奥斯曼帝国丰功伟业的历史课本,以及这些孩子在家里挨的打;人人得待在家中以便汇编选民名单的日子;人人得待在家中接受户口普查的日子;突然宣布宵禁以便搜找恐怖分子,于是人人诚惶诚恐地坐在家里等候"官员"的日子;报上无人阅读的一角刊载的读者来信,说在附近矗立三百七十五年的清真寺,圆顶渐渐塌陷,问何以未见国家插手干涉;繁忙的十字路口设置的地下通道;阶梯破败的天桥;在同一个地方卖了四十年明信片的男子;在最不可能的地方向你乞讨、在同一个地方日复一日发出同样乞求的乞丐;在摩肩接踵的街上、船上、通道和地下通道里阵阵扑鼻的尿骚味;阅读土耳其大众报《自由日报》(Hürriyet)上《古金大姐》专栏的女孩们;在夕阳照耀下窗户橘光闪烁的于斯屈达尔;人人尚在睡梦中、渔夫正要出海捕鱼的清晨时分;号称"动物园"的古尔韩(Gülhane)公园,园内仅有两只山羊和三只百无聊赖的猫懒洋洋地待在笼子里;在廉价的夜总会里卖力模仿美国歌手、土耳其名歌星的三流歌手以及一流的歌手们;上了六年没完没了令人厌烦的英文课后仍只会说"yes"和"no"的中学生们;等在加拉塔码头的移民;散落在冬夜冷落的街头市场上的蔬果、垃圾、塑料袋、纸屑、空布袋和空盒空箱;在街头市场怯生生讲价的美丽蒙面女子；带着三个孩子艰难走路的年轻母亲；十一月十日清晨九点零五分，整个城市停顿下来为纪念土耳其国父而致敬，船只同时在海上鸣笛；铺了许多沥青而使台阶消失的鹅卵石楼梯；大理石废墟，几百年来曾是壮观的街头喷泉，现已干涸，喷头遭窃；小街上的公寓，我童年时代的中产阶级家庭——医生、律师、老师和他们的妻子儿女们——傍晚坐在公寓里听收音机，如今同样的公寓中摆满了针织机和纽扣机，挤满拿最低工资彻夜工作以交付紧急订单的年轻姑娘们；从加拉塔桥望向埃于普的金角湾风光；在码头上等顾客上门时凝望风景的"芝米"小贩；所有损坏、破旧、风光不再的一切；近秋时节由巴尔干半岛和北欧、西欧飞往南方的鹳鸟，飞过博斯普鲁斯海峡和马尔马拉海上诸岛时俯瞰整个城市；国内足球赛后抽烟的人群，在我童年时代这些球赛始终以悲惨的失败告终。我所说的正是这一切。[1]

这是一个伟大的段落，用语言建构起来的世界——每一句话都可以是一部书；用画笔描摹出来的记忆——每一笔色彩都已经斑驳。这是作家对故乡城市最浓烈的感情，是刻在记忆深处最动人心魄的场景，是他内心丰富诗意的长袖善舞。"当每一件奇特纪念物都充满失落大帝国及其历史遗迹的诗情忧伤，我想象自己是唯一揭开这城市秘密的人。"有二千六百多年历史的伊斯坦布尔先后做过三大

---

[1] ［土耳其］奥尔罕·帕慕克：《伊斯坦布尔：一座城市的记忆》，何佩桦译，上海人民出版社，2018 年 4 月。

帝国的首都——罗马帝国、拜占庭帝国和奥斯曼帝国,也是基督教和伊斯兰教反复争夺之地。成长、生活在这样一个城市里的作家实在太幸运了,作品的宏旨不俯视都不行,一落笔就带着历史的尘埃、时间的重量。"我出生的城市在她两千年的历史中从不曾如此贫穷、破败、孤立。她对我而言一直是个废墟之城,充满帝国斜阳的忧伤。"

绝对在场的时刻

帕慕克文字中笼罩的那种淡淡的忧伤一直很打动人,《纯真博物馆》有一段:

> 一种夹带着椴树的春天气息,从那些硕大的阳台门外面传进来。下面,城市的灯光倒映在哈利奇湾的水面上,就连穷人街区也显得格外美丽。我在心里感到自己拥有一个非常幸福的人生,而我今后的生活将会更加幸福。尽管白天和芙颂经历的一切让我感觉沉重,也搅乱了我的脑子,但我想每个人都会有自己的秘密、不安和恐惧。在这些穿着讲究的宾客里,不知有多少人内心里隐藏着奇怪的不安和精神的伤痛……①

景色、空间、细节、主题,水乳交融地被忧伤的笔调黏合在一起。这是绝对在场的时刻,让整部小说被一种迷人的诗意所笼罩。我相

---

① [土耳其]奥尔罕·帕慕克:《纯真博物馆》,陈竹冰译,上海人民出版社,2010年1月。

信有魔力的文字与一个人的气质有关。

2009年,奥尔罕·帕慕克应邀在哈佛大学做了六场演讲,这就是著名的诺顿讲座——作家的写作课。书稿后来结集为《天真的和感伤的小说家》,我有他两个中译本,小说家讲课有个优势,可以结合自己的独特身份和创作经历思考和展开,其写作经验具有很高的实践价值。这是帕慕克完成《纯真博物馆》之后,对三十五年写作的一次总结,也是他本人的一次文学旅程。"我希望谈论我的小说创作旅程,沿途经过的站点,学习过的小说艺术和小说形式,它们加于我的限制,我对它们的抗争和依恋。同时,我希望我的讲座成为小说艺术的论文或沉思,而不是沿着记忆的巷道走一趟或者讨论我个人的发展。"因为父亲是土木工程师,帕慕克是由建筑转行绘画,最后选择了写作。他写过诗,也发表过诗,后来放弃了,他认识到"诗人是神的代言人,对诗歌得有一种如同被附体的感觉"。而小说家是一个"小职员"。借耐力来打拼,基本上是靠着耐心慢慢地、像蚂蚁一般地前行。讲座中他谈及自己的小说之旅:"我三十岁时第一次去巴黎,那时我已经看完了所有重要的法国小说,我跑到那些在书中遇到的地方。像巴尔扎克的小说主人公拉斯蒂涅那样,我来到拉雪兹神父公墓的高处,俯瞰巴黎市貌……"只有狂热的文学爱好者才会如此深陷其中。

帕慕克的第一部小说《杰夫代特先生》很19世纪,模仿痕迹重。后来在访谈中提及这部作品的时候,他说很后悔写了这样一部传统小说。因为他梦想成为一个更现代、更具有实验色彩的小说家。他心目中最伟大的作家不是托尔斯泰、陀思妥耶夫斯基、司汤达或者托马斯·曼,而是弗吉尼亚·伍尔夫、福克纳、普鲁斯特和纳博科夫。

他的小说《新生活》这样开头："有一天，我读了一本书，从此我的生活完全改变。"这本书指的是福克纳的《喧哗与骚动》，对他产生了至关重要的影响。他买了一本英文版和一本土耳其译本，并排阅读，读半段原文，读半段译文，这本书让他找到了自己叙述的声音。这是一个作家的真正秘籍，帕慕克交底了。发现自己的声音——真实的内在声音，将决定一个作家的独树一帜。不久，他就用单数第一人称写作了。他习惯第一人称。"写作，就是要将凝视内心的眼光化为语言，去探索一个幽居独处时所进入的那个世界。"①

　　土耳其处于动荡之中，军事政变经常发生。在这种情形下他写了第三本书《寂寞的房子》。他承认，每个作者写的每一本书，都代表着他自己发展的某个阶段，一个人的小说，可以看作他精神发展史上的一块里程碑。帕慕克的每一本书都尝试从形式上、风格上、语言上、情绪上、形象上做不同的试验，用不同的思维对待不同的书，这样才好玩，有挑战性。他喜欢写长句子。他通过不同渠道选材，选择故事叙述策略，写很多笔记，通常写完一部小说两个月后，就动笔写下一部了。他不一定会从第一章开始动笔，不会按部就班写下去，一旦受阻，他就随兴所至换个地方接着写。他会把整本书筹划好，但最后一章一定得放在最后，给自己留个悬念。

　　他喜欢像托马斯·曼那样，让全家人聚在一起，读自己的作品。他会找一个与他生活相交的人读给他听。他喜欢在一个房间里独处，长时间待在桌子前面，有好的纸张和钢笔，"这就像病人必须有药吃

---

① ［土耳其］奥尔罕·帕慕克：《别样的色彩》，宗笑飞、林边水译，上海人民出版社，2011年3月。

一样"。他说他对这些仪式很在乎，独处一室是一种本能。睡觉以及和家人在一起的空间，得和写作的地方分开。家庭的琐事和细节有时候会伤害想象力，多年来，他一直都在家之外另置一间办公室用来写作。在美国的半年，他陪前妻在哥伦比亚读书，只能待在一个地方，"家庭生活的提示到处都是"他很苦恼。每天早晨，他都跟妻子告别，仿佛去上班一样，离开家门，走上几个街区，然后再回来，进行写作。后来他在博斯普鲁斯找到一处公寓，那里可以俯瞰老城区，伊斯坦布尔的风景尽收眼底。他从住所步行二十分钟，平均在那里待上十个小时。四周堆满了书，书桌对着窗外大片风景。他喜欢坐在桌前，就如同孩子在玩玩具一样。作家其实就是一个孤独的孩子，喜欢沉浸在自己的世界里，玩着属于自己的游戏并自言自语。一部部小说就是这样被拼接出来：《黑书》里的律师卡利普想要进入妻子安稳睡眠中的幽闭花园，探遍里头的每一棵柳树、刺槐和攀藤玫瑰；《新人生》的建筑系男生从广告招牌、海报、闪烁的霓虹灯、药店展示窗、烤肉店及彩票商店的名字搜集字母，拼出恋人嘉娜的名字；《杰夫代特先生》的主人公羞愧地吻了一下泽内普女士的手，在做这个动作时仿佛想起了儿时的一些记忆，几件家具、一只小虫子和一块绣花桌布；《寂静的房子》的法蒂玛拿了颗樱桃，放进嘴里，就像颗巨大的红宝石一样，在嘴里含了一会儿，然后咬了一口，慢慢地咀嚼着，等待着水果汁和味道把她带到什么地方去。

帕慕克对小说充满信念，写小说是在创造世界，而阅读小说则近乎一种心灵修炼。也许因为从小学绘画的缘故，在诺顿演讲中他一直在强调小说所具有的图画性。普鲁斯特曾说，我的书是一幅画。帕慕克则总结为"小说本质上是图画性的文学虚构"，用词语绘画——像画家一样写作，成为帕慕克成功的不二法门："当我准备将思想转化为词语的时候，我努力像电影一样具像化每一个场景，并将每一个句子具像化为一幅画。"帕慕克认为小说的中心在于作家的内心，而小说最迷人的地方在于它的虚构，"小说的一个最典型的特征就是当我们完全忘记作家存在之时，正是他在文本中绝对在场的时刻"。虚构与非虚构世界其实都是真实存在的，小说给了世界另一个心理维度，这是小说存在最本真的意义。什么是小说的艺术？在讲座的最后帕慕克用诗人华兹华斯的话做了解答："从习俗的昏沉里唤醒心灵的注意力，将心灵指向我们面前世界的可爱和神奇，赋予日常事物新奇的魅力，激发一种类似超自然的情感。"这是托尔斯泰所做的，也是陀思妥耶夫斯基、普鲁斯特和托马斯·曼所做的，是所有伟大的小说家们传授给我们的小说艺术。

这也是帕慕克所做的。

阅读参考书目

［土耳其］奥尔罕·帕慕克：《纯真博物馆》，陈竹冰译，上海人民出版社，2010年1月。

［土耳其］奥尔罕·帕慕克：《别样的色彩》，宗笑飞、林边水译，上海人民出版社，2011年3月。

［土耳其］奥尔罕·帕慕克：《伊斯坦布尔：一座城市的记忆》，何佩桦译，上海人民出版社，2018年4月。

［土耳其］奥尔罕·帕慕克：《天真的和感伤的小说家》，彭发胜译，上海人民出版社，2012年9月。

保罗·奥斯特：
我们每个人都拥有深刻的内心生活

保罗·奥斯特(1947—)

孤独及其创造的

保罗·奥斯特的书好读,因为总是有一个不让你失望的好故事。《幻影书》这部小说写了三年,作者说,一路上经历了好几个剧烈转折,直到写到最后几页时,还在重新思考这故事。保罗·奥斯特被文坛誉为"穿胶鞋的卡夫卡",我觉得有点过誉。几本书读下来,发现他太执着于故事,刻意营造的神秘性以及对真相的掩盖和揭露,都在迎合读者和市场,这部分削弱了他的文学性。不过,他的文笔格调优雅,有着浓郁的书卷气,这是他的魅力。译者孔亚雷评价保罗·奥斯特的小说既有美国式的简洁和力量感,同时却又散发出优雅而精细的欧洲气质。也代表了文坛的一种评价。文风犀利的评论家詹姆斯·伍德写过一篇文章,题目叫《保罗·奥斯特的浅薄》,毫不客气地指出了奥斯特的问题。在我看来,奥斯特与日本的村上春树颇为类似,故事取巧,人物趋同,创新匮乏,总是一遍遍重复自己,并充满生硬的巧合和意外。《时代周刊》曾将其评价为"具有卖座惊悚片所囊括的一切悬念和节奏",褒贬之意兼备。詹姆斯·伍德用戏谑的口吻总结了他小说的相似面孔:

主角,几乎总是个男人,往往是一位作家或者知识分子,过着遁世生活,牵挂着一个消失了的人——亡妻或者离异的伴侣,夭折的孩子,失踪的兄弟。暴力的意外事故贯穿于叙事之间,既是为了确保对存在之偶然的坚持,也是维系读者阅读兴趣的方法——一个女人被掠走并投入德国集中营,一个男人在伊拉克被斩首,一个女人被一个本打算与之交合的男人痛揍,一个男孩儿幽闭于暗室九年并定期被拷打,一个女人意外地被子弹击中眼睛,等等等等。①

我断定奥斯特读了这样的评论也不会无动于衷。

保罗·奥斯特有许多"分身":作家、诗人、编剧、翻译、电影导演……他编剧并执导的电影作品《烟》在 1996 年获得柏林电影节银熊奖和最佳编剧奖。现在已是美国艺术与文学院院士。1982 年,他出版了第一本散文体作品《孤独及其所创造的》,一部沉思父性的自传性作品,他说《孤独及其所创造的》是他所有作品的基石。在此之前,他经历了十七次退稿,搬过二十一次家,离过一次婚。到如今,保罗·奥斯特据说是美国最著名的后现代小说家,他的《纽约三部曲》曾经风靡一时。三部曲讲了三个不同的故事,有一个侦探和悬疑的外壳,这奠定了他最初的叙事原型:现代世界中的自我迷失和无法摆脱宿命的孤独灵魂。

重复、迷幻、自传,几乎成了奥斯特的标签,伍德批评奥斯特有句很毒舌的话:"俗滥修辞、外来语汇、市井俚语同现代与后现

---

① [英]詹姆斯·伍德:《私货:詹姆斯·伍德批评文集》,冯晓初译,河南大学出版社,2017 年 10 月。

代文学杂乱地扭结在了一起。"就像村上春树,这样的作家容易受到大众欢迎,与初学写作者也没有距离。从策略上看,我们倒是可以跟着奥斯特学习写故事。

知易行难,当我也开始尝试写小说,突然发现就像一个音乐评论家站在舞台,面对眼前的乐器不知所措。在读奥斯特的时候,反而找到了些许安慰。看《巴黎评论》对奥斯特的采访,觉得无比亲切。他说,他一直感觉像个初学者,不断碰见同样的困难,同样的障碍,同样的绝望。作为作家你犯了那么多错,改掉了那么多糟糕的句子和想法,丢弃了那么多无用的纸页,以至于最终你会知道你有多笨,这是个卑下的职业。可以肯定,奥斯特的天分不高,所以他的文学带有匠气,这是勤奋之后的产物。他和我一样,喜欢关于作家的一切:访谈、书房、评论。喜欢这些文字的工匠,喜欢他们的魔术。

奥斯特的采访也像村上春树,坦诚、朴实、苦口婆心。他说,年过五十,身体开始衰退,会有从前没有的疼痛,而渐渐地,爱的那些人开始死去,到了五十岁,我们中的大部分都会被幽灵所缠绕。他们住在我们身体里,我们花费与生者交谈同样多的时间与之谈话。生命是如此短暂,如此脆弱,如此神秘,毕竟,一生中我们真正爱的人有几个?面对"内心世界的版图"之改变,写作的冲动就会涌上心头。奥斯特的多数小说都与本人的经历高度重合,他自己的形象似乎一直影影绰绰地出现、盘旋、萦绕,挥之不去。《冬日笔记》便是他最为真实的夫子自道:"写作从身体开始,是身体的音乐,而就算词语有涵义,有时可以有涵义,涵义也是从词语的音乐开始的。你坐在书桌前,为了写下这些词,但在脑海里你仍然在行走,始终在行走,你听见的是心的节奏,心的跳动。曼德尔施塔姆:'不知道但丁写《神曲》时穿破了多少双鞋。'写作,作为简单的舞蹈形式。"

写作,作为简单的舞蹈形式

奥斯特喜欢在虚构与非虚构的边缘地带游走,尤其喜欢回忆录这种文学形式,《冬日笔记》是保罗·奥斯特最新的一部回忆录,写作此书时的奥斯特已经六十四岁了,生命的冬天正在来临。《冬日笔记》是保罗·奥斯特的冬日私语。碎片化的叙事,意识流的蜿蜒,循环往复,奥斯特把人生中的新与旧、时与空串联起来。新泽西州纽瓦克的童年,欧洲时期的作家梦,三十而立的焦虑,花甲之年的平静与淡然。作家在回忆中游走,从容地拼贴时间的碎片,内心醒悟的瞬间不时闪现:关于身体,关于情欲,关于亲情,关于情绪,关于回忆。其中大胆袒露青春时期的情欲苦恼尤为动人。他多次"沿着如今已经拆除的巴黎大堂区附近的小路游荡……人行道上挤满了一排排靠屋墙而立的女人,走到情人旅店,那里可能有大量女人,范围从二十出头的漂亮女孩到五十多岁的浓妆艳抹的街头老手"。作家六十多岁后重新回忆年轻时的荒唐,给人一种诚实的反省与宽宥。

书中有个经典的段落,其叙述方式的后现代感令人惊艳:

你的身体在小房间和大房间里,你的身体在上楼和下楼,你的身体在池、湖、河、海中游泳,你的身体在泥泞地里曳行,你的身体躺在空旷牧场高高的草丛间,你的身体走在城市街道,你的身体费力地爬上小丘和大山,你的身体坐在椅子上,躺在床上,舒展在沙滩上,骑行在乡村路上,走过森林、荒原和沙漠,奔跑在煤渣跑道上,在硬木地板上跳上跳下,站着淋雨,踏进温暖的浴缸,坐在马桶上,在机场和火车站等待,乘电梯上上下下,在汽车和巴士座位上扭动,不撑伞在暴雨里步行,坐在课堂里,浏览书店和唱片店(安息吧),坐在礼堂、电影院、音乐厅里,在学校体育馆与女孩跳舞,在河里划独木舟,在湖里划船,在厨房桌前吃饭,在餐室桌前吃饭,在餐馆吃饭,在百货商店、家电卖场、家具店、鞋店、五金店、杂货店、服装店购物,站着等待领取护照和驾驶执照,背靠椅子、腿搁桌上、在笔记本上写字,在打字机前弓着背,不戴帽子在暴雨里走,进入教堂和犹太教堂,在卧室、宾馆房间、更衣室里穿衣脱衣,站在自动扶梯上,躺在医院病床上,坐在医生检查台上,坐在理发师和牙医的椅子上,在草地上翻跟头,在草地上倒立,跳进游泳池里,在博物馆里漫步,在操场上运球、投篮,在公园里打棒球和橄榄球,感受走在木头地板、水泥地板、瓷砖和石地板上的不同感觉,脚踩在沙、土、草上的不同感觉,但最主要的是在人行道上的感觉,因为每当你停下来思考你是谁的时候,你就是这样看待自己的:一个在行走的人,一个终其一生走在城市街道上的人。①

小说以文学作品中相当罕见的第二人称写成,这大约是因为奥

---

① [美]保罗·奥斯特:《冬日笔记》,btr 译,人民文学出版社,2016 年 6 月。

斯特想要和他的叙事对象（或者他本人）拉开一定距离，以便从外部，以一种更客观的视角来观察自己。第二人称是一个相当危险、棘手的叙事人称，这种叙事视角本质上是不存在的，因为"你"作为一个叙事声音不存在，叙事者依然是"我"。在《冬日笔记》中，奥斯特坚持以"你"的方式讲述故事，实际上仍然是一种自传体，这是他写给自己的文字。只不过，是把自己放在了一个聚光灯强烈的舞台上。"我"则成了导演。

在第一人称视角中，我们总是能够很容易地代入人物、与他们产生共情，因为声音听起来是自然的、贴近的。可第二人称却人为地制造了一个问题——间离感，现实生活中我们是不会用"你"来叙事的，只有诗歌适合这种模式。当一个人用"你"来叙事时，这个声音是别扭的、不自然的，难免有种矫情和自恋。奥斯特固执地认为传统小说里的第三人称叙事的声音是一种奇怪的工具。"我总是被那些朝向自身的小说所吸引，它们带你进入书的世界，正如书又带你进入现实世界。"朝向自身，寻找自我，是奥斯特的另一种个人风格，我觉得这与作家的性格有关。有些作家喜欢讲别人的故事，而有些则迷恋把自己放进去。2013年，六十六岁的保罗·奥斯特出版《内心的报告》再次使用了第二人称，从六岁开始写，探索的是自己的灵魂世界。

《幻影书》第一句话是："所有人都以为他死了。"《冬日笔记》的第一句话是："多年以后，你才明白发生了什么。"奥斯特一定高度重视一本书的第一句话，上面就是两个典型的例子：让悬念主宰故事。这是他匠气十足的突出表现，带有一种职业作家的雕琢感。"我写的每本书都始于我称为'脑中的嗡嗡声'的东西。一种特定的音乐或节奏，一种音色。每本书都始于第一句，随后我继续，直到抵达最后一句。总是按顺序，一次一段。我有一种故事的线路感，经常会在开始前已经有了最后一句和第一句，但当我进行时，一切会不断改变。你在写作的过程中找到了这本书，那就是这工作的激动人心之处。"[1]

多年来，奥斯特一直致力于和美国国家公共电台合作的一个项目："全民故事计划"——他发现"那儿是一个疯人院"。他总结没有普通人那样一种东西："我们都拥有深刻的内心生活，我们都燃烧着惊人的激情，我们都经历了一种或另一种难忘的事。"由此我们可以感受这位作家的野心，他想建立"美国现实生活的博物馆"。这既符合他的气质，也与他的写作一脉相承。

奥斯特习惯手写——水笔或者铅笔，键盘让他害怕。总是写在笔记本上，他特别迷恋那种带方格线的笔记本——小方格簿，迷恋将词语置于纸页上的行为。"我想我把笔记本看作词语的房子，视为可供思索和自我检视的秘密之地。"他说笔是一种更基本的工具——你感觉到词语从你的身体里出现，随后你把这些词语刻入纸页。而打字令他以一种新的方式体验书本，使他投身于叙事流中并感受它是如何作为一个整体运作的。他把这过程叫作"用我的手指阅读"。

奥斯特已经年逾古稀，但仿佛永远停留在美国大都市的青春期，他为年轻人写作，为人的心理图景留存。从20世纪80年代的《孤独及其所创造的》开始，奥斯特推出了五本非虚构作品，记录了自

---

[1] 《巴黎评论·作家访谈1》，人民文学出版社，2012年2月。

己以及自己和亲人之间的种种关系和回忆。我以为，这些纪实作品的价值最终将超越他的虚构作品。

对我来说，写作总是如此：缓慢地朝向意识蹒跚而行。我写作，我重写，直至它有了正确的形式、正确的平衡和正确的音乐性——直到它仿佛透明，浑若天成，不再是"写成的"小说，而是世界上唯一一个两位陌生人能以绝对的亲密相遇的地方，读者和作者一起完成了这本书。没有其他艺术能够那样做，没有其他艺术能够捕获人类生命中最本质的亲密。剧本是如何用图像思考，如何把词语放进活人嘴里，而小说是谎言。通过这些谎言，每个小说家都试图讲述关于世界的真相。

阅读参考书目

[美]保罗·奥斯特：《幻影书》，孔亚雷译，浙江文艺出版社，2007年7月。

[美]保罗·奥斯特：《冬日笔记》，btr译，人民文学出版社，2016年6月。

[美]保罗·奥斯特：《孤独及其所创造的》，btr译，九州出版社，2018年12月。

[美]保罗·奥斯特：《内心的报告》，人民文学出版社，2018年4月。

《巴黎评论》编辑部：《巴黎评论·作家访谈1》，人民文学出版社，2012年2月。

村上春树：
你是不能用微笑去打赢一场战争的

村上春树（1949— ）

像村上春树一样去跑步

作家需要一个好名字。村上春树，文艺青年们喜欢的名字，我一直觉得他在汉语世界风行，与这个充满诗意的名字有关。一个人的命运似乎与名字有着某种神秘的关联，这恐怕与中国汉字的创造逻辑暗和。好的名字，就像好的颜值或者观众缘，老天爷会赏饭吃。

《新周刊》是一本善于总结和归纳时代概念的刊物，2018年3月刊，封面文章题为《有一种迷药叫村上春树》。村上在中国已成为一种文化现象：他不是作家，而是生活家。他是中国小资、文青们的标杆。许多人爱上的是"村上生活方式"。跑马拉松，听古典音乐、爵士乐，过一个人的独身生活，穿冷感风服装，用极简家具，挑剔美食，操一口文艺腔。有人从他的小说里提炼出十八颗迷药：跑步、美国文化、猫幽灵鬼怪、贫乳少女、神秘女子、枯井与洞穴、威士忌、死亡、翻译、小小人、料理、旅行、数字、粉丝团、独居生活、爵士、汽车。这剂药的成分公式是：

奇怪的梦境（16.67%）+ 耳朵（4.17%）+ 做饭（12.5%）+ 猫（25%）+ 古典乐（8.33%）+ 分裂的姑娘们（25%）+ 爵士乐（8.33%）

奉行着这个公式的人享受着人群的孤独，自得其乐，安之若素，是大时代的局外人、都市里的多余人，爱和希望是他们灵魂中的歌。[1]

村上无意间成为数字网络统治下年轻人的生活教父。他笔下的人物身影越来越高大，他的文字、名句成为一种新时尚，他的书迷们年年呼吁给他诺贝尔奖，而保守的瑞典文学院的老夫子们就是不为所动。当文学变成时尚流行色，也就离纯文学越来越远了。村上这个名字已经成为一个形容词，一个符号，一种生活方式的表征。

村上春树写过一本小书《当我谈跑步时，我谈些什么》，分享自己二十五年来跑步的人生历程。这个题目来自于作家卡佛的小说《当我们谈论爱情的时候，我们在谈论什么》，村上是这部小说的日语翻译者，村上写跑步的时候，用这个题目向卡佛致敬，这个句式一直很小资。

一旦进入一本书的写作，他会在早晨四点钟起床，工作到六个小时。下午的时候，跑步十公里或者游泳一千五百米或者两样都做，然后读一会儿书，听听音乐，晚上九点钟就寝，每天重复这个作息，从不改变。"这种重复本身变得很重要，就像一种催眠术，我沉醉于自我，进入意识的更深处。"得承认，村上是一个诚实的人、自律的人、勤奋的人，他写过许多随笔，语调苦口婆心，叙述据实招来，不遮掩，也不矫情，从这些文字中，你完全可以洞悉他是如何从一个业余写作者成为专业作家的。

他长年奔跑在世界各大马拉松比赛场，跑步成为他的信仰，就像写作。而信仰可以拯救一个人。村上人生中的跑步状态太过励

---

[1] 《新周刊》，2018年3月号。

志,那种对自己近乎苛刻的磨炼是许多人望尘莫及的。他说:"对一个小说作者来说,最重要的资质是想象力、理解力和专注力。但要想让这些能力一直处于一定高度,你绝不能忽略的一点就是保持体力。"村上春树说:"如果我没有坚持跑步,那么我想,我的作品可能就会与现在的截然不同。"[1] 村上在作家中并不孤独,崇尚跑步的作家并不少,沃尔特·惠特曼、亨利·詹姆斯都喜欢运动。美国小说家乔伊斯·卡罗尔·欧茨是美国国家图书奖的获得者,近三十年,一直是诺贝尔文学奖热门人选,她习惯在下午跑步,以舒缓创作上的瓶颈,这是她在写作中碰到"结构性问题"时的应对方式。在欧茨看来,跑步是写作过程的一部分,对于从事的这种孤独又繁重的工作大有裨益。人民文学出版社经典写作课丛书翻译出版了她的《作家的信念:生活、技巧、艺术》,是她关注"写作过程和技巧"的一个合集,旨在关注写作的过程和技艺,其中有专章论及"跑步与写作":"我跑步穿过果园,穿过玉米地,沿着农田小道和悬崖奔跑,风把我头顶上的玉米秆吹得沙沙作响……这些跟讲故事之间有很密切的联系,因为在这些情境中总是有一个鬼魂般的,虚构的自我存在。正是由于这个原因,我认为任何形式的艺术都是某种探索和越界。"乔伊斯·卡罗尔·欧茨说:"跑步好像让我的意识变得宽广,让我能够用类似电影或梦境的方式来想象自己写的东西。"[2] 法国作家西蒙娜·德·波伏娃有三大爱好:读书、散步、写作,多

---

[1] [日]村上春树:《当我谈跑步时,我谈些什么》,施小炜译,南海出版公司,2015年9月。

[2] [美]乔伊斯·卡罗尔·欧茨:《作家的信念:生活、技巧、艺术》,刘玉红译,人民文学出版社,2021年5月。

年来养成了无论寒暑远足徒步的习惯。每逢休假她就会在天亮前出门，在地图上标出五到六小时的步行路程，后来增加至九到十小时，有时她一天甚至能走上四十公里。她被一种"疯狂的热情"所裹挟，抑制不住地想探访每一道溪谷、山峡和深径。

欧茨和村上对跑步与写作的认识如出一辙：跑步和写作这两种生活同时发生，可让作家适时保持清醒，保持控制力，哪怕这种控制力是暂时的、虚无缥缈的。通过跑步，村上找到的是一种遥远的目标："跑步让我对自己的写作才能保持信心。通过跑步，我知道自己努力的极限在哪里。我的肌肉越强壮，我的思路就越清晰。我相信，那些过着不健康生活的艺术家，他们的才华会更快地燃尽枯竭。从事艺术工作是不健康的，艺术家应该投入一种健康的生活来加以弥补。作家寻找他的故事是有危险的，跑步帮助我避开这种危险。"[1]

我的长子在美国求学超过八年，从本科到法学院，一直独自面对繁重的学业负担和竞争压力，在备考法学院的一年里，他几乎得了抑郁症，大把大把地掉头发，我反复在电话里告诉他去跑步吧，这是唯一可以拯救自己的方式。冯唐说，跑步救了他三次命，我知道冯唐的书是他青春期的励志读物，特意把冯唐的文章转给他，并用村上春树激励他。这个方法立竿见影。后来他告诉我，他爱上了跑步，他用的词叫"显著降低抑郁指数"。有了这个习惯烟也不想抽了，还戒了油炸食品，最重要的是降低了心理恐惧，并治好了拖延症。

我有个朋友患抑郁症多年，经常把我当成情感垃圾箱。她想要个

---

[1] ［日］村上春树：《当我谈跑步时，我谈些什么》，施小炜译，南海出版公司，2015年9月。

孩子，一直未能如愿，原因是她丈夫压根儿就不想碰她。"我们不行。"她说。"就当是一次例行公事嘛，喝点酒，或者看看那种片子，把对方想象成别人，都行。"我简直像一个医生，冷静、残酷、冷漠。

结局可以想象，婚姻生活已然无解。后来，他们离了婚，用她自己的话说十几年后又回到了原点。没有了青春，没有了美丽，青丝成了白发。三月里停了暖气，被窝冰凉，她半夜冻醒，自己抱着被子哭到天亮。她觉得全世界都抛弃了她。

生活中的难题心理医生也解决不了，何况我。我只是反复告诉她："去跑步吧，这是拯救自己的唯一方式。睡不着的时候，就写作，想写什么写什么，说胡话也行，用钢笔写，把白纸填满，一本写完再换一本。"村上春树跑步的故事也一讲再讲。

再见到她是半年以后，她忽然像变了一个人，面色红润，朝气蓬勃，身材像个中学生。一条白色纱巾束着头发，浑身散发着青春的活力。

"你恋爱了？""是啊，我恋上了跑步和写作。现在我拿了自己写的来给老师看看。"

那天下午，我们坐在咖啡馆最僻静的角落，守着两杯咖啡，一直在读她写的文字。下午的阳光照在她安静姣好的面容上，勇敢地面对自己黑洞一样的内心，她像一棵又活过来的树。

你看，这个故事像不像村上春树的小说？

像村上春树一样去写作？

写这篇文章的时候，我又重读了一遍《挪威的森林》，年轻时第一次阅读的新奇感踪迹皆无，匆匆翻过，完全倒了胃口。构思之功利，笔法之拙劣，艺术之低下显露无遗。我现在的结论是：这是一部讨好年轻人的投机取巧之作，也是一部准情色小说。太多的巧合——动不动让主人公死掉，现实中有人那么容易就死啊？太容易的上床——大街小店里碰上一个姑娘就可以轻易上床，意淫啊？太多的矫情——弹吉他，听音乐，发呆，都是诗与远方？太多的人物寡廉鲜耻——绿子的口无遮拦，几近色情狂；中年女人玲子第一次见陌生晚辈，可以大谈隐私，第二次见面就施展床上功夫。如果说吸引年轻人，恐怕这是主要原因，村上把年轻时想象里的荒唐放纵表现得淋漓尽致。谈论青春的隐私大胆露骨，许多性体验描写完全少儿不宜。我读着读着竟然笑出声来。《挪威的森林》在日本销量相当于每个家庭一本。我不懂为什么村上没有悔其少作，也许这和日本人的性格有关系？莫非我对日本的现实社会完全陌生？

村上说他不喜欢现实主义风格，追求更加超现实的风格，唯一的例外是《挪威的森林》。"我当时拿定主意写一本不折不扣的现实主义小说，我需要那种写作经验。"这当然也是一种不折不扣的畅销书策略。如今看，他的作品实在太契合网络时代的孤独者了，连那些独特的句式都像是量身打造。他小说的主人公是一个身处梦境的幻想者，一边是"世界尽头"一边是"冷酷仙境"，村上把准了当代青年人两极心态：生活在现实中，却陶醉于超现实主义里。

村上似乎很懂得饥饿营销，每三年左右写一部小说，读者总是等他的新书上架，他把每一本书都当成一次马拉松比赛，从容地准备，参赛，然后在终点享受欢呼声。"我等着故事发生：当我开始写一篇作品的时候，脑子里并没有一张蓝图，我是边写边等待故事的出现。"他知道，读一本好书就像鸦片，一旦成瘾，就会不断地等待下一次。他等待头脑中出现一些画面，把这些画面联结在一起就成了故事情节，然后他把故事情节讲给读者听。"简单的语言，恰当的象征和比喻——我做的就是这些。"他说他并不聪慧，也不傲慢，和读书人没有区别，他以前开过一间爵士乐酒吧，调制鸡尾酒，做三明治，没想成为一名作家——事情自然而然地发生了。"你知道那是一种恩赐，来自上天。所以我觉得我应该保持谦卑。"二十九岁的时候，他成为一名作家。最开始的时候，他用午夜过后的时间在厨房的桌子上写，第一本书写了十个月，然后就得奖了，太太还觉得难为情。"我只是走向了西方文化这一边：爵士乐、陀思妥耶夫斯基、卡夫卡还有雷蒙德·钱德勒。"他觉得陀思妥耶夫斯基和钱德勒是同一回事。"我写小说的理想就是把陀思妥耶夫斯基和钱德勒放在同一本书里——这是我的目标。"他靠阅读和听音乐的方式旅行，那是一种梦幻般的心理状态。

村上的写作秘诀来自翻译，通过语言的转换，他发现了作家们的"秘密所在"。他喜欢翻译现实主义作家的作品。"我翻译一本自己喜欢的作品，就好像让那些美妙词句一行一行地从我的身心穿过。""我每写一本书都会让自己置身于不同的角色中去亲身感受，因为有时候我会对自己的生活感到厌倦，而我通过这种方式逃逸，这是一种想入非非的白日梦。"初稿总是很乱，必须一遍一遍校写，花七八个月修改。半年到一年，需要很强的意志力和体力。他形容像"救生训练"——体力和艺术敏感性同样重要。

村上是少有的着魔似的反复书写相似主题的作家。《世界尽头与冷酷仙境》《舞！舞！舞！》《奇鸟行状录》——同一个主题的不同变异。永远是第一人称，总是一个男人与一系列女人发生暧昧而性感的关系。一个中年男性，离异或者分居，男人总是被动，女人永远主动，仙女下凡，不离不弃。男人躲在仙女怀里实现梦想。像极了中国清代作家蒲松龄。生活的背景总是细雨蒙蒙或漫天大雪。忧郁的爵士乐声中，咖啡的热气笼罩着主人公沉到谷底的心。而那点燃着英雄梦想的热望像暗夜的篝火，照亮着满天繁星。自虐的快意和高傲的自尊，刻意雕琢出来的警言警句把失败的人生打磨得光滑玲珑。一个个梦幻中的姣好女子自觉自愿地守护着颓唐的男子，她们是圣母也是荡妇，是天使也是婢女，完美地无怨无悔地陪伴着他。这样的理想人生实在太惬意。

　　村上准确把握住了现代都市社会青年男女们的孤独现状：独身主义越来越多，用网络社交，在观看和想象中完成性爱。暗夜里的孤身男子梦醒之后，希望画上的女子走进现实生活。村上坚信人是分裂的，我们有理智的一半，也有疯狂的一半，我们在这两部分之间进行互搏。"我的左手并不知道右手在干什么，这是一种超脱，给人一种分裂的感觉。"他说他作品里的女人是"一个新世界的使者"。小说中的女人分两种：一种是病，一种是药；一种是记忆，一种是忘却。他迷恋的一个重要主题是：主人公的意识被分裂为两个不同的世界，而他无法做出选择。"世上所有人的头脑中都有病态的部分，这块地方是人的组成部分之一。"欲望让人分裂，在互联网时代，这种分裂更加无法弥合。早上出门，梳洗打扮，走进办公室，人模人样。下班回家，闭门颓废，匿名发泄，回归本性。网络世界是现代人的一个病房。一旦穿上病号服，就开始呻吟起来。仿佛获得一种特权，肆意暴露自己的软弱和病态。村上深谙人们的心理，他知道推动这些故事的动力就是：失去——寻找——发现，还有失望以及对世界的一种新的态度。这个过程总是遍体鳞伤，他如实地呈现这些伤痛,他知道"你是不能用微笑去打赢一场战争的"。探讨存在的意义是一切优秀文学的价值,但村上的思考过于浅层次,很像一首首流行歌曲,低回在年轻人需要抚慰的情绪里。向当代人的矫情和鸡贼投降未必是一种贡献,而是一种讨好,一种浅薄。如果因此而不自知,作家就更加低下了。

有人做过统计,想象力、独创性、探索人类,是1901年第一份诺贝尔文学奖颁发以来,一直坚守的标准。通过对一百一十五位诺贝尔文学奖获奖者的颁奖词进行词频分析后,人们发现,艺术、人类、力量、想象力、理想主义、时代,是被强调次数最多的关键词。理想主义、人道主义、人类的良知和怀疑的智慧与勇气一直是诺贝尔文学奖的倡导方向,人类文明的多元和批判视野受到持续的奖励,这是诺贝尔文学奖虽然经常"有眼无珠",但总是受人尊敬的重要原因。村上离这些标准还有相当的距离。虽然村上非常喜欢细节,更关注细微之处。但他的显微镜缺乏一个最基本的定位:质疑。

村上有一个非常后现代的文学观点:"我觉得在今天,电子游戏比任何东西都更接近文学。"当他写作的时候,有时候感觉自己是一个电子游戏的设计师,同时也是一个玩游戏的人。他编造了这个游戏程序,而他也置身于游戏当中。这是他小说畅销的奥秘所在,像一款款风靡一时的游戏,让男男女女的读者陶醉于虚拟世界。虽说文学有一个特征是娱乐,但好的文学一定会超越单纯的娱乐,指向人类更深处的精神世界。从这个意义上讲,诺贝尔文学奖不给村上是有理由的。当然,我们爱读村上春树也永远有理由,作家孔亚雷写过一篇短文,标题是《村上春树教会了我们》,他给出的理由是:

村上春树……教会我们的不是一个方法,而是一种态度,一种作为一个成年人面对或者说对付，或者说忍受，或者说享受（本质上都是一回事）这个世界的态度，那就是：置身事外，自得其乐，就像小鸟筑窝那样，为自己筑起一座小而又小的城堡，一个小而又小的世界，一个真正属于自己的时空，用书籍，用音乐，用酒，用比喻，用幽默，用无所事事……注重生命中微小而确定的幸福，尽可能去做自己想做的事，然后尽可能把它做好，与外部世界保持一定的距离……①

那么好了，这是一个励志型作家，用畅销书策略陶醉在属于自己的写作世界里。这也是一个太具有日本社会特点的作家，用我们稍显陌生的眼光打量这个时代。浅吟着动听的流行歌曲，一本本书很像歌厅里的歌单，在微醺时可以用以发泄。判定一种药的疗效，重要的是对症。如果你喜欢看村上春树，说明病得不轻。而我们哪一个人又不是病人呢？

阅读参考书目

［日］村上春树：《挪威的森林》，林少华译，上海译文出版社，2018年3月。

［日］村上春树：《当我谈跑步时，我谈些什么》，施小炜译，南海出版公司，2015年9月。

［日］村上春树：《无比芜杂的心绪》，施小炜译，南海出版公司，2013年4月。

---

① 孔亚雷：《极乐生活指南》，上海文艺出版社，2022年1月。

蕾拉·斯利玛尼：
只有当我们彼此不需要对方的时候，
我们才会感到愉快和自由

蕾拉·斯利玛尼（1981— ）

人性：黑暗的湖

法国作家蕾拉·斯利玛尼疫情居家隔离期间一直在写日记，她说："有些人正在忍饥挨饿，有些人没有立身之本，有些人慌张失措。而我却那么幸运，待在属于自己的房间，和家人相伴并可以用写作来维持生计，陪伴孩子、在书和电影里获取安慰和快乐。"在全球化愈演愈烈之时，疫情悄然而至。就像第一次工业革命的纠偏是第一次世界大战，中产阶级自鸣得意之时迎来第二次世界大战一样，疫情将人类的很多东西强行归零，人们不得不思考接下来的命运走向，需要反思，并发出疑问，懂得敬畏。这位年轻的新生代作家蕾拉·斯利玛尼我一直记不住她的名字，但仅有的两本书让我极为着迷。如果不是 2016 年法国文学最高奖龚古尔文学奖颁给了《温柔之歌》，估计人们至今也记不住她。法国文学的最高奖意味着创作的风向标。以创新著称的法国文学界在倡导什么？欣赏什么？对了解世界文学风潮显然意义重大。

蕾拉·斯利玛尼出生于 1981 年，来自摩洛哥，新闻记者出身。从新闻出发，又抵达新闻，她的小说被新闻的纪实和犀利所成就。这部小说迄今法语版销量超过六十万册，版权售出四十余国，可谓征服法国乃至世界。小说源于 2012 年的一个案件，一位多米尼加保姆因为双重谋杀罪,在纽约被起诉。小说试图揭露这桩凶案的真相,写的是杀人动机,类似警察的案情还原,有心理学的、社会学的、犯罪学的角度,然后都用文学来推演。"婴儿已经死了",这是一个骇人的悬念。小说的背景设置在巴黎中部,女主人公米莉亚姆是一位摩洛哥裔法国律师,生完两个孩子,做了好些年的家庭主妇后,她正挣扎着重返工作。于是她和音乐制作人丈夫保罗雇了一个保姆路易丝来照顾年幼的婴儿。两夫妻常常对外人夸耀他们的"仙女般的保姆",而且越来越离不开路易丝了。但日子久了,双方的关系也慢慢变了味。路易丝的控制欲越来越强,米莉亚姆和保罗心生畏惧,开始思考当初选择她到底正不正确。然而他们还没来得及做点什么,两个婴儿就已经死了。一个工作日的午后,路易丝在浴缸里杀死了两个小孩,然后试图了结自己的生命。看似"完美"的保姆居然谋杀了她看护的两个孩子。为什么?她心底有一个怎样的"黑暗的湖",一片多大的"茫茫的森林"?这湖中的黑暗又是如何层层淤积起来的?这森林里的凶恶的树枝是如何滋生的?那些苦涩与艰难是怎么在生活中不经意间展露出来的?

  作者把这本书献给自己刚刚出生的孩子爱弥儿,小说的中文译本只有十几万字。"《温柔之歌》从根本上说是一部黑色小说。"这是作者的自我设定。《费加罗报》评论说:"作家揭示了陷于疯狂之中的溺水者所有错综复杂的秘密和阴暗的命运。"龚古尔文学奖评委之一,菲利普·克罗代尔说,文学是一种揭露的艺术,其中包含最苦涩、最艰难的部分。这个世界经常会有不慎的溺水者,他们在垂死挣扎,在这个命运的时刻,会把无辜者一同扯下水中。很难说这是一部所谓的社会小说,作家只是对这一社会现象充满好奇,想知道人们是如何处理这个巨大社会问题的,在养育后代的时候,怎样平衡工作角色和社会角色。《世界报》说:"这种情感是一杯混合了仇恨、欲望和爱的鸡尾酒,一点就燃……作家一层层将这种情感解析出来。"《文学杂志》说,她的写作与她笔下的人物相似,表面简单,实则充满讽喻与暗示,在读者的脑海中萦绕不去。

蕾拉的写作更多的是出于偶然,是"本能、直觉与下意识"的行为。作为一位并不喜欢交际的作家,日常生活中的蕾拉经常为自己制造大段的独处和空白时间。一有这样的时间,她就会集中精力全力写作,甚至几天不出门。她在法国《解放报》上发表文章,描述过自己所向往的存在方式:"走在街头,坐夜班地铁,穿一条超短裙,一件低胸衣服,脚踩高跟鞋。在舞池中央起舞。化妆化得像辆迷彩车。喝到微醺去打车。肆无忌惮地躺在草地上。搭顺风车。坐夜班公车。一个人旅行。一个人在露天酒吧喝酒。在无人的道路上狂奔。在长凳上等待。搭讪一名男子,然后改变主意扭头离开。消失在城铁的人潮中。上夜班,在公共场合给孩子喂奶。要求涨工资。"在这些日常生活中的平淡无奇的时刻里,我要求拥有不被纠缠的权利,甚至连想都不用多想就可以去做的权利。"

在她看来,阅读和写作最为核心的词汇是自由。蕾拉经常主动寻找孤独。当写作开始,面对着摊开在桌上即将被书写出来的一页页稿纸,她在心灵里会感到一种巨大的自由。想到她可以充分掌控笔下的这些词汇,掌控她的语言,并且创造出一个世界来,便感到生命有了意义。蕾拉的故事主题是:人与人之间是如何成为敌人的?家庭如何成为一个酷刑室,如何沦为人生中最糟糕的部分?蕾拉·斯利玛尼在回答记者如果你没有成为作家,怎么承受失望时,说了句令人吃惊的话:"我会变成一个特别刻薄的女人。可能还会酗酒!我会对所有人出言不逊。我会做一个十足的混账!"①

随着互联网的普及,写作及其发表已经失去门槛。文学运动早已沉寂多年,20世纪流派纷呈的现象已成明日黄花,"文学何为?"不再是一个问题,但探索从未停止。什么才是有力量的写作?年轻的蕾拉·斯利玛尼给出了自己的答案。有人说她给法语文学带来了新的书写向度。欧洲的文坛不吝赞扬:"我们确信发现了一个伟大的作家。"读者并不迟钝,人们知道谁是天使。

欲望:孤独的海

欲望如海,幽暗、深邃、激荡,深不可测。没有一部文学作品回避人性的这片深海,蕾拉·斯利玛尼的处女作索性直接面对一个人们尚还陌生的病症——性瘾,并因此成名。

《食人魔花园》出版于2014年,据说是受了法国经济学家、律师、政治家多米尼克·斯特劳斯-卡恩涉嫌侵害一名女性服务生事件的触发。主角阿黛尔是位记者,生活无忧,嫁给了一个医生,两人生活在巴黎,家中有一个年幼的儿子。她患了性瘾。《食人魔花园》只有十二万多字,如果说《温柔之歌》以犯罪心理学来还原犯罪动机,那么《食人魔花园》则是以性心理学来剖析一个病人。性瘾是一种病,所有人都想知道病因。小说通篇以此为叙事动力,故事性、情节性不强,但写得惊心动魄。阿黛尔的丈夫理查德是个勤勤恳恳的医生,

① 法国《卫报》访谈,林达译。

努力工作一心想要离开巴黎，过上安静的生活。一开始他对阿黛尔的态度还像是个温柔体贴的好丈夫，慢慢地，他的控制欲越来越强，也越来越冷漠。理查德最终把阿黛尔安置到了郊外，没收了她的手机和钱，断了所有交通方式，还利用起自己的小儿子，把他当作自己的"小间谍"。当他发现阿黛尔数不清的婚外情时，这位丈夫怒不可遏："只要我想的话，我随时都能杀了你，阿黛尔。我现在就能勒死你。"

蕾拉·斯利玛尼的文体冷静诗意，用词简洁准确。这得感谢译者袁筱一，通过中文译本我们仍然能够体会到她那种语言的独特和写作的风格。"我喜欢描述事物的外表，但表象并不往往意味着真相，"斯利玛尼说，"巴黎的形象浪漫迷人，这是一座属于爱情、文化和美丽的城市，但事实远不止如此。这里还充满了暴力、悲惨和孤独。"在采访中，她这样表达自己的构思："我的作品是扎根于社会的、现实主义的故事，但同时也建立在更普遍、更古老的基础之上。阿黛尔，这位 21 世纪的女性，也是包法利夫人、安娜·卡列尼娜和小红帽的女儿——在童话里，人物无法逃脱命运的掌控，无法逃离等在前方的那只狼。"

主人公迷恋的性是一种病，一种瘾，所以在作者的笔下没有美，只有描述。她认为：描写性比描写感情更有难度，因为与性有关的词汇含义十分强烈。不过，这也是一个美好的挑战。因为不跨越障碍就无法成为作家。她的写作带有女性特有的细腻和直接，却又笔调冷峻："这是她最喜欢的时刻。之前的时刻。第一个吻，脱光衣服，亲密的抚摸之前的时刻。"诗一样的句子，一个词就是一个句子："她想要他，他的老婆，这个故事，这些谎言，还有未来的短信，秘密眼泪，甚至是再见，不可避免的再见。"反讽，寓意深刻。"他脱去她的裙子。他那外科医生的手，长长的骨骼掠过她的肌肤。他的手势准确、灵巧、耐人寻味。"

蕾拉·斯利玛尼的笔法富有现代性，饱含个人化的诗意，关注世界与人物的表象，从而更好地揭示隐藏在表象下的深渊。她说："我认为一个人的吃穿、谈吐或走路的形象往往比长段的语言或者心理描写更有说服力。"她下笔简洁、克制、画面感强。善用诗的隐喻，感情内敛，收放自如。"她沉着地观察着每一样东西，就像个将军，在视察自己征服的领地。安静的公寓尽在她的掌握之中，就好像一个在请求宽恕的敌人。"这是一种非虚构文学的特征，是一种记者新闻写作方法：短句多，多用句号，只说结论。"她和这世界之间插入了一种新的忧伤。""当夜幕来临，潜伏着的冬天便又跳了出来，渗入衣服里。"她的用词深刻、中立，像医生在解剖。同时她笔下的词语优雅又敏感，组装起来去描写那些动人的画面，染上诗歌忧郁的色调，加深小说的情感力度。"她走在大街上，就好像是错过了的一场电影的背景，她是一个隐形的观众，在一旁观察人们都在干些什么。似乎所有人都知道自己要往哪里去。"

《学习》杂志说蕾拉·斯利玛尼的写作直中要害，故事节奏宛如惊悚电影，其中蕴含着巨大的张力。少即是多：对话，描写，反省，没有丝毫多余，一切都从简洁的文字中慢慢浮现。小说到处是场景式的剧本语言："冬天来了，日子失去了差别，多雨、冰冷的十一月。""这是三月，冬天还在徘徊，似乎寒冷永远也不会离去了一般。"蕾拉·斯利玛尼有个观点：简洁的法语是优美的法语。当我们囿于复杂风格时，就无法表达简单的东西，最终会给人留下偏离主题的印象。她写道:"父亲这件衣裳对他来说实在太大了,也太过悲伤。他的世界渐渐变小了。"

《新观察家》说蕾拉·斯利玛尼用法医般冰冷的笔调直面罪恶的艺术。仿佛只有在文字里,心与心之间才会卸下所有的防御与戒备。她希望通过自己的笔刻画出一个又一个复杂而真实的"人",而女性真正的美就在于她们的复杂性和人性的悲剧力量。"大家不希望眼泪从心里漫出来。""思想就仿佛是玻璃碎片,灵魂装满了碎石子。""冰激凌在她空空如也的胃里如大片雾花般落下。"她找到了一种残酷、冷硬、直接的写作风格。那是属于她自己的声音:"她已经耗尽了内心的所有温柔。再也没有地方容她落下手,轻轻抚摸。""路易丝一边听他说,一边望着这只男人的手,这只放在她身上的手,开始的手,想要更多的手,这只小心翼翼地藏起游戏的手。"

几乎每个陷于困境的人都是孤独的。"生活成了一系列需要完成的任务和需要履行的承诺。"当有人问她《食人魔花园》是一本关于什么的小说?她的回答是"孤独。不可能有一个人来分享你的焦虑与空虚"。《温柔之歌》又是一部什么小说呢?她的回答一模一样:孤独。"路易丝太孤独了,而且她还没法说'帮帮我吧,救救我吧'。我想,归根结底,我们都茕茕独立。我们所做的一切——相遇,相爱,生儿育女——都不过是粉饰太平,这样就不用面对我们生而孤独的事实。"她希望读者们不是出于娱乐的想法来阅读,而是主动积极地思考,和自身的命运联系起来。她希望让读者感到震撼,或者觉得不舒服,这样才能真切感受到她在作品中提出的问题。她对自己作品的另一个说法是《食人魔花园》是关于性的幻灭,《温柔之歌》是关于母性的幻灭。并表示还将这些主题继续写下去。

作为一个被贴上女性主义标签的作家，蕾拉·斯利玛尼迄今都是围绕着"女性""孤独""自由"这几个宏大的话题在写作：以女人的角度写女人的故事，引发共鸣和社会关注。她希望通过自己的写作破除一些关于女性的美好神话和谎言，希望女性能够挣脱传统的定位，继而找到自己的自由。她在采访中表示：懂得写作本身就是一种反抗，文学不能够改变世界，但也许可以改变读它的人。最近的新作《他者之国》（*In the Country of Others*）在欧洲再次备受关注，这是她计划中三部曲的第一部，取材自她家族中祖父母的亲身经历。相信中译本也在引进中了。

男人和女人都该读读她，世界并不复杂，只有男人和女人。世界又极其复杂，男人和女人之间的事与情是最为纠缠不清的永恒命题。千百年中、亿万年来，没有改变。

阅读参考书目

［法］蕾拉·斯利玛尼:《食人魔花园》，袁筱一译，浙江文艺出版社，2018年3月。

［法］蕾拉·斯利玛尼:《温柔之歌》，袁筱一译，浙江文艺出版社，2017年8月。

后　记

　　我对2020年的端午节印象深刻，那是一个星期四。

　　从早上开始，天一直阴沉沉的，凉风习习，炎夏变得清爽。晚饭过后，出门散步，天边不时传来阵阵滚雷。两个星期前，因为北京新发地出现聚集性疫情，防疫形势再度紧张，本来已经松弛的神经又绷了起来。附近的小花园是我每天跑步经过的地方，夏天的草木正肆意地生长着，静默地期待即将到来的雨水。树林中，一张吊床系在两棵树之间，旁边是一辆共享单车，有个人在吊床上面沉沉地睡着。远处树梢上蹲着一只黑色的喜鹊，脖颈处是一抹白色，像一个在胡须中打盹儿的孤独老人。西北的天空乌云翻滚。往回走的时候，雨点开始稀稀拉拉飘来。晚上八点，大雨终于倾泻而下。

　　从这年初开始，没有人想到我们会居家长达半年，这是我们独处的时光，和社会、工作隔绝，没有办公室，没有饭局，没有咖啡馆，没有聚会，这可能是一生遇到的最长的假期，完美，纯粹，恬静。

　　先是残冬，窗外雪花飘飘，疫情防控最紧急的时刻，武汉封城。一切骤然停滞，一切又都在继续。我们注视，倾听，遥望南方，忧心如焚，远在北方的我们什么也做不了。每天被战士一样的医护人员感动着，相信冬天终将过去，春天已经不远。我和大多数人一样待在家里，侠客做不了，只能做一个隐士。到了初春，万物闪耀，百花争艳，我会带孩子在公园里游荡。孩子学会了骑自行车，我则迷上了放风筝。春风浩荡的时候，我们会约上几家人去东郊湿地公园野营。一群孩子围在我周围，看我放风筝，等我用渔网给他们抓上几条小鱼。周围是春天，树在发芽，花在开放，被折去的枝芽处是愈合后的疤痕，黑色的是干涸后的泪。

居家封闭的日子里，我每天的生活是这样的：早上睡到自然醒，通常是九点左右，简单地做些早饭，一个馒头或两片面包、一只白煮蛋或煎蛋、一碗粥或一杯牛奶、小碟腌菜、腐乳、豆瓣酱、几片生菜。饭后冲杯咖啡，捧一本小说，在上午灿烂的阳光下阅读。中午会小睡一会儿，起来照例是一杯咖啡，打开电脑，整理笔记的打印稿。一段时间，读书札记积累了七大本，我想写一本关于阅读和写作的书。下午四点左右，我会陪孩子出去玩耍，孩子六岁，九月份就该上小学了。突如其来的疫情，让他有了一个自由自在的假期，在踏上人生漫长的求学岁月之前。有时候在附近花园，有时候在步行街。看他疯跑、踢球、爬树，与他一起留恋春天的繁花。我陶醉于他的每一个动作、声音，陶醉于他的一颦一笑。他爱上了远足，在初春的温润里，我们沿着高速辅路可以一直往前走，好几次步行超过十几公里。世界在我们脚下，人间春暖花开。

晚饭后，打开一本书，慢慢地读上十几页。孩子经常会闯进来，拉我出去陪他。我正沉浸在烟雾里，忙不迭地把他赶出去。睡前则是一本特定的书，经过精心挑选，有一定的难度，适合睡前阅读，不会让你兴奋,经卷般让你心静。十二点过了,睡意上来,安然睡下。每天不同的时刻,不同的阅读内容,几本书同时阅读。每一次的转换,每一个时刻的打开,仿佛都是一种仪式。这让看起来沉寂的日子变得熠熠生辉,硕果累累。我已经连续多年在端午节旅行,疫情让计划被迫中断,只好一遍遍游历在自己的书房里,将一本本平常无暇读或者不敢读的书列为目标,用时间的力量消灭它。几本令人望而生畏的书,如福克纳的《八月之光》、马尔克斯的《族长的秋天》,就是这样在每天几页几页的爬行中读完的。

一本书读完,我会写些札记,一本本笔记不知不觉写满,面前是无穷无尽的书,无穷无尽的文字,这是唯一的安慰,世界从来没有如此广大,我在字里行间游荡,相遇,贪欢。面对疫情,除了读书,你无处可逃。阅读和写作成为一种精神力量,让我对抗未知,对抗病毒,对抗生活中永远存在的艰难和荒谬。让我在庞杂的信息中保持理性和思考,在无所适从的慌乱中保持镇静和目标。亨利·米勒说过:一本书是死的,除非它被一种精神所点燃。居家封闭的时光,也是我唤醒一本本书的时光。回头看去,疫情期间的大半年,上百本书被我吃进了肚里。我经常咂巴着嘴,抚着鼓鼓的肚子,一副心满意足的样子。远离了嘈杂的新闻、没完没了的工作,远离了已显陌生的现实、止步不前的事业,没有人打扰我,我也不打扰任何人。人们各自过着自己的日子,没有工作这根线,每个人都是孤立、自主的个体。陪伴我的只有书。

读书是一种与卓越人物建立起联系的方式,我们借此获得勇气和自由。这本书是我一段特殊时期的读书笔记。作为私人阅读体验,提供的是一种关于作家、书目和视角的选择,当然会有自己的偏好和趣味。落笔成文的过程中我给自己设定的主题是"文学课",通过勾勒作家的人生际遇与写作之间的机理,希望对文学应该有的阅读方式做一个梳理。从工具理性的角度,这是一种学习写作的过程,而对更多的读者而言,我提倡一种作为生活方式的文学——我称之为"隐修",这也许才是文学该有的阅读方式。所选作家都是这两年研读的对象,原有三分之一的篇幅涉及中国古今作家,为了保持书稿的纯粹和完整,听从专业人士的建议全部抽离出来,且待日后另外成书。每一个作家的诞生都具有创世价值,这是对文学最高的认定,虽说作家生命的精髓都在他的著作中,而我认为,作家的人生才是他写得最好的一本书,在故事深处藏着无数的秘密,探寻这些秘密一定有无穷的乐趣,只要我们打开书。

我所有的阅读都依赖于那些卓越的中文译者,他们是伟大的搬运工,通天塔的建造者,我们借由他们笔下的方块字组成的高梯登上巨人的肩膀。人类的璀璨文明从来需要宽容、互通和彼此成全,戒备和隔绝无异于自杀。作为不同文字和文明间的蚁工,本书的最后,我向所有的译者表示感谢。也感谢我的师兄魏韶华先生为每个作家素描了肖像,感谢有缘读到此书的读者,我们一起享受文学时刻。

2022 年 9 月 1 日于北京